HOLLY MILLER
Alles, was wir niemals sagten

HOLLY MILLER

ALLES, WAS WIR NIEMALS SAGTEN

Roman

Deutsch von Veronika Dünninger

blanvalet

Die Originalausgabe erschien 2024 unter dem Titel
»The Spark« bei Hodder & Stoughton, London.

Der Verlag behält sich die Verwertung des urheberrechtlich geschützten Inhalts dieses Werkes für Zwecke des Text- und Data-Minings nach § 44b UrhG ausdrücklich vor. Jegliche unbefugte Nutzung ist hiermit ausgeschlossen.

Penguin Random House Verlagsgruppe FSC® N001967

1. Auflage 2025
Copyright der Originalausgabe © 2024 by Holly Miller
Copyright der deutschsprachigen Ausgabe © 2025 by Blanvalet
in der Penguin Random House Verlagsgruppe GmbH,
Neumarkter Straße 28, 81673 München
produktsicherheit@penguinrandomhouse.de
(Vorstehende Angaben sind zugleich
Pflichtinformationen nach GPSR)

Redaktion: Daniela Bühl
Umschlaggestaltung: © www.buerosued.de
JS · CS
Satz: Satzwerk Huber, Germering
Druck und Bindung: GGP Media GmbH, Pößneck
Printed in Germany
ISBN 978-3-7645-0868-5

www.blanvalet.de

Kapitel 1

Damals

Er fühlte ebenso stark wie ich. Rückblickend betrachtet, war das immer der beste Teil. Mit Jamie war es nie einseitig. Er liebte mich auf eine Art, die sich anfühlte, als wären wir vom Universum füreinander bestimmt worden, die Chemie kollidierender Sterne.

Wir hatten uns auf der Highschool kennengelernt. Ein sofortiger Funke, obwohl wir noch nicht einmal Teenager waren. Wir wohnten zwei Straßen voneinander entfernt, aber wir hätten genauso gut unter einem Dach leben können. Wir gingen Seite an Seite zur Schule, taten abends, als würden wir zusammen lernen, entdeckten in seinem Schlafzimmer unsere Liebe zur Musik, jeder mit einem Kopfhörer im Ohr. Er brachte mir das Kartenspielen und das Flirten bei. Ich brachte ihn gern zum Lachen, bis er das Zimmer verlassen musste. Wir waren der Sauerstoff des anderen, so unzertrennlich, dass die Lehrer es kommentierten. Seine Eltern fanden es entzückend. Meine Mutter erklärte uns für unerträglich.

Wir küssten uns zum ersten Mal an meinem fünfzehnten Geburtstag – letzte Reihe des Kinos, unsere Münder heiß und zögernd und schüchtern. Exakt zwei Jahre danach schliefen wir zusammen – auch wenn alle anderen bereits davon ausgingen, wir hätten den Schritt längst getan. Das hatte es sogar noch besser gemacht, denn das Hinauszögern war ein Geheimnis, das wir teilten. Vierundzwanzig Monate verstohlener Blicke und süßer Vorfreude, gedrückter Hände und geflüsterter Komplimente.

Der Augenblick selbst, in der festen Vertrautheit von Jamies Bett und seinen Armen, war genau so, wie ich ihn mir vorgestellt hatte. Die Monate der Sehnsucht machten alles magisch. Bedeutsam und sicher, und mein Herz verwandelte sich in Helium.

In unserem Oberstufen-Jahrbuch wurden wir als *das Paar, das am ehesten heiraten wird* betitelt. Wir mussten dafür viel Häme einstecken, aber das war uns egal.

Am Tag unserer Abiturergebnisse gingen Jamie, Lara und ich mit einer Flasche Cava ans Flussufer, im Schatten der alten Tudorgebäude, die hinten an den Elm Hill angrenzten.

Wir fanden einen sonnenverbrannten Flecken Gras und reckten unsere Gesichter zu dem heißen blauen Himmel hoch. Über unseren Köpfen segelten Tauben träge zwischen den Pfannendächern. Unten auf dem Fluss schipperten Leute unbeholfen in gemieteten Stechkähnen herum. Wir konnten das Klatschen hören, wenn eine Stange ins Wasser gestoßen wurde, und das gelegentliche Schnattern einer aufgescheuchten Gans.

Neben mir streckte Jamie eine Hand nach meiner aus. Mein Verstand raste, der Stress des Tages der Abiturergebnisse begann sich endlich zu legen. Unsere Zukunft war ein Geschenk, auf das ich jahrelang gewartet hatte, und jetzt lag sie da, im Begriff, ausgepackt zu werden.

Lara ließ den Cava-Korken knallen. Meine beste Freundin, meine festeste Verbündete. Ich kannte sie seit dem ersten Tag der Grundschule. »Freiheit«, verkündete sie und reichte die Flasche dann an mich weiter.

»Freiheit.« Ich nahm einen Schluck, und die Perlen kitzelten meinen Gaumen, bevor ich die Flasche an Jamie weitergab.

»Unser Einserabiturient.« Lara sah Jamie an. »Danke, dass du uns alle vorgeführt hast.«

Er riss den Kopf von einem Gänseblümchen und schnippte ihn in ihre Richtung.

Lara hatte die letzten paar Jahre hauptsächlich damit verbracht zu rebellieren, anstatt zu lernen. Aber sie hatte besser abgeschnitten als ich und kaum schlechter als Jamie. Sie war einfach von Natur aus schlau.

»Deine Mum und dein Dad werden so stolz sein«, sagte ich zu Jamie.

Jamie hätte alles tun können, überall hingehen können. Das wussten wir alle. Er hatte Architekt werden wollen, seit er alt genug war, um zu fragen, woher die Gebäude kamen.

Er stöhnte auf. »Sie wollen mich heute Abend immer noch zum Essen einladen.«

»Nur dich?«, fragte Lara. »Und was ist mit Neve?«

Ich warf Lara einen betonten Blick zu. »Du solltest hingehen«, sagte ich zu ihm.

Er schüttelte den Kopf, streckte sich auf dem Gras aus. »Sie werden mir nur Vorträge halten.«

Darüber, wie du dir das Leben verbaust, indem du hier bei mir bleibst.

Jamies Vater war sechs Jahre zuvor mit Immobilien zu Reichtum gekommen, und jetzt hatte er genug Geld, um seine

Söhne damit zu überschütten, und große Ziele für Jamie, seinen jüngsten. Russell Group University, exotische Reisen, gut vernetzte Freunde und Bekannte, Mitgliederclubs. Erste Klasse und fünf Sterne von allem. Im Grunde war Jamie dafür vorgesehen, ein Klon von Harry, seinem älteren Bruder, zu werden.

»Ich werde nicht mit ihnen essen gehen«, erklärte Jamie, rollte sich zu mir herum und fixierte mich mit seinen magnetisierenden Augen. Niemand konnte mich mit seinem Blick so in seinen Bann ziehen wie Jamie.

Lara legte den Kopf auf die Seite. »Ich glaube, du bist der einzige Mensch, den ich kenne, der noch sturer ist als ich.«

Ich war mir nicht sicher, ob ich ihr da recht gab. Jamie war prinzipientreu, nicht stur – auch wenn ich wusste, dass Lara sagen würde, da sei kein Unterschied.

Wir ließen die Cava-Flasche zwischen uns kreisen, wurden allmählich immer beschwipster, während das Gras die Feuchtigkeit aufsog und der Himmel sich verdunkelte. Auf dem kurzen Fußweg ins Stadtzentrum versenkten wir die leere Flasche in einem Abfalleimer. Später wünschte ich, wir hätten sie nicht weggeworfen.

Wir drei waren bis in den frühen Morgen unterwegs, zogen von einer Bar zur nächsten. Jamies Hand lag die ganze Nacht um meine Taille. Unsere Handy-Akkus gingen zur Neige. Lara verließ uns, um mit einem Jungen, den sie eben erst kennengelernt hatte, zu einer Party zu gehen. Schließlich, während sich die Morgendämmerung wie Milch über die Kirchtürme und Häuserdächer ergoss, küssten Jamie und ich uns an der gekrümmten Mauer einer Seitengasse. Die Aussicht auf unsere Zukunft brannte in meinem Verstand wie die aufgehende Sonne. Wir stolperten die zwei Meilen zurück zu seinem Elternhaus, benebelt von Alkohol.

Wir torkelten die Treppe hoch in sein Schlafzimmer. Teilten uns ein großes Glas Wasser, küssten uns, hatten Sex, noch in unseren Kleidern. Wir stöhnten immer wieder den Namen des anderen, während das Bett unter uns wackelte und quietschte.

Zweimal sah ich das Licht im Flur angehen. Hörte das Knarren eines Dielenbretts, dann gedämpfte Stimmen.

Erst später wurde mir bewusst, wie laut wir gewesen waren. Wie respektlos. Dass ich seinen Eltern noch einen Grund mehr gegeben hatte, mich zu hassen, falls sie nicht schon genügend hatten.

Ich wachte spät und allein auf. Als ich mich mit dröhnendem Kopf aufsetzte, konnte ich wieder Stimmen hören. Nur dass sie diesmal nicht gedämpft waren.

Sonnenlicht strömte wie warmes Wasser durch einen Spalt in den Vorhängen. Ich sehnte mich nach frischer Luft. In Jamies Zimmer türmten sich halb gepackte Kartons, die Vorboten des anstehenden Umzugs seiner Eltern nach Putney. Jamies Großvater war in jenem Frühjahr gestorben, nachdem er jahrelanger ständiger Pflege bedurft hatte, und so erfüllten sich seine Eltern jetzt ihren lang gehegten Wunsch, nach London zu ziehen.

Sie hatten gewollt, dass Jamie ebenfalls dorthin zog. Aber Jamie wusste, dass ich es mir nicht leisten konnte, in London auf die Uni zu gehen. Daher hatte er seinen Eltern gesagt, er wolle in Norwich Architektur studieren und mit mir in ein Haus ziehen. Zu dem Zeitpunkt waren wir seit drei Jahren zusammen – aber was sie früher einmal für entzückend gehalten hatten, hatte sich inzwischen in einen Anlass zur Besorgnis verwandelt. Sie setzten sich immer wieder mit ihm hin und fragten ihn, ob er sich sicher sei. Chris, sein Dad, ging sogar ein paarmal mit ihm Bier trinken und rief ihm in Erinnerung, dass es dort draußen »viele Frauen« gab. Er bat Harry, mit ihm zu reden, um ihn zur Vernunft zu bringen.

Ich hatte Jamie nie gebeten zu bleiben. Das hätte ich niemals getan. Auch ich wollte nur das Beste für ihn.

Sie hatten all seine Poster abgenommen. Die Wände waren jetzt verunstaltet von Blu-Tack-Flecken. Ich verspürte einen traurigen Stich bei dem Gedanken, dass ich dieses Zimmer vermutlich niemals wiedersehen würde. Das Zimmer, in dem wir uns verliebt hatten. In dem wir so viele Stunden mit Lachen, Berührungen, Küssen verbracht hatten. All die Arten geplant hatten, auf die wir für immer zusammenbleiben würden.

Schließlich ging die Tür auf, und Jamie kam herein, irgendetwas unter den Arm geklemmt. Er stellte es ab, dann ließ er sich schwer auf die Bettkante fallen. Ich konnte sehen, dass sich sein Nacken gerötet hatte, so wie immer, wenn er aufgewühlt war.

Ich beugte mich vor, um zu sehen, was es war. Ein Gemälde – auch wenn ich es nicht erkannte. Es sah amerikanisch aus, zeigte vier Leute in einem Diner nach Einbruch der Dunkelheit. Es hatte eine trostlose, fast unheimliche Aura, und ich liebte es auf Anhieb, wenngleich ich es nicht verstand.

»Sie haben gestern Abend alle im Restaurant auf mich gewartet«, sagte Jamie schließlich tonlos. Sein hellbraunes Haar war feucht, ein Hinweis darauf, dass er bereits geduscht hatte. Er roch nach Axe und Zahnpasta. »Meine Grandma war auch da. Sie wollte mir das hier schenken, um mir zu gratulieren.« Er zeigte auf das Gemälde. »Es hat meinem Grandad gehört. Er wusste, wie sehr ich es liebte.«

Mir wurde bewusst, wie es ausgesehen haben musste: dass ich ihn ermuntert hatte, die ganze Nacht wegzubleiben und von einer Bar zur nächsten zu ziehen. *Scheiß auf deine Eltern, pfeif auf deine Pläne, du lebst nur einmal.* Und nicht nur das – sie hatten uns auch anhören müssen, als wir schließlich nach Hause stolperten. So gedankenlos waren wir gewesen.

Aber die Wahrheit war, ich liebte Jamies Familie. Ich beneidete sie. Ich genoss das Gefühl, wenn auch nur für ein paar geraubte Augenblicke ab und zu, irgendwie ein Teil von dem zu sein, was sie hatten.

»Rat mal, was Dad mir eben erzählt hat«, sagte Jamie.

Eine unmögliche Herausforderung. Ich wartete.

»Er hat eine Wohnung gekauft, vor ein paar Monaten. In London. Soho. Für mich.«

Ich sagte nichts, aber ich spürte ein unbehagliches Rumoren in meinem Magen.

»Als eine Art ... Starthilfe«, fuhr er fort.

Nicht für mich. Eine Starthilfe war, dass Lara Geld von einem Härtefallfonds bekam, um auf die Uni gehen zu können. Eine Wohnung gekauft zu bekommen, war ... ein Lotteriegewinn.

Sie hatten das Gleiche für seinen Bruder Harry getan, hatten ihm mit einem Apartment in Zürich unter die Arme gegriffen, wo er jetzt lebte und als Banker arbeitete. Er war zehn Jahre älter als Jamie, und ich war ihm nur ein einziges Mal begegnet, ein paar Jahre zuvor. Ich konnte mich nur erinnern, dass er sehr stark nach Tabak roch.

Trotzdem. Dass seine Eltern Geld hatten, war nicht Jamies Schuld. Ich hatte ihn schon gekannt, als sie ebenfalls finanziell zu kämpfen hatten.

»Eine Wohnung in Soho klingt ... ziemlich toll.« Ich streckte eine Hand aus und strich über seinen Nacken. Seine Haut war warm und glatt, wie ein Kieselstein am Strand. Er krümmte sich leicht unter meiner Berührung, und die Anspannung wich von seinen Schultern.

»Geld ist nicht alles, Neve.«

Ich war mir ziemlich sicher, dass nur Leute mit Geld so etwas sagten. Aber ich ließ es ihm durchgehen.

»Ich meine, ja. London könnte gut sein. Aber sie übersehen eine Riesensache.«

»Was denn?«, flüsterte ich.

»Ich hätte dich nicht.«

Das konnte nur eines heißen: Dass ich mit ihm in dieser Wohnung leben würde, war ausdrücklich keine Option. Oder möglicherweise eine Bedingung des ganzen Arrangements.

»Ich will mit dir zusammen sein«, fuhr er fort. »Lass uns hier ein Leben für uns aufbauen.«

»Ich will nicht, dass du irgendetwas für mich opferst.«

»Das werde ich nicht. Das tue ich nicht. Ich liebe dich.«

Ich beugte mich vor und küsste ihn, spürte, wie er schauderte.

»Was hat das zu bedeuten?«

»Was?«

»Das Gemälde.«

»Grandad sagte ... es ginge dabei um Einsamkeit. Oder vielleicht Angst. Es wurde während des Krieges gemalt.«

Ich küsste ihn noch einmal. »Deine Eltern denken, dass ich dich aufhalte.«

»Das ist mir egal. Ich liebe dich. Ich liebe dich, Neve.«

Ich schob eine Hand unter seinen Morgenmantel und spürte, wie er scharf einatmete, ein lustvoller Atemzug, während meine Finger langsam über seine Haut glitten. Ich konnte nicht anders. Ich wollte ihm zeigen, noch einmal, wie sehr ich ihn wirklich liebte.

Leute sagten mir immer wieder, es sei unmöglich, dass ich mit achtzehn Jahren den Menschen gefunden hatte, mit dem ich mein Leben verbringen wollte.

Und doch waren wir hier.

»Du und ich, Neve, für immer.« Die Worte glitten aus seinem Mund in meinen. Sie schmeckten so gut, genau das, was ich hören wollte.

»Für immer«, hauchte ich zurück.

Kapitel 2

Jetzt

Mein Bildschirm ist jetzt die einzige Lichtquelle in dem verlassenen Büro. Er leuchtet so hell wie ein Aquarium in der Dunkelheit. Ich sehe auf die Uhr, strecke die Arme über den Kopf aus. Zehn Uhr. Noch eine Stunde, schätze ich, dann kann ich bei diesem Pitch-Paket auf *Speichern* drücken, bevor ich es mir morgen ein letztes Mal durchlese.

Mein Telefon klingelt. Sein Vibrato lässt mich in der bibliotheksartigen Stille des leeren Großraumbüros zusammenzucken.

Es ist, überraschenderweise, mein Ex-Freund Leo.

»Hey«, sagt er lässig, als ob es letztes Jahr um diese Zeit ist und er mich fragt, was für ein Bier er zum Abendessen mitbringen soll.

»Ich arbeite«, sage ich höflich, absolut nicht erpicht darauf, irgendeine unangebrachte Nostalgie zu schüren. »Was gibt's?«

»*Plus ça change.*«

»Ich weiß nicht, was das heißt.« (Er auch nicht.) »Was kann ich für dich tun?«

Er atmet aus. Ich höre das Klicken eines Feuerzeugs. Binnen zehn Sekunden habe ich erneut Bekanntschaft mit den wesentlichen Eigenschaften von Leo geschlossen, die mir immer am meisten gegen den Strich gingen. Jetzt muss er mich nur noch *Babe* nennen und anfangen, von Kryptowährung zu schwafeln, dann wird er mindestens die Top Five abgedeckt haben.

»Babe, ich dachte, du solltest es als Erstes von mir hören.« Ich halte den Blick auf den Bildschirm geheftet, lösche einen falsch gesetzten Apostroph, füge ein paar Kommata ein. Ist die Schriftart zu klein?

»Ich werde heiraten.«

»Oh. Tatsächlich?« Eine Sekunde verstreicht. »Herzlichen Glückwunsch.«

Seine Freundin – jetzt Verlobte, nehme ich an – ist eine Ex-Kollegin. Sie haben sich kennengelernt, als Leo und ich noch zusammen waren. Es ist nicht ganz klar, ob es da eine gewisse zeitliche Überschneidung gab. Aber die Wahrheit ist, im Grunde meines Herzens bin ich mir nicht sicher, ob es mich wirklich kümmert.

»Du solltest kommen.«

»Zu der Hochzeit?«

»Na ja, schon.«

Das verblüfft mich. Ich hatte mit Leo ungefähr drei Gespräche, seit ich Schluss gemacht habe, und null mit ihr. Er ist der einzige Mensch, den ich kenne, der eine Einladung zu einer Hochzeit beiläufiger aussprechen kann als eine zum Dinner im Nando's.

Ich seufze, überfliege wieder den Bildschirm. Die Präsentation ist ein Pitch für einen möglichen neuen Auftrag, den ich im Alleingang handhabe, den Umbau eines denkmalgeschützten Herrenhauses nahe der Küste von North Norfolk. Das Projekt an Land zu ziehen, wäre ein weiterer Meilenstein auf meinem Weg zur Beförderung.

»Ich glaube nicht, dass das angebracht wäre«, sage ich schließlich. »Aber ... ich wünsche dir aufrichtig alles Gute, Leo.«

Ein paar Augenblicke erwidert er nichts, spielt nur mit seinem Feuerzeug. *Klick, klick.*

»Kann ich dir einen Rat geben, Neve? Als Freund?«

Meine Nackenhaare stellen sich auf, bei beiden Andeutungen. »Na klar. Warum nicht?«

»Du arbeitest zu hart.«

»Das ist kein Rat.«

»Okay. Na dann, nenn es ... eine gut gemeinte Feststellung.«

Ich überlege, ihm zu sagen, dass der letzte Mensch, von dem ich, wenn ich dafür anfällig wäre, Lebenstipps annehmen würde, ein Mann ist, der in den vergangenen vier Jahren von drei Jobs gefeuert wurde. Aber stattdessen hole ich einmal Luft und lächele, wie ich es immer tue, wenn ein Kunde vor mir einen Tobsuchtsanfall kriegt. »Ist das alles?«

Klick, klick. »Ja, ich nehm's an.«

»Viel Glück, Leo.«

Darüber lacht er nur und legt dann auf.

Ich blockiere seine Nummer und wende mich wieder meinem Bildschirm zu.

Ich gehe durch verlassene, mondbeschienene Straßen nach Hause. Auf dem Weg beantworte ich eine Nachricht von meiner Kollegin Parveen, die mit ihrem kleinen Sohn noch immer wach ist, aber trotzdem Zeit findet, sich Sorgen wegen meiner Arbeitsmoral zu machen. Sie erwähnt hohen Blutdruck. Ich versichere ihr, dass ich für heute Feierabend gemacht habe, dann schaue ich, kurz bevor er schließt, bei meinem Eckladen vorbei, um eine Flasche Wein mitzunehmen.

Zu Hause angekommen, kicke ich meine Schuhe von mir, werfe meine Tasche hin und lege den Weißwein ins Gefrierfach.

Ich habe die letzten paar Jahre damit zugebracht, mein kleines Reihenhaus liebevoll zu renovieren, habe auf hochwertige Teile von Designern, die ich liebe, hart gespart und an den Wochenenden Schrottplätze nach antiken Kaminen und Türen mit Buntglaseinsätzen und Holzläden für meine Fenster abgegrast.

Inzwischen kann ich mir nicht mehr vorstellen, je von hier wegzugehen. Leo hat mich einmal gefragt, ob ich Lust hätte, mit ihm in eine gemeinsame Wohnung zu ziehen, und ich reagierte, als hätte er vorgeschlagen, organisiertes Verbrechen als Hobby aufzunehmen.

Ich kann meine Nachbarn streiten hören. Nichts Neues an der Front. Irgendetwas darüber, dass er sich an ihrem Ausgehabend, von dem sie eben nach Hause gekommen sind, keine Mühe gegeben hat. Ich schalte den Fernseher ein, drehe die Lautstärke auf. Ich sitze ungefähr fünf Minuten davor, außerstande, auch nur einer einzigen Sache zu folgen, dann entscheide ich, dass ich ebenso gut ein paar Punkte von meiner To-do-Liste abhaken könnte, während ich darauf warte, dass der Wein kühlt.

Leo hat mich einmal gebeten, ihn zu heiraten. Der Kontext war unerklärlich. Wir waren in einer Bar in Griechenland. Beide haltlos betrunken, in einem passiv-aggressiven Streit wegen Geld. Zum Glück war ich so geistesgegenwärtig, ihm eine Abfuhr zu erteilen. Im Grunde meines Herzens wusste ich – vielleicht hatte ich es schon immer gewusst –, dass er nicht der Richtige war.

Er hatte ein paar attraktive Eigenschaften. Er verstand es sehr gut, mich zum Lachen zu bringen, und neigte nicht dazu, wegen Kleinigkeiten auszuflippen, was meine Tendenz ausglich, das Gegenteil zu tun. Und er sah unverschämt gut aus, was vermutlich den Funken noch lange über den Punkt hinaus am Leben erhielt, an dem wir ihn gemeinsam hätten auslöschen sollen. Aber letztendlich wusste ich, dass ich, wenn ich achtzig war, nicht die Augen aufschlagen und Leo neben mir liegen sehen wollte. Für mich war die Entscheidung so einfach.

Ich streife ein Paar Gummihandschuhe über und mache mich mit dampfendem Wasser und Sprühreiniger in meinem Badezimmer ans Werk. Ich wische den Küchenboden. Ich lasse die Spülmaschine leer laufen, eine halbe Zitrone in den oberen Korb gesteckt, lege Wäsche zusammen, trage eine Haarmaske auf. Ich bügele die Falten aus meinen Bettlaken.

Es ist zwei Uhr morgens, als ich das Licht schließlich ausschalte. Meine Nachbarn haben ihren Streit gegen eine Runde quälend lauten Sex getauscht. Ich schließe die Augen vor dem migräneauslösenden Hämmern, taste nach meinen Kopfhörern, um die Dinge nicht hören zu müssen, die sie abwechselnd zueinander sagen. Ich versuche, nicht an mein letztes Mal zu denken, mit Leo. Und auch wenn mir das gelingt, schaffe ich es doch nicht, die Flut von Gedanken, die danach folgt, einzudämmen.

Und so sitze ich um halb vier Uhr morgens im Erdgeschoss in meinem Pyjama im Schneidersitz da und versuche zu meditieren, um mich zu entspannen. Ich gebe rasch auf. Ich habe den Dreh fürs Meditieren nie herausbekommen. Ich habe einfach keinen Draht dafür.

Daher vergesse ich das mit dem Schlafen und alle Versuche, meinen Kopf zu klären, und gehe hinaus in meinen winzigen Garten. Ich atme die frühmorgendliche Luft tief in mich ein und denke, wie so oft, an Jamie und an Lara.

Ich bleibe draußen auf dem Patio, bis mir kalt wird, und dann fällt mir mit einem Ruck etwas ein, was ich zu tun vergessen habe.

Und so beginnt mein Freitag: mit der gefährlichen Entfernung von Glasscherben infolge der Weißweinexplosion in meinem Gefrierfach. Na ja, wenigstens hat es mir den Kater erspart.

Kapitel 3

Um Mittag kommt Parveen von einem Meeting bei einem örtlichen Architekturbüro zurück.

Sie summt.

Parveen summt nie. Um genau zu sein, tut das keiner von uns. Das hier ist nicht die Art Büro.

Verstehen Sie mich nicht falsch – es ist ein schöner Ort zum Arbeiten. Aber es ist das Gegenteil von entspannt. Wir sind nie sorglos genug, um zu summen. An manchen Tagen haben wir kaum Zeit, um Koffein zu tanken.

»Was ist denn in dich gefahren?«, frage ich sie lächelnd, während sie sich in den Sessel neben meinem gleiten lässt.

»Hatte eben ein tolles Meeting. Bei Crave & Co.«

»Oh, für diese Millbrook-Geschichte? Wie sieht das alles aus?«

Kelley Lane Interiors, die Innendesigner, für die Parveen und ich arbeiten, haben den Vertrag für den Innenausbau der Millbrook-Seniorenwohnanlage an Land gezogen, ein Zweckbau, der derzeit im Osten von Norwich errichtet wird.

Parveen fächelt sich mit einem Aufrissplan Luft zu. »Ich weiß ja nicht, ob es nur an meinen Hormonen liegt, aber der Architekt bei dem Projekt ist *heiß*.«

Ich lache.

»Im Ernst. Was ist denn los mit mir? Ich musste ständig daran denken, seine Babys zu bekommen.«

»Du hast bereits zwei Babys mit jemand anders bekommen, schon vergessen?« (Zwillinge, mit ihrem Ehemann Maz, einem Anwalt, den sie abgöttisch liebt.)

»Ach ja«, sagt sie gespielt wehmütig. »Aber trotzdem. Ein Mädchen darf träumen.«

Ich kenne Parveen seit acht Jahren. Wir haben beide im selben Sommer bei KLI angefangen, und ich könnte mir keine bessere Schreibtischkollegin vorstellen. Sie ist superschlau, absolut schlagfertig und – witzigerweise – auch die ungeschickteste Person, der ich je begegnet bin, so sehr, dass sie sich inzwischen weigert, auch einmal das Kaffeeholen fürs Büro zu übernehmen, wegen des glaubwürdigen Risikos, anderen Leuten Verbrennungen dritten Grades zuzufügen.

»Erzähl mir von dem Projekt.« Ich liebe die frühen Phasen eines neuen Auftrags – die Meetings und die Informationsbeschaffung, das Schimmern von Möglichkeit und Potenzial.

Sie lächelt. »Sein Name ist Ash Heartwell.«

Ich lächele zurück. »Aufrichtig nur an dem Projekt interessiert.«

Ich kenne das Architekturbüro Crave & Co – wir arbeiten ständig mit ihnen zusammen –, und ich weiß *von* Ash Heartwell, aber ich bin ihm nie persönlich begegnet.

Eine E-Mail piepst in meinem Postfach. Von Parveen. Ein Link zu Ash Heartwells Profil auf der Website von Crave & Co.

»Äh, ich werde ihn jetzt aber nicht stalken. Musst du dir meinen Ventilator borgen oder so?«

»Sieh ihn dir nur ganz kurz an«, fleht sie. »Sein Profilbild sieht aus wie eine Aftershave-Reklame. Du kannst das Paco Rabanne förmlich riechen.«

Widerstrebend klicke ich den Link an. Es stimmt – das Schwarz-Weiß-Porträt erinnert mich tatsächlich an etwas, was man auf der Innentitelseite von GQ sehen würde. Ich überfliege seine Bio.

Ash kam nach seinem Studium an der Bartlett School of Architecture zu uns. Er wandte sich der Architektur nach einem Unfall in seinen Zwanzigern zu, der ihn veranlasste, seine Berufswahl zu überdenken. Ash hat während seines Studiums etliche Auszeichnungen gewonnen und assistiert derzeit bei einer Reihe von Projekten.

»Du weißt, wer er ist, stimmt's?«

»Hmm?«, frage ich, klicke mich aus der Seite und zurück zu dem Fly-Through auf meinem Bildschirm.

»Er ist der Typ, der vom Blitz getroffen wurde.«

Ich spüre, wie mein Mund trocken wird. Ich greife nach dem Glas Wasser auf meinem Schreibtisch und nehme einen kräftigen Schluck.

»Erinnerst du dich nicht? Das ist jetzt ein paar Jahre her. Es stand in allen Zeitungen.«

Ich erinnere mich durchaus an den Mann, der vom Blitz getroffen wurde. Aber damals achtete ich nicht darauf. Denn es passierte in derselben Nacht wie etwas anderes, etwas Katastrophales, das meine Welt – und mein Herz – in Stücke riss.

»… Neve?«

Ich blinzele den drohenden Flashback weg. »Entschuldige, was?«

»Ich habe dich gefragt, ob du mir später einen Gefallen tun könntest.«

Ich schüttele mein Unbehagen ab. »Ja, na klar.« Das fällt mir leicht: Parveen ist einer dieser seltenen und entzückenden Leute, die ihre Kollegen nie um grässliche Dinge bitten, nur weil sie selbst keine Lust darauf haben.

»Du weißt doch noch gar nicht, was es ist. Und ehrlich gesagt ... ist es das, was du am wenigsten gern tust.«

Okay, ich nehme es zurück. Ich stöhne auf und neige den Kopf über meine Tastatur. »Bitte keine Elftklässler mehr.«

KLI macht viel Nachwuchsarbeit vor Ort, geht an Schulen, Colleges und Universitäten. Wir nehmen Praktikanten in ihrem Abschlussjahr und arbeiten bei verschiedenen Projekten mit Bildungsanbietern zusammen. Ich habe kein Problem damit, irgendetwas davon zu tun – um genau zu sein, tue ich es durchaus gern –, aber die letzte Gruppe Elftklässler, vor denen ich sprach, war brutal. Ich wurde erst ausgelacht, dann mit Zwischenrufen gestört, und die Lehrerin, die mir versicherte, ich hätte einen Begeisterungssturm entfacht, hatte während der ganzen Veranstaltung auf ihrem Handy herumgetippt.

Mit Zwischenrufen kann ich umgehen. Damit, dass meine Zeit verschwendet wird, nicht.

Parveen schiebt mir eine Einladungskarte über den Schreibtisch zu. »Ich soll heute Abend zu dieser Vernissage in dieser Kunstgalerie in der Magdalen Street gehen, aber ich habe es total verschwitzt, und Maz leitet heute in der Arbeit diese Riesenmediation, die sich bis in den Abend hinziehen könnte, daher muss ich *unbedingt* für die Zwillinge zu Hause sein.«

Ich hasse es, mit Leuten über Kunst zu reden, wie Parveen sehr wohl weiß. Sie ist KLIs hauseigene Kunstexpertin und pflegt in der Regel im Namen unserer Kunden den Kontakt zu Händlern, da sie an der Uni Kunstgeschichte studiert hat und einfach nicht genug von dem Zeug kriegen kann.

Es ist nicht so, dass ich das nicht kann: Ich kann so ziemlich alles schaukeln, wenn ich genug Einlesezeit habe. Es ist eher so, dass ich in Sachen Aufgeblasenheit eine sehr niedrige Schmerzgrenze habe. Leo liebte es, in Kunstgalerien zu gehen und Unsinn zu schwafeln, nur um zu prahlen. Er hatte keinen blassen Schimmer, aber sein Ego wurzelte darin, sich den gegenteiligen Anschein zu geben. Das Gleiche war es mit Wein, Literatur und – das war jedes Mal der Gipfel, vor allem auf Dinnerpartys – internationaler Politik.

Parveen macht ein flehendes Gesicht. »Halbe Stunde, maximal, nur damit ich sagen kann, dass die Firma ihr Gesicht gezeigt hat. Du musst nur den kostenlosen Wein trinken und ein bisschen herumschlendern, und dann kannst du gehen.«

»Trinken, herumschlendern und gehen?«

»Versprochen.«

»Ich schätze, das kriege ich gerade noch hin«, sage ich und wende meine Aufmerksamkeit wieder der Art-déco-Küche zu, an der ich arbeite. »Aber du übernimmst den nächsten Schwung Elftklässler.«

»Abgemacht«, sagt sie strahlend. »Und hey, man kann nie wissen – letztendlich könntest du mit jemand richtig Interessantem ins Gespräch kommen.«

Ich denke an Leo und ziehe eine Augenbraue hoch. »Ich weiß deinen Optimismus zu schätzen, Parv, aber lass uns nicht übertreiben.«

Kapitel 4

Ich komme ein bisschen zu spät, nachdem ich bei der Überarbeitung des Innendesigns für den Umbau einer zweistöckigen Scheune die Zeit vergessen habe. Die Pläne waren in letzter Minute in meinem Postfach gelandet, mit der Bitte des Bauunternehmers um rasche Erledigung.

Die Galerie ist still. Der Künstler spricht. Ich schlüpfe hinten hinein und schnappe mir einen lauwarmen Weißwein vom Tisch neben mir. Die Ausstellung, um die es geht, ist Öl auf Leinwand, jedes Werk eine Masse gedämpfter Farben, die Motive obskur.

Und dann sehe ich ihn. Auf der anderen Seite des Raums, ebenfalls ein Glas Weißwein in der Hand. Er hört gebannt zu, aber aus irgendeinem Grund dreht er, während ich ihn ansehe, den Kopf.

Unsere Blicke prallen aufeinander. Die Welt tut einen Atemzug. Ich spüre, wie die Hitze seines Blicks wie eine Flamme durch mich leckt.

In meinem ganzen Leben gab es nur einen einzigen anderen Menschen, der mich so angesehen hat.

Mir wird bewusst, dass er der Blitzschlag-Typ ist. Parveens neuer Arbeitsschwarm. Er ist in der Gegend hier eine kleine Berühmtheit, etwa so, wie man es vielleicht wäre, wenn man eine Haiattacke oder einen Angriff von einem Rhinozeros überlebt hat. Aber ich kenne die Details nicht. Ich weiß, wenn ich im Internet die Ereignisse jenes Abends recherchieren würde, dann würde ich auf den anderen Unfall stoßen, der nur Augenblicke davon entfernt, nur eine Straße weiter, passiert ist. Und ich will mir keinen dieser Berichte je wieder ansehen.

Der Künstler hört auf zu sprechen. Ein bisschen höflicher Beifall ertönt, der kurz darauf in ein leises Gesprächsgemurmel übergeht.

Auf der anderen Seite des Raums sehe ich, wie Ash beginnt, an den Gemälden entlangzuschlendern. Er hält vor jedem einzelnen inne, widmet ihm Zeit und Aufmerksamkeit. Er ist eine einsame, nachdenkliche Gestalt zwischen dem Gewirr von Körpern. Ich folge ihm unwillkürlich mit den Augen durch den Raum, den Blick nur auf ihn geheftet. Ich bin so gebannt, dass ich gar nicht bemerke, wie er immer näher kommt, bis er buchstäblich neben mir stehen bleibt.

Und dann. Es schlägt mir mit voller Wucht entgegen: der Duft von Tom Ford Noir. Er ist unverwechselbar. Ich würde ihn überall erkennen.

Ich versuche mich zu sammeln. Er ist groß, wird mir bewusst, noch größer als ich. Er sieht aus, als ob er ebenfalls gleich von der Arbeit gekommen ist, in einer dunklen Jeans und einem gebügelten Hemd.

Ich beschließe, mich vorzustellen, da ich allmählich den Verdacht habe, dass er es ist, der Parveen die Einladung gegeben hat.

»Hallo«, schalte ich fröhlich in den Arbeitsmodus. »Ich bin Neve Lambourne. Von Kelley Lane Interiors.«

Seine Miene hellt sich auf. Er wendet sich zu mir um. »Oh. Hi. Parveen hat gesagt, Sie würden vielleicht vorbeischauen.«

Ich lächele in mich hinein. *Ach ja, hat sie das.*

Er streckt eine Hand aus. »Ash Heartwell.«
Wir geben uns die Hand. Sein Griff ist fest und warm. Irgendwie trifft er jeden Berührungspunkt in meinem Magen.

Er weist mit einem Nicken auf das Gemälde vor uns, vielleicht, um das Risiko einer Verlegenheitspause zu vermeiden. »Was halten Sie davon?«

Der Raum ist klein und heiß, brechend voll von Körpern. Jede Oberfläche ist hell wie Flutlicht. Auf einmal spüre ich Schweiß in meinem Nacken kribbeln, das Gefühl, abgeschätzt zu werden.

»Sehr ... eindringlich«, sage ich entschieden. (Das ist mein Standardadjektiv, um abstrakte Kunst zu beschreiben. Im Allgemeinen verschafft es mir genügend Sekunden, um auf ein anderes Thema umzuschwenken oder, wenn mir das nicht gelingt, einen respektablen Abgang hinzulegen.)

»Eindringlich«, wiederholt er mit einem Nicken. Und dann: »Für mich dreht sich alles um die Farbpalette. Die Art, wie sie sich mit dem Licht und dem Dunkel gleichermaßen verbindet, wissen Sie?«

Das ist der Grund, weshalb ich allergisch gegen Kunstgalerien bin. Die Leute erwarten eine wortgewandte Analyse. Die Wahrheit ist, in diesem Augenblick wäre ich weitaus lieber wieder im Büro, um an diesem Scheunenumbau zu arbeiten.

»Mmm«, sage ich mit einem Nicken. Ich wünschte, ich hätte wenigstens die Zeit gefunden, den Katalog zu lesen, bevor ich vorhin Schluss gemacht habe.

Ash neigt den Kopf zu meinem. »War nur ein Witz. Ich habe null Ahnung von Kunst.«

Ich lache erleichtert auf, bemerke seinen strahlenden, festen Blick, seinen kantigen Kiefer. Die Spur von Lachfältchen. Den leichten Anflug von Schalk in seinem Lächeln.

Er nippt an seinem Wein. »Also, falls die Frage gestattet ist, was tun Sie hier? Wenn Sie eine solche Kunstphobikerin sind, meine ich.«

»Das ist es nicht. Es ist nur, dem meisten Zeug stehe ich eher ... neutral gegenüber.«

»Jeder hat mindestens einen Künstler, der ihm unter die Haut geht.«

Ich spüre seinen Blick auf mir. Er hat natürlich recht – es gibt einen Künstler, der mir unter die Haut geht. Dessen Gemälde mir irgendwie das Gefühl geben, Jamie wieder nahe zu sein. Der mir schon immer unter die Haut gegangen ist. »Na ja«, räume ich ein, »ich nehme an ... Edward Hopper. Es gibt dieses eine Gemälde von ihm ...«

»*Nachtschwärmer*«, sagt er, ohne eine Sekunde zu zögern.

Ich starre ihn an. Mein Atem ist eine Gewitterwolke, die in meiner Kehle schwebt.

»Ich habe dieses Gemälde in meiner Wohnung. Na ja, einen Druck davon, natürlich.«

»Ich auch. Ich habe einen zu Hause.«

Während ich ihn wieder betrachte und das Tom Ford einatme, tritt eine Frau in einem Tweedkostüm, das Chanel sein könnte, auf uns zu. Ich kenne sie über Kelley; sie ist Immobilienentwicklerin und Direktorin einer örtlichen Kunst-Charity.

»Hallo, Neve«, begrüßt sie mich warmherzig mit einem Luftkuss. »Wie geht es dir, meine Liebe? Kann ich schrecklich unhöflich sein und dich für einen Moment entführen? Ich würde dich gern mit jemandem bekannt machen.«

Ich sehe Ash mit einem entschuldigenden Lächeln an. »Verzeihen Sie, bitte.«

»Natürlich«, sagt er, und dann werde ich fortgerissen. Nachdem Kelleys Kontakt mich ihrer Bekannten vorgestellt

hat, beginne ich, durch den Raum zu schlendern, meinerseits Leute einander vorzustellen. KLI ist eine bekannte Lokalgröße, und ich kenne praktisch jeden hier, wenn auch nur indirekt.
Von Zeit zu Zeit spüre ich, wie Ash mich beobachtet. Ich habe mich von unserem Wortwechsel vorhin noch immer nicht völlig erholt oder ergründen können, warum er irgendwie keinen Sinn ergab.

Ungefähr eine Stunde später fängt er mich an der Tür ab.
»Ich muss jetzt gehen, aber ... das hier bin ich.« Er reicht mir eine Visitenkarte.
Trotz meines leichten Unbehagens lächele ich. »Möchten Sie ... unsere Diskussion über Kunst fortsetzen?«
Er lacht leise. »Ja. Genau das.«
Ich fange seinen Blick auf. »Hat mich gefreut, Sie kennenzulernen.«
»Ganz meinerseits.«

Kapitel 5

Damals

Wir drei zogen in ein Reihenhaus mit zwei Schlafzimmern in der Edinburgh Road. Jamie und ich hatten das größte Zimmer, nachdem wir uns bereit erklärt hatten, für das Vergnügen fünfundzwanzig Pfund extra pro Woche zu bezahlen. Streng genommen hätten sowohl Lara als auch ich weiterhin zu Hause wohnen können – meines war keine halbe Meile die Straße hinunter, und Laras Familie lebte von Tür zu Tür nur fünf Meilen entfernt. Aber keine von uns war erpicht darauf. Wir wollten wenigstens so tun, als hätten wir das Nest verlassen. Laras Eltern waren entzückend, aber Laras kürzliche rebellische Phase war der Beweis dafür, dass sie bereit war zu gehen. Sie musste frei sein.

Jamie und ich zogen an einem Sonntagabend Anfang September ein. Lara war noch nicht da. Seine Mutter fuhr uns hin, und ihr ungeschickt geparkter SUV nahm fast den ganzen Gehsteig in Beschlag, während wir unsere Kartons aus dem Wagen ins Haus schleppten.

Sie hatte darauf bestanden, mit ihm einkaufen zu gehen, um haufenweise Zeug zu besorgen, bei dem ich mir sicher war, dass wir es nicht brauchen würden. John-Lewis-Bettwäsche und Topfpflanzen, Kissen, die besser zu ihrem im Regency-Stil gehaltenen Wohnzimmer in Putney gepasst hätten. Kochbücher – Delia und *Good Housekeeping* und irgendetwas vom River Café, wo Jamie zweimal gewesen war. Eine richtige Kaffeemaschine, die Art, die mit Kapseln befüllt wurde. Und zwei ganze Eimer voll Putzzeug.

Als ich mich etwas früher an diesem Tag von meiner eigenen Mutter verabschiedet hatte, hatte sie mir zwanzig Pfund und eine Schachtel Zigaretten zugesteckt.

»Äh, ich rauche nicht?«

Sie tätschelte meinen Arm. »Sie könnten sich als nützlich erweisen. Für alle Fälle.«

»Für welche Fälle genau?«

»Alle anderen tun es?«

»Okay. Danke. Eins-a-Erziehung, Mum.« War es wirklich zu viel, sich ein vernünftiges Abschiedsgeschenk zu wünschen, zum Beispiel eine Flasche Wein oder einen neuen Pyjama?

»Na ja«, sagte sie, »sie gelten als Zahlungsmittel, weißt du. Du kannst sie immer gegen irgendetwas eintauschen, was du wirklich haben willst.«

»Ich gehe auf die Uni, nicht ins Gefängnis«, erwiderte ich. Während wir unsere Sachen einräumten, entdeckte Jamie einen Bilderhaken an der Wand, genau gegenüber unserem Bett. Er nahm das *Nachtschwärmer*-Gemälde aus dem Handtuch, in das er es gewickelt hatte, und hängte es auf.

»Es sieht wunderschön aus.« Ich schlang ihm einen Arm um die Taille, während wir zurücktraten, um es zu bewundern, als würden wir das Original zum ersten Mal in einer Galerie sehen. Mein Blick wanderte hinüber zu den bronzenen Alphabet-Buchstützen, die jetzt die winzige Bibliothek zusammenhielten, die wir mitgebracht hatten. Ein N und ein

J. Er hatte sie mir am Abend zuvor geschenkt, in schlüsselblumengelbes Seidenpapier gehüllt.

»Ein Andenken an unser allererstes gemeinsames Zuhause«, sagte er. »Damit wir uns, wo immer unser nächstes Bücherregal stehen wird, immer an unser erstes erinnern werden.«

Jetzt betrachtete ich die Bücher. Sein zerfleddertes Exemplar von *Ein eigener Ort: Die Architektur der Tagträume*, *Architektur analysieren* und *Kunst und Illusion*, alle der Größe nach angeordnet. Meine Hälfte beinhaltete eine illustrierte Geschichte des *Vogue*-Magazins, einen Bildband über Traumhäuser, der ein bisschen zu klobig für die Form des Regals war, und zwei Nick-Hornby-Romane, die meine Mutter irgendwann einmal von einem Sozialladen mit nach Hause gebracht hatte, nie gelesen hatte und nicht vermissen würde.

Dann platzte Jamies Mum ins Zimmer, riss sich die Gummihandschuhe von den Händen. Sie hatte eine, wie sie es nannte, »Dekontamination« durchgeführt, obwohl das Haus für mich schon jetzt ziemlich sauber aussah.

Sie blieb stehen, als sie das Gemälde sah. »Nein, Jamie.«

Wir sahen sie beide an.

»Das kannst du nicht hierbehalten. Es könnte gestohlen werden.«

»Es ist nur ein Druck«, erwiderte Jamie. »Es ist nicht wertvoll.«

»Wert und Sentimentalität sind nicht dasselbe, Schatz. Lass es mich wieder mit nach Hause nehmen. Ich werde es in deinem Schlafzimmer für dich aufbewahren, bis du eine nette Bleibe findest.«

Ich wusste, dass sie es nicht so gemeint hatte. Aber die Bemerkung versetzte mir dennoch einen Stich. Das Haus war in

Ordnung. Wir waren in einer guten Gegend. Die Straße war eine der besseren auf der Liste, die man uns gegeben hatte.

»Wir werden gut darauf aufpassen«, versicherte ich ihr.

Dann sah sie mich an, etwas, was sie nur selten tat. Jedes Mal, wenn wir drei zusammen waren, wandte sie sich hauptsächlich an Jamie, abgesehen von einem gelegentlichen kurzen Blick in meine Richtung.

»Bitte tu das«, war alles, was sie sagte, wobei ihre Stimme ein klein wenig brach. Und ich wusste, dass sie mich bat, auch auf Jamie gut aufzupassen.

***

»Oh, Debbie, du Schönheit«, rief Lara, als sie ungefähr eine Stunde später in unseren Kühlschrank äugte und die vier Flaschen Champagner entdeckte, die darin lagerten. Sie sah zu Jamie hinüber. »Habe ich recht?«

Sie wusste, dass der Name seiner Mum Debra war, dass niemand es je wagte, sie Debbie zu nennen.

Jamie nickte. Ich glaube, insgeheim gefiel ihm Laras Aufmüpfigkeit. »Hauseinweihungsgeschenk.«

»Offensichtlich.« Lara rieb sich die Hände. »Na ja, worauf wartest du noch, Schnöseljunge? Mach sie auf und lass die Party steigen.«

Wir tranken Champagner im Wohnzimmer, während das Licht vom Himmel schwand, spielten Karten und hörten Muse. Debra hatte Jamie – natürlich – einen Karton mit Kristallgläsern geschenkt, passend zu dem Moët, aber Lara erklärte, am ersten Tag der Uni Champagner aus Flöten zu trinken, wäre die größte Tragödie aller Zeiten. Wir pflichteten ihr bei, daher gossen wir ihn stattdessen in die Becher, die ihre Mum ihr geschenkt hatte, auf denen lustige Sprüche wie DAS LEBEN BEGINNT NACH DEM KAFFEE und EINE TASSE POSITIVI-TEE-T standen.

»Waren die … ein Witz?«, fragte Jamie, während er seinen Becher mit einer Art entsetzter Faszination betrachtete.

»Leider nein. Und Mum weiß, dass ich nichts mehr hasse als eine geistlose kleine Lebensweisheit. Cash wäre mir lieber gewesen.« Sie sah mich an. »Ich möchte wetten, deine Mum hat dir einfach zwanzig Pfund und eine Schachtel Zigaretten zugesteckt, stimmt's?«

Zu dem Zeitpunkt waren Lara und ich seit vierzehn Jahren befreundet. Es gab nichts, was wir nicht übereinander wussten. Ich hatte sie betrunken, high, verzehrt von Verzweiflung und hyperaktiv vor Freude gesehen.

Was ich am meisten an ihr liebte, das war, wie zärtlich sie unter ihrer rauen Schale war. Sie war die Art Person, die als Erste ein Pflaster holen würde, wenn man sich in den Finger geschnitten hatte. Die sicherstellen würde, dass man ein großes Glas Wasser getrunken und zwei Nurofen eingeworfen hat, bevor man sich nach einer harten Nacht ins Bett legte.

Als ich mich damals in Jamie verliebte, hatte ich keine Ahnung, wie ich mit Lara umgehen sollte. Denn auf einmal gab es Dinge, die ich mit Jamie allein unternehmen wollte – Kinobesuche, in meinem Schlafzimmer Musik hören, Stadtbummel und Dinner bei Pizza Hut. Aber Lara benahm sich nie zickig oder machte uns das Leben schwer. Stattdessen schloss sie sich uns einfach an, wenn es sich richtig anfühlte, und hielt sich im Hintergrund, wenn es das nicht tat. Wir redeten nie darüber, da es nie nötig zu sein schien.

Sie muss gewusst haben, nehme ich an, dass er ein Junge war, der es wert war, geliebt zu werden.

Aber ich brauchte sie trotzdem noch immer. Und daher war ich, als sie entschied, in Norwich zu bleiben und sich sogar ein Haus mit uns zu teilen, euphorisch vor Erleichterung.

Sie fand auf Anhieb andere Freunde. Das fiel ihr leicht, schon immer. Bereits am nächsten Abend hatte ein Typ sie zu einer Hausparty in der Angel Road eingeladen, und sie bestand darauf, dass Jamie und ich mitkamen.

Sie verschwand in der Sekunde, in der wir dort eintrafen, wurde von einer Flut neuer Bekanntschaften mitgerissen. Jamie und ich setzten uns zusammen auf ein Sofa. House Music lief, ein gnadenloser, hämmernder Rhythmus.

Nach etwa einer Stunde ging ich, um uns noch ein paar Drinks zu holen. Als ich wiederkam, blieb ich im Türrahmen stehen. Jamie redete mit einem Mädchen – blond, Smokey-Augen, endlos lange Beine, die in knappen schwarzen Shorts steckten.

Inzwischen war Jamie betrunken. Er kriegte es nicht mehr mit, wenn jemand mit ihm flirtete. Sein Gesicht war gerötet, und das Haar fiel ihm in die Augen.

Ich blieb stehen, wo ich war, und hörte zu. Das Mädchen, das nur Augen für Jamie hatte, hatte mich nicht gesehen. Sie schien ihm eine Reihe Fragen zu stellen.

»Also dann. Heimliche Fähigkeit?«

Er dachte darüber nach. »Poker.«

»Lieblingsbeschäftigung an einem Samstagabend?«

»Pub, Billard, Kebab.«

»Lieblingsfilm?«

»Alles mit Untertiteln.« (Jamie sah sich gern als eine Art Weltkinoexperte. Das hatte er von seinem Bruder, nehme ich an, der ständig beiläufig Begriffe wie Taiwanesische Neue Welle oder Italienischer Neorealismus ins Gespräch einfließen ließ.)

»Kochst du?«

»Jepp.« (Noch eine Wahrheit. Seine Mum hatte ihn gut angelernt; er beherrschte es weitaus besser als ich.)

»Beste Art, einen Sonntag zu verbringen?«

Eine Sekunde verstrich. »An den Strand gehen, und dann ... nach Hause kommen und Whisky trinken und dummes Zeug quatschen und knutschen und vergessen, wie spät es ist, weißt du?«

Davon schien sie so hingerissen, dass sie ihm eine Hand aufs Bein legte, was hieß, dass ich einschreiten müssen würde.

»Okay, letzte Frage. Das hier ist die wichtigste. Bist du bereit?«

»Ich bin bereit.«

»Katzen oder Hunde?«

»Hunde natürlich.«

Sie kreischte entzückt auf. Ich bemerkte, wie sich ihr Griff um sein Bein verstärkte.

Ich beugte mich hinunter, um Jamie sein aufgefülltes Glas zu reichen.

Sie sah zu mir hoch und blinzelte zweimal, als wollte sie sagen: *Können wir dir helfen?*

»Bitte sehr«, sagte ich.

»Hey, das hier ist Neve. Neve, das hier ist ...« Er brach ab, dann zuckte er die Schultern.

»*Claire*«, sagte sie mit einem Blick, der Milch hätte gerinnen lassen können.

Sie tat mir ein bisschen leid, als sie sich entfernte. Sie hatte sich so ins Zeug gelegt, hatte ihre knappsten Shorts angezogen, und Jamie hatte nicht einmal ihren Namen registriert.

Kapitel 6

Jetzt

Nicht lange nachdem ich von der Kunstgalerie nach Hause komme, klingelt mein Telefon. Ich habe eben die heutige Post durchgesehen und eine Waschmaschine angesetzt, und jetzt räume ich Geschirr vom Abtropfbrett. Ich bin unruhig, seit ich vorhin Ash begegnet bin. Nicht unbedingt auf eine negative Art – aber genug, um mir das Gefühl zu geben, dass Stillsitzen keine Option ist.

Ich werfe einen zögernden Blick auf das Display, bete, dass es nicht der Scheunenumbau-Typ ist, der versucht, seine Deadlines nach vorne zu verschieben. Ich habe grundsätzlich nichts dagegen, am Wochenende zu arbeiten, aber die letzten paar Tage waren hektisch, und ich hatte eigentlich vorgehabt, die nächsten achtundvierzig Stunden faul zu sein und allenfalls ein bisschen im Haus herumzuwerkeln.

Jamie hätte dieses Haus geliebt. Ich habe es zum Teil deshalb gekauft, weil es mich so sehr an das Haus erinnerte, das wir uns auf der Uni zwei Jahre lang teilten. Manchmal nehme ich einen Umweg über die Edinburgh Road, nur um es mir noch einmal anzusehen, zu spüren, wie mich die Erinnerungen durchströmen.

Es ist Parveen. Ich stelle sie auf laut.

»Wie war die Vernissage?«

»Jaja. Netter Versuch, Parv.«

Ich weiß, dass sie lächelt, noch bevor sie antwortet. »Oh, ich bitte dich. Einen so hinreißenden Mann darf man sich doch nicht entgehen lassen. Wenn ich ihn nicht haben kann, dann muss es jemand anders tun, und dieser Jemand solltest du sein.«

»Ich hab's dir doch schon gesagt, ich bin nicht auf der Suche.«

»Erinnere mich noch einmal, warum nicht?«

»Ich bin beschäftigt. Und ich habe keine Energie für Dates. Sie wollen alle nur Sex im Auto.«

»Das war ein einziges Mal, ein einziger Typ, Neve.«

»Egal – woher willst du überhaupt wissen, dass Ash Single ist? Er könnte verheiratet sein, drei Kinder haben und ein viertes unterwegs.«

»Ich habe eine seiner Kolleginnen gefragt, nach meinem Meeting heute Morgen. Hab ihr gesagt, ich wüsste eine, die sein Traum-Match wäre.«

»Bitte sag mir, dass das ein Witz ist.«

Wir wissen beide, dass es keiner ist.

»Jedenfalls, jetzt sag schon. Warum seid ihr zwei, du und Ash, in diesem Augenblick nicht in einem Pub und gebt euch die Kante? Ich *brauche* ein bisschen schlüpfrigen Klatsch in meinem Leben. Im Moment wische ich Hackfleischauflauf von einer Wand.«

Ich halte inne, sehe hinunter auf den Lappen in meiner Hand. »Manchmal glaube ich, du kennst mich überhaupt nicht.«

»Ich weiß ganz sicher, dass an deinen Wänden nicht ein Klacks Hackfleischauflauf klebt. Du hast keine Ausrede.«

»Die Vernissage hatte nicht die Art Vibe.«

»Es war kostenloser Wein an einem Freitagabend.«
Ich wische ein letztes Mal über mein Abtropfbrett.
»Bitte, Neve. Was hast du denn schon zu verlieren?«
»Meine geistige Gesundheit. Gute Nacht, Parv.«

***

Aber ein paar Minuten später, trotz allem, was ich gesagt habe und fühle, fische ich unwillkürlich seine Karte aus meiner Brieftasche.

Während ich sie zwischen den Fingern drehe, strömt der Duft von Tom Ford Noir zu mir zurück. Der Blickkontakt. Der Blitzschlag. *Nachtschwärmer.*

Vielleicht hat Parveen recht. Vielleicht habe ich nichts zu verlieren. Ash schien aufrichtig nett, und überhaupt – er hat irgendetwas an sich, was meine Neugier beflügelt.

Was der Grund ist, weshalb ich auf einmal etwas tue, was ich schon sehr lange nicht mehr getan habe.

> Hi, Ash. Hier ist Neve von der Galerie/KLI
> War nett, dich vorhin kennenzulernen
> Hast du dieses Wochenende schon etwas vor?
> Hab mich gefragt, ob du vielleicht Lust auf einen Drink hast?

Ich halte den Atem an, während ich zusehe, wie die Häkchen blau werden und dann die Punkte zu tänzeln beginnen.

> Hey. War auch nett, dich kennenzulernen.
> Ein Drink klingt toll.

Mein Verstand beginnt prompt, vor Fragen und Emotionen zu rasen. Vor Angst und Faszination, aber auch einem Drang, ihn wiederzusehen, der, wie ich weiß, mit Jamie zu tun hat, meinem Freund vor fast einem Jahrzehnt. Ein Funke, der unverwechselbar Aufregung ist. Aufregung, die zu fühlen für mich keinen Sinn hat.

Kapitel 7

Wir leben in benachbarten Vierteln, daher schlage ich das Ribs of Beef vor, einen Pub, der auf halbem Weg zwischen uns liegt.

Ich komme früh, denn das tue ich immer. Aber Ash wartet bereits drinnen an einem Tisch.

Mein Bauch sieht ihn als Erstes. Sein scharfes Profil und sein blaues Hemd, die Ärmel bis zu den Ellenbogen hochgekrempelt. Ich versuche, nicht allzu angestrengt darüber nachzudenken, wie attraktiv er ist, über die Mädchen am Nebentisch, die mich beäugen, als ich mich nähere, und ein enttäuschtes Lachen teilen.

Als ich mich setze, nehme ich es wieder wahr: Tom Ford Noir. Es gibt mir einen kurzen Luftkuss, wie ein lange verloren geglaubter Freund, dann verflüchtigt es sich, lässt mich taumelnd zurück.

»Alle Tische draußen waren besetzt, tut mir leid.« Er lächelt und schiebt ein Glas Wein über den Tisch. Es ist Rosé, trocken, wie es scheint, mein Lieblingswein. »Hoffe, ich habe halbwegs richtig geraten. Ich habe dir eine Nachricht geschickt, um zu fragen, was du willst, aber ... an der Bar war viel los.«

Mein Telefon steckt tief in meiner Tasche. Ich bedanke mich mit einem Lächeln bei ihm. Ein trockener Rosé ist mein bevorzugtes Sommergetränk – was heißt, dass er entweder einfach nur sehr gut geraten oder Insiderinformationen über mich hat.

Ich schlüpfe aus meiner Jacke und streiche den Ausschnitt meines Kleids glatt, plötzlich nervös auf eine Art, auf die ich es seit Monaten nicht mehr war.

In dem Jahr seit Leo hatte ich nur drei Dates. Der erste kam spät und ging früh, der zweite dachte, er könnte sich herablassend über meinen Job äußern (weil er Molekularbiologe war), und mit dem dritten tauschte ich einen ganz netten Kuss und dachte, ich könnte ihn vielleicht wiedersehen, bis er keuchend vorschlug, wir sollten es auf der Rückbank seines Wagens tun.

Ash hebt sein Pint Guinness zu meinem Weinglas. »Schön, dich wiederzusehen.«

»Und dich. Tut mir leid, dass wir gestern Abend nicht lange plaudern konnten.«

»Schon gut. Du schienst sehr gefragt zu sein.«

»Ich war eigentlich nur dort, um Parveen einen Gefallen zu tun.«

Er lächelt. »Ja, das hat sie erwähnt.«

Ich fange seinen Blick auf und lächele zurück. »Kann ich dich etwas fragen?«

»Natürlich.«

»Warst du der …«

»… der vom Blitz getroffen wurde?« Er nickt, aber widerstrebend.

Ich zucke zusammen. »Entschuldige. Das kriegst du bestimmt oft zu hören.«

Normalerweise halte ich mich von Themen fern, die mir die schlimmste Nacht meines Lebens ins Gedächtnis rufen. Aber Ash hat irgendetwas an sich, das mich so stark an Jamie erinnert. Obwohl ich nicht genau ergründen kann, warum, fühle ich mich gezwungen, mehr über ihn herauszufinden.

»Es ist irgendwie seltsam, dafür bekannt zu sein«, sagt er und nippt an seinem Bier. »Ich fühle den Reiz des Neuen nicht so wie andere Leute.«

»Das verstehe ich«, erwidere ich. Jetzt wünschte ich, ich hätte es nicht zur Sprache gebracht. »Meine Mum kennt einen Typen, der von einem Krokodil angegriffen wurde. Er ist hauptsächlich dafür bekannt, dass er eine riesige Bissspur auf dem Arsch hat.«

Ash lächelt. »Soll ich mich damit besser fühlen?«

Ich schließe für einen Moment die Augen. »Nein. Entschuldige. Ich mache alles nur noch schlimmer.«

Unter dem Tisch spüre ich, wie sein Knie meines anstößt. Es lässt sich unmöglich sagen, ob es versehentlich ist.

»Und, wie ist es so, für Kelley zu arbeiten?«, fragt er. »Sie hat ja einen ziemlich heftigen Ruf.«

»Ehrlich gesagt, liebe ich es. Sie ist im Grunde mein Idol. Auch wenn sie das hier missbilligen würde.«

»Dass ... wir uns auf einen Drink treffen? Warum?«

»Sie würde sagen, es sei unprofessionell.«

Er zieht eine Augenbraue hoch. »Warum hast du es dann vorgeschlagen?«

Ich fange seinen Blick über den Tisch hinweg auf. Seine Augen sind tintenblau, die Farbe des Nachthimmels. »Ich war neugierig«, gestehe ich. »Du erinnerst mich an jemand.«

Er wartet, vermutlich darauf, dass ich es genauer ausführe.

»Jemand, den ich kannte ... vor langer Zeit.«

Er blickt interessiert. Vielleicht ahnt er, dass ich von einem Ex spreche. »Du wirst mir schon ein bisschen mehr verraten müssen.«

Ich sehe für einen Moment aus dem Fenster. Die untergehende Sonne lässt die Häuserdächer aufflammen. Der Horizont ist glühend rot.

»Warum wolltest du Architekt werden?« Ich tue so, als würde ich das Thema wechseln – obwohl ich das natürlich nicht wirklich tue, denn Jamie war auch Architekt.

Ash neigt und hebt einmal kurz, fast unmerklich, den Kopf. »Na ja, nach meinem Unfall wollte ich mich umorientieren. Davor war ich in der Ausbildung zum Arzt. Ich nehme an, ich … wollte einfach keine Zeit mehr mit Dingen verschwenden, für die ich keine Leidenschaft hatte.«

»Hat dich das schon immer interessiert? Architektur?«

Er lächelt. »Nein, und … das klingt jetzt vielleicht ein bisschen … Aber als ich im Krankenhaus war, da ist mir auf einmal einfach klar geworden, dass Architektur das war, was ich wirklich tun wollte. Irgendetwas in mir hat einfach klick gemacht, aus heiterem Himmel. Es war seltsam, aber es war auch die beste Entscheidung, die ich je getroffen habe. Vielleicht war es göttliche Intervention oder so.«

Ich starre ihn an. Mein Herz holpert wie wild in meiner Brust.

»Welchen magst du am liebsten? Architekt, meine ich.«

»Da müsste ich vermutlich sagen, Norman Foster. Den Gherkin muss man einfach lieben.«

»Muss man«, sage ich matt.

»Jedenfalls. Genug von der Arbeit. Ich würde dich ja fragen, was du zum Spaß machst, aber das ist offiziell die schlimmste Small-Talk-Frage der Welt.«

Ich lächele. »Jepp. Die hasse ich auch.«

»Ja, nicht wahr? Wenn jemand ›Spaß‹ sagt, dann soll das heißen, Bungee-Jumping oder Fallschirmspringen oder Gokartfahren oder nackt auf der Fähre auf halbem Weg nach Rotterdam aufwachen.« Er lacht. »Ehrlich gesagt war ich genau die Art Typ damals. Vor meinem Unfall. Hatte nur Spaß im Kopf. Ruf Ash an, wenn du Spaß haben willst. Alle nannten mich ›Energiebündel‹, aber ich glaube, das war nur ein höfliches Wort für Vollpfosten.«

»Und dann hast du anders gefühlt? Nach dem Unfall.«

Er nickt.

Ich nippe an meinem Wein, langsam, bedächtig. »Inwiefern?«

Er lässt sich einen Moment Zeit mit der Antwort. »Ich weiß nicht, warum genau, aber auf einmal wollte ich einfach ... mit diesem ganzen Wahnsinn aufhören – damit, Laternenpfähle hochzuklettern und wegen Landfriedensbruch festgenommen zu werden. Keine wilden Ausgehnächte mehr, die damit endeten, dass ich in Straßengräben oder Zugdepots aufwachte. Zur großen Enttäuschung meiner Freunde. Sie dachten alle, ich sei von Aliens gekapert worden.«

»Das heißt, du hattest eine Nahtoderfahrung, und dann ...?«

»Na ja, genau. Sie hat mich verändert.«

»Einfach so?«

Er nickt leise. »Es war ein Weckruf.«

Irgendetwas an seinen Worten fühlt sich nicht ganz so einfach an, wie er es hinstellt, aber ich entscheide, nicht nachzuhaken. »Und, was machst du heutzutage zum Spaß?«

»Ich dachte, wir hätten uns darauf geeinigt, diese Frage nicht zu stellen?«

»Dann eben Vergnügen. Was machst du gern zum Vergnügen?«

Unsere Blicke verharren aufeinander, nur für einen Moment. »Das klingt schon besser.«

»Na los.«
Er stöhnt auf.
»Okay, ich werde es dir leichter machen. Augenblick ... heimliche Fähigkeit?«
»Ehrlich gesagt, bin ich ein Teufel beim Poker.«
Ich schlucke. »Um Geld?«
»Manchmal.«
»Üblicher Kumpel-Ausgehabend?«
»Pub, Billard, Kebab.«
»Odeon oder ... Arthouse?«
»Arthouse.«
»Kochen oder nach Hause bestellen?«
»Ich koche tatsächlich. Und ich verspreche, das sage ich nicht nur.«
Mein Herzschlag beschleunigt sich. Ich habe eine Version dieses Gesprächs schon einmal gehört, vor vielen Jahren. Und die Antworten sind alle die gleichen.
»Strand oder Großstadt?«
»Gott, Strand.«
»Katzen oder Hunde?«
»Sagt je irgendjemand Katzen?«
»Vorstellung von einem tollen Date?«
Sein Blick verschmilzt mit meinem. »Augenblick. Vielleicht einfach nur ... einer dieser langen Abende, an denen man trinkt und dummes Zeug quatscht und vergisst, wie spät es ist.«
»Bestes Mittel gegen einen Kater?«
Er beginnt zu sprechen, aber dann überlegt er es sich anders. »Ah, das kann ich dir nicht sagen.«
»Na los.« Die Art, wie Jamie und ich immer einen Kater bekämpften, war mit Sex und Kaffee, jede Menge von beidem.

Er zögert, und dann: »Starker Kaffee und ... du weißt schon. Gute Gesellschaft.«

Ich spüre Tränen in meiner Kehle.

»Entschuldige. Das war ein bisschen zu viel Information.« Er betrachtet sein Glas. »Bin ich betrunken?«

Ein Lachen entfährt mir unwillkürlich. »Hoffen wir's.«

Ich hole noch eine Runde. Ash stellt mir mehr Fragen darüber, was ich mache und wo ich lebe, und ich erzähle ihm, wie ich mein Haus renoviere, wie viel Liebe ich in jeden einzelnen Backstein gesteckt habe. Aber dann, als er beginnt, seine Wohnung zu beschreiben – obwohl ich zu wissen glaube, was er im Begriff zu sagen ist –, werde ich von Fassungslosigkeit ergriffen.

»Sie ist nett. Am Fluss gelegen, um genau zu sein. Hoch oben, richtig tolle Aussichten.«

Ich umklammere mein Glas, besorgt, wenn ich mich nicht an irgendetwas festhalte, könnte ich anfangen zu zittern.

Oberste Etage, mittlere vier Fenster.

»Ist es eine der ... umgewandelten Fabriken?«

Er nickt. »Die Old Yarn Mill. Kennst du sie?«

In Gedanken kehre ich zurück zu jenem zweiten Weihnachtstag vor fast zehn Jahren, als Jamie und ich am Flussufer standen und zur Old Yarn Mill hochstarrten. *Wenn jemand dir sagen würde, er hätte eben ein Apartment in diesem Gebäude gekauft und wollte, dass du den Raum designst und schön gestaltest, wie würdest du dich fühlen?*

»Ich kenne sie«, antworte ich leise. »Ich möchte wetten, es ist wundervoll.«

»Na ja, das könnte es sein. Aber wie sich gezeigt hat, kann ich zwar Raumplanung und Konformität und Beleuchtung und Tischlerarbeiten, aber wenn es um Einrichtung geht, habe ich irgendwie einen blinden Fleck. Ich tue mich schwer mit Farb- und Stoffpaletten und Styling und so.«

Ich betrachte ihn ein paar Augenblicke. Sein Haar ist eindeutig dunkel, wo Jamies heller war, eher bronzefarben. Jamies Augen waren braun, aber Ashs haben das tiefe, kräftige Blau offener Ozeane. Ash ist größer, glaube ich, und ich schätze, er könnte einen athletischen Körperbau haben, während Jamie eher weich und rundlich war.

Aber trotzdem. Er ähnelt Jamie so sehr. In jeder Hinsicht, bis auf das Aussehen, könnte er fast er *sein*. Auch was er darüber gesagt hat, wie sich seine Persönlichkeit nach seinem Unfall verändert hat, nagt an mir, aber ich kann nicht genau ergründen, warum.

»Neve?«, fragt Ash sanft.

Ich kehre mit einem Ruck zurück zu unserem Gespräch. »Ich könnte dir helfen, wenn du willst. Dir ein paar Designtipps geben.«

»Im Ernst?«

»Ja, das würde ich sehr gern tun.«

»Das wäre toll. Ich würde dich natürlich bezahlen. Ich würde nicht erwarten, dass du das umsonst machst.«

»Nicht nötig. Ich würde das sehr gern tun. Wann immer du willst.«

»Nächstes Wochenende bin ich verreist, aber ... am Samstag danach, wenn du Lust hast?«

Ich atme aus. Vierzehn Tage, um mir darüber klar zu werden, was ich für diesen Typen fühle, der der Liebe meines Lebens auf solch verschlungene Arten ähnelt. Heute Abend war, als würde ich fast ein Jahrzehnt in der Zeit zurückkreisen und wieder mit Jamie im Pub sitzen.

»Wunderbar«, sage ich.

Er hebt sein fast leeres Pintglas, damit ich mit ihm anstoße. »Ich freue mich darauf.«

An der Fye Bridge verabschieden wir uns mit einer Umarmung und einem Wangenkuss. Aber auf dem Weg nach Hause spüre ich, wie sich ein Knoten der Angst in meiner Brust bildet. Die Ähnlichkeiten zwischen Jamie und Ash sind ... so, so bizarr. Nein, mehr als bizarr. Weiß er von Jamie, irgendwie? Versucht er, ihn zu imitieren? Ist er ein alter Freund? Oder Feind? Oder sogar irgendeine Art Troll – hat er ihn im Internet nachgeschlagen?

Ich schicke ihm eine Nachricht, während ich nach Hause gehe.

Was ich dich fragen wollte ... hast du je jemanden namens Jamie gekannt?

Um genau zu sein, kenne ich zwei (und einen halben)

Mein Herz schlägt einen Purzelbaum. Was soll das denn heißen, einen *halben*?

???

Halb = Ex-Arbeitskollege, den ich nie sehe. Nachname?

Fraser

Seine Antwort kommt prompt.

Nein. Sollte ich?

Das ist alles zu verkorkst. Ich sollte einfach jeden Kontakt zu Ash abbrechen und vergessen, dass ich ihm je begegnet bin.

Und doch.

Schon gut. Verwechslung.

Kapitel 8

Am Mittwochmittag schaue ich bei Mum vorbei. Es ist zu Fuß nur eine Viertelstunde vom KLI-Büro entfernt, daher versuche ich ein paarmal die Woche, sie zu besuchen.

Selbst Leuten, die sich für Häuser im Allgemeinen nicht begeistern können, fällt es schwer, nicht beeindruckt von dem weitläufigen, vierstöckigen edwardianischen Reihenendhaus meiner Mutter zu sein. Es lässt sie wohlhabender erscheinen, als sie ist, und es könnte auch erklären, warum Immobilienentwickler sie immer wieder zum Essen einladen.

Sie und Dad haben das Haus vor fast drei Jahrzehnten in einem Panikkauf erworben, damals, als das Goldene Dreieck noch erschwinglich war, und Dad hatte eben erst eine Gehaltserhöhung und einen Bonus bekommen, die sich nie wiederholen sollten. Das Haus ist unbestreitbar hinreißend – aus rotem Backstein, mit hohen Decken, strotzend von Besonderheiten und charakteristischen Details wie Buntglas und Deckenrosetten, Kranzleisten und gusseisernen Kaminen und mit prächtigen Originalfliesen in der Eingangsdiele. Aber Mum hat sich nie darum gekümmert, es in Schuss zu halten, und im Laufe der Jahre ist es immer mehr vor sich hin verfallen.

Ein kleiner Teil von mir hat immer gehofft, dass sie und ich das Haus eines Tages gemeinsam renovieren könnten, ihm wieder zu seinem einstigen Glanz verhelfen. Sie hat einen bescheidenen Sparstrumpf, der für eine künftige Renovierung vorgesehen ist – sie muss mir nur grünes Licht geben, und ich bin bereit, Oberflächen abzuschmirgeln und Risse zu kitten und die Feuchteschutz-Leute kommen zu lassen, das Dach ausbessern zu lassen. Aber jedes Mal, wenn ich sie darauf anspreche, wechselt sie das Thema. Ich nehme an, sie hat sich an den ungleichmäßigen Anstrich und die braunen Feuchtigkeitsflecken, Lecks an seltsamen Stellen und verrottenden Holzbalken gewöhnt. Das Haus ist im Großen und Ganzen solide, wenn sie vorsichtig auftritt und nicht versucht, irgendwelche Teppichböden oder Tapeten abzuziehen, und ich nehme an, es gibt immer irgendetwas Dringenderes, für das sie das Geld ausgeben kann. Aber für mich hat ein solch schönes Haus wie dieses es verdient, gehegt, gepflegt und geliebt zu werden.

»Bist du das, Neve?«

»Jepp.«

»Puh. Dachte schon, es ist Ralph.« Mum kommt in einem Seidenkimono die Treppe heruntergewuselt, Zigarette in der Hand, dann küsst sie mich auf beide Wangen. Ich schaudere jedes Mal bei diesem pompösen Anschein einer Glamour-Mieze, den sie sich immer zu geben versucht. Ich habe die zierliche Statur meines Vaters geerbt, aber Mum ist vollschlank, lauter Kurven und Proportionen. Sie hat eine dichte, dunkle Lockenpracht, die sich an ihrem Gesicht vorbei ergießt und um ihre Schultern wippt. Der Seidenkimono entblößt ihr Dekolleté.

»Warum willst du Ralph denn nicht sehen?«, frage ich sie misstrauisch. Jedes Mal, wenn meine Mutter eine neue Flamme hat, ist sie schlecht auf Ralph zu sprechen, den süßen, sanftmütigen Mann, der, so mein Verdacht, seit fast fünfzehn

Jahren treu in sie verliebt ist. Sie denkt, dass sie nur Freunde sind, aber er ist immer hier, und ich sehe, wie er sie ansieht.

»Ach, du weißt schon«, sagt sie, fuchtelt mit einer Hand durch die Luft, zieht an ihrer Zigarette und rauscht an mir vorbei.

»Nein?« Ich folge ihr in die Küche.

»Manchmal brauche ich einfach ein bisschen Raum«, sagt sie. »Weißt du?«

Ich verdrehe die Augen, mache mir nicht die Mühe, ihr in Erinnerung zu rufen, wie oft Ralph sie im Laufe der Jahre vom Boden aufgehoben hat, im buchstäblichen und übertragenen Sinn.

»Tee?«, fragt sie. »Aber du wirst ihn schwarz trinken müssen. Keine Milch.«

»Okay«, sage ich und ziehe mir einen Stuhl an den Bauerntisch am anderen Ende der Küche heran.

Mum füllt den altertümlichen Teekessel und stellt ihn auf den ebenso altertümlichen Herd. Der Tisch ist übersät mit schmutzigen Gläsern und Schalen, als Aschenbecher zweckentfremdet, *Guardian*-Ausgaben, so alt, dass das Zeitungspapier spröde geworden ist – allesamt zweifellos ungelesen. Da sind leere Weinflaschen und halb ausgedrückte Pillenstreifen, und ... Da ist es. Ein kunstvoller Blumenstrauß, sein Effekt leicht vermindert durch die ausgespülte Kaffeedose, in die er gestopft wurde.

Ich widerstehe dem Drang, aufzustehen und für Ordnung zu sorgen, Oberflächen abzuwischen, den Müll wegzubringen. Das habe ich in der Vergangenheit oft getan, bevor mir klar wurde, dass ein Versuch, die Unordnung im Haus meiner Mutter zu bändigen, ein bisschen so ist, als würde ich versuchen, eine Lawine mit bloßen Händen aufzuhalten.

»Von wem sind denn die Blumen?«
»Hmm?« Sie spielt auf Zeit.
Ich spreche langsam und laut, als ob eine Sprachbarriere zwischen uns ist. »Von wem sind die Blumen?«
»Nur einem Freund.«
»Ralph?«
Sie schnaubt spöttisch. »Sei nicht albern.«
»Wem denn dann?«
»Ach, Neve! Nur einem Fan, okay?«
Mum ist keine Berühmtheit, aber sie ist Sängerin, hauptsächlich Powerballaden und Liebeslieder. Damit verdient sie ihren Lebensunterhalt, mit einer Kombination aus regelmäßigen Gigs und einmaligen Buchungen wie Hochzeiten. Es ist der einzige Job, den sie je hatte, und ich wäre am Boden zerstört, sollte sie versuchen, irgendetwas anderes zu tun. Ich bin mir noch immer nicht ganz sicher, warum sie nie den großen Durchbruch geschafft hat. Vielleicht weil sie so leicht abzulenken ist, nehme ich an, ganz zu schweigen davon, wie vehement entschlossen, das Rauchen nicht aufzugeben. Aber trotzdem. Wenn ich sie singen sehe, macht es jedes Mal etwas Unerwartetes mit meinem Herzen. Es baut für eine Weile all die Barrieren zwischen uns ab. Es befreit mich, ihr beim Singen zuzusehen.

Der Nachteil jedoch sind ihre »Fans«. Womit sie »Affären« meint. Denn das ist das Einzige, als das sie sich je entpuppen. Sie verliebt sich immer heftig, am Anfang. Gib ihr einen teuren Blumenstrauß, und es ist um sie geschehen.

Ralph toleriert es, da er kein Recht hat, es nicht zu tun, denn offiziell sind er und meine Mutter nur gute Freunde. Aber ich sehe es jedes Mal in seinen Augen, wenn wieder einmal jemand Neues mit einer Bruchlandung in ihr Leben kracht. Ich stelle mir vor, wie es sich anfühlen muss – ein Tritt gegen die Brust, die Art Zurückweisung, die dir die Luft abschnürt.

»Wer ist er denn? Dieser Fan.« Ich verkneife es mir mühsam, das letzte Wort mit den Fingern in Anführungszeichen zu setzen.

Mum bringt den Tee und zieht sich einen Stuhl heran. Schmale Sonnenstrahlen fallen durch die deckenhohen Fenster und auf den Tisch, bleichen freundlicherweise all die Rotweinringe und Fettflecken aus.

Sie lächelt, schon jetzt aufgedreht wie ein Schulmädchen. Ich habe diesen Blick schon so oft gesehen. »Oh, es ist noch früh.«

Ich schlürfe meinen Tee. Er schmeckt scheußlich ohne Milch, und er ist schwach und bitter. Ich stelle den Becher wieder hin.

»Hat er wenigstens einen Namen?«

»Ehrlich gesagt, bin ich mir nicht sicher.« Sie legt die Stirn in Falten. »Sie nennen ihn einfach ›Der Duke‹ im Pub.«

»Was ist er, ein Mafiaboss?«

Sie sieht mich verständnislos an. »Warum sagst du das?«

»Weil er wie ein billiger ›Pate‹-Abklatsch klingt.«

Sie tut diese Bemerkung mit einer Handbewegung ab, als ob sie noch lächerlicher ist als die Tatsache, dass er »Der Duke« genannt wird. »Seine Familie muss irgendwas mit dem Landadel zu tun gehabt haben, glaube ich, früher. Aber jetzt teilt er sich eine Wohnung mit seinem Bruder. Sie vertragen sich wie Hund und Katze, offenbar.«

»Klingt ein bisschen chaotisch.«

Sie zuckt die Schultern. »Jedenfalls, ich nenne ihn einfach Duke.«

»Irgendwelche Gigs diese Woche?«

»Drei. Im Pub, ein Hochzeitsjubiläum und eine richtige Hochzeit.«

Mum sieht immer sensationell aus, wenn sie einen Gig hat. Sie nimmt es sehr ernst – verbringt Stunden mit ihren Haaren und ihrem Make-up und trägt hinreißende, ausgefallene Kleider. Sie singt unter ihrem Mädchennamen – Daniela DiMarco –, und wenn man ihr dabei zusieht, würde man glauben, sie hätte ein Leben in ständigem kontinentalem Glamour geführt. Aber die meisten Leute sehen nie die Seite von ihr, die mittags aufsteht und zu viel trinkt und raucht, anstatt zu essen, und sich ungeeignete Männer sucht, um ihr zu helfen, ihren Schmerz zu vergessen.

»Du wirst nie draufkommen, wen ich gestern in der Stadt gesehen habe«, sagt sie und klopft ihre Zigarette über einer Müslischale ab, lässt einen grauen Aschewurm darin zurück.

»Wen denn?«

»Lara.«

Mein Magen legt eine Vollbremsung hin, genau an meinem Brustkorb. »Was?«

»Ja, mit einem Mann.«

»Hast du mit ihr geredet?«

»Na ja, nein. Ich wusste nicht, was für eine Reaktion ich vielleicht kriegen würde. Es ist so schade, dass ihr zwei euch zerstritten habt. Sie war immer so entzückend.«

»Hat der Typ ... so ausgesehen wie ihr Freund? Bist du sicher, dass es nicht ihr Dad war?«

»Er sah ziemlich gut aus, ehrlich gesagt. Tadellos gekleidet und *sehr* groß. Sie haben Händchen gehalten, das heißt, ja – ich nehme an, er war ihr Freund.«

Ich spüre, wie mein Herz zu hämmern beginnt. Der Impuls, zu fliehen, wird drängend. »Ich muss nur kurz aufs Klo.«

Ich stehe auf und gehe an ihr vorbei, aus der Küche und in die Diele.

»Nimm das obere«, ruft sie mir nach. »Duke hat den Sitz von dem unteren Klo abgebrochen.«

Ich schüttele den Kopf, während ich versuche, mir nicht vorzustellen, wie zum Teufel er das geschafft hat.

Oben setze ich mich in meinem Kinderzimmer auf die Bettkante. Mum hat dieses Zimmer nicht angerührt, seit ich zur Uni weggegangen bin. Dieselben Bücher und Justin-Timberlake-Poster, dieselben Fotos von Lara und mir, die überall an den Wänden kleben. Ein paar sind inzwischen zu Boden geflattert, haben an ihrer Stelle gehärtete Blu-Tack-Knubbel zurückgelassen.

Das Zimmer fühlt sich jedes Mal schal an, wenn ich es betrete. Ungeliebt und ungepflegt, als ob es nur noch ein weiterer Job ist, bei dem Mum sich nicht aufraffen kann, ihn von ihrer To-do-Liste abzuhaken. Nicht dass sie je eine hatte.

Das Zimmer muss gelüftet und geputzt werden, gründlich durchgesaugt, die Wände gestrichen.

Ich stehe auf und reiße das Schiebefenster hoch, inzwischen aufgequollen von jahrelanger Feuchtigkeit und Vernachlässigung. Vogelgezwitscher dringt durch die Öffnung, zusammen mit dem Kreischen eines Kleintransporters, der oben auf der Straße beschleunigt. Frische Luft flutet ins Zimmer. Ich atme sie ein, schließe für einen Moment die Augen.

Lara.

Lara kann nicht wieder hier sein. Oder doch?

Ich gleite mit einer Hand über meine abgezogene Matratze. Vor langer Zeit einmal hielt sie Jamies Körper, seine Gestalt warm und fest an meiner. Lange Küsse und fieberhafte Berührungen, ein unterdrücktes Kichern jedes Mal, wenn meine Mutter singend an der abgeschlossenen Tür vorbeirauschte. Manchmal klopfte sie dagegen, nur um uns beide zu erschrecken.

Mum wurde nie warm mit Jamie. In seiner Gesellschaft veränderte sie sich jedes Mal, wurde wortkarg und misstrauisch. Sie verstanden sich einfach nicht. Teilten nie auch nur einen Witz. Nach ihren ersten paar Begegnungen vermied ich es so weit wie möglich, ihn mit nach Hause zu bringen, denn der Empfang, der ihm hier bereitet wurde, war jedes Mal bestenfalls lauwarm.

Wenn ich Mum darauf ansprach, bestritt sie stets entschieden, dass es ein Problem gab. Daraus konnte ich nur den Schluss ziehen, dass sie uns nur zum Jux das Leben schwer machte. Oder dass ein winziger Teil von ihr vielleicht eifersüchtig war. Schließlich hatte es für sie nicht allzu gut damit geklappt, die Liebe ihres Lebens zu treffen, als sie noch ein Teenager war.

Sie kam nie darüber hinweg, dass mein Dad sie verließ. Auch wenn ihre Beziehung turbulent gewesen war, glaube ich aufrichtig, dass er der einzige Mann war, den sie je wirklich geliebt hat.

Die Affäre war, anscheinend, schon seit zwei Jahren gegangen. Bev war jünger als Dad, aber das war auch schon alles an Klischees. Sie war Dads Boss in dem Logistikunternehmen, in dem sie beide arbeiteten. Sie sprach vier Sprachen und ließ sich von niemandem etwas gefallen. Sie war alles andere als das hirnlose Flittchen, als das meine Mum sie hinstellte.

Bev brauchte meinen Dad nicht, nicht ein bisschen. Sie *wollte* ihn.

Mum hatte schon seit einer Weile etwas geahnt und ich auch. Dad ging pfeifend ins Büro, arbeitete immer länger, ohne sich zu beklagen, achtete mehr auf sein Erscheinungsbild. Ich nehme an, er war gut aussehend, falls man das von dem eigenen Vater sagen kann. Dunkel und sportlich schlank, mit einem Funkeln in den Augen und einem verschlagenen Humor. Er war die Art Person, neben der die Leute im Pub immer sitzen wollten.

An dem Tag, an dem Mum die SMS-Nachrichten entdeckte, kam ich von der Schule nach Hause und traf Dad blutüberströmt dabei an, wie er zwischen den verschiedenen Stockwerken des Hauses hin und her lief und Sachen einsammelte. Mum war nirgends zu sehen.

»Was ist passiert?«, fragte ich, obwohl ich es mir natürlich denken konnte.

Dad gab keine Antwort. Er warf nur seine Sachen in einen Koffer und ging, ohne auch nur die Haustür hinter sich zuzuziehen.

Ich stürzte ans Wohnzimmerfenster.

Ein BMW parkte auf der anderen Straßenseite, unter einer Straßenlaterne, mit laufendem Motor. Ich sah zu, wie Bev das blutige Erscheinungsbild meines Dads musterte, als er in den Wagen stieg, bevor sie den Kopf schüttelte, einmal nur, und dann das Gaspedal durchdrückte. Bev war besser als dieses ganze Drama, das konnte ich sehen, selbst als Zwölfjährige. Sie hatte für ein solches Theater nichts übrig. Sie trug eine Sonnenbrille und eine Lederjacke. Ihr dunkles Haar war zu einem glänzenden Bob geschnitten. Für mich sah sie aus wie ein Filmstar. Auf irgendeine verkorkste Art hatte ich in diesem Augenblick das Gefühl, dass Bev mein Idol war.

Ich fand Mum in dem Badezimmer im ersten Stock, auf dem geschlossenen Toilettendeckel kauernd. Ein paar von Dads Sachen lagen im Bad. Arbeitshemden und -hosen. Ein

Stapel Fotos. Vinylschallplatten. Hausschuhe. Ein Morgenmantel. Boxershorts. Die Sachen, vermutete ich, nach denen er nicht von Bev beurteilt werden wollte.

Ich roch auch Bourbon. Die teure Flasche, die Dad nie jemanden anfassen ließ, nicht einmal Mum. Na ja, jetzt fasste sie sie an, kippte den Whisky großzügig über all den Gegenständen im Bad aus und nahm zwischendurch selbst immer wieder einen kräftigen Schluck. In ihrem Schoß lag eine Schachtel Streichhölzer.

»Mum!«, rief ich. »Nicht!«

Sie wandte sich um und starrte mich an. Ihr Aussehen war wild, aber sie war nicht außer Kontrolle. Das konnte ich auf Anhieb sehen. Das hier war Genugtuung, begriff ich, nachdem ihr über Monate – Jahre – hinweg das Gefühl gegeben worden war, verrückt zu sein. Ihre Wut hatte endlich ein Ventil gefunden. Ihr Zorn war gerechtfertigt. Sie war jetzt unaufhaltsam.

»Warum zum Teufel sollte ich nicht?«

Sie entfachte das erste Streichholz. Ich verließ das Badezimmer und setzte mich auf den Treppenabsatz, während sie Dads Besitztümer in Asche verwandelte.

»Hast du ihn verletzt?«, fragte ich sie nach einer Weile durch die Badezimmertür. Ich konnte nicht aufhören, an sein blutüberströmtes Gesicht zu denken.

Ein langes Schweigen folgte. Ich hatte es fast aufgegeben, auf eine Antwort zu warten, als ihre Stimme durch den Rauch des Feuers schnitt, das sie entfacht hatte, brüchig und bitter.

»Nicht so, wie er mich verletzt hat«, war alles, was sie sagte.

Kapitel 9

Damals

Jenes erste Semester an der Uni fühlte sich an, als würde ich einen Atem ausstoßen, den ich jahrelang angehalten hatte. Ich war endlich entkommen: der Missbilligung von Jamies Eltern, dem Ballast und den fragwürdigen Männerbekanntschaften meiner Mutter. Dem ständigen Gefühl, das ich zu Hause hatte, in einem Wagen zu sitzen, der von jemandem gelenkt wurde, der jeden Augenblick die Kontrolle verlieren und uns beide in einen Straßengraben steuern könnte.

Ich liebte es, so viele unterschiedliche Leute kennenzulernen, neue Dinge zu lernen, die Tatsache, dass sich all die üblichen Vorschriften in Luft aufgelöst hatten. Wenn wir zum Frühstück die Reste unseres Thai-Takeaways essen oder bis mittags schlafen oder um drei Uhr morgens nach Hause kommen wollten, würde uns niemand auf der Welt aufhalten. Unser Leben gehörte jetzt uns.

An den meisten Tagen kam Lara morgens als Erstes in unser Zimmer und warf sich auf die Matratze, Sonnenbrille aufgesetzt, einen riesigen Karton Apfelsaft in der Hand. Jamie schüttelte jedes Mal missbilligend den Kopf und fragte, ob es ihre Fähigkeiten übersteigen würde, ein Glas zu benutzen, und dann erklärte sie ihm, sie hätte vor weniger als vier

Lara öffnete Spendensammlern immer die Tür und plauderte dann stundenlang mit ihnen, während Jamie vom oberen Fenster aus wütend fragte, warum sie Studenten ins Visier nahmen. Manchmal dachte ich, dass sie es nur tat, um ihn auf die Palme zu bringen. Das Schloss an unserer Badezimmertür klemmte etwas, und wir hatten uns alle darauf geeinigt, vorher anzuklopfen, aber Lara vergaß es ständig, und mehr als einmal hatte sie Jamie halb nackt überrascht. Einmal behauptete sie, sie hätte ihn dabei ertappt, wie er »sich selbst verwöhne«, etwas, was er wütend abstritt, während er immer röter anlief. Ich fand es zum Schreien komisch, aber ich habe aus ihr – oder ihm – nie herausgekriegt, ob sie einen Witz gemacht hatte.

Ich nehme an, ich war irgendwo in der Mitte zwischen den beiden, persönlichkeitsmäßig. Es heißt, dass man von den Leuten um sich herum geprägt wird, und ich hatte mit Jamie und Lara mehr Zeit verbracht als mit irgendjemand anders in meinem Leben. Vermutlich sogar mehr als mit meinen eigenen Eltern.

Jamies Mum schickte ihm noch immer mehrmals täglich eine Nachricht. Ich bekam allmählich das Gefühl, dass es ihr darum ging, aus der Ferne ihre Gegenwart zu behaupten, aber konnte ich ihr das wirklich verdenken? Sie vermisste ihren Sohn, und sie liebte ihn, ihr jüngstes Kind. Wohl kaum ein Verbrechen.

Ehrlich gesagt, war ich neidisch darauf, wie sehr sie ihn verhätschelte.

In jenem Jahr verbrachten Lara und ich Weihnachten zusammen, wie wir es immer taten. Jamie war zu Besuch bei seiner Großmutter, und ich war eingeladen, am zweiten Weihnachtstag zu seiner Familie zu stoßen. Zum ersten Mal kochte er für sie alle das Essen am ersten Weihnachtstag.

Ich nahm es ihm nicht wirklich übel, dass der Tag selbst tabu war: Die Weihnachtsfeste der Frasers waren immer seltsam geheiligte Angelegenheiten im engsten Familienkreis. Und das, obwohl Harry – der verlorene Sohn – gar nicht da sein würde.

Meine Mum hatte am ersten Weihnachtstag im Allgemeinen einen Gig, daher verbrachte ich den Tag jedes Jahr bei Laras Eltern zu Hause, mit Essen und Getränken ohne Ende und einer Flut von Weihnachtsfilmen und -melodien. Corinne sparte für den Anlass wie eine Besessene und legte mit dem Rest der Familie ihr Geld zusammen, damit alles noch weiter reichte.

Ich hatte Fotos von den perfekten, silbern und weiß gehaltenen Dekorationen in Jamies Elternhaus gesehen. Aber für mich sah es immer kalt aus, wie Weihnachten in einem Eispalast. Nichts war je so wie bei Corinne – ihr Haus pulsierte jedes Jahr vor Gelächter und Wärme, und alles war ein einziger greller, farbenfroher Wirrwarr aus Lichtern und Lametta und Weihnachtskugeln.

Und ich liebte es.

Die wenigen Monate an der Uni hatten begonnen, die Risse der Pubertät, die sich zwischen Lara und ihren Eltern aufgetan hatten, zu kitten, daher fühlte sich Weihnachten in jenem Jahr wieder harmonisch an. Nach dem Mittagessen gingen Lara und ich hoch in ihr Zimmer, um uns *Skyfall* anzusehen. Sie studierte Illustration und hatte es sich zum Ziel gesetzt, für Film oder Fernsehen zu arbeiten, Sets zu entwerfen, und sie liebte diesen Film wegen seiner atmosphärischen Darstellungen von Shanghai, dem unterirdischen London, Macau, der schottischen Wildnis.

»Das«, sagte sie verträumt, während sie sich zurücklehnte und ihre vierte Clementine schälte, »ist, was ich mit meinem Leben anfangen will.«

Unten drehte irgendjemand die Musik auf, und für ein paar Augenblicke sahen wir zu, wie James Bond von den Toten zurückkehrte, während im Hintergrund Wizzard lief. Dann war ein Jauchzen zu hören, ein krachendes Geräusch und hysterisches Gelächter – eindeutige Hinweise darauf, dass eine Polonaise im Gange war. Ich dachte daran, was ich jetzt zu Hause tun würde, allein, und verspürte einen Schwall von Dankbarkeit. Weihnachten war ohne Lara einfach nicht Weihnachten.

»Ich habe etwas für dich«, sagte ich und wandte mich auf dem Bett zu ihr um.

Sie trug noch immer ihren Papierhut. Ihre Augen waren glasig von Gelächter und Baileys und ihrer Leidenschaft fürs Kino.

Ich überreichte ihr das Päckchen. Sie setzte sich auf und riss das Papier herunter, dann starrte sie mich an, ungläubig blinzelnd.

Ich hatte einen Pullover aufgetrieben, den sie verloren hatte – babyrosa Kaschmir. Er war ein Geschenk von ihrer Tante gewesen, kurz bevor sie starb. Aber Lara hatte ihn vor ein paar Monaten im Haus eines Jungen zurückgelassen und konnte sich nicht an seinen Namen erinnern. Sie hatte gedacht, der Pullover sei für immer verloren. Aber ich hatte wochenlang auf eBay gesucht und war schließlich auf genau den gleichen Pullover gestoßen. (Whistles, kostete ein Vermögen.)

»Neve.« Ihre Augen füllten sich mit Tränen. »Woher ...«

»Auf eBay. Und hey, man kann nie wissen – es könnte sogar derselbe sein.«

»Wo war der Verkäufer?«

»Glasgow.«

Wir wussten beide, dass sie nicht einmal in der Nähe von Glasgow gewesen war, aber es gefiel ihr, so zu tun, als ob. »Gott, ja. Vielleicht ist er das wirklich.« Sie schüttelte den Kopf. »Ich kann nicht glauben, dass du das getan hast.«

»Na ja. Ich weiß doch, wie sehr du ihn geliebt hast. Und ich wollte dich wissen lassen ...«, begann ich, aber dann brach ich ab. Warum war es so schwer, in Worte zu fassen, was sie mir bedeutete?

Weil es über Worte hinausging, nehme ich an. Wie verloren ich ohne sie wäre.

Sie zog mich einfach zu einer Umarmung an sich. »Ich weiß«, flüsterte sie. »Ich weiß.« Dann lehnte sie sich zurück und lächelte. »Hey, ich habe auch etwas für dich.«

Sie verließ das Zimmer für ein paar Minuten, dann kam sie mit einer Geschenktüte wieder. »Entschuldige, aber das Leben ist zu kurz, um sich mit Geschenkpapier herumzuschlagen.«

Ich nahm das Buch aus der Tüte. *Raumausstattung* von Mark Hampton.

»Ich weiß, du studierst Textilwesen, und du hast keine Ahnung, was du mit deinem Leben anfangen willst, aber ... das ist, was ich denke, das du tun solltest.«

Zu dem Zeitpunkt war meine Karriere der einzige Teil meiner Zukunft, der mir noch immer verschwommen erschien, ein Bild, das noch nicht ganz scharf eingestellt war. Jamie würde Architekt werden, Lara streckte ihre Fühler nach Praktika in Film und Fernsehen aus, und ich ... hatte meine Leidenschaft noch immer nicht gefunden. Ich interessierte mich nicht genug für die Modebranche, um darin arbeiten zu wollen, und ich fühlte mich auch nicht zum Einzelhandel oder Merchandising hingezogen. Ich hatte Freude an meinem Textilstudium, aber ich brannte nicht dafür. Nicht so wie Jamie für sein Studium.

»Raumausstattung?«, fragte ich. Ich schlug das Buch zögernd auf, aber mir gefiel, was ich sah.

»Na ja, Innendesign. Du bist ein Naturtalent, schon immer gewesen. Du hast den *Blick* dafür. Sieh dir nur an, was du aus unserem Haus gemacht hast.«

Ich hatte aus unserem winzigen gemieteten Haus gemacht, was ich konnte. Bei eBay einen wunderschönen Eichencouchtisch aufgetrieben. Dem Sofa und den Sesseln mit Samtdecken ein weicheres Flair verliehen. Gelenklampen in dunkle Ecken gestellt. Das Haus mit Topfpflanzen und entzückendem herabgesetztem Geschirr, ebenfalls von eBay, gefüllt. Ich hatte sogar unseren Vermieter gefragt, ob ich die ursprünglichen Eichendielen in den oberen Schlafzimmern freilegen dürfe. Sie mussten abgeschliffen und gewachst werden, aber davon abgesehen, waren sie perfekt. Ich erledigte die Arbeit selbst, dann fand ich ein paar Teppiche, die sie ergänzten, bei einem riesigen Discounter im Schlussverkauf.

Vielleicht hatte Lara recht. Ich hatte tatsächlich einen Blick für Muster und Farbe – nur nicht, was Kleidung betraf. Ich hatte eindeutig eine instinktive Neigung zu Innendesign und -ausstattung, Dingen wie Tapeten und Polsterstoffen.

»Aber Innendesign ist nicht nur Dekor«, meinte ich zweifelnd. »Da gibt es eine ganze Menge Überschneidungen mit Architektur. Und ich bin nun wirklich nicht technisch veranlagt.«

»Dann ist es ja ein Jammer, dass du keine Architekten kennst, was?«, erwiderte Lara lachend, während sie unsere Baileys auffüllte. Dann streifte sie den rosa Pullover über, streckte sich auf dem Sofa aus, den Kopf in meinen Schoß gelegt, und wir wandten unsere Aufmerksamkeit wieder dem Film zu.

Am nächsten Morgen unternahmen Jamie und ich einen Spaziergang am Nordufer des Wensum entlang, bevor wir zum Mittagessen zu seiner Großmutter fuhren. Die Luft war schneidend kalt, der Himmel wie Stahlblech. Es gab kaum Verkehr oder Leute um uns herum. Nur wir und die Gänse in der silbrigen Stille eines frostigen zweiten Weihnachtstags.

Hin und wieder sehe ich mir noch immer die Selfies an, die wir an jenem Morgen machten. Jamie, gut aussehend in Jeans und einem Kragenpullover unter einer dicken Wolljacke. Er trug auch einen burgunderroten Schal, ein Geschenk von seiner Großmutter am Tag zuvor.

Und er roch wundervoll. Harry hatte ihm per FedEx eine Flasche Tom Ford Noir geschickt.

»Lara meint, ich sollte Innendesignerin werden«, sagte ich, während wir gingen.

»Tolle Idee. Du hast wirklich ein Händchen für dieses Zeug.«

»Du meinst, das könnte ich? Diese ganzen technischen Zeichnungen, die du anfertigst, sehen schrecklich aus, ehrlich gesagt. Und ich bin buchstäblich allergisch gegen Mathe. Alles auch nur annähernd Wissenschaftliche bringt mich ins Schwitzen.«

»Ja, aber Pläne sind nur ein Mittel zum Zweck. Sie sind nicht das Wesentliche des Jobs.«

Wir erreichten den Abschnitt des Flusses, an dem die kürzlich zu Wohnzwecken umgebauten Gebäude am anderen Ufer aufgereiht standen. Alte Senffabriken und Wollmühlen, jetzt mit Aussichten auf den Fußballplatz und das Einkaufszentrum. Unsterblich gemachte Geschichte. Ich dachte daran, wie viele Jahrzehnte verstrichen waren, seit diese Backsteine gesetzt wurden, an das Ausmaß der Verwandlung, das durch diese Fenster mit angesehen wurde.

»Hey«, sagte er dann. »Wenn jemand dir sagen würde, er hätte eben ein Apartment in diesem Gebäude gekauft und wollte, dass du den Raum designst und schön gestaltest, wie würdest du dich fühlen?«

Ich folgte seinem Blick hinüber zur Old Yarn Mill. Ihre Fassade war durch den Nebel eben noch erkennbar – die riesigen Fabrikfenster und das lang gezogene Dach, der zeitlose rote Backstein, der sich aus dem eisigen Wasser erhob, der Charme des hervorstehenden Portals an der gegenüberliegenden Wand des Gebäudes.

»Ich wäre völlig aus dem Häuschen, natürlich.«

»Du hättest Ideen?«

»Soll das ein Witz sein? Millionen.« Ich hatte nie einen Fuß in das Gebäude gesetzt, aber in meiner Fantasie regten sich schon jetzt Bilder von riesigen Räumen mit hohen Decken, weitläufigen Böden, freigelegtem Mauerwerk, Beleuchtung aus gebürstetem Stahl, hoch aufragenden Betonträgern.

»Okay. Dann werde ich dir jetzt etwas sagen. Sobald ich meinen Abschluss in der Tasche habe, werde ich uns ein Apartment in diesem Gebäude kaufen.«

Ich lächelte. »Jamie.«

»Und du wirst dafür sorgen, dass es wundervoll aussieht. Das heißt, wenn du nicht zu beschäftigt damit bist, eine Star-Innendesignerin zu sein.«

Dann wandte er sich um, um mich zu küssen, entfachte dabei, wie immer, ein Feuerwerk in mir, obwohl seine Lippen kalt und feucht von der winterlichen Luft waren. Ich konnte es nie verstehen, wenn Leute sagten, der Funke würde irgendwann verblassen, wenn man mit jemandem lange zusammen war. Denn für mich war es immer nur noch intensiver geworden.

»Willst du wissen, was mein Lieblingsteil ist?«, fragte er, als wir uns voneinander lösten.

»Ich kann's mir schon denken.« Er zog eine Augenbraue hoch und lächelte, auf diese Art, die er hatte, mich herauszufordern.

»Die Fenster natürlich.«

»Jepp.« Er lachte. »Ist es seltsam, dass ich einen Fensterfetisch habe?«

»Na ja, ich habe einen Dielenfetisch, das heißt, wir sind quitt.«

»Also, welches gefällt dir am besten?« Er stellte sich hinter mich und schlang mir die Arme um die Schultern.

Ich presste mich mit dem Rücken an seine Brust, und die Wand, die er bildete, schützte mich vor der Kälte. »Egal. Entscheide du. Ich würde sie alle lieben.«

»Okay. Lass mich überlegen.« Er zeigte mit einem behandschuhten Finger auf das Gebäude. »Na ja, wie wär's mit … dem dort? Oberste Etage, mittlere vier Fenster.«

»Wie wollen wir uns so etwas denn je leisten?«

»Wir verschulden uns bis über beide Ohren und sterben mittellos und verarmt, natürlich.«

Ich wusste, dass das niemals passieren würde. Sein Dad war zu reich. Ich nahm an, das war der Grund, weshalb er darüber witzeln konnte, mit dem Gedanken spielen, dass es irgendwie romantisch war, arm zu sein. »Aber wir werden glücklich sein.«

Er küsste mich auf den Kopf. »Das werden wir. Die Glücklichsten.«

Kapitel 10

Jetzt

Zwei Wochen nach unseren Drinks im Ribs treffe ich Ash am Samstagvormittag auf einen Kaffee in seinem Apartment. Oberste Etage, mittlere vier Fenster. Bevor ich auf den Türsummer drücke, halte ich auf dem Gehsteig einen Moment inne. Mein Verstand kribbelt vor Emotionen. Ich stelle mir vor, wie Jamie und ich zusammen hierhergekommen wären, um dieses Apartment zu besichtigen, wenn alles anders gekommen wäre. Wie wir uns auf einen Preis geeinigt hätten. Eingezogen wären. Könnten wir es sein, die jetzt hier leben würden, in einem anderen Leben?

Ich schüttle den Gedanken ab, als Ash mich mit dem Türöffner hochlässt. Als ich aus dem Aufzug trete, steht er genau vor mir und wartet auf mich, barfuß, in Jeans und einem dunkelblauen Pullover. Er hat ein paar Tage alte Bartstoppeln im Gesicht, und sie stehen ihm ziemlich gut.

Als er sich vorbeugt, um mich zur Begrüßung auf die Wange zu küssen, verrät mir die Art, wie mein Magen sich anspannt, dass ich mich zu ihm hingezogen fühle. Ich habe viel an ihn gedacht, weitaus mehr, als ich es nach ein paar Wochen und null offiziellen Dates normalerweise tun würde.

Aber ob das darauf zurückzuführen ist, wie sehr er Jamie ähnelt, lässt sich schwer sagen.

Drinnen führt mich Ash in den großen Wohnbereich. Der Raum ist riesig und frisch von dem zitronenartigen Licht des Frühsommers. Freigelegtes Mauerwerk erstreckt sich über den ganzen Bereich, zusammen mit langen Stahlrohren, dazu zwei riesige zentrale Stahlsäulen. Es riecht ein klein wenig fabrikartig, nach Backsteinen und Beton und vergangenen Leben.

Ich gehe hinüber zu den Fenstern, von wo ich die Stelle sehen kann, an der ich an jenem zweiten Weihnachtstag im Nebel mit Jamie stand. Es sieht alles so anders aus heute, im Sonnenschein, unter einem strahlend blauen Himmel.

Ich folge Ash durch den restlichen Raum. Er hat doppelt hohe Decken, und er ist superluftig, mit historisch nachgebauten Fenstern, doppelstöckig natürlich, und Deckenbalken aus Beton. Selbst die Böden sind umwerfend – polierter Beton in U-Boot-Grau. Die Beleuchtung und Elektrik teilen alles dezent in Zonen ein, gleichen den historischen Charakter des Gebäudes aus.

Wir wenden uns wieder der Aussicht zu. Ich strecke eine Hand aus und berühre eines der Fenster mit den Fingerspitzen. Der Rahmen fühlt sich eiskalt an meiner Haut an.

Ash steht an meiner Schulter. »Unglaublich, was?«

»Sie sehen original aus.«

Er nickt. »Dahinter wurde nur etwas Doppelverglasung eingesetzt. Ich habe den Makler bis ins letzte Detail über diese Wohnung ausgefragt. Ich habe … einen kleinen Fensterfetisch, fürchte ich.«

Ich wende mich zu ihm um. »Wie bitte?«

Er lächelt halb. »Bildlich gesprochen. Keinen *richtigen* Fetisch.«

Ich tue seine Worte lachend ab, mit einer Leichtigkeit, die ich nicht empfinde. Werde ich hier auf den Arm genommen? Ist das ein Witz auf meine Kosten? *Machst du das hier absichtlich? Und wenn ja, wie?* Denn der Mann, dem Ash so sehr ähnelt – mein Ex-Freund Jamie –, ist tot. Er starb vor fast einem Jahrzehnt, mit erst zwanzig, bei einem Autounfall, keine zwei Meilen von dort entfernt, wo wir lebten. In jener Nacht tobte ein brutales Gewitter, und selbst heute rumort mein Magen noch immer jedes Mal, wenn es regnet.

Und jetzt – so unglaublich es auch ist – ist hier jemand, der in jeder nur erdenklichen Hinsicht der Mann ist, der zu werden Jamie bestimmt war.

Ich wende mich wieder zu dem Raum um. Er ist unbestreitbar atemberaubend, aber er ist praktisch frei von jeglicher persönlichen Note, bis auf ein einziges gerahmtes Bild an der hinteren Wand über dem Sofa.

Es ist ein Gemälde, das ich überall erkennen würde. Eines, das ich mehr Stunden, als ich zählen könnte, grübelnd betrachtet und bewundert habe.

Ich gehe hinüber zu dem Bild. Hole einmal tief Luft.

Nachtschwärmer. Edward Hopper.

»Kaffee?«, fragt Ash, während ich auf das Gemälde starre und versuche, meinen Atem unter Kontrolle zu bringen.

»Gern.«

Während er ihn macht, wende ich mich von dem Hopper ab und gehe hinüber zu Ashs Bücherschrank. Ich kann nicht anders. Ich muss nachsehen, ob sie da sind. Die Regale selbst sind Laminat – ein Verbrechen in einem solchen Apartment –, aber darauf kann ich jetzt nicht achten. Es gibt nur eine Sache, nach der ich suche. Die Sammlung ist spärlich – alles in allem vermutlich nicht mehr als zehn oder fünfzehn Bücher, sodass sie leicht zu entdecken sind. *Ein eigener Ort: Die Architektur der Tagträume. Architektur analysieren. Kunst und Illusion.* Alle zusammengestellt, der Größe nach angeordnet.

»Tut mir leid«, sagt Ash aus dem Küchenbereich. »Nicht die sexyeste Büchersammlung, die du je sehen wirst.«

So lange war es mein einziger Wunsch auf der Welt, nur noch ein weiteres Gespräch mit Jamie zu führen. Um ihm zu sagen, wie sehr ich ihn immer noch liebe. Ihm alles zu zeigen, was sich verändert hat, seit ich ihn zuletzt gesehen habe. Ihn noch einmal zu halten und zu küssen, ihm zu sagen, dass ich selbst zehn weitere Leben auf noch eine Chance gewartet hätte, ihn lächeln zu sehen.

Der Kaffee ist fertig. Mir schwirrt der Kopf, während ich mich auf einen Hocker an dem Monstrum von einer Kücheninsel setze, die ungefähr so groß wie ein Esstisch für zehn Personen ist. Ich kann den Fluss von hier aus sehen, umrahmt von den Fenstern wie ein Polyptychon.

Jamie hätte diesen Ort *geliebt*.

»Und? Wie lautet das Urteil?« Ash reicht mir einen Kaffee in einem satinschwarzen Becher.

»Er hätte es geliebt.«

»Entschuldigung?«

Panik wallt in meiner Brust auf. Ich starre ihn ein paar Augenblicke an.

Er lächelt, als ob er denkt, dass es ein Witz ist, den er nicht versteht. »Wer hätte es geliebt?«

Eine Sekunde verstreicht. »Niemand. Entschuldigung. Ich habe dich missverstanden.«

Er scheint es abzutun, dann nimmt er einen neuen Anlauf. »Urteil über die Einrichtung?«

Mein Blick fällt auf ein Exemplar des *River-Café*-Kochbuchs. Ich blinzele, um die Erinnerungen an Jamies Exemplar in der Edinburgh Road, zerfleddert und mit Soße bespritzt, zu verscheuchen.

Komm schon, Neve. Reiß dich zusammen.

»Na ja, kommt drauf an«, sage ich. Ich nippe an meinem Kaffee, der genau so ist, wie ich ihn mag, stark und samtig. »Wie viel willst du denn ausgeben?«

Er verzieht das Gesicht. »Kein Vermögen, leider. Ich habe schon genug für den Kauf selbst ausgegeben.«

Wie wollen wir uns so etwas denn je leisten?

Wir verschulden uns bis über beide Ohren und sterben mittellos und verarmt, natürlich.

Aber wir werden glücklich sein.

Ash fasst meine Miene falsch auf. »Ich habe etwas Geld von meiner Großmutter geerbt. Andernfalls hätte ich es mir niemals leisten können. Und jetzt bin ich bis über beide Ohren verschuldet.«

Ich mache den Mund auf, um ihm zu sagen, dass ich keine Annahmen über seine Finanzen getroffen habe, aber er ist bereits beim nächsten Punkt.

»Es hängt ganz davon ab, was du vorschlagen würdest.«

»Na ja, wir reden eindeutig nicht davon, ein Vermögen auszugeben. Als Erstes, würde ich sagen, musst du den Raum mit etwas Farbe beleben.« Ich stehe mit meinem Kaffee auf und gehe auf das Sofa zu – ein nüchterner Klotz, anthrazitgrau, ohne Kissen, ohne Muster. »Aber du willst ihn auch nicht überfrachten oder verkomplizieren. Du brauchst nur ein paar klug ausgewählte Ergänzungen.«

»Wie zum Beispiel?«

»Na ja, die meisten Leute wären in Versuchung, alles in

Vintage zu kaufen, aber du musst auch ein paar moderne Teile einfließen lassen, sonst sieht es letztendlich zu … themenbezogen aus.«

»Themenbezogen. Genau. Darum war ich auch besorgt.«

»Aber du kannst darauf anspielen. Hab keine *Angst* vor Vintage, aber überflute den Raum auch nicht damit, weißt du? Du könntest dich für ein paar umgearbeitete industrielle Teile entscheiden, was dem Raum genug modernen Pfiff verleihen würde.«

Er nickt stirnrunzelnd. »Umgearbeitete Teile. Ja.«

Ich lege die Hand an einen warmen, sonnenbeschienenen Flecken Backstein. »Und Backstein ist ein echtes Geschenk. Er kann kräftige Farben richtig gut vertragen, hab also keine Angst davor, mutig zu sein. Hier drinnen ist alles sehr monochrom. Und Messing und Stahl schaffen immer einen guten strukturellen Kontrast zu Backstein, was du mit Lampen oder Bilderrahmen erreichen könntest.« Ich sehe ihn an, und er lächelt. »Was denn?«, frage ich, während ich sein Lächeln unsicher erwidere.

»Nein, es ist nur …« Er schüttelt den Kopf. »Ich liebe, wie leidenschaftlich du bist. Red weiter.«

»Na ja, ich empfehle Kunden immer, mit Struktur zu experimentieren – wenn du verschiedene Materialien verwendest, kann das helfen, damit sich der Raum gemütlich anfühlt, obwohl er so groß ist.« Ich drehe mich einmal im Kreis, nehme das Ausmaß des Raums noch einmal in Augenschein. »Das heißt, du könntest hier drinnen Vorhänge anstelle von Jalousien verwenden, zum Beispiel. Oh, und du brauchst ein paar Lampen, um ein sanfteres Ambiente zu schaffen, und … ehrlich gesagt, könntest du Parveen nach Ideen für Kunst fragen. Sie ist irgendwie unsere hauseigene Expertin.«

»Ich könnte einfach noch mehr Hopper kaufen.«

Ich lächele. »Eindeutig nicht. So viel weiß ich. Du musst für eine Mischung sorgen.«

Ash geht hinüber zu den Pendelleuchten, die über dem Tisch und dem Küchenbereich hängen. Sie haben einen seltsam flaschengrünen Farbton, der viel zu schwer für den luftigen Raum ist. »Was ist mit denen hier?«

»Ehrlich gesagt, würde ich Glas empfehlen.«

»Die im Glühfaden-Stil? Die gefallen mir tatsächlich.«

Ich schüttele den Kopf. »Zu viel. Ich werde ein paar gute für dich finden.«

Er schenkt uns Kaffee nach, und wir gehen auf den Balkon hinaus. Der stechende Geruch von Flusswasser steigt zu uns hoch, vermischt mit Blütenduft.

»Und wo hast du vorher gelebt?«, frage ich ihn.

»Ehrlich gesagt, für eine Weile ... Airbnbs. Sofas von Freunden. Meinen Eltern, für ein paar Monate.« Er stößt einen Atemzug aus.

»Davor habe ich mit meiner Freundin zusammengewohnt, aber ...«

Ich warte darauf, dass die Pause sich füllt.

»Ich habe herausgefunden ... dass sie einen anderen hatte.«

»Das tut mir leid. Wie lange wart ihr ...«

»Zwei Jahre. Hab alle Anzeichen übersehen.« Er schüttelt den Kopf, nippt an seinem Kaffee. »Und du? Lebst du ... mit jemandem zusammen?«

»Nein. Ich ... habe mich in letzter Zeit auf die Arbeit konzentriert. Ich habe mich letztes Jahr von jemandem getrennt.« Ich werfe ihm einen solidarischen Blick zu. »Er war damals schon mit einer Freundin von mir zusammen, glaube ich. Sie heiraten jetzt. Er hat mich vor ein paar Wochen angerufen, um es mir zu sagen.«

Ash blickt entsetzt. »Gott. Das ist brutal. Tabitha hatte wenigstens so viel Anstand, sich zu verdrücken und mich nie wieder zu kontaktieren.«

»Es ist schon gut«, versichere ich ihm lächelnd. »Ich glaube, zum Ende hin war ich sowieso nicht mehr richtig in ihn verliebt.«

Und auf einmal – vielleicht hat es irgendetwas damit zu tun, wie Ash mein Lächeln erwidert, mit diesem Kilowatt-Blick, den er hat – huschen meine Gedanken zurück zu Jamie. Ich kann noch immer nicht ergründen, warum Ash ihm so sehr ähnelt. Hat es irgendetwas mit dem Unfall zu tun, seinem Blitzschlag? Ich verstehe nicht, wie das sein könnte, und bis jetzt habe ich auch keine Ahnung, wie sich die ganzen Punkte zusammenfügen. Aber irgendetwas an alledem nagt an mir. Die Persönlichkeitsveränderung, die er, wie er sagt, durchgemacht hat.

»Kann ich dich etwas fragen? Wenn es dir nichts ausmacht, darüber zu reden.«

»Na klar.«

Ich versuche, nicht an Jamie zu denken, seinen verzerrten Körper auf der Straße, während der Regen auf ihn eintrommelte. »Was … ist am Abend deines Unfalls passiert?«

Er nippt an seinem Kaffee, lässt sich ein paar Augenblicke Zeit mit der Antwort. »Ich habe eigentlich keine sehr klaren Erinnerungen daran. Aber was ich noch weiß, und was man mir erzählt hat, ist, dass an dem Abend ein Riesenunwetter war … ein absolut apokalyptisches Gewitter, wie du es noch nie gesehen hast. Und ich war in der Wohnung eines Kumpels, und er hatte diesen kleinen Balkon, und ich, ganz der Idiot, der ich war, dachte, ich könnte hinausgehen und ...« Er bricht kopfschüttelnd ab. »Ehrlich gesagt, weiß ich gar nicht, was ich wollte. Dem Blitz die Stirn bieten oder so.«

Ich lächele unwillkürlich. »Wow. Einen Streit mit einem Gewitter vom Zaun brechen?«

»Wie ich bereits sagte, ich war ein Idiot damals. Jedenfalls, das war der Moment, als ... ich getroffen wurde.«

»Wie hat sich das angefühlt?«

»Keine Ahnung zum Glück. Ich kann mich nicht erinnern.«

»Und danach?«

»War ich für eine Woche im Krankenhaus.«

»Warst du verletzt? Körperlich, meine ich.«

»Ein paar Verbrennungen. Und Rippenbrüche von der Wiederbelebung.«

»Wiederbelebung? Du meinst ...«

Er nickt. »Ja. Mein Herz hat tatsächlich aufgehört zu schlagen. Sie mussten mich zurückholen.«

»Das ist ja verrückt«, sage ich leise.

»Ja. Ich hatte ... ein Wahnsinnsglück.« Er stößt einen Atemzug aus. »Was noch? Ich habe ein paar Narben auf der Brust.«

»Von dem Blitz?«

Er nickt. »Ich bin wie ... Harry Potter, nur viel cooler.«

»Stellst du dich so Mädchen in Bars vor?«

»Ach, *das* habe ich also immer falsch gemacht.«

Ich lächele. Dann hole ich einmal tief Luft, versuche wieder, auf eine Art nachzubohren, auf die ich es vermutlich nicht tun sollte. Aber ich verspüre einfach ein tiefes, elementares Bedürfnis, es zu wissen. »Und mental ... Du hast gesagt, du würdest dich auch anders fühlen? Als ob du eine Persönlichkeitsveränderung durchgemacht hättest?«

»Na ja, am besten lässt es sich vielleicht so beschreiben: Es war, als hätte mich auf einmal diese Erkenntnis durchzuckt. Als wäre ich bis zu dem Zeitpunkt nur als Schlafwandler durch die Welt gegangen. Ich brach das Medizinstudium ab und ging nach London, um Architekt zu werden. Mein ganzes Umfeld dachte natürlich, ich hätte den Verstand verloren. Sie dachten alle, ich hätte eine Gehirnverletzung oder so erlitten.«

»Und ... hast du das?«, frage ich so behutsam wie möglich.

»Habe ich was?«

»Eine Gehirnverletzung erlitten.«

Er schüttelt den Kopf. »Nein, zum Glück nicht. Die meisten Leute in meiner Situation ... sie hätten nicht überlebt. Oder sie hätten einen schweren Gehirnschaden erlitten, oder sie würden im Koma liegen oder hätten langfristige neurologische Probleme. Ich meine, hin und wieder habe ich Nervenschmerzen, aber das ist nichts verglichen mit dem, was mir hätte passieren können. Das ist, weshalb ich diese ganze ›Blitzschlag‹-Geschichte ein bisschen frustrierend finde. Den Reiz des Neuen. Denn ehrlich gesagt, kann er Leben zerstören. *Hat* Leben zerstört.«

»Und deine Familie und Freunde«, hake ich weiter nach. »Du hast gesagt, sie denken, dass du wie ein anderer Mensch bist?«

Er nickt. »Ja. Denn nachdem es passiert war, hatte ich anscheinend dieses plötzliche Gefühl ... von ihnen entfremdet zu sein. Als ob die Leute und Dinge, die ich mein Leben lang gekannt hatte, sich irgendwie ... ich weiß nicht ... fremd anfühlten. Als ob sie nichts mit mir zu tun hätten. Und meine Erinnerungen an die Zeit vor dem Unfall wurden bruchstückhaft. Offenbar konnte ich mich nur noch an Dinge erinnern, nachdem Leute sie mir vorgesagt hatten. Ich hatte dieses ganz eindeutige Gefühl ... in ein Leben geworfen worden zu sein, das ich nicht wiedererkannte. Und das war für alle aufwühlend.«

»Und für dich?«

Er nimmt sich ein paar Augenblicke Zeit, um darüber nachzudenken, als ob es das erste Mal ist, dass ihm jemand diese Frage stellt.

»Nicht ... so sehr. Die Leute haben mir immer wieder gesagt, ich hätte mich verändert, und objektiv wusste ich es auch, aber ich konnte es nicht *fühlen*, weißt du? Und die Sache ist die, mein altes Leben hinter mir zu lassen, hat sich tatsächlich gut angefühlt. Denn Leute ändern sich ständig, oder? Sie wachsen, werden bessere Versionen von sich selbst.«

Ich nicke. *Das tun sie, aber ...* »Aber fandest du das denn nie seltsam? Wolltest du keine Erklärung?«

Er zuckt die Schultern. »Nein, denn es war ja nichts Medizinisches. Rückblickend betrachtet, war es eher wie ein ... Lebensabschnitt. Ein Weckruf.«

»Aber deine Familie hat das nie akzeptiert.«

»Nein. Und es fällt mir schwer zu glauben, dass sie immer noch das dumme Großmaul vermissen, das ich damals war. Aber es ist jetzt fast neun Jahre her. Ich schätze, im Laufe der Zeit werden sie vielleicht – hoffentlich – vergessen, wer ich früher war, und sich darauf konzentrieren, wer ich heute bin.«

Er erzählt mir von seiner Zwillingsschwester, einer Anästhesistin, die in Norwich lebt. Aber er sagt, dass sie nicht viel Zeit zusammen verbringen.

»Wir haben ... nicht mehr so viel gemeinsam. Sie ist noch immer ein kleiner Wildfang, könnte man vermutlich sagen.«

Er schüttelt den Kopf. »Ich weiß, ich *sollte* Gabi und die enge

Bindung, die wir früher hatten, vermissen, aber ... ich nehme an, ich habe einfach nach vorn geblickt.«

»Entschuldige. Ich habe das Gefühl, dass ich dich ein bisschen ausquetsche.«

Er lächelt. »Normalerweise muss ich tatsächlich ein paar Whiskys gekippt haben, bevor ich mich auf solches Zeug einlasse, aber mit dir ... muss ich das offenbar nicht.« Er hält seinen Kaffeebecher schräg gegen meinen, wie zu einer Art Toast, während ich spüre, wie sein Knöchel meinen findet.

Kapitel 11

Das erste Mal sehe ich Lara am Sonntagmorgen wieder, als ich von einem Spinningkurs auf dem Weg nach Hause bin. Sie geht mit einem Mann die London Street hinunter, ihre Hand mit seiner verschlungen. Sie trägt ein langes, blau-weißes Kleid, das sich um ihre Knöchel bauscht. Ihre blonden Locken sind jetzt kürzer geschnitten, und sie ist dünner als früher. Aber es ist ihr Lächeln, das ich als Erstes erkenne. Wie ein Sonnenstrahl, der durch eine Wolke dringt.

Wir haben uns seit jenem Abend nicht mehr gesprochen. Jahrelang habe ich mir vorgestellt, sie wiederzusehen, ihr Auge in Auge gegenüberzustehen. Ich habe mir zurechtgelegt, was ich sagen würde. Ich habe mich gefragt, ob ich von Wut überwältigt werden würde, ob ich eine Hand ausstrecken und sie ohrfeigen würde oder ihr einen Drink ins Gesicht schütten, wenn ich einen zur Hand hätte.

Jetzt hebt sie den Kopf, sieht mich. Bleibt stehen. Unsere Blicke treffen sich.

Ich sehe zu, wie ihr Freund (oder vielleicht ist er ihr Ehemann) ihrem Blick folgt. Als er mich ansieht, weiß ich, dass er es weiß. Sie hat ihm alles erzählt.

Sie schluckt, tritt noch ein paar Schritte vor.

Ich kann mich nur noch an sehr wenig von unserem letzten Gespräch erinnern. Aber ich weiß genau, dass ich sie niemals wiedersehen wollte.

Der Himmel heute ist trist und grau, die Luft schwer von Feuchtigkeit. Es droht immer wieder zu regnen, ein paar vereinzelte Tropfen landen hier und da. Auf einmal erscheint mir das irgendwie passend, denn für mich ist Regen das Wetter von Verlust und Schmerz.

Trotz allem spiegelt sich in ihrem Gesicht nichts von meiner Beklommenheit. Ihre Augen strahlen warm und hell.

»Neve. Hi. Wie geht es dir?«

Es ist eine schier unergründliche Frage, aber Lara hatte schon immer die Angewohnheit, zu riesigen, unbewältigbaren Themen auszuholen, egal in welchem Zusammenhang. (Während wir uns zum Ausgehen fertig machten: *Was meinst du, wie viele unterschiedliche Arten von Liebe es gibt?* Beim Dinner: *Meinst du, Sucht ist angeboren oder anerzogen?* Während wir fernsahen: *Würdest du sagen, Krebs ist hauptsächlich genetisch oder umweltbedingt?*)

Das war eines der Dinge, die ich am meisten an ihr liebte. Wie tief sie mich zum Nachdenken brachte.

»Du bist wieder da«, ist alles, was ich zustande bringe, eines der Million Dinge, die ich sagen könnte.

»Vorübergehend. Familienkram.« Sie sieht zu dem Mann an ihrer Seite hoch. »Das hier ist Felix. Felix, Neve.«

Er streckt seine freie Hand aus und ergreift meine, sieht mir genau in die Augen. Er hat eine sanfte und warme Ausstrahlung, und er ist sehr groß, genau wie meine Mutter gesagt hat.

Mindestens einen Meter neunzig, vielleicht mehr. »Freut mich, dich kennenzulernen.«

Wirklich?, denke ich, überrumpelt von seiner Herzlichkeit. *Du musst unsere Geschichte doch kennen.* Und dann: *Du bist Amerikaner.*

»Felix ist mein …«

Sag nicht Ehemann. Bitte sag nicht Ehemann. Ich bin mir nicht sicher, ob ich es ertragen kann, zu hören, dass Lara ohne mich geheiratet hat. Obwohl ich sie selbst vor vielen Jahren aus meinem eigenen Leben ausgeladen habe.

»… Freund.«

Ich nicke, und dann fällt mir nichts mehr zu sagen ein. Obwohl es so viel zu sagen gibt. Zu viel.

»Weißt du was«, sagt Felix. Seine Stimme ist absolut wohltuend, ein tiefer Fluss aus Charme. »Ich habe noch ein paar Dinge zu erledigen, also wie wär's, wenn ihr zwei einen Kaffee trinken geht? Und wir sehen uns später beim Haus.«

Welchem Haus?, denke ich wild, und dann: *Wer bist du, vorzuschlagen, dass wir einen Kaffee trinken gehen sollten?*

Lara sieht mich an. »Hast du etwas Zeit?«

Noch vor ein paar Wochen hätte ich mit Sicherheit den Kopf geschüttelt und wäre weitergegangen. Aber seitdem hat sich alles verändert. Ich bin Ash begegnet, der mich so sehr an Jamie erinnert, und ich bin unerwartet zurück in mein Leben vor fast einem Jahrzehnt gezogen worden, von dem Lara ein solch riesiger, unabdingbarer Bestandteil war.

»Okay«, sage ich.

Felix legt Lara einen Arm um die Schultern und drückt sie, dann gibt er ihr einen zärtlichen Kuss auf den Kopf. »Kommst du klar?«

Sie nickt sanftmütig, und ich wundere mich prompt, wie sehr sie sich verändert hat, denn die Lara, die ich zuletzt kannte, hätte sich über eine solche Überfürsorglichkeit empört. Vielleicht hätte sie ihm sogar einen Ellenbogen in die Rippen gerammt.

Aber das tut sie nicht. Und ich kommentiere es nicht einmal mit den Augen, wie ich es früher getan hätte, denn das steht mir nicht mehr zu.

***

Lara schlägt ein Café vor, das wir beide früher geliebt haben, und obwohl es sich grundfalsch anfühlt, dorthin zu gehen – in der Zeit zurückzureisen zu den Tagen, als sie meine engste Freundin war –, erkläre ich mich einverstanden.

Damals hätte ich nicht gewusst, wie ich neun Tage, geschweige denn neun Jahre, ohne sie überleben sollte. Aber nach dem Unfall wurde meine Wut zu einem wilden Tier, das in mir hauste. Im Laufe der darauffolgenden Jahre vermisste ich sie so sehr, dass sich der Schmerz manchmal physisch anfühlte. Aber ich konnte mir ihr Gesicht einfach nicht vorstellen, ohne mir auch vorzustellen, was sie getan hatte.

In der ersten Zeit versuchte sie angestrengt, Kontakt zu mir aufzunehmen, schickte Postkarten und Briefe und E-Mails, hinterließ Nachrichten. Sie schaute sogar ein paarmal bei meiner Mum vorbei. Aber ich antwortete nie. Ein paar Jahre zogen ins Land, dann schickte sie mir eine E-Mail von einem Arbeitsaccount, ein paar WhatsApps. Aber ich löschte sie ungelesen. Es machte mich wütend, die Vorstellung, dass sie dachte, die Jahre hätten dem, was passiert war, die Schärfe nehmen können.

Danach hörte sie auf, es zu versuchen.

»Toll siehst du aus, Neve«, sagt sie jetzt, während wir uns über den Tisch hinweg ansehen.

Sie sieht im Wesentlichen noch immer so aus wie damals. Ihre Zähne sind vielleicht ein bisschen gerader und weißer. Ihre Haut hat ein paar neue Falten. Ihr Gesicht hat seine jugendliche Fülle verloren, was ihre blauen Augen irgendwie noch mehr betont. Sommersprossen sprenkeln ihre Wangen und ihre Nase. Sie bekam sie immer im Sommer, und dann versuchte sie, sie mit Concealer abzudecken, bis ich sie überredete, es nicht zu tun.

Mein Herz ist ein Seestern in meiner Brust. Meine älteste Freundin ist genau vor mir. *Genau hier.*

Unsere Bedienung kommt, um unsere Bestellung aufzunehmen. Lara bittet um einen koffeinfreien Schwarzen. Ich nehme einen Espresso, vielleicht um anzudeuten, dass ich nicht vorhabe, lange zu bleiben.

»Neve. Es gibt ein paar Dinge, die ich dir sagen muss.«

Ich schüttele den Kopf. »Nicht jetzt. Ich kann das nicht ... nicht jetzt.«

Sie korrigiert ihre Miene ein klein wenig. Vielleicht hatte sie eine Rede einstudiert. Vielleicht hat sie im Laufe der Jahre, so wie ich, vor unzähligen Spiegeln gestanden und lautlos die Worte geformt, von denen sie denkt, dass sie sich besser fühlen wird, wenn sie sie ausspricht.

»Erzähl mir von Felix«, sage ich stattdessen. Denn trotz allem weiß ich, dass ich mich für sie freue. Ich nehme an, ein paar Instinkte lassen sich einfach nicht auslöschen.

Sie lächelt, und es glitzert. Liebe ist in ihrem ganzen Gesicht aufgelodert. »Er ist aus Kalifornien. Na ja, er ist in Chicago geboren, aber er ist vor ein paar Jahren nach Santa Cruz gezogen.«

»Wie habt ihr euch kennengelernt?«

»Ich habe ihn beim Billard geschlagen, bei einer Hausparty in St John's Wood. Er war früher Tennisprofi, daher war er es gewohnt, alles zu gewinnen. Jedenfalls später kam er auf mich zu und forderte mich zu einer Revanche heraus, natürlich, aber ich genoss in dem Moment diese fantastische Aussicht draußen auf dem Balkon mit Blick über den Cricketplatz. Die Sonne ging eben auf, daher blieben wir einfach dort draußen und redeten. Und letztendlich versuchte er, mir Cricket zu erklären, was zum Schreien komisch war, denn es war offensichtlich, dass er keinen blassen Schimmer davon hatte, daher wartete ich nur darauf, dass er fertig wurde, als hätte ich selbst auch keinen, und dann sagte ich ihm, er hätte praktisch *alles* falsch verstanden. Und als ich anfing, ihm zu erklären, was *wirklich* passiert, wenn eine Seite eine Deklaration abgibt, kam sein Ego offenbar nicht damit klar, glaube ich, daher brachte er mich zum Schweigen, indem er mich küsste, und ... Na ja. Hier sind wir jetzt.«

Ich lächele, denn ich kann mir einfach vorstellen, wie sie genau den richtigen Moment berechnet, um ihn zur Strecke zu bringen.

»Wessen Haus war es?«, frage ich, während ich darüber nachgrübele, wie viel genau man für eine Balkonwohnung mit Blick über den Lord's Cricket Ground heutzutage wohl hinblättern muss.

»Der Regisseur eines Films, bei dem ich mitgearbeitet habe. Ich bin jetzt ... Produktionsdesignerin.«

Das weiß ich natürlich, denn ich stalke sie gelegentlich im Internet, schlage sie auf IMDb und Wikipedia nach, als ob sie ein Ex ist, über den ich nicht hinwegkomme. Sie hat im Theater angefangen, bevor sie zu Film und Fernsehen gewechselt ist, und sie hat kürzlich an einer BAFTA-preisgekrönten Serie mitgewirkt, die im neunzehnten Jahrhundert spielt, und sogar an einem oscarnominierten Film, einer Science-Fiction-Liebesgeschichte.

Bevor ich es verhindern kann, spüre ich, wie meine Brust vor Stolz auf sie schwillt.

»Und, hast du vor … Wirst du nach Amerika ziehen? Um mit Felix zusammen zu sein? Kannst du dort drüben besser arbeiten?«

Sie zögert. »Ich denke … vermutlich werde ich irgendwann zu ihm ziehen, ja.«

Die Bedienung kommt wieder und stellt unsere Getränke ab.

»Ist er im Ruhestand?«

Lara lacht. »Ha. Nein. Er ist in der Techbranche. Er ist Mitbegründer einer Robotikfirma.«

»Von Tennis zu Robotik? Das ist ja …«

»Ich weiß. Er ist einer dieser aufreibenden Leute mit der Midas-Gabe. Und er ist wahnsinnig intelligent. Im Ernst, Neve, manchmal fängt er an zu reden, und ich muss ihn einfach unterbrechen und sagen: *Ich habe buchstäblich keine Ahnung, wovon du sprichst.*« Sie lacht. »Und wir gehen zu diesen Dinnerpartys, und … sie sind auf einer völlig anderen Ebene, ein paar der Leute, mit denen er abhängt. Im Ernst. So schlau. Diese ganzen Investoren und Tech-Leute und Serienunternehmer.«

Ich denke daran, wie beschützerisch Felix eben schien. Dann stelle ich mir vor, wie er ihr Vorträge über Cricket oder Robotik oder den Nasdaq hält, und ich frage mich, ob es sein kann, dass Lara in den Jahren, seit ich sie zuletzt gesehen habe, ein völlig anderer Mensch geworden ist. »Du bist selbst intelligent«, rufe ich ihr in Erinnerung, nur für den Fall, dass sie irgendwie vergessen hat, wie sie für diese ganzen Einsen in ihren Prüfungen kaum lernen musste.

Sie fängt meinen Blick auf und lächelt. »Schlechte Wortwahl. Ich nehme an, ich wollte sagen, dass wir aus sehr unterschiedlichen Welten sind. Aber ich liebe ihn abgöttisch,

Neve. Von diesem ersten Abend an war ich einfach ... völlig geblendet von ihm. Als ob ich einfach wusste, dass er der Richtige war, weißt du? So hatte ich noch nie bei irgendjemandem gefühlt.«

Ich denke an Jamie und schlucke.

»Und ehrlich gesagt, muss ich mich bei dir bedanken.«

»Bei mir?«

»Ja. Erinnerst du dich noch an diesen einen Abend, an dem du gekommen bist, um mich abzuholen? Nach ...«

»Ja«, sage ich, denn diesen Abend werde ich nie vergessen. Wie er mir danach noch wochenlang schwer im Magen lag, wie es Beinahekatastrophen im Allgemeinen tun.

»Na ja, an dem Abend hast du mir gesagt, ich hätte etwas Besseres verdient, ich hätte jemanden verdient, der meinen Wert kennt, und ... das habe ich nie vergessen, Neve. Ich habe noch Jahre später darüber nachgegrübelt, und ... Felix war der erste Typ, dem ich begegnet bin, auf den diese Beschreibung wirklich zutraf. Daher.« Sie hält meinem Blick ein paar Sekunden stand, und ich werde prompt in jene entsetzliche Nacht zurückversetzt, wie Lara weinte und an sich zweifelte, und zu der Wut, die um ihretwillen in mir aufflackerte.

»Und du?«, fragt sie. »Bist du mit jemandem zusammen? Was arbeitest du? Ich will alles wissen.«

Ich erzähle ihr von meinem Job, dass ich hoffe, befördert zu werden, dass ich vermutlich ein Borderline-Workaholic bin, es aber gar nicht anders wollen würde. Ich beschreibe mein Haus, die ganze Arbeit, die ich im Laufe der Jahre in seine Renovierung gesteckt habe.

»Oh«, sagt sie, und ihre Augen leuchten auf. »Du würdest Felix' Haus *lieben*. Es ist der Traum eines Designers, ehrlich. Mit Blick auf die Monterey Bay. Es ist der reinste Wahnsinn.«

Sie zückt ihr Handy, um es mir zu zeigen. Ich sehe Bilder der Panoramaaussichten und des Pools, der begehbaren Kleiderschränke und schwebenden Treppen, des Weinkellers und des Kinoraums – ich könnte nur von einem Budget träumen, um eine Innenausstattung dieses Formats auszuführen –, und mir wird bewusst, dass dieser Mann reich ist. Und ich meine, richtig, richtig superreich.

»Lara.« Ich sehe sie an.

Sie schneidet eine Grimasse. »Ich weiß. Entschuldige. Ich versuche wirklich nicht, zu prahlen. Ich hatte keine Ahnung, als ich ihn kennenlernte.« Sie steckt ihr Handy ein. »Jedenfalls. Du hast meine Frage nicht beantwortet.«

»Was denn für eine Frage?«, sage ich, obwohl ich es natürlich weiß.

»Bist du mit jemandem zusammen?« Sie spricht taktvoll, wie ein Suchttherapeut, der herauszufinden versucht, ob ich rückfällig geworden bin oder nicht.

Ich schlucke. »Es gibt jemanden ... den ich mag. Ich habe ihn über die Arbeit kennengelernt. Aber es ist ... noch nichts daraus geworden.« Ich lasse natürlich unerwähnt, wie sehr diese Person Jamie ähnelt. Dass es so viele Ähnlichkeiten zwischen ihnen gibt, dass es sich allmählich unheimlich anfühlt.

Sie lächelt, erzählt etwas von einem Jungen von der Schule, das ich nicht ganz mitkriege, da ich immer wieder von der Tatsache abgelenkt werde, dass wir in diesem Café sitzen und plaudern, als wären wir Spinningkurs-Kumpel, als hätten wir keine gemeinsame Vergangenheit, als wüssten wir nicht, was Tragödie bedeutet. Angst steigt immer wieder in Wellen in mir auf: War es ein Fehler von mir, sie aus meinem Leben auszuschließen? War ich zu stur, zu unvernünftig? Aber dann rufe ich mir in Erinnerung, was an jenem Abend passiert ist, und das flaue Gefühl des Zweifels legt sich.

Wenn ich gewusst hätte, dass es sich so körperlich anfühlen würde, mit Lara zu reden, hätte ich auf den Espresso verzichtet.

»Also, erzähl mir von diesem Typen«, sagt sie, aber auf einmal ist mir das alles zu viel, dieses Durcheinander in meinem Kopf von Ash und Jamie und jetzt auch noch Lara, die wieder da ist … und ich habe keine Ahnung, wie ich mich mit irgendetwas davon fühlen soll.

»Ehrlich gesagt«, sage ich, während ich auf eine nicht vorhandene Uhr an meinem Handgelenk sehe, »muss ich wirklich los.«

»Bitte gib mir deine Nummer«, sagt sie, als ob sie voll und ganz damit gerechnet hat, dass ich versuche, Reißaus zu nehmen. Sie legt über den Tisch hinweg ihre Hand auf meine, und es fühlt sich nett und absurd zugleich an, beides auf einmal, ein bisschen so, wie wenn meine Mum versucht, mich zu berühren. »Ich will dich wirklich wiedersehen, Neve. Es ist viel zu lange her. Bitte.«

Ich zögere, und dann begehe ich den Fehler, ihr genau in die Augen zu sehen. Sie haben das wunderschöne, endlose Blau des kalifornischen Himmels, und ich habe sie vermisst. »Okay«, sage ich.

Sie reicht mir ihr Handy, und ich tippe meine Nummer ein und gebe es ihr wieder. Ich höre prompt, wie mein eigenes Handy summt.

Sie fängt meinen Blick auf und lächelt. »Wollte nur sichergehen.«

Ich nicke und schlüpfe in meine Jacke, schnappe mir meine Tasche.

»Das war nett«, sagt sie.

Bei diesen Worten lodert es schließlich in mir auf: die Wut und die Empörung, ein weiß glühendes Aufflackern von Zorn. *Meinst du, nur weil wir zusammen einen Kaffee getrunken haben, ist alles vergessen? Meinst du wirklich, mehr ist nicht erforderlich?*

»Ich weiß, du willst nicht über diesen Abend reden«, sagt Lara, »aber ich muss es dir sagen, bevor du gehst. Es tut mir so leid, Neve. Es tut mir so leid, was passiert ist.«

Ich starre sie nur an. Sie hat mir das schon einmal gesagt, natürlich, aber vielleicht – nur vielleicht – bin ich diesmal endlich bereit, es zu hören.

Kapitel 12

Am späten Montagvormittag kommt Parveen von einem Vor-Ort-Meeting bei Millbrook zurück und marschiert sofort auf meinen Schreibtisch zu.

»Ich muss dich über etwas briefen.«

Ich bin darin vertieft, Anmerkungen zu einer Präsentation für das Design eines Wellness-Spas im Keller eines Hauses in Cambridge zu ergänzen. Es ist eines dieser Traumprojekte, die dir die seltene Lizenz erteilen, so richtig aus dem Vollen zu schöpfen (Hallo, Infrarotsauna, Tageslichtspots und römische Badehausfliesen!), da die Eigentümer ein lächerlich großes Budget haben und von allem nur das Beste wollen, koste es, was es wolle.

»Jetzt gleich?«, frage ich sie. Ich habe den Verdacht, dass es irgendetwas mit Ash zu tun haben könnte.

»Jetzt gleich.«

In unserem Großraumbüro kann man so ziemlich alles hören, daher bin ich froh, Parveen in einen der gläsernen Konferenzräume zu folgen.

Als ich die Büroräume von Kelley Lane das erste Mal betrat, war ich hin und weg. Sie liegen im Erdgeschoss eines umgebauten edwardianischen Hauses in der Newmarket Road, offen angelegt, mit hohen Decken, Wänden in der Farbe von Steinsalz und Böden aus edel verwitterter Eiche. Unsere Schreibtische stehen auf pastellfarbenen Teppichen im Vintagestil – die ganze Verkabelung natürlich dezent verborgen –, und der Raum ist mit Topfpflanzen und von Parveen empfohlenen Kunstwerken abgerundet. Es gibt eine futuristische Kaffeemaschine und eine Handvoll flügellose Ventilatoren, aber den hässlichen Bürodrucker bewahren wir außer Sichtweite in einem Wandschrank auf. Die Luft ist mit Jo Malone parfümiert, und wenn wir uns mit Kunden oder Auftragnehmern hier drinnen treffen, scheinen sie jedes Mal bestrebt, noch ein bisschen länger herumzuhängen. Manchmal frage ich mich, ob das alles nur Kelleys Masche ist, um uns dazu zu bringen, noch mehr arbeiten zu wollen.

Nach dem Unfall, getrieben von Trauer und Wut und einer Wucht an Energie, die mir selbst den Atem verschlug, begann ich, so hart zu arbeiten, dass sich meine Projekte und Noten in meinem Abschlussjahr in pures Gold verwandelten. Bis ich mich um die Stelle bei Kelley's bewarb, hatte ich bereits drei Praktika bei ihr absolviert. Ich werde ihr für immer dankbar sein, dass sie mich fest eingestellt hat, denn das hat es mir ermöglicht, das Potenzial voll auszuschöpfen, von dem Jamie immer behauptete, dass ich es hätte.

Parveen schließt hinter uns die Tür und verschränkt die Arme vor der Brust. Sie hat noch nicht einmal ihre Jacke ausgezogen. »Was genau hast du mit Mr. Heartwell gemacht?«

Eine winzige Glitzerkanone geht in meinem Magen los. »Äh, ich bin mir nicht sicher?«

»Na ja, er hat die ganze Zeit nicht aufgehört, von dir zu reden, als ich heute vor Ort war. Er hat in einer Tour davon geschwärmt, wie talentiert du bist, wie viel ihr gemeinsam habt, wie leicht es ist, mit dir zu reden.«

Ich versuche erfolglos, mir ein Lächeln zu verbeißen. Ich habe Parveen eine Nachricht geschickt, sobald ich Ashs

Apartment am Samstag verließ – nach einem zweiten Kaffee und einem Wangenkuss zum Abschied –, um ihr Bescheid zu geben, dass es, ja, gut gelaufen war, aber, nein, wir uns nicht geküsst hatten.

»Gott, Parveen, du hättest sein Apartment *geliebt*. Es ist in einer dieser alten Mühlen unten am Fluss, und der Umbau ist völlig ...«

Parveen hebt eine Hand. »Ich werde es später googeln. Was ich wissen will, ist: Seid ihr ganz ehrlich nicht zur Sache gekommen?«

»Nein!«, antworte ich lachend. »Wir haben nur Kaffee getrunken. Es war alles rein platonisch.«

Und obwohl das streng genommen stimmt, ist es himmelweit davon entfernt, wie ich mich wirklich fühle.

»Na ja, das ist das Gegenteil von dem, was er denkt, glaub mir. Er konnte nicht aufhören, von dir zu reden.«

In vieler Hinsicht hat Parveen Lara in meinem Leben ersetzt. Oder nicht unbedingt ersetzt – aber vielleicht einen Teil der Lücke ausgefüllt, die sie hinterlassen hat. Andere Bekanntschaften fühlen sich unverbindlicher an – Spinningkurs-Kumpel, Ex-Arbeitskollegen. Die Art Leute, mit denen man sich eher auf einen Kaffee trifft, als dass man sich ihnen anvertraut. Aber Parveen ist inzwischen Letzteres geworden.

Ich glaube, ich habe ihr vermutlich in der ersten Woche, nachdem ich sie kennengelernt hatte, erzählt, was mit Jamie passiert ist. Sie weiß, dass er der einzige Mann ist, den ich je geliebt habe; dass es in den neun Jahren, seit er gestorben ist, nur ungefähr drei Leute gab, mit denen es mir halbwegs ernst war. Ihr ist bewusst, was mit Leo passiert ist, wie zynisch ich in Sachen Liebe geworden bin, wie ausschließlich auf die Arbeit fokussiert. Manchmal, wenn sie irgendetwas Nettes berichtet, was sie mit Maz und den Zwillingen unternommen hat, habe ich den Eindruck, dass sie versucht, mir in Erinnerung zu rufen, dass man in langfristigen Beziehungen immer noch Magie finden kann.

Parveen klopft mit einem manikürten Fingernagel auf die Tischplatte. Sie nimmt ihre Nägel sehr ernst. Ich glaube nicht, dass ich sie je ohne französische Spitzen gesehen habe. »Also. Wirst du ihn wiedersehen?«

»Das will ich, aber ...« *Er ist meinem toten Freund so ähnlich, dass ich manchmal keine Luft mehr bekomme.* »Ich bin beschäftigt, und nach dem, was mit Leo passiert ist ...«

Sie verdreht die Augen. »Zwei erbärmliche Gründe. Du weißt ebenso gut wie ich, dass Ash ein verdammt guter Fang ist. Glaub mir, wenn ich nicht mit Maz zusammen wäre, würde ich mit dir um ihn kämpfen.«

»Du kämpfst nicht um Jungen«, erwidere ich lächelnd.

»Ehrlich gesagt, habe ich einmal ein Glas Limonade über eine Frau ausgeschüttet, als ich dachte, sie würde Maz anbaggern. Und weißt du, wer sie letztendlich war?«

»Keine Ahnung.«

»Seine *Schwester*. Ich hatte sie noch nie zuvor gesehen. Ich wollte am liebsten sterben. Zum Glück ist seine Familie ein *sehr* diskreter Haufen. Soll heißen, es wird seitdem bei jeder einzelnen Familienfeier zur Sprache gebracht. Jedes Mal, wenn ich eine Flasche R. White's sehe, könnte ich vor Scham im Boden versinken.«

Kelley schwebt in einem figurbetonten geblümten Kleid an den Glastüren vorbei, vermutlich auf dem Rückweg von einem Meeting irgendwo. Wir erheben uns beide automatisch.

»Das hast du mir noch nie erzählt«, sage ich lächelnd zu Parveen. Sie hält einen Moment inne, eine Hand auf der Tür-

klinke. »Ich wollte einfach, dass du denkst, ich bin viel zu ausgeglichen, um mir in Bars einen Zickenkrieg zu liefern. Jedenfalls. Haben wir das geklärt? Du schnappst ihn dir? Ash?«
Ich wünschte, es könnte so einfach sein. Aber die Wahrheit ist, ich habe ständig versucht, Jamie wiederzufinden, seit er gestorben ist. Und ich weiß, dass das ungefähr so gesund und vernünftig ist, wie wenn meine Mutter davon fantasiert, dass mein Dad eines Tages nach Hause kommen könnte.

Und Ash ist Jamie so ähnlich, dass ich mir nicht vorstellen kann, dass es mein Problem lösen wird, etwas mit ihm anzufangen.

Kapitel 13

Damals

In jenem ersten Jahr an der Uni schenkten Jamies Eltern uns zu Weihnachten Tickets, um im darauffolgenden Frühjahr London Grammar zu sehen. Da das Konzert in London war, am Wochenende von Jamies Geburtstag, luden sie uns außerdem zu einer Nacht in einem schicken Hotel ein – eine Geste, bei der ich mich fragte, ob sie vielleicht endlich auf dem Weg waren, mich zu akzeptieren – und hatten einen Tisch für uns vier in irgendeinem angesagten Restaurant in Mayfair reserviert. Ich freute mich darauf, ein Wochenende lang Dinge zu tun, die wir uns normalerweise niemals hätten leisten können. Oder zumindest ich nicht.

Die Arbeit an der Uni hatte in jenem Frühjahr immer mehr an Fahrt aufgenommen. Nicht so sehr für mich – nachdem ich den Großteil meiner Praxisphase in jenem Jahr in der Druck- und Färbewerkstatt verbracht hatte, konzentrierte ich mich jetzt hauptsächlich darauf, einen Forschungsaufsatz über die Rolle smarter Materialien im Textildesign zu schreiben, für den das Tempo ziemlich entspannt war. Jamie hingegen jonglierte hektisch mit Aufsätzen, Zeichnungen, Modellen und Präsentationen, zwischen Vor-Ort-Terminen und Workshops, zur Vorbereitung auf die Prüfung am Ende des Jahres.

Er arbeitete mit militärischer Disziplin. Wir gingen nicht viel aus. Er nahm seinen Laptop mit ins Bett, dann stand er früh auf, um Bibliotheksbücher über Grundstücksrecht, Gesundheits- und Arbeitsschutz und Bauvorschriften durchzuackern. Er sagte, mit harter Arbeit hätte sein Bruder Harry es dorthin geschafft, wo er jetzt war, und sein Dad sein Vermögen gemacht. Er trug Unterlagen zu Themen mit sich herum, die meine Neugier weit überstiegen, wie zum Beispiel ideologische Positionen in der Architektur und die Auswirkungen grüner Gebäude auf nachhaltige Entwicklung. Ich sah zu, wie er Pläne für Gebäude aller Art skizzierte, von Kinos bis hin zu Cricket-Pavillons, während er seinen Morgenkaffee trank. Ich wusste, dass er hauptsächlich von Ehrgeiz getrieben war – er wollte, dass sein Name für irgendetwas Ikonenhaftes stand, dass er für ein berühmtes Gebäude bekannt war. Etwas von Weltklasse, sagte er zu mir, eine Konzerthalle oder ein Museum oder ein Wahrzeichen einer City-Skyline. Er sagte immer, er wolle der nächste Norman Foster sein.

»Ich werde den nächsten Gherkin entwerfen«, sagte er oft. Und ich bezweifelte nicht eine Sekunde, dass er das eines Tages tun würde.

Manchmal beneidete ich ihn um seinen Eifer. Ich spielte noch immer mit dem Gedanken, im Bereich Innendesign zu arbeiten, daher hatte ich meinen Schwerpunkt auf die dafür relevanten Teile meines Studiums gelegt, wie zum Beispiel CAD-Workshops und das Arbeitgeberprojekt, bei dem der Auftrag lautete, sechs unterschiedliche Vorhang-Designs zu entwerfen. Ich begann, Innendesign-Magazine zu kaufen und Scrapbooks und Moodboards zu Räumen, die mich inspirierten, zu erstellen. Ich folgte Innendesignern auf Instagram. Ich ließ den Gedanken Wurzeln schlagen. Wenn ich zu Bett ging, träumte ich von Lagerhausumbauten und von dem Apartment, in dem Jamie und ich eines Tages leben würden.

Das Arrangement für das Konzert sah so aus, dass Jamie am Vorabend nach London fahren würde, um seine Eltern zu treffen und mit seinem Dad zu irgendeinem Architektur-Event zu gehen. Er würde mich am nächsten Tag am Bahnhof Liverpool Street vom Zug abholen.

Jamie war in dem Jahr schon ein paarmal nach London gefahren, um seine Eltern zu besuchen. Zweimal hatte ich ihn begleitet. Sein Dad hatte die Wohnung in Soho letztendlich vermietet, daher wohnten wir, wenn wir sie besuchten, bei ihnen in Putney.

Von außen betrachtet, war das Haus in Putney edwardianische Perfektion: roter Backstein mit einer holzumrahmten Veranda, einer Fassade im Pseudo-Tudorstil und Fachwerk am Frontgiebel. Aber drinnen fühlte es sich an wie eine Konfrontationstherapie für Migränepatienten. Jeglicher Rest von Charakter war entfernt worden – ob von Jamies Eltern oder den Vorbesitzern, konnte ich nicht sagen und auch nicht fragen –, und entstanden war ein Mischmasch aus Laminatböden, einer Reihe zunehmend bizarrer Lampenschirme, Kaminen, in grellen Farben gestrichen, und einem Sammelsurium von Möbeln, das mehrere Architekturperioden umspannte. Der einzige Teil, der mir gefiel, war der Garten – lang und verwildert und ungepflegt, war er ein Ort, an den ich glaubte, mich davonschleichen zu können, und ein paar Liegestühle standen immer griffbereit in der Nähe des Schuppens an seinem unteren Ende, weit außer Sichtweite des Hauses.

Keine Stunde bevor ich für das Konzert den Zug nach London nehmen sollte, tauchte Jamie ohne Vorwarnung wieder in der Edinburgh Road auf.

Lara und ich lagen auf meinem Bett und gingen ein paar Siebdruck-Kissenbezüge durch, die ich unter der Woche angefertigt hatte. Wir versuchten zu entscheiden, ob das Muster auf ihnen eher Amöben oder Neuronen ähnelte. Meine Tutoren schienen immer zu wollen, dass wir uns tiefgründige Interpretationen für das Zeug einfallen ließen, das wir entwarfen.

»Amöben können dein Gehirn fressen«, las Lara von ihrem Laptop vor. »Nenn sie besser Neuronen.«

Das war der Augenblick, als Jamie im Türrahmen auftauchte, Hände in den Hosentaschen, sodass wir beide zusammenzuckten.

Nach einer Sekunde oder zwei sagte Lara: »Na ja, diese Pukka-Pie wird sich nicht von selbst in die Mikrowelle schieben«, bevor sie nach unten in die Küche verschwand.

»Was ist los?«, fragte ich, während ich mich aufsetzte. »Was tust du denn hier? Geht es dir gut?«

Er stellte seine Tasche ab. »Das Konzert ist gestrichen. Ich kann das nicht. Es tut mir leid.«

»Was? Warum das denn?« Wir hatten uns seit Monaten, seit Weihnachten, darauf gefreut.

»Hatte einen Riesenkrach mit meinem Dad.«

»Weswegen denn?«

Er schüttelte den Kopf und kam und setzte sich neben mich. Dann stieß er einen Atem aus, der so lang und schwer war, dass ich mich fragte, ob er ihn stundenlang angehalten hatte. Er strich sich die Haare aus dem Gesicht nach hinten. Sie waren länger gewachsen, seit wir auf der Uni waren, und ich wusste, dass es seinen Dad ärgerte (was vielleicht der Grund war, weshalb sie mir so gut gefielen).

»Er redet noch immer von dieser Wohnung in Soho. Er will, dass ich im September dort einziehe und meinen Abschluss in London mache.« Er fuhr sich mit einer Hand übers Gesicht, sichtlich erschöpft. »Ganz ehrlich, er ist besessen. Jedenfalls, ich habe ihm gesagt, wohin er sie sich schieben kann. Was nicht gut ankam. Letztendlich hat er sogar Harry ans Telefon geholt, damit er versucht, ›mich zur Vernunft zu bringen‹.«

Mir ging ein Stich durchs Herz, als ich plötzlich begriff, dass Jamies Dad ihn im Grunde genommen aufgefordert hatte, mit mir Schluss zu machen und allein nach London zu ziehen.

Jamie nahm meine Hand. »Er ist nur … besorgt, dass wir uns zu früh binden. Du weißt schon.«

Ich schluckte. »Jamie. Gibt es irgendeinen Teil von dir … der deinem Dad beipflichtet? Denn wenn ja, will ich nicht diejenige sein, die …«

»Keinen einzigen, winzigen Teil, okay?« Er nahm mein Gesicht in beide Hände und küsste mich. »Seine Träume … sind nicht meine Träume. Ich bin glücklich, warum kann er das denn nicht sehen?«

»Vielleicht kann er das ja. Vielleicht ist es genau das, was ihm Angst macht.«

Er wich ein klein wenig zurück. »Was meinst du damit?«

»Na ja, wenn du glücklich und zufrieden bist, dann brauchst du ihn nicht mehr, oder? Und das macht ihm vielleicht Angst.« Ich ließ unerwähnt, dass sein Dad in meinen Augen extrem egoistisch war, dass er dafür lebte, dass man sich seinen Ansichten ständig beugte.

Wir saßen ein paar Augenblicke da, ohne etwas zu sagen, hielten uns nur bei den Händen. Dann stand Jamie auf und sagte: »Warte hier.«

Er verließ das Zimmer, und ich hörte, wie er die Treppe hinuntersprintete.

Ich zog die Knie bis zur Brust an. Insgeheim hatte ich immer gehofft, dass Jamies Eltern sich eines Tages doch noch für mich erwärmen würden. Dass ich letztendlich ein Teil seiner Familie werden würde. Einer Familie, in der man nie einen Geburtstag vergaß, in der man Weihnachten zusammen feierte. In der man die Lieblingsfernsehshows und -musik und die bevorzugte Eiscremesorte der anderen nennen konnte.

Ich wusste, dass Jamies Bruder Harry eine Freundin in Zürich hatte. Aber ich hatte keine Ahnung, ob es für sie am Anfang auch ein schwerer Kampf gewesen war mit seiner Familie. Ob es das noch immer war.

Nach ein paar Minuten kam Jamie wieder. Er hielt Laras zwei Plastik-Bierbecher vom Glastonbury Festival im vergangenen Jahr in der Hand, jeder randvoll gefüllt.

Jamie reichte mir einen der Becher und streckte eine Hand aus.

»Ich schätze, wir werden einfach unser eigenes privates Konzert hier drinnen haben müssen.«

Ich lächelte, während er mich hochzog.

»Ich habe Leuchtstäbe und alles.«

»Die hat Lara für Latitude aufgehoben.«

»Ich werde nicht petzen, wenn du es nicht tust.«

Musik setzte auf seinem Handy ein. »Hey Now«. Er umfasste meine Taille, zog mich zu einem Kuss an sich. »Neve, du musst wissen ... Es ist mir egal, was mein Dad sagt, okay?

Stunden den letzten von zehn Tequila-Shots getrunken, und das hieße, ja, es würde ihre Fähigkeiten übersteigen. Dann, wenn Jamie aufstand, um Kaffee zu machen, erzählte sie mir von ihrer Nacht. (Immer Saufgelage und Jungen, jede Menge von beidem.) Sie schlief ausnahmslos jedes Mal ein, während sie redete, aber ich blieb trotzdem bei ihr, bis sie wieder aufwachte, nur um sicher zu sein, dass mit ihr alles okay war.

Wenn wir alle zu Hause waren, hörten wir in einer Endlosschleife London Grammar, schlürften billigen Whisky, spielten Karten und schwangen abwechselnd tiefgründige Reden. Und Jamie kochte gern, nach den Büchern, die seine Mum ihm geschenkt hatte. Er war nie zu knapp bei Kasse, um alles zu kaufen, was er dafür brauchte, Dinge, die mir und Lara exotisch erschienen, wie zum Beispiel Artischocken und Krabbenfleisch und Ricotta und Miso, was für Lara nur noch ein Grund mehr war, ihn zu necken.

Zwischen den beiden herrschte immer eine Art kampflustige Energie. Lara zog Jamie damit auf, dass er ein Schnösel war, mit seiner Naivität und seinen Privilegien. Er stichelte gegen ihre Sturheit und ihre sozialistischen Ideale, ihren (wie er es sah) unnötigen Zynismus. Sie hatte die Angewohnheit, rauchend oder trinkend im Dunkeln dazusitzen, sodass er zusammenzuckte, wenn er das Zimmer betrat. (Ich selbst zuckte nie zusammen. Ich hatte einen animalischen Instinkt, was sie betraf, und konnte es immer spüren, wenn sie in der Nähe war.) Sie brachte Leute, die wir nicht kannten, mit nach Hause und drehte dann bis in den frühen Morgen die Musik laut auf. Mich kümmerte es nie, aber Jamie fühlte sich jedes Mal verpflichtet, sich am nächsten Morgen bei unseren (toleranten, berufstätigen) Nachbarn zu entschuldigen.

Es ist mir egal, was *irgendjemand* sagt. Du und ich … wir sind füreinander bestimmt.«

»Ich weiß. Ich liebe dich. Ich weiß.«

»Ich will für immer mit dir zusammen sein. Es ist mir egal, ob wir jung sind. Ich kann mir mein Leben mit niemandem sonst vorstellen.«

Wir redeten, während sich die Musik um uns herum in Wasser verwandelte. Wir träumten laut von dem Zuhause, das wir uns eines Tages teilen würden, den Jobs, die wir haben, den neuen Freunden, die wir finden würden. Den Urlauben, den Konzerten, unseren künftigen Abenteuern. Den Erinnerungen, die wir uns schaffen würden. Und dann neigte er den Mund zu meinem Schlüsselbein, und ich legte den Kopf in den Nacken, während mich ein wohliger Schauder durchlief.

An jenem Abend spielten wir das Album sechsmal, warm wie nistende Tiere in den Armen des anderen, die Leuchtstäbe wie Signalfeuer, während sich die Dämmerung senkte. Die Dunkelheit wurde zu unserer Intimität, unserer Erlaubnis, alles zu sagen. Und so hatte der Versuch von Jamies Dad, einen Keil zwischen uns zu treiben, letztendlich genau den gegenteiligen Effekt gehabt. Denn nach jenem Abend waren wir uns näher als je zuvor.

Kapitel 14

Jetzt

Eine Kollegin empfiehlt einen chinesischen Film, der im Picturehouse läuft, und ich schicke Ash eine Nachricht, um ihn zu fragen, ob er Lust hat, ihn zu sehen.

Der Film ist, wie sich herausstellt, eine starke Liebesgeschichte zwischen zwei aufstrebenden Künstlern in den Dreißigern. Meine Kollegin hatte das mit der Kunst sehr betont und die Tatsache ausgelassen, dass es eine epische und hoch aufgeladene Romanze war.

In dem verdunkelten Kinosaal scheinen all meine Sinne besonders geschärft zu sein. Ich bin mir Ashs warmer Nähe deutlich bewusst, wie gut er riecht, wie er sein Knie in meinen Raum geschoben hat, und wie sehr es mir gefällt. Ich weiß schon jetzt, dass ich am liebsten eine Hand ausstrecken und nach seiner tasten würde.

Dass ich in Gedanken nur wenige Augenblicke davor bin, ihn zu küssen.

Vielleicht ist es zum Teil der Film, der mich so aufwühlt. Romanzen sind im Allgemeinen nicht mein bevorzugtes Genre, aber zu meiner eigenen Verblüffung hat der Film einen Großteil meines Zynismus besiegt. Und abgesehen von der leichten Peinlichkeit, dass ich es war, die ihn vorgeschlagen hat, genieße ich tatsächlich all die Gefühle, die er in mir auslöst.

»Ich liebe dieses Gebäude«, bemerkt Ash, als wir danach zum Ausgang gehen.

Ich nicke. »Es ist wunderschön.« Das Kino befindet sich in einem denkmalgeschützten, teilweise mittelalterlichen Kaufmannshaus, und seine ältesten Teile reichen zurück bis ins vierzehnte Jahrhundert. Heutzutage ist es eine gelungene Mischung aus Alt und Neu, eine perfekte Synthese aus Feuerstein, Glas und tief hängenden Balken.

Draußen auf den Stufen wende ich mich zu ihm um. »Hat dir der Film gefallen?«

»Und wie.«

»Wirklich?«

»Dir nicht?«

»Doch, aber ich habe nicht erwartet, dass er so …« Ich breche ab, suche nach dem richtigen Wort.

»Romantisch sein würde?«

»Ich wollte sagen, sentimental.«

Er lächelt. »Oh, ich habe nichts gegen ein bisschen gute alte Sentimentalität.« Er streckt eine Hand aus und gleitet damit an meinem Arm hinunter, so langsam und zärtlich, dass es mich schaudern lässt. »Hast du noch … Lust auf einen Absacker?«

»Ja«, sage ich, obwohl ich schon jetzt weiß, dass alles, was ich zu fühlen beginne, wenn wir zurück zu seiner Wohnung gehen, garantiert durch die Decke schießen wird.

In seiner Wohnung angekommen, nimmt er mir die Jacke ab. Ich hoffe insgeheim, dass ihm das Kleid gefällt, das ich trage. Meine Haare sind zu einem langen Zopf nach hinten gebunden, der zwischen meine Schulterblätter fällt.

Ash trägt Jeans und einen weichen grauen Pullover, ein Understatement, über das ich innerlich lächeln muss. Ich möchte wetten, er wäre aufrichtig verblüfft – und vermutlich peinlich berührt –, wenn er wüsste, wie viele Leute in meinem Büro eine ziemlich große Schwäche für ihn haben.

Er schenkt zwei Gläser Wein ein und dimmt die Deckenbeleuchtung. Wir setzen uns zusammen aufs Sofa. Musik flutet ins Zimmer.

Beim Klang von London Grammars erstem Album macht mein Herz einen Satz.

»Entschuldige die Gläser«, sagt er, während er mir eines reicht.

»Sie sind nur von Habitat, leider.«

Ich drehe das Glas am Stiel, dankbar für die Ablenkung. »Hältst du mich für einen Snob?«

Er lächelt ein *Nein*. »Ich nehme an, ich bin einfach davon ausgegangen, dass du … deine aus Italien importierst oder so.«

Ich lächele zu ihm zurück. »Na ja, wenn, dann wären sie aus Österreich, aber das wäre selbst für mich ein Schritt zu weit. Und überhaupt, es gibt einen Unterschied zwischen dem, was ich meinen Kunden vielleicht empfehlen würde, und dem, was ich selbst tue.«

»Ah, das Gefühl kenne ich. ›Ob ich Ihnen zustimme, dass Ihr denkmalgeschütztes Herrenhaus nach einem Swimmingpool mit neonvioletten Deckenflutern in der Orangerie förmlich schreit? Absolut.‹«

Ich nippe an meinem Wein. Ich will ihn besser kennenlernen, und ich bin neugierig auf seine Ex. »Erzähl mir von Tabitha«, sage ich behutsam, in der Hoffnung, dass ich nicht zu persönlich geworden bin.

Er scheint unbeirrt. »Na ja, sie war ... schwer zu durchschauen, manchmal. Unsere Beziehung war nicht besonders einfach.«

»Inwiefern?«

»Es fiel mir schwer, zu ergründen ... wer sie wirklich war. Sie ist einer dieser Leute, die glauben, wenn etwas nicht im Internet steht, dann ist es nicht passiert. Und ich schätze, das ging alles mit einer gewissen Selbstbesessenheit einher. Sie hatte im Grunde nicht viel Zeit für mich oder meine Welt.« Er lächelt matt. »Sie hat es gehasst, wenn ich von der Arbeit geredet habe. Was zum Ende hin irgendwie ein Problem war, denn ich denke *viel* über die Arbeit nach. Ich bin mir nicht sicher, ob wir je wirklich so viel gemeinsam hatten, ehrlich gesagt. Ich musste immer mehr von mir selbst vor ihr verstecken, nur um die Harmonie zu wahren, und letztendlich ... waren wir nur noch mit dem Schatten des anderen zusammen, denke ich. Was der Grund ist, weshalb es so leicht für sie war, mich zu betrügen, nehme ich an.«

»Es tut mir leid. Das klingt alles ganz schön stressig.«

»Ach, versteh mich nicht falsch. Es gab auch gute Seiten. Ich war richtig verknallt am Anfang. Aber ich nehme an, nachdem wir uns getrennt hatten ... wusste ich, dass ich ...«

Ich warte mit angehaltenem Atem.

»... etwas Richtiges finden wollte.«

Er verlagert seine Haltung, lässt sein Knie gegen meines fallen. Auf einmal erscheint der Raum größer, fast höhlenartig. Mein Herz ist im freien Fall. Ich fühle mich wahnsinnig zu ihm hingezogen – mehr, als ich mir bis zu diesem Augenblick einzugestehen wagte. Er ist gut aussehend, na klar, aber ich verspüre auch eine Verbindung zu ihm, die ich seit Jamie nicht mehr erlebt habe. Eine bewusstseinsverändernde Chemie, die Art, die mit Nebenwirkungen und Entzugserscheinungen einhergeht.

Mehrere schwelende, gebannte Sekunden verstreichen. Einer von uns muss den ersten Schritt tun.

Die Musik geht in »If You Wait« über. Ich beuge mich vor und lege meine Lippen an seine. Er reagiert prompt. Und der Kuss ist nicht schüchtern oder zögernd, sondern sicher und fest, als ob er uns beiden seit Stunden, Tagen, Wochen durch den Kopf geht. Ash küsst, als ob irgendetwas auf dem Spiel steht. Einen solchen Kuss habe ich seit Jamie nicht mehr bekommen, mit einer Hitze, die jede Zelle in meinem Körper entflammt.

Nach ungefähr einer Minute lösen wir uns voneinander. Er atmet schwer aus, lässt seine Hand in meinem Nacken ruhen. Ich bemerke die erregte Röte in seinem Gesicht, die Grübchen und die Lachfältchen, die sich bei ihm zeigen, als er lächelt.

Ich beuge mich wieder zu ihm vor, aber dabei spüre ich irgendetwas unter mir rascheln, und mir wird bewusst, dass ich auf einem Blatt Papier sitze.

Ich ziehe es unter mir hervor und reiche es ihm mit einem entschuldigenden Lächeln, widerstehe dem Drang, zu lesen, was darauf steht. »Entschuldige. Ich hoffe, es ist nichts Wichtiges.«

Er lacht, dann gibt er es mir wieder. »Ehrlich gesagt, war ich dabei, eine Liste zu erstellen. Von Zeug, das ich für diese Wohnung kaufen sollte.«

Ich starre auf das Blatt Papier, und während ich es tue, beginnt die Schrift, vor meinen Augen zu verschwimmen.

Das hier ist Jamies Handschrift. Ich würde sie überall erkennen.

Ich blinzele einmal, zweimal. Die Worte scheinen durcheinanderzuwirbeln und wieder klare Konturen anzunehmen.

Die Handschrift von jemandem, den man liebt … das ist etwas, was man immer wiedererkennen würde. Man vergisst sie nie.

»Geht es dir gut?«, fragt Ash und streckt eine Hand aus, um mein Bein zu berühren.

Ich starre auf seine Hand auf der nackten Haut meines Schenkels.

Wie machst du das?

Ich schlucke, versuche, mich wieder zu konzentrieren. »Ja. Ja.«

Ein Moment verstreicht. »Bist du sicher? Ist das hier …? Ich will dir nicht das Gefühl geben …«

Aber bevor er den Satz beenden kann, lasse ich das Blatt Papier fallen und beuge mich wieder zu ihm vor. Ich will Jamie aus meinen Gedanken verbannen. Ich will jetzt nicht auf die Bremse treten, denn das hier ist einfach so gut.

Ich spüre Ash lächeln, als unsere Lippen sich berühren.

Denk stattdessen an das hier, sage ich mir. *An den Mann, der genau hier ist, vor dir.*

Kapitel 15

Aber ich bleibe nicht. Sobald der Kuss so gut wird, dass ich nicht will, dass er aufhört, löse ich mich mit aller Kraft von ihm und flüstere: »Ich sollte gehen.«

Es war noch nie meine Art, mich in irgendetwas zu stürzen. Und obwohl jede Zelle von mir noch weiter gehen will, stelle ich mir vor, morgen früh aufzuwachen und besorgt zu sein, dass es einfach ein bisschen zu viel und zu früh war.

Außerdem nagt der Gedanke an Jamie noch immer an mir. Es ist eine Unsicherheit, die ich nicht genau einordnen oder benennen kann, wie wenn man das Gefühl hat, im Dunkeln verfolgt zu werden. Mein Gehirn dreht sich immer wieder um, versucht zu ergründen, was genau mich beunruhigt, aber ungefähr so wie beim peripheren Sehen bleibt es frustrierend verschwommen.

Ich beschließe, zu Fuß zu gehen – trotz Ashs Bitten, mir ein Taxi zu rufen –, denn die Nacht scheint warm und still, und mir ist nach etwas frischer Luft. Aber auf halbem Weg nach Hause reißt der Himmel mit einem frühsommerlichen Regenschauer auf, und bis ich zu Hause ankomme, bin ich völlig durchnässt.

Ich ziehe mich aus und reibe mir die Haare mit einem Handtuch trocken, dann schnappe ich mir ein T-Shirt und eine Jogginghose, schlüpfe in einen alten Kapuzenpulli und Socken, um mich aufzuwärmen. Ich binde mir die Haare zu einem Knoten zusammen, dann setze ich mich aufs Sofa, ohne auch nur das Licht einzuschalten oder die Vorhänge zuzuziehen.

Reflexartig checke ich mein Handy nach Arbeitsmails, entgangenen Anrufen, aber da ist nichts. Nur eine Nachricht von Ash.

Danke für einen wundervollen Abend
Gib mir Bescheid, ob du gut nach Hause gekommen bist
Ich finde, du bist toll, Neve x

Ich lächele, dann sitze ich einen Moment ganz still da. Mein Verstand dreht sich, und meine Eingeweide beben noch immer von dem Vergnügen, ihn zu küssen.

Ich denke darüber nach, was ich in der Arbeit tun würde, in einer solchen Situation.

Fang ganz am Anfang an und brich es dann herunter.

Daher öffne ich die Notizen-App auf meinem Handy und fange an, eine Liste all der Arten zu erstellen, auf die Ash mich an Jamie erinnert.

Architekt
Lebt in der Old Yarn Mill – in »unserem« Apartment
Gleiche Bücher
Gleiche Handschrift
Gleiche Vorlieben und Abneigungen
Tom Ford Noir
Nachtschwärmer
Fensterfetisch
London Grammar
Norman Foster + Gherkin

Hatte in DERSELBEN NACHT wie J. einen Unfall.
Keine hundert Meter entfernt.

Ich halte einen Moment inne, um die Liste zu überprüfen. Sie ist schon jetzt so lang. Wie können so viele Ähnlichkeiten Zufall sein? Mein Verstand rast. Was jetzt? *Ein bisschen Schreibtischrecherche, Neve.* Ich gehe in meinen Browser, dann gebe ich die lächerlichste Suche ein, die ich, wie ich glaube, je getippt habe.

Wenn jemand stirbt ...
... kann dann jemand anders seinen Körper übernehmen?

Die Ergebnisse werden hochgeladen. Ich beginne, Einträge an- und wieder wegzuklicken, einen nach dem anderen. Ich suche weiter.
Ich lese ganze Seiten. Zeitungsartikel über Zeitungsartikel. Ich springe von einem Punkt zum nächsten, suche und suche, bis meine Augen zu brennen beginnen, vor Erschöpfung oder Tränen oder beidem.

Glaubst DU an Seelenwanderungen?
Ein wandernder Geist ist in den Körper meines Ehemanns »gezogen«
Meine beste Freundin ist nie wirklich gestorben
Die Seele einer TOTEN Frau ist IN meiner Nichte!

Massen von Artikeln – manche davon offensichtlich Klickköder – beschreiben ein Phänomen, von dem ich bis jetzt noch nie etwas gehört habe. Die Vorstellung, dass eine Seele in einem Moment des Traumas – oder Todes – in einen anderen Körper »wandern« kann. Könnte es möglich sein, dass Jamies Seele, als Ashs Herz an jenem Abend – in dem Moment, in dem er »starb« – aufhörte zu schlagen, dort eingezogen ist und irgendwie ... übernommen hat?

War Jamie vielleicht nicht wirklich bereit, diese Welt – oder mich – zu verlassen?

Ash erfüllt die meisten der genannten Symptome für eine Seelenwanderung. Schwerer Unfall oder Lebenseinschnitt. Entfremdung von Familie und Freunden. Bruchstückhafte Erinnerungen an das Leben davor. Totale Persönlichkeitsveränderung.

Inzwischen ist mein Verstand ein einziges Schneegestöber. Aber nicht die Art, die zu Weihnachten hübsch aussieht – eher die Art gefährliches Chaos, die auf der Autobahn Massenunfälle verursacht.

Ich grabe noch tiefer, lese Artikel und Blogs, sehe mir Videos und Clips von Podcasts an.

Bin ich dabei, verrückt zu werden? Ist das hier, wie sich Wahnsinn anfühlt?

Draußen verwandelt der Regen die Fensterscheiben in Stahltrommeln. Für andere Leute klingt das Geräusch vielleicht meditativ – schön sogar. Aber für mich schürt das unablässige Prasseln nur eine aufsteigende Panik in mir. Es erinnert mich einfach an jenen Abend damals. An das glänzende, nasse Grauen des Unfalls.

Zum ersten Mal seit langer Zeit verspüre ich den absolut seltsamen Drang, Lara anzurufen. Sie würde wissen, was sie sagen soll, was ich tun soll. So war es schon immer. Lara in meinem Leben zu haben, war wie eine Versicherung gegen jedes Ungemach.

Was immer passierte, sie würde mir helfen, es zu überstehen – und umgekehrt.

Ich verharre mit dem Finger ein paar Sekunden über Parveens Nummer. Aber das kann ich nicht machen. Sie ist mit Maz und den Kindern zu Hause, und auch wenn ich im Allgemeinen das Gefühl habe, dass ich mich ihr anvertrauen kann, ist das hier nichts, was ich bei einer Arbeitskollegin abladen kann. Sie kann ihren Job nicht machen, wenn sie mich nicht mehr respektiert.

Ich wende mich wieder der letzten Website zu.

Könnte Jamie zurückgekommen sein? Könnte seine Seele in Ashs Körper gewandert sein? Könnte Ash tatsächlich Jamie *sein*?

Vielleicht ist das die Erklärung für Ashs Persönlichkeitsveränderung. Vielleicht wurde er nicht von Aliens gekapert – sondern von Jamie selbst, als er starb.

Nein, sagt mein rationaler Verstand. *Diese Idee ist völlig absurd.*

Inzwischen beginnen meine Gedanken, mir regelrecht Angst zu machen. Vielleicht brauche ich eine Auszeit. Ich hatte seit Monaten keine Auszeit mehr. Mein letzter Urlaub war diese verhängnisvolle Reise mit Leo nach Griechenland vor gut über einem Jahr. Ich habe öfter, als ich zählen kann, Jahresurlaub an Kelley zurückverkauft.

Oder vielleicht ist das alles nur die Bestätigung dafür, dass ich einfach nicht bereit bin, anzufangen, jemand Neues zu treffen. Ich bin eindeutig nicht bei klarem Verstand.

Ich gehe aus Safari und in mein Fotoalbum, suche Trost, den Balsam der Ablenkung.

Jamie und ich am Strand, mein sonnengebräuntes Gesicht zu seinem gereckt. Jamie lustig betrunken bei irgendeinem

Konzert. Wie er vor mir geht, auf einem baumgesäumten Fußweg. Eine Bong raucht. Seine Unterschrift auf meine Schulbluse kritzelt, am letzten Tag der Prüfungen. Am Silvesterabend zu ABBA tanzt. Am Fluss ausgestreckt am Tag der Abiturergebnisse.

Die Unsicherheit meldet sich wieder zu Wort. Vielleicht ist er zurückgekehrt, um die Liebesgeschichte fortzusetzen, die wir nie zu Ende führen konnten. Um die Person zu werden, die zu sein ihm immer bestimmt war.

Aber ... was zum Teufel würde das für mich bedeuten? Ich dachte nie, dass ich irgendwann die Chance bekommen würde, zu Ende zu führen, was Jamie und ich begonnen haben, aber jetzt ...

Ich kann damit nicht umgehen. Ich bin es gewohnt, meine Emotionen, meine Beziehungen, die Welt um mich herum unter Kontrolle zu haben.

Ich stehe auf. Ich muss irgendetwas tun. Irgendetwas, das mich gedankenlos beschäftigt, das meine Hände beansprucht. Ich gehe in die Küche, schnappe mir eine Sprühflasche und einen Lappen, dann beginne ich, all meine inneren Fensterrahmen mit einem Spray abzuwischen, das nach Clementinen riecht.

Es lässt sich schwer sagen, wann das Stressputzen bei mir eingesetzt hat. Vor Jamies Unfall war ich eindeutig nicht so. Aber in der Zeit danach, glaube ich, griff ich dann darauf zurück, um mich von dem Schmerz seines großen Verlusts abzulenken.

Nach ein paar Stunden krieche ich erschöpft zurück aufs Sofa. Genau wie ich es früher in Mums Haus tat, in der ersten Zeit nach Jamies Tod. Obwohl die beiden nie wirklich warm miteinander wurden, war sie damals für mich da. Ausnahmsweise einmal war sie still und ruhig, ihre Gegenwart so sanft wie Schneefall.

Ich litt an Schlaflosigkeit, unmittelbar nach dem Unfall. Es war Wachsamkeit, wie mir jetzt klar ist, die von der Vorstellung herrührte, dass Jamies Sterben ein Irrtum war. Dass sein Verschwinden nur vorübergehend war. Dass er irgendwie zurückkommen würde, um mich zu holen.

Und jetzt – so unglaublich es auch ist – hat er das vielleicht getan.

Unversehens wird das Zimmer von morgendlichem Licht durchflutet. Ich beginne meinen Samstag mit einem Schauder, ungläubig und entnervt.

Kapitel 16

Später an diesem Nachmittag schaue ich bei Mum vorbei. Ralph steht in der Küche und wärmt auf dem Herd eine Suppe auf. Er hat keine eigene Familie. Er hat eine Katze namens Maisie und eine kleine Gruppe Bekannter. Aber keine Kinder, keine Ehefrau, nicht einmal eine Ex-Ehefrau, soweit ich weiß.

»Hallo«, sage ich. Ich gebe mir immer Mühe, nett zu Ralph zu sein, denn ihm wird die gleiche Freundlichkeit nur gelegentlich von meiner Mutter gewährt. »Wo ist Mum?«

»Ein bisschen mitgenommen«, antwortet er. Er spricht die Worte vorsichtig aus, als wäre er es, der verkatert ist. Er weist mit dem Kopf zur Decke. »Hat sich hingelegt.«

»Pub?«

Er schüttelt den Kopf. »Hochzeit. Kostenlose Bar.«

»Ah.« Mum wird auf Hochzeiten immer emotional, ich nehme an, weil ihre eigene Ehe kein gutes Ende genommen hat. »Daher die Suppe?«

»Oh, nein, die ist für mich. Spätes Mittagessen. Sie kann noch immer nichts behalten, die Ärmste.«

Ich frage mich, warum Ralph Mum so behandelt, als ob sie mit einem Norovirus zu kämpfen hat, nicht mit einem Kater, den sie sich nur selbst zuzuschreiben hat.

Er gießt die Suppe in eine angeschlagene Schale und trägt sie an den Tisch, setzt sich und beginnt zu essen. Er ist ein

Gewohnheitstier, Ralph. Ich möchte wetten, er hat sein Leben lang jeden Samstag Suppe zu Mittag gegessen.

Ich lasse den Blick durch die Küche schweifen. Sie sieht aus, als wäre sie von Studenten bewohnt, die ihre Kaution bereits abgeschrieben haben. Der Wasserhahn tropft nonstop. Leere Flaschen, Plastikverpackungen und Aschenbecher stehen auf allen Oberflächen verstreut. Eine Scheibe des Schiebefensters ist durch ein Stück Pappe ersetzt worden, und ich weiß ganz sicher, dass keine dieser Glühbirnen funktioniert. Drei abgestorbene Pflanzen stehen neben dem Sideboard, ihre Blätter praktisch Staub. Und ein paar der Bodenfliesen sind gesprungen – zweifellos, als Mum betrunken war und irgendetwas fallen gelassen oder verschoben hat – und mit Klebeband zusammengeflickt. Ich weiß, dass Ralph sich um das alles kümmern würde, wenn er könnte, aber Mum faucht ihn jedes Mal an, wenn er zu helfen versucht.

Ein kleiner Strauß Wildblumen steckt in einem Marmeladenglas in der Mitte des Tischs. Meine Mum würde niemals auf die Idee kommen, in dem Dschungel, der ihr Garten ist, ihre eigenen Wicken zu pflücken, daher wurden sie entweder aufmerksamerweise von Ralph gesammelt, oder Duke hat sein Budget für Blumensträuße drastisch gekürzt, seit ich das letzte Mal hier war.

Ich setze mich Ralph gegenüber an den Tisch, reibe mit einem Daumen über einen alten Rotweinfleck in der Holzmaserung. »Kann ich dich etwas fragen?«

Ich habe den ganzen Vormittag darüber nachgegrübelt, ob ich das, was ich über Ash weiß – oder zu wissen glaube –, jemandem erzählen sollte. Mein erster Impuls ist es noch immer, Lara anzurufen, denn sie besaß dieses Talent, selbst meine haarsträubendsten Geständnisse harmlos erscheinen zu lassen. Bei ihr fühlte sich mein Mangel an Urteilsvermögen immer verzeihlich und tröstlich an.

Manchmal frage ich mich, wer sich heutzutage auf ihre Freundschaft verlässt, wer das Vergnügen genießt, einfach zu wissen, dass sie auf der Welt ist. Aber Lara ist nicht mehr meine unerschütterliche Stütze, und das wird sie auch nie wieder sein. Manche Uhren kann man einfach nicht zurückdrehen.

Es hat keinen Sinn, mit meiner Mutter über die Idee von Seelenwanderungen zu reden – vermutlich würde ich mehr vernünftige Worte aus diesem ermordeten Fensterblatt herauskriegen als aus ihr –, aber Ralph war immer ein guter Zuhörer, nachdenklich und pragmatisch. Er ist ein Schleppkahn von einem Mann, der immer versucht, alle um sich herum dorthin zu lenken, wo sie sein müssen.

Es fühlt sich ein bisschen komisch an, im Begriff zu sein, jemandem etwas objektiv so Seltsames anzuvertrauen. Aber wenn ich mich bei jemandem darauf verlassen kann, dass er nicht lachen oder sich über mich lustig machen oder es abtun wird, dann ist es Ralph.

Und vielleicht will ein kleiner Teil von mir auch erst einmal vorfühlen. Sehen, wie meine aufkeimende Theorie klingt, sobald sie aus meinem Gehirn heraus und ins Freie gekommen ist.

»Natürlich.« Ralph nickt, legt seinen Löffel hin und wischt sich den Mund ab. Er ist schmächtig gebaut, mit ergrauendem Haar und freundlichen, ruhigen Augen. Dem Aussehen nach ist er, denke ich, eher unauffällig. Ganz anders als mein Vater, der die Art Typ ist, den die Frauen anstarrten, wenn er einen Raum betrat.

»Ich ... ich habe angefangen, mich mit jemandem zu treffen«, beginne ich.

»Ah. Na ja, schön für dich.«

Ralph ist Jamie ein paarmal begegnet. Er weiß in groben Zügen, was mit ihm passiert ist, dank meiner Mum. Aber wir haben nie direkt über ihn gesprochen, nur wir zwei.

»Die Sache ist die ... ich kann nicht umhin, mich zu fragen, ob ... Jamie zurückgekommen ist.«

Ralph blinzelt zweimal, dann greift er wieder nach seinem Suppenlöffel. »Zurückgekommen?«

»Ich weiß, es klingt seltsam, aber ... Dieser Typ, den ich kennengelernt habe. Es ist, als ob er Jamie ist, neun Jahre später. Es ist fast, als ob ... er die Person ist, die Jamie nie werden durfte. Falls das Sinn ergibt.«

Ralph schluckt seinen Mundvoll Suppe mit einem Geräusch, das fast klingt, als ob er belustigt und erschrocken zugleich ist. Er schiebt seine Brille auf dem Nasenrücken hoch. »Das tut es nicht wirklich, nein. Entschuldige, Neve. Kannst du erklären, was du meinst?«

Von oben höre ich das Knarren von Dielenbrettern. Meine Mutter regt sich. Schuldbewusst denke ich, dass es vielleicht nett wäre, wenn sie noch ein bisschen länger im Bett bleiben würde, damit ich versuchen kann, etwas von Ralphs besänftigender Energie aufzusaugen, bevor der Zirkus losgeht.

Und bevor ich mich versehe, erzähle ich ihm alles. Um genau zu sein, lade ich die ganze verdammte Geschichte bei dem armen Mann ab. Ich erzähle ihm von der Architektur und dem Apartment und den Büchern und London Grammar und *Nachtschwärmer* und Ashs Unfall und ... na ja, einfach alles. Ich erkläre ihm, was ich im Internet gefunden habe, wie erschreckend plausibel es schien, wie die ganze Idee irgendeinen seltsamen Sinn ergab. Als würde ich ein Teleskop zum

Nachthimmel richten und das Durcheinander der Sterne entwirren.

»Hältst du mich für verrückt?«, frage ich, als ich schließlich mit leiser Stimme zum Ende komme.

»Nein«, antwortet er entschieden. »Absolut nicht.«

»Glaubst du an ... irgendetwas von diesem Zeug? Du weißt schon, Seelen und ein Leben nach dem Tod und das alles.«

»Ich denke ... dein Verstand kann dich von allem überzeugen, wenn es dem dient, was du in dem Moment suchst.«

»Also hältst du mich doch für verrückt.«

Er legt die Stirn in Falten und schüttelt den Kopf. »Willst du wissen, warum ich so viel Zeit hier mit deiner Mutter verbringe, Neve?«

Er muss es mir nicht sagen. Es ist, weil er sie liebt. Und ich verstehe, warum: Meine Mutter ist charmant und schön auf eine Art, auf die sie, nehme ich an, aufreibend leicht anzuhimmeln ist. »Du liebst sie.«

Er nickt. »Ja. Aber es ist auch, weil ich glaube, dass Daniela – deine Mutter – mich liebt.«

»Mmm«, sage ich nach ein paar Augenblicken, bemüht, nicht zweifelnd zu klingen.

Er lächelt ein wenig traurig. »Ich habe keine Ahnung, ob das stimmt. Aber ich weiß, dass es das ist, was ich glauben *will*. Neve, das Leben ist ... na ja, es ist wundervoll, natürlich. Als ob man in einer Zaubershow lebt, manchmal. Aber der Trick besteht darin, sich dessen bewusst zu sein, was man sieht. Es ist vielleicht nicht echt, auch wenn man nicht durchschauen kann, wie es gemacht wird. Eine Illusion. Egal, wie plausibel es sich anfühlt. So hält die Welt uns auf Zack.«

»Und woher weiß man dann je, was echt ist?«

»Man weiß es nicht. Man muss einfach vertrauen und hoffen und seinem Herzen folgen. Das ist, was Liebe unterm Strich ist, oder? Vertrauen, und blinder Optimismus.«

»Gott. Das ist ja deprimierend.«

Fältchen umspielen seine Augenwinkel, als er lächelt.

»Nein, ganz im Gegenteil. Ist das nicht das Schöne daran, einen anderen Menschen zu lieben? Wie eintönig wäre das Leben, wenn wir jedes Ergebnis kennen würden? Ein Teil der Freude liegt doch im Risiko.«

In diesem Augenblick, mit all dem Charme und Timing eines Schuldeneintreibers, taucht meine Mutter im Türrahmen auf. Sie sieht blass und unsicher auf den Beinen aus, als hätte sie die letzten vierundzwanzig Stunden auf See verbracht. Eine starke Parfümwolke weht mit ihr ins Zimmer, zweifellos frisch aufgesprüht, um die diversen toxischen Ausdünstungen ihres Katers zu verschleiern.

»Gott, Ralph. Was ist das denn für ein *Geruch*?«

»Du?«, bringe ich zuckersüß vor.

»Landhaus-Gemüsesuppe«, antwortet Ralph.

Eine Wolke zieht über ihr Gesicht. »Oh, hallo, Neve.«

»Was macht der Kater?«

Sie stöhnt auf. »Verdammte Hochzeiten.« Sie schwankt zur Spüle, schnappt sich einen Becher vom Abtropfbrett und hält ihn unter den Hahn. Sie wühlt ein paar Sekunden in der einzigen funktionierenden Schublade (alle anderen klemmen in schiefen Winkeln), bevor sie sich umdreht und sagt: »Ralph, sei so lieb und besorg mir ein bisschen Ibuprofen, ja?«

»Mum«, sage ich scharf. »Ralph isst.«

Er schüttelt den Kopf und steht auf. »Bin eben fertig geworden.«

»Mum«, tadele ich sie noch einmal, sobald er gegangen ist und die Haustür sich hinter ihm geschlossen hat. »Das hättest du dir selbst besorgen können.«

Sie schaltet ihr aufreibendes Megawatt-Lächeln ein. »Und du bist nur zu einem geselligen Besuch hier, Schatz?«

Die Antwort ist Nein, natürlich nicht, aber ich kann noch immer nicht mit ihr über Ash reden. Mum glaubt nicht, dass andere Leute Probleme haben, ungefähr so, wie sie die Existenz Gottes bezweifelt.

»Klingt, als ob du gestern Abend für uns beide genug Geselligkeit gepflegt hast.«

»Na ja, du kennst mich doch. Mein Laster war schon immer eine kostenlose Bar.«

»Die Bar ist nicht das Laster, Mum.«

Bei diesen Worten zuckt sie zusammen, als hätte ich das Radio eingeschaltet und die Lautstärke voll aufgedreht. »Ich habe heute wirklich keinen Nerv, um mich mit dir über Semantik zu streiten, Neve.«

»Hast du noch einmal darüber nachgedacht ... dieses Haus auf Vordermann zu bringen?«, frage ich sie zögernd, während ich den Blick wieder durch die vernachlässigte Küche schweifen lasse.

Ich träume schon so lange von dem Tag, an dem sie sagen wird: *Ja, sag schon, was hast du für Ideen? Lass uns das gemeinsam in Angriff nehmen. Das wird unser Projekt werden. Du und ich.*

Vor ihrer rebellischen Phase beschäftigten sich Lara und ihre Mum oft damit, gemeinsam ihr Familienhaus zu renovieren. Sie studierten Farben und Tapetenmuster, stöberten in Geschäften nach Sonderangeboten für Lampen und Vorhänge, stellten Möbel um und brachten sich selbst bei, Laminatböden zu verlegen, Wände zu fliesen, das Badezimmer neu zu verfugen. Corinne hatte selten Geld für Urlaub, und ich dachte manchmal, dass das Renovieren ihr Ersatz war: gemeinsam verbrachte Zeit, um etwas Schönes zu gestalten, Erinnerungen zu schaffen. Insgeheim beneidete ich die beiden immer darum.

»Ich habe noch immer diese Farbmuster, die wir ausprobieren könnten, wenn du willst«, schlage ich vor. »Und ... ich kann einen Handwerker kommen lassen. Jemanden, der die Waschmaschine flottmacht und sich um die Bodenfliesen kümmert und den Wasserhahn und ...«

Sie schneidet mir mit einer erhobenen Hand das Wort ab.

»Puh. Ein andermal, ja? Ich glaube, ich lege mich wieder hin.«

»Wie läuft's mit Duke?«, frage ich, während sie sich abwendet, um wieder nach oben zu verschwinden.

Sie lächelt, zuckt kokett mit den Schultern. »Gut, danke. Im Moment ist er auf Mallorca. Er fährt jedes Jahr für zwei Wochen hin. Angeln, mit Freunden.«

Ich habe das düstere Gefühl, dass das der Grund ist, weshalb Ralph hier ist. »Aber ihr seid noch immer zusammen?«

»Das habe ich dir doch schon gesagt, Neve. Wir sind nicht ›zusammen‹.«

Gott, denke ich. Das sind genau die kargen Krümel des Leugnens, die sie vermutlich Ralph zuwirft, damit er sich an sie klammert – und er behauptet noch immer, dass die ganze Situation magisch ist.

»Dann waren die Blumen also nicht von Duke.« Ich weise mit einem Nicken auf das Marmeladenglas.

»Nein«, antwortet sie vage und ohne eine Spur von Anerkennung.

»Ralph hat sie gepflückt.«

»Sie sind entzückend.«

»Aber Duke vermisst mich. Er hat heute schon zweimal angerufen.«

Ich verspüre einen Anflug von Wut um Ralphs willen. Ich stelle mir vor, wie er hier sitzt, die Blumen arrangiert, während Mum am Telefon mit ihrem neuen Freund flirtet und zwischendurch die Drinks von der kostenlosen Bar gestern Abend auskotzt.

»Hast du dich schon mit Lara ausgesöhnt?«, fragt Mum.

»Nein«, sage ich abwehrend.

Sie macht ein nerviges Welpengesicht. »Die entzückende Lara. Warum denn nicht?«

Bei diesen Worten spüre ich, wie meine Geduld aufsteht und den Raum verlässt. »Ach, ich weiß nicht … vielleicht aus dem gleichen Grund, aus dem du dich nicht mit Dad ausgesöhnt hast?«

Ich hatte nicht vorgehabt, das zu sagen, und die unnötige Gehässigkeit überrumpelt sie eindeutig.

»Entschuldige, Mum.« Ich stehe auf und gehe zu ihr hinüber, schlinge die Arme um sie. Aber sie bleibt steif, zeigt keine Reaktion.

Nachdem Dad gegangen war, rief Mum ihn so oft an, dass sie schließlich Prepaidhandys kaufen musste, nur damit er abnahm. Sie fuhr auch zu seinem neuen Haus, dem, in das er mit Bev gezogen war. Die Polizei traf sie dort immer wieder in den frühen Morgenstunden an, wie sie gegen die Haustür hämmerte und Flüche an verdunkelte Fenster schrie.

Aber Dad wollte sie nicht mehr. Er liebte Bev.

Dad wusste, dass er, indem er Mum für immer aus seinem Leben verbannte, auch jeden Kontakt zu mir abbrach. Und lange Zeit gab ich ihr die Schuld daran. Dass sie sich so verrückt aufgeführt hatte, dass sie all meine Hoffnungen, meinen Vater zu behalten, zertrümmerte.

Aber als ich Jamie verlor, da verstand ich endlich die Wucht ihres Schmerzes. Diesen animalischen Drang, irgendetwas – *egal was* – zu tun für die Chance, wieder mit einem Menschen zusammen zu sein, nur noch ein letztes Mal.

Kapitel 17

Damals

Im Sommer unseres ersten Jahres an der Uni arrangierte Jamies Dad ein Praktikum für ihn. Es war in London, bei einem Top-Architekturbüro, sein Kontakt der Freund eines Freundes. Jamie würde in der Wohnung in Soho wohnen. Der Mieter war kurz zuvor ausgezogen, daher war sie den Sommer über (und, so mein Verdacht, auf unbestimmte Zeit) frei.

Ich wusste, dass ich nicht mitkommen konnte. Hauptsächlich wegen Jamies Dad, aber auch, weil ich Geld verdienen musste. Ich hatte bereits einen Teilzeitjob in einem Pub in unserer Straße – dem anständigen, der seit Kurzem in Gastro machte –, und mein großer Plan für den Sommer war es schlichtweg, meine Stundenzahl zu erhöhen.

»Was hast du vor?«, fragte mich Lara eines Abends. Wir waren in ihrem Schlafzimmer, hörten Bombay Bicycle Club, und sie flocht mir die Haare zu einem französischen Zopf, da ich das allein nie ordentlich hinbekam.

»Was meinst du damit?«

»Deine Karriere. Deine Zukunft. Was wirst du mit deinem Sommer anfangen?«

»Ich arbeite im Pub.«

»Du solltest dir ein richtiges Praktikum suchen. Etwas, was

du wirklich tun willst. Was ist denn mit dieser Firma, für die du diese Vorhänge entworfen hast?«

Kelley Lane Interiors. Kelley hatte uns das Briefing persönlich gegeben, hatte mich nach unserer Abschlusspräsentation lobend hervorgehoben, mir zu meiner kreativen Verwendung von Muster und Struktur gratuliert. Das Instagram ihrer Firma sah aus wie ein Jobköder für Studenten, überall Bilder unglaublicher Projekte – schicke Hotellobbys und Küchen in georgianischen Herrenhäusern und atemberaubende Badezimmer in Neubauten mit Panoramaaussichten aufs Meer. Auch bei den Fotos ihrer Büroräume kam ich ins Schwärmen – die manikürten Hände, die Kaffeetassen umklammerten, die Flatlay-Bilder von Stoffpaletten, die schicken 3D-Wiedergaben auf riesigen Computerbildschirmen.

Aber ich schwankte noch immer, überwältigt vom Hochstaplersyndrom. Jamie war immer mein Maßstab für Ehrgeiz und Eifer gewesen, und jedes Mal, wenn ich mich mit ihm verglich, hatte ich das Gefühl, weit dahinter zurückzubleiben.

»Der Pub ist leicht verdientes Geld«, sagte ich zu Lara.

»Neve. Ich werde dir jetzt etwas sagen, und du musst mir zuhören. Setz dich auf.«

Mein Zopf war erst halb fertig, aber ich setzte mich auf.

»Leicht verdientes Geld gibt es nicht. Nicht in der richtigen Welt. Nicht, nachdem wir unseren Abschluss gemacht haben und unsere Studiendarlehen wegfallen. Willst du dein ganzes Leben im Pub arbeiten? Wie willst du denn über die Runden kommen?«

»Ich werde Jamie haben.«

Ihre Augen weiteten sich. »Das hast du jetzt nicht gesagt.«

»Nicht *so*. Ich meine nur, alles ist billiger, wenn man zu zweit ist.«

»Was, wenn Jamie morgen von einem Bus überfahren wird?«

Ich blinzelte sie an. »Lara.«

»Im Ernst. Du musst selbst für dich sorgen. Du musst anfangen, darüber nachzudenken, wie du Geld verdienen und ein erfüllendes Leben und *eigene* Träume und Ziele haben wirst.« Sie sah mich an. In der ganzen Zeit, seit ich sie kannte, hatte ich sie noch nie so ernst gesehen. »Dein Leben kann sich nicht ausschließlich um Jamie drehen. Das weißt du doch, oder?«

Es war das erste Mal, dass jemand es mir wirklich sagte. Nicht ein einziges Mal hatte ich mir mein Leben ohne Jamie vorstellen wollen – zum Teil, weil er sich für mich immer wie Familie angefühlt hatte. Die Familie, die ich nie gehabt hatte.

»Du willst doch nicht so werden wie deine Mum, oder?«

»Was? Nein. Was?«

»Ich meine, du willst doch kein Leben, das sich um einen Mann dreht.«

Ich dachte an meinen Dad, der in den vergangenen Wochen mit einer Reihe immer feindseligerer Anrufe von meiner Mutter bombardiert worden war, jeder von einem anderen Telefon, als wäre sie ein Drogenbaron auf der Flucht.

Ich verspürte ein empörtes Kribbeln. »Ich bin überhaupt nicht so wie meine Mum.«

»Dann schaff dir dein eigenes Leben und deine eigenen Träume. Eine Karriere, auf die du stolz bist. Ein eigenes Zuhause.

Verlass dich für *nichts* auf Jamie.«

Ich schluckte. »Na schön. Ich weiß. Werde ich nicht. Du musst mir das alles nicht sagen.«

»Oh, doch, das muss ich. Und willst du wissen, warum?«

»Nur zu«, sagte ich vorsichtig.

»Weil … du brillant bist, Neve, und weil du es verdient hast, dass die Welt es begreift, okay?« Sie bedeutete mir, mich wieder hinzulegen. »Ich wünschte nur, du würdest es auch endlich begreifen.«

Ich streckte mich neben ihr aus, damit sie meine Haare fertig machen konnte, und versuchte, nicht darüber nachzudenken, wie laut meine Mutter spotten würde, wenn sie dieses Gespräch mit angehört hätte. Ich entschied, das Thema zu wechseln, denn ich wusste, dass Laras Lebenspläne zumindest im Moment weitaus interessanter waren als meine eigenen.

»Und was ist mit dir? Schon Glück mit einem Praktikum gehabt?« Sie versuchte seit Wochen, irgendetwas zu finden, wo sie mitlaufen konnte, oder wenigstens mit jemandem vom TV-Studio-Design einen Kaffee zu trinken, aber bis jetzt hatte sich noch nichts ergeben.

Sie begann, die andere Seite meines Kopfs für den zweiten Zopf zu kämmen. Ich ließ mir gern von Lara die Haare machen. Ihre Berührung war sanft, so völlig anders als die meiner Mutter, die – zu den seltenen Anlässen, zu denen sie mir als Kind die Haare gemacht hatte – so brutal mit einem Kamm durch meine dunklen Locken fuhrwerkte, als wollte sie mir alle Haare ausreißen.

»Ehrlich gesagt, ja. Ich habe heute einen Anruf von einem Produktionsdesigner bekommen, der jede Menge Zeug für die BBC macht. Wir treffen uns morgen auf einen Kaffee.«

»Lar, das ist ja fantastisch.« Ich drehte den Kopf zu ihr um.

»Gott, ich kann es kaum erwarten, dich im Fernsehen zu sehen.«

»Ich werde nicht wirklich im Fernsehen sein.«

»Dann eben deinen Namen. Im Abspann.«

Sie schwieg einen Moment. »Aber ich will auch deinen Namen in Leuchtschrift sehen, Neve. Nicht nur meinen oder Jamies. Auch deinen. Genau dort oben. Okay?«

»Okay«, sagte ich. »Okay.«

Mir wurde zunehmend mulmig zumute, je näher Jamies Abschiedstag rückte. Nachts lag ich wach und stellte mir vor, wie er irgendeine aufstrebende Architektenkollegin namens Ginny mit einem glänzenden Pferdeschwanz kennenlernte, die vermutlich auf eine Privatschule gegangen war und ihre Freizeit damit verbrachte, schick essen zu gehen und aus Dubai zu influencen. Verführung lauerte überall, das wusste ich. Soho war cool und London überlaufen von Ginnys.

Aber gleichzeitig hatten Laras Worte irgendwo in mir einen winzigen Nerv getroffen. Vielleicht war eine Zwangspause von Jamie meine Chance, etwas für mich selbst zu verwirklichen. Auf die Weise würde ich den Sommer nicht damit verbringen, ihn zu vermissen, sondern stattdessen damit, etwas Positives mit meinem Leben anzufangen.

An Jamies letztem Morgen in Norfolk gingen wir zum Strand. Am Abend zuvor waren wir lange aufgeblieben und hatten einen Schweizer Film gesehen, den Harry empfohlen hatte, und ich fühlte mich müde und träge und sehnte mich nach frischer Luft.

Am Strand wimmelte es von Kindern in teuren Kleidern und Gummistiefeln, ihre Eltern bepackt mit Kühlboxen und Strandtaschen und Windschirmen. Am Himmel flammte die Sonne, und der ganze Strand war ein Gemälde aus fliegenden Lenkdrachen und umhertollenden Hunden und Picknickern.

Das hier konnte ich für mich und Jamie sehen, eines Tages: in North Norfolk leben, vielleicht eines dieser entzückenden Feuersteinhäuser an der Küste kaufen, Kinder und einen Hund haben.

»Was ist eigentlich aus der Strandhütte deiner Tante geworden?«, erkundigte sich Jamie, als wir an der Reihe pastellfarbener Hütten vorbeikamen, die im Schatten der Kiefern eingebettet lagen.

Ich sah ihn beeindruckt an. Ich hatte es vielleicht ein einziges Mal beiläufig erwähnt, vor Jahren. »Sie hat sie verkauft. Ich glaube, sie musste einen Wagen oder so kaufen.«

»Ein Jammer. Jetzt wäre sie ein Vermögen wert.«

In dem Moment ging mir der Gedanke durch den Kopf, dass Jamie, mit seinem selbstbewussten Gang und seinen Hundert-Pfund-Gummistiefeln, während er über Strandhütten diskutierte, als wären sie ein gesetzliches Zahlungsmittel, hier wirklich dazupasste. Er hätte jeder dieser Leute sein können, die alle Geld und die Welt zu ihren Füßen zu haben schienen.

Ich stellte mir vor, wie Lara mich deswegen zurechtwies. *Du musst nicht eine bestimmte Art Person sein, um unter freiem Himmel dazuzupassen, Dummkopf.*

Als wir eben einen Platz gefunden hatten, um uns zu setzen, auf dem Sand genau nördlich der Strandhütten, ließ ein lauter Krach uns beide zusammenzucken. Er erfüllte die Luft, beunruhigend und schwermütig, wie das Heulen einer alten Luftschutzsirene.

»Werden wir bombardiert oder so?« Ich sagte es nur halb im Scherz. Was zum Teufel *war* das?

Jamie lachte. »Das ist die Flutwarnung. Sie ertönt bei jedem Gezeitenwechsel. Um die Leute wissen zu lassen, dass sie an

Land gehen sollen, damit sie nicht aufs Meer hinausgespült werden.«

Obwohl ich das Brennen der Sonne auf meinem Gesicht spüren konnte, fröstelte ich auf einmal. Ich konnte mir keinen schlimmeren Tod vorstellen, als aufs Meer hinausgespült zu werden.

Jamie lachte und legte mir einen Arm um die Schultern. »Keine Sorge. Ich werde nicht zulassen, dass du irgendwohin gespült wirst.«

»Und was ist mit dir?« *Du wirst morgen nach London gespült.*

»Na ja, wenn das passieren sollte ... müsste ich einfach zurückkommen und dich heimsuchen.«

»Was?«, lachte ich.

»Aber ja. Ich bin fest entschlossen, dich heimzusuchen, falls ich zuerst sterbe.« Er wandte sich zu mir um, neigte den Mund zu meinem und küsste mich. Ich kann mich noch immer an diesen Kuss erinnern, selbst heute. Salzig und sonnengetränkt und von ganzem Herzen kommend, als wären wir wenige Momente vor dem Abspann in einem Film. Ich konnte praktisch das Orchester hören.

»Nur damit du es weißt«, sagte ich, während wir uns schließlich voneinander lösten. »Ich stehe wirklich nicht auf Geister.«

»Ich werde ein freundlicher Geist sein. Wir könnten Spaß zusammen haben.« Er wackelte mit den Augenbrauen, und seine braunen Augen tänzelten vor Lachen.

Ich legte den Kopf auf die Seite, schmeckte Meersalz auf meiner Zunge. »Das klingt, als ob du sagst, wir könnten Geistersex haben, und das ist ... so ziemlich das Unheimlichste, was je irgendjemand zu mir gesagt hat.«

»Ich bitte dich. Geistersex mit mir wäre immer noch besser als Sex mit irgendjemand anders. Oder?«

Na ja, dagegen würde ich nichts sagen. Es war unvorstellbar, dass Sex mit irgendjemand anders besser war als mit Jamie. Aber trotzdem. »Hör auf, Geistersex zu sagen.«

»Nicht bevor du mir zustimmst, dass, wenn ich sterbe, Geistersex mit mir jeden anderen Sex, den du hast, übertreffen wird.«

»Wenn ich das tue, können wir dann bitte aufhören, davon zu reden, dass du ein Geist sein wirst?«

»Nur wenn du es sagst.«

»Na schön. Geistersex mit dir, Jamie, wird immer der beste sein.«

»Versprochen? Niemand anders wird je an ihn heranreichen?«

»Versprochen.«

Dann lachte er und küsste mich, und wir gingen weiter.

Kapitel 18

Jetzt

Der Gedanke an Lara flimmert in meinem Hinterkopf seit unserem Kaffee letzte Woche. Ich kann mich nicht entspannen mit dem Wissen, dass sie ganz in der Nähe ist. In den vergangenen Jahren bestand immer eine kleine Möglichkeit, ihr ohne Vorwarnung über den Weg zu laufen, da ihre Eltern noch immer in der Gegend leben. Aber dieses Risiko war minimal, die Wahrscheinlichkeit beruhigend gering. Nicht groß genug, um mich nachts wach zu halten.

Aber jetzt ist sie wieder da, und der aufwühlende Gedanke geht mir immer wieder durch den Kopf – *ich will sie wiedersehen*. Ich war so lange so wütend auf sie, so sicher, dass ich sie endgültig aus meinem Leben haben wollte.

Daher fühlt es sich, als sie mir schreibt, um ein Treffen vorzuschlagen, nur wir zwei, falsch und richtig zugleich an. Es ist etwas, was ich halb will, obwohl ich weiß, dass ich vermutlich besser einen weiten Bogen darum schlagen sollte.

Wir treffen uns auf der Picknickwiese im Whitlingham Country Park. Lara bringt einen Picknickkorb mit, gefüllt mit Leckereien von M&S und Glasflaschen mit rosa Limonade.

»Das ist alles sehr Fünf-Freunde-mäßig«, bemerke ich.

»Ich weiß. Hätte nie gedacht, dass ich einmal ein Picknickwiese-Mädchen sein würde.«

»Und ich hätte nie gedacht, dass wir einmal fast dreißig sein würden.«

Wir breiten eine Decke auf dem Gras aus. Über unseren Köpfen brennt die Sonne einen perfekten Kreis in einen Himmel, der die Farbe von Kornblumen hat.

Ich frage Lara, wo sie und Felix im Moment wohnen. Ich gehe davon aus, dass sie sich bei Laras Eltern einquartiert haben, dass Felix nicht seine Brieftasche für irgendein Penthouse im Stadtzentrum geöffnet hat, seit sie hier angekommen sind.

Lara streckt sich neben mir aus, stützt sich auf einen Ellenbogen. Sie trägt eine Sonnenbrille, daher kann ich ihre Miene nicht wirklich lesen, aber als ihre Lippen sich leicht anspannen, weiß ich, dass sie schlechte Neuigkeiten hat.

»Bei Mum«, ist alles, was sie sagt.

Das kann nur eines heißen. »Oh, Lara.«

»Dad ist gestorben. Vor fünf Jahren.«

Ich fühle den Schock so heftig, wie ich es damals getan hätte.

Nein. Nicht Billy.

Mein Verstand verwandelt sich in eine Sturmböe aus Bestürzung und Traurigkeit. Billy – der mich immer in seinem Zuhause willkommen hieß, als wäre ich seine zweite Tochter, der unbegrenzte Umarmungen für mich hatte, der die Lücke ausfüllte, die mein eigener Vater in so vieler Hinsicht hinterlassen hatte – ist tot.

Ich denke an Corinne, und wie innig sie ihn geliebt hat. Das Leben war nicht immer leicht für Laras Eltern, aber sie waren ein Herz und eine Seele. Einmal, als ich bei ihnen übernachtete, ging ich mitten in der Nacht nach unten, um mir ein Glas Wasser zu holen, und sah sie in der Küche zusammen tanzen. Sie wiegten sich langsam zu Etta James' Version von »At Last«, die Augen geschlossen, den Kopf an die Schulter des anderen gelegt. Ich kann mich erinnern, dass ich wie angewurzelt dastand, die beiden einfach nur anstarrte und dachte: *Oh. So sieht Liebe also aus.* Es heißt nicht, auf Hochzeiten oder Partys seine Zuneigung öffentlich zur Schau zu stellen. Es heißt, in einer kalten, dunklen Küche zusammen zu tanzen, wenn man glaubt, dass niemand zusieht.

Ich strecke meine Hand über die Picknickdecke aus und lege sie in Laras schlanke Finger, denn das ist das Einzige, was ich tun kann. »Gott, Lar. Es tut mir so leid.« Meine Anteilnahme auszusprechen, fühlt sich ein bisschen unpassend an, angesichts all dessen, was zwischen uns passiert ist. Aber ich habe Billy schon vor dieser ganzen Geschichte gekannt und geliebt.

Trotzdem. Ich weiß, dass Worte unzulänglich sind. Sie können Lara und wie sie sich fühlen muss, was sie durchgemacht haben muss, nicht einmal annähernd erreichen. Worte könnten den Schmerz über den Verlust des lächelnden, liebevollen Billy niemals lindern.

»Was ist passiert?«, frage ich.

»Lungenkrebs«, sagt sie leise. »Es war richtig schlimm.«

»Es tut mir so leid.«

Eine Pause tritt ein. »Danke. Wir hatten noch … eine schöne Zeit zusammen, zum Ende hin. Na ja, nicht schön. Es war grauenhaft, ehrlich gesagt, mit der ganzen Chemo. Aber wir haben das ganze Zeug gesagt, das wir sagen mussten.«

»War es in Norwich?«

»Ja. Er ist im N&N gestorben.«

»Wie lange warst du hier?«

»Drei Monate.«

Ich schlucke einen heißen Schwall von Schuldgefühlen hinunter. Die E-Mail und die WhatsApp, die sie mir vor ein paar Jahren geschickt hat, müssen zu der Zeit gewesen sein, als Billy im Sterben lag. Und ich habe sie ignoriert. »Es tut mir wirklich leid. Dass ich nicht …«

»Schon gut, Neve. Du warst nicht bereit. Das ist schon in Ordnung. Ich bin dir deswegen nicht böse.«

»Trotzdem. Es ist Billy. Es tut mir leid.« *Ich habe ihn auch geliebt*, will ich hinzufügen, tue es aber nicht.

»Wie ich bereits sagte, wir hatten noch etwas Zeit zusammen. Und das ist alles, was zählt, letztendlich.«

»Ist deine Mum …«

Sie schüttelt den Kopf. »Nicht bei bester Gesundheit. Sie achtet nicht allzu gut auf sich, und sie ist kaum noch mobil, das heißt …«

»Du bist wieder da, um zu helfen«, wird mir klar.

Ich sollte sie besuchen. Es ist weniger ein bewusster Gedanke als vielmehr ein Reflex: Corinne war für mich wie eine Mutter, als ich aufwuchs. Für einen Moment habe ich ein schlechtes Gewissen, weil ich sie ebenfalls aus meinem Leben ausgeschlossen habe. Aber die Situation war unmöglich: Ich konnte nicht Kontakt zu Corinne haben und gleichzeitig Lara hassen. Einmal habe ich Corinne im Sainsbury's gesehen, wie sie einen Beutel Äpfel begutachtete, und der Drang, auf sie zuzugehen und die Arme um sie zu legen, war so heftig, dass ich meinen Einkaufswagen stehen lassen und aus dem Geschäft stürzen musste.

»Wie lange bleibst du diesmal?«

»Wer weiß?« Lara zwingt sich zu einem Lächeln, aber es

sieht ein bisschen hohl aus. Ich kann sehen, dass sie nicht wirklich darüber reden will.

Ich kann verstehen, warum. Es ist fast ein Jahrzehnt her, seit wir uns zuletzt irgendetwas Persönliches erzählt haben. Ich bin sicher, sie hat jetzt andere Freunde, Leute, denen sie nähersteht. Bindungen werden über längere Zeit hinweg geknüpft, und wir haben so viel davon verloren.

Aus heiterem Himmel tut sich ein Loch in meinem Magen auf; ein dunkles, kaltes Bedauern wegen all der Jahre, die wir versäumt haben. Die Erfahrungen, die wir hätten sammeln können, die Urlaube, die wir nie gemacht haben. Die Ausgehabende, der Klatsch und Tratsch und die Geschichten, die Witze und Anekdoten, die wir bis ins hohe Alter mitgenommen hätten. Mir wird bewusst, dass ich im Grunde nicht viel darüber weiß, wer sie jetzt ist.

Was für Musik sie mag, ihr Lieblingsessen. Wie sie ihren letzten Geburtstag gefeiert hat. Ob sie darauf achtet, sich fit zu halten. Was für Podcasts und Fernsehsendungen sie verfolgt. Ihre Gedanken übers Älterwerden. Ob sie kochen kann oder eine Fremdsprache beherrscht oder irgendeinen Prominenten richtig gut imitieren kann. Ob sie irgendeinen Prominenten *kennt*. Ich könnte nicht einmal sicher raten, was sie wählen würde.

»Wie ist Felix' Familie denn so?«, erkundige ich mich. Ein erster Versuch, vielleicht, die Person kennenzulernen, die sie heute ist.

»Sie ist wundervoll. Groß. Liebevoll. So liebevoll. Ich kann mich sehr glücklich schätzen.« Lara setzt sich auf, hantiert mit dem Picknick herum. Sie reißt eine Riesentüte Chips auf, dann reicht sie mir eine Packung Hähnchen-Empanadas.

Ich nehme mir eine, verscheuche ein dunkles Flattern von

Neid, wie ich es so oft tue, wenn ich Leuten mit funktionalen Familien begegne.

»Wie geht's deiner Mum?«, fragt sie, als ob sie meine Gedanken nach all dieser Zeit noch immer lesen kann.

»Wie immer. Trifft sich mit Typen und trinkt und treibt mich in den Wahnsinn.« Ich beiße in die Empanada. Sie schmeckt gut, und mir wird bewusst, wie hungrig ich bin.

»Hängt sie noch immer mit diesem einen Typen ab ... Wie hieß er gleich wieder?«

»Ralph.«

»Ralph! Genau. Ich habe mich oft gefragt, ob sie irgendwann zusammenkommen würden. Er schien sie immer aufrichtig zu mögen.«

»Ich glaube, meine Mutter ist allergisch gegen Leute, die sie aufrichtig mögen.«

Sie lächelt matt zur Antwort, aber ich kann ihre Miene nicht genau lesen.

»Lar, wie ist Felix denn so?« Diese Überfürsorglichkeit, die ich bei ihm bemerkt – vermutet? – habe, lässt mir keine Ruhe. Ich muss mehr über ihn herausfinden.

Es sollte mich nicht kümmern, aber manche Instinkte kann man einfach nicht beherrschen.

»In welcher Hinsicht?«

»Na ja, wie *ist* er? Ich meine, woher weißt du, dass er ... der Eine ist?«

Lara knabbert an einem Kartoffelchip. »Abgesehen davon, dass er unglaublich gut aussehend und warmherzig ist und den Körper eines Gottes hat?«

»Ja«, sage ich lächelnd. »Abgesehen von alldem.«

»Na ja, vor allem«, sagt sie nach ein paar Augenblicken, »ist er erwachsen.«

Ich denke an einen Jungen, den sie auf der Uni abserviert hatte, weil er Anwalt werden wollte, was, wie Lara entschied, eine kleine Red Flag war, persönlichkeitsmäßig. »Erinnerst du dich noch an Sam?«

Sie lacht. »Oh, mein Gott. Das ist so witzig. Wir haben wieder Kontakt. Er ist jetzt Anwalt für Medienrecht. Ich bin ihm ein paarmal über die Arbeit begegnet. So ein netter Typ. Verheiratet, zwei Kinder.«

»Die Welt ist klein. Und du bereust nicht …«

»Gott, nein. Entzückender Typ, aber weißt du … er ist kein Felix.«

»Erzähl mir«, dränge ich sie, denn sie scheint sich so sicher zu sein, »was ihn so besonders macht.«

Sie nimmt zwei Becher Nudelsalat aus dem Picknickkorb und reicht mir einen davon. »Na ja, er war seit einer Ewigkeit der erste Typ, dem ich begegnete, der keine Spielchen spielen wollte. Ich meine, viele Typen sagen, dass sie das nicht wollen, weil sie denken, dass es das ist, was du hören willst, aber Felix meint es wirklich ernst. Das *liebe* ich an ihm. Er ist so selbstbewusst. Er weiß, was er vom Leben will. Und er ist einer dieser Leute, die andere Leute einfach für sich einnehmen, weißt du? Einmal waren wir mit dem Nachtbus unterwegs, und bis wir ausstiegen, war da dieser ganze Haufen von Leuten, die … einfach nur mit ihm reden wollten.«

Showman?, denke ich, sage es aber nicht laut. Früher hat Lara solche Typen gehasst.

Aber jetzt kann ich sehen, wie ihre Augen hinter ihrer Sonnenbrille leuchten. »Dass er Leute für sich einnehmen kann, wo immer er ist, selbst in irgendeinem Bus an einem Dienstagabend, das ist *heiß*, Neve. Aber er kümmert sich auch sehr. Er ist freundlich und großzügig und … achtsam.«

»Achtsam?«, frage ich zwischen einem Mundvoll Nudeln.

»Mit den Emotionen der Leute. Ihren Herzen. Er ist mit all seinen Exen noch immer befreundet.«

Ehrlich gesagt, bin ich mir nicht sicher, ob ich finde, dass das grundsätzlich so großartig ist, aber ich entscheide, es lieber nicht anzusprechen.

»Dann ist er ja perfekt«, sage ich stattdessen, denn im Grunde ist es das, was sie sagt.

»Na ja, nein, natürlich nicht. Aber für mich ist er perfekt.« Sie streicht sich die Haare aus dem Gesicht, schlägt die Beine übereinander, rückt ihre Sonnenbrille zurecht. »Neve?«

»Ja?« Ich glaube zu wissen, was als Nächstes kommt.

»Bist du ... schon bereit, darüber zu reden, was mit Jamie passiert ist?«

Sie sagt es so vorsichtig. Ich erkenne diese um Erlaubnis fragende Version des Mädchens nicht wieder, das als Teenager als Mutprobe ihre beste *Riverdance*-Imitation live in den Regionalnachrichten aufführte, indem sie bei einer Außenübertragung albern in den Hintergrund hüpfte, während der Reporter ahnungslos weiterschwafelte.

»Nein«, antworte ich, denn auch wenn ein Teil von mir über Jamie reden will – seinen Namen aussprechen und ihr sogar erzählen muss, was ich denke, das mit Ash los sein könnte –, will ich nicht, dass diese düsteren und komplizierten Gefühle den schmalen Sonnenstrahl verdunkeln, den wir im Moment teilen. Nach Jamies Tod war ich so lange so verloren, und ich bin einfach nicht bereit, das alles noch einmal zu durchleben.

»Ich will wirklich«, beharrt sie. »Es ist wichtig. Es gibt Dinge ...«

»Ich ... kann nicht. Noch nicht.«

Sie nickt, *okay*, dann nippt sie an ihrem Drink.

»Wirst du Felix heiraten, was meinst du? Eine Familie gründen?« Vielleicht ist es so, dass ein Teil von mir eine gewisse Flüchtigkeit in ihr spürt. Dass ich irgendwann vielleicht wieder ihre Freundin sein will, nur damit sie sich dann auf und davon macht und mich für ein sonniges Kalifornien verlässt, eine Welt, die Lichtjahre entfernt von dieser ist.

Sie lässt sich lange Zeit mit der Antwort. »Ich hoffe es«, sagt sie schließlich.

Wir strecken uns beide wieder aus und recken unsere Gesichter zu der trockenen blauen Hitze des Himmels hoch.

»Was ich sagen wollte, ich würde Corinne gern besuchen.«

»Da würde sie sich sehr freuen. Danke.«

Sie fragt mich, wie es mit Ash läuft. Ich sage »gut«, aber dass es noch früh ist.

»Hey«, sagt sie dann, »ich weiß nicht, ob es zu früh wäre … aber es wäre toll, mal zusammen essen zu gehen. Wir vier, irgendwann? Ich möchte gern, dass du Felix richtig kennenlernst. Und ich würde mich auch sehr freuen, Ash kennenzulernen.«

»Ja, vielleicht«, sage ich. »Mal sehen.«

Wir haben das Picknick kaum angerührt. Und so vieles ist noch immer ungesagt geblieben. Aber für heute kann das hier vielleicht einfach genug sein.

Kapitel 19

Eine ganze Arbeitswoche ist verstrichen seit jenem dynamitartigen Kuss mit Ash. Wir haben beide irrsinnige Arbeitszeiten: Ash ist schwer beschäftigt mit der Einholung der Planungs- und Baugenehmigungen für ein geteiltes Wohngrundstück in der Stadt, und ich sitze an einem Pitch, um einen großen Designauftrag für eine Reihe von Ferienhäusern in Suffolk an Land zu ziehen. Er hat außerdem irgendeine Billardliga-Sache am Laufen, und an seinem – und meinem – einzigen freien Abend gehe ich mit einer alten Arbeitskollegin in den neuen Greta-Gerwig-Film.

Vielleicht habe ich mich, auf einer gewissen Ebene, wegen dem, was ich zu wissen glaube, dagegen gesträubt, mir Zeit für ihn zu nehmen. Dass Jamie in der Nacht von Ashs Unfall irgendwie seinen Körper übernommen hat.

Jedes Mal, wenn ich darüber nachgrübele, schwirrt mir der Kopf. Es gibt mir das Gefühl, außer Kontrolle zu sein.

Und ich kann mir nicht vorstellen, das alles noch länger zu denken, während Ash weiterhin nichts davon ahnt.

Aber wir verabreden uns für den Samstagvormittag. Ash holt mich ab. Ich bitte ihn ins Haus und führe ihn herum. Er nimmt sich Zeit, um den makellosen Anstrich, die Stuckverzierungen und Kranzleisten, die gewachsten Dielenböden und den Flow der Räume zu bewundern.

»Ich kriege hier richtige Musterhaus-Vibes«, meint er lächelnd. Ich erwidere sein Lächeln und sage, dass ich eigentlich nicht genug hier bin, um es in Unordnung zu bringen, was nur die halbe Wahrheit ist, aber ich will lieber unerwähnt lassen, dass ich gern putze, um mich zu entspannen. Das ist mein dreckiges kleines Geheimnis, nehme ich an. Es ist eindeutig das Uncoolste an mir.

Im Wohnzimmer beugt er sich vor, um die gerahmten Fotos auf dem Kaminsims zu begutachten, und ich verfluche mich dafür, dass ich nicht daran gedacht habe, sie wegzuräumen.

Er dreht sich um und sieht mich an, stellt die Frage wortlos.

»Ein Freund«, sage ich. »Er ist gestorben.«

»Das tut mir leid.«

Ich lächele. »Danke. Wollen wir los?«

Ich kann nicht umhin, zu hoffen, dass er einen Funken von Wiedererkennen verspürt hat, als er sich die Fotos angesehen hat. Oder die bronzenen N- und J-Buchstützen in der Nähe. Oder irgendwelche von Jamies alten Besitztümern, die ich noch immer an verschiedenen Orten in meinem Haus aufbewahre.

Aber wenn er es getan hat, lässt er es sich jedenfalls nicht anmerken.

Als wir die Haustür erreichen, um zu gehen, halten wir beide einen Moment inne, und dann beugt er sich vor und küsst mich. Der Kuss lodert so heftig auf wie eine Flamme, die zum Leben erwacht.

Es war mein Vorschlag, nach Wells zu fahren. Es ist ein strahlender Junimorgen. Die Luft ist warm, Hitze steigt von dem sonnengetrockneten Sand auf. Der Strand ist belebt, aber nicht brechend voll. Möwen segeln durch eine blaue Himmelskuppel auf einer Brise, die nach Salzwasser und Seegras riecht.

Auf der ganzen Fahrt hierher haben wir nicht aufgehört zu reden, über Häuser und die Arbeit und wie sehr wir uns beide nach einer Beförderung sehnen. Ash will innerhalb der nächsten paar Jahre in seiner Firma zum Partner gemacht werden; mein Ziel ist es, Chefdesignerin zu werden, eine Position, die zu schaffen Kelley seit Jahren androht, ohne Taten folgen zu lassen. Aber dieses Jahr, mit den ganzen Stunden, die ich investiert habe, und der positiven Presse und dem überzeugenden Feedback von Kunden, fühlt sie sich zum Greifen nah an.

»Neve«, sagt Ash jetzt, während wir losgehen. Ich weiß nicht, wohin wir gehen, einfach dem offenen Horizont entgegen, nehme ich an. »Ich sollte es dir vermutlich sagen, ich ... habe Jamie Fraser gegoogelt.«

Der Magen rutscht mir in die Kniekehlen. Hat er irgendwie gespürt, was ich in der vergangenen Woche immer wieder gedacht habe? Oder klang Jamies Name unerklärlich vertraut?

»Es war, nachdem du mich nach ihm gefragt hattest. Ich war einfach neugierig, nehme ich an.«

Ich nicke. Das ist nur fair: Ich selbst habe neulich müßig Tabitha nachgeschlagen, während ich auf einen Kunden wartete. Sie ist wunderschön, natürlich, arbeitet als Personal Trainerin. Hat fast fünfzigtausend Follower auf Instagram. Und ein Teil von mir hatte ein wenig Mitleid mit Ash, denn selbst nachdem ich nur ein paar ihrer Reels gesehen hatte, hatte ich das Gefühl, mich hinlegen zu müssen.

Wir gehen weiter.

»Jamie Fraser ist derselbe Typ, der auf den Fotos auf deinem Kaminsims zu sehen ist.«

Ich schlucke, und auf einmal ist mir heiß, trotz der Küstenluft. In jeder anderen Situation würde ich aufstehen und gehen, vor diesem Gefühl von Begutachtung fliehen. Aber vor dieser Sache kann ich nicht davonlaufen.

»Ein Freund?«, sagt er sanft, denn das ist, was ich vor einer Stunde zu ihm gesagt habe, aber ich nehme an, er weiß, dass es eine Lüge war.

Ich atme aus. Ash war absolut offen zu mir. Das Mindeste, was ich tun kann, ist, ihm wahrheitsgemäß zu antworten. »Nein. Er war … mein Freund. Vor langer Zeit. Entschuldige, dass ich vorhin gelogen habe, ich kann einfach …«

»Ich habe dich überrumpelt«, vermutet er. »Das ist schon okay, Neve. Und es tut mir wirklich leid. Ich kann mir das gar nicht vorstellen.« Er streckt eine Hand nach meiner aus und drückt sie.

»Danke«, sage ich.

Wir gehen vielleicht eine Minute schweigend. Zwei Labradore schießen an uns vorbei, ihr Besitzer ein bloßer Punkt in der Ferne.

»Meinst du … Meinst du, du bist ganz über ihn hinweg?«

Ich spüre, wie er mich bei diesen Worten ansieht. Ich hefte den Blick auf die lang gezogene Linie des Horizonts, wo sich Himmel und Meer begegnen.

Meine Gedanken sind in den letzten Wochen ständig um Jamie gekreist, was sich so seltsam anfühlt. Einerseits ist es nett und außergewöhnlich, der Gedanke, dass er – irgendwie – zurückgekommen sein könnte. Aber ich habe lange nicht mehr so intensiv an ihn gedacht. Ich habe mir inzwischen ein anderes Leben aufgebaut, und es ist ein bizarres Gefühl, so unerwartet in meinem Kopf wieder Platz für ihn zu schaffen.

»Ich verstehe, wenn du es nicht bist«, fährt Ash nach ein paar Augenblicken fort. »Trauer ... ist das Komplizierteste am Menschsein. Ich werde nicht ... total seltsam und eifersüchtig werden, wenn du deinen Ex noch immer liebst. Das ist nur logisch.«

Ich sehe ihn von der Seite an. Ich denke, er könnte einer der freundlichsten Leute sein, denen ich je begegnet bin. Vor allem angesichts dessen, was mit Tabitha passiert ist. Betrogen zu werden, das Gefühl zu bekommen, nur die Nummer zwei zu sein.

Ich weiß, ich schulde ihm Aufrichtigkeit. Aber ich will auch sehen, wie er reagiert, wenn ich anfange, ihm anzuvertrauen, was, wie ich glaube, los sein könnte.

»Ehrlich gesagt ... erinnerst du mich an Jamie, in vieler Hinsicht.«

Er blickt verblüfft. »Wirklich?«

»Na ja«, sage ich vorsichtig, »er war auch Architekt. Ich meine, er hat es studiert.«

Ash nickt langsam, wartet auf mehr, denn er weiß – er muss wissen –, dass noch mehr dahintersteckt.

Ich überlege, wie ich es genauer ausführen kann, ohne dass es absolut lächerlich und banal klingt. »Und ... du hast ... genau die gleiche Handschrift.«

Aber natürlich klingt es doch lächerlich und banal. Und vielleicht zeigt es ja nur, dass ich tatsächlich dabei bin, plemplem zu werden.

Vielleicht musste ich es einfach laut aussprechen. Es ans Licht zerren, damit ich es als das erkennen kann, was es wirklich ist. Aber Ash, freundlich, wie er ist, lacht nicht. »Ich habe eine grauenhafte Handschrift.«

»Die hatte er auch.«

Er lächelt. Wir bleiben neben ein paar Sanddünen stehen, dann setzen wir uns hin. Unsere Knie berühren sich, während wir auf den Strand hinausstarren, auf den graublauen Streifen Meer.

»Und ... *Nachtschwärmer.*«

»Entschuldigung?«

Ich drehe mich zu ihm um. Seine Wangen sind gerötet von der Meeresbrise. »Das war Jamies Lieblingsgemälde, und ... du hast es in deinem Apartment.«

Nachdem Jamie gestorben war, holte sein Vater das Bild aus dem Haus ab. Es brach mir das Herz, es nicht mehr zu haben, daher kaufte ich mir mein eigenes, das noch immer über meinem Bett hängt.

»Ich habe nachgedacht, weißt du«, sage ich, als würde ich das Thema wechseln, obwohl ich das tatsächlich gar nicht tue. »Über deinen Unfall, die Art, wie sich deine Persönlichkeit verändert hat ...«

»Prioritäten.«

»Entschuldigung?«

»Ich sehe es meistens eher so, dass sich ... meine Prioritäten verschoben haben. Ich wollte mich, und mein Leben, einfach ernster nehmen. Ich glaube wirklich nicht, dass viel mehr dahintersteckt, als einfach ... erwachsen zu werden.« Er hält den Blick auf mich geheftet. »Neve, kann ich dich etwas fragen?«

»Natürlich.«

»Wirst du mir aufrichtig antworten?«

Und dann passiert es. Das plötzliche, schwermütige Heulen einer Luftschutzsirene.

Auf einmal ist mir kalt, als ob jemand Eiswasser über meinen Rücken tröpfeln lässt.

»Weißt du … was das ist?«, frage ich.

Er nickt. »Die Flutwarnung. Sie ertönt bei jedem Gezeitenwechsel. Um die Leute wissen zu lassen, dass sie an Land gehen sollen, damit sie nicht aufs Meer hinausgespült werden.«

Ich bin fest entschlossen, dich heimzusuchen, falls ich zuerst sterbe.

Ich blinzele ihn an. *Komm schon, Jamie. Das ist nicht mehr witzig. Hör auf, mir Streiche zu spielen.*

»Kein Grund zur Besorgnis«, sagt Ash, der meine veränderte Miene völlig falsch auffasst. »Wir müssen nur auf dieser Seite der Rinne bleiben.«

Ich schlucke. »Ja. Na klar. Okay.«

Er steht auf, streckt eine Hand aus und zieht mich hoch. Ohne ein weiteres Wort lege ich meine Hand in seine.

Ich bin mir sicher, dass er im Begriff war, mich zu fragen, ob meine Anziehung zu ihm darauf beruht, wie sehr er Jamie ähnelt. Aber er wirft die Frage nicht auf, während wir weitergehen, vielleicht weil er nicht wirklich bereit ist, die Antwort zu hören. Und ich bin dankbar dafür, denn ich bin mir nicht sicher, ob ich schon hundertprozentig aufrichtig zu ihm sein kann. Ich will nicht, dass er mich für verrückt hält. Ich mag ihn zu sehr.

Jedenfalls. Vielleicht ist das alles, was wir im Augenblick sagen müssen. Es ist nicht die ganze Geschichte, aber es ist ein Anfang.

Aber während wir gehen, muss ich immer wieder von der Seite einen Blick auf ihn werfen, um mich zu vergewissern, wessen Hand es ist, die ich wirklich halte.

Kapitel 20

Es ist spät, als wir schließlich zurück nach Norwich kommen. Trotz der Achterbahn in meinem Kopf habe ich mich fast auf der ganzen Fahrt nach Hause danach gesehnt, ihn zu küssen. Fast den ganzen Nachmittag, um genau zu sein. Als wir die Küste nach Brancaster Staithe hochfuhren. Als wir anhielten, um in einem Pub, auf einer Terrasse mit Blick über die Salzmarsch, etwas zu trinken. Als wir wieder in den Wagen stiegen und ich spürte, wie sich die Luft zwischen uns zusammenzog und mein Verstand sich Gedanken zuwandte, die sich unwiderstehlich anfühlten.

Ich beuge mich zu ihm hinüber, sobald er die Zündung ausgeschaltet hat. Unsere Münder prallen aufeinander, und das wilde Gefühl in mir flackert auf. Er schmeckt nach Hunger und Meeresbrise. Bald hat er die Hände in meinen Haaren vergraben, und meine gleiten an seinem Rücken hinunter und schieben sich unter seinem T-Shirt wieder hoch.

Ich kann ihn lächeln spüren, während wir uns küssen, und ich tue es ihm gleich, denn ich weiß, was er damit sagen will.

Ich schiebe alle Gedanken an Jamie beiseite. Denn in diesem Augenblick weiß ich, dass Ash ist, was ich will.

Nach ein paar Minuten kommt eine Gruppe von Leuten an unserem Wagen vorbei, und wir lösen uns voneinander, schöpfen Atem.

Seine Augen tänzeln über mein Gesicht. Er streicht mir mit einer Hand die Haare nach hinten. Mein Herzschlag ist lächerlich.

»Neve, kann ich dich fragen … Ich mag dich sehr, und … ich würde gern sehen, ob das mit uns eine Zukunft haben könnte. Aber ich muss wissen … bist du … im Moment auf der Suche nach etwas?«

Mir wird bewusst, endlich, dass die Antwort Ja ist. Ich will das hier. Ich will in meinem Leben Platz für diesen Mann schaffen.

»Ich denke … ich bin auf der Suche nach dir«, hauche ich.

»Gott sei Dank«, erwidert er und beugt sich vor, um mich wieder zu küssen.

Ich kann nicht länger widerstehen. Ich begehre ihn zu sehr. Ich kann die komplizierenden Faktoren ignorieren. Die Analyse kann warten. »Willst du noch mit reinkommen?«

»Ja, das will ich wirklich«, antwortet er, und dann steigen wir aus und gehen ins Haus.

Ich hatte vorgehabt, etwas Musik aufzulegen, Kaffee zu kochen, mich frisch zu machen. Aber sobald wir zur Haustür hereinkommen, spüre ich seine Hände um meine Taille, die mich sanft herumdrehen, sodass er mich wieder küssen kann, und ich denke: *Scheiß auf den Kaffee. Ich will nur dich.*

Wir gehen durch ins Wohnzimmer. Ich lasse die Lichter ausgeschaltet. Das Haus ist warm und still. Ich schmelze vor Vorfreude dahin.

Jetzt taste ich mich nicht mehr langsam vor und Ash ebenso wenig. Wir wollen das hier beide. Er folgt meinen Bewegungen, gleitet mit den Fingern von meinem Kreuz hoch zu meinen Schulterblättern und dann wieder hinunter, und jede Erhebung und Vertiefung meines Körpers spannt sich unter seiner Berührung an.

Er streift mir den Pullover über den Kopf, dann zieht er sein T-Shirt aus. Wir gehen aufs Sofa zu, zu ungeduldig, um es bis nach oben zu schaffen. Aber dann erinnere ich mich an Jamies gerahmte Fotografien auf dem Kaminsims, die uns beobachten, und ich nehme seine Hand. »Komm mit«, flüstere ich.

Das Schlafzimmer oben ist angenehm dunkel. Er drückt mich sanft gegen die Wand. Ich kann spüren, wie sein Herz pulsiert wie das eines Tiers. Seine Hand wandert zu meiner Jeans, öffnet den Knopf, dann den Reißverschluss. Ich befreie mich aus der Jeans, kicke sie auf den Boden, und wir lassen uns zusammen aufs Bett fallen. Ich habe die Bettwäsche erst vor ein paar Stunden gewechselt. Der Duft von Weichspüler haftet ihr noch immer an. Unsere Körper sind schon jetzt feucht und heiß und krümmen sich vor Verlangen nach mehr, unser Atem geht abgehackt, und unsere Bewegungen sind getrieben.

Schließlich lege ich mich auf ihn, spüre ein Verlangen, wie ich es noch nie zuvor erlebt habe.

Irgendwie scheine ich genau zu wissen, was er will, und er umgekehrt auch. Ich fühle mich, als ob ich schon jetzt vertraut bin mit jedem Berührungspunkt seiner Haut, dem Weg seiner Hände, dem Druck seines Körpers.

Seine Hände liegen an meinen Hüften. Wir kommen rasch in Fahrt, werden zu einem Wirrwarr ineinander verschlungener Körper und gekeuchter Namen und schweißnasser Haut. Wir bringen uns um den Verstand, immer und immer wieder, außerstande aufzuhören, unsere Blicke fest aufeinander geheftet.

Morgen. Ich blinzele, nehme kaltes weißes Licht wahr, lasse mir einen Moment Zeit, um mich zu orientieren. Dann ein erneuter Schwall von Lust, als mein Körper sich erinnert. Wir haben letzte Nacht kaum geschlafen. Ich entsinne mich an eine graufederige Morgendämmerung, die sich um die Ränder der Jalousien zu schieben begann, und wie ich, durch unseren millionsten Kuss dieser Nacht, zu Ash sagte: »Es wird hell.« Und er lachte und begann etwas zu sagen, aber dann bremste er sich. Daher stieß ich ihn mit dem Ellenbogen an und forderte ihn auf, mir zu sagen, was es war, und er lachte noch ein bisschen mehr und erwiderte: »Ich wollte sagen, ›das muss irgendeine Art Rekord sein‹, bevor mir klar wurde, dass das so ziemlich das Schlimmste wäre, was mir je über die Lippen gekommen ist.« Und ich lächelte und sagte, wohl wahr, aber dass es auch für mich ein Rekord sei, daher sollten wir einfach stolz sein, dass wir die Art Leute sind, die im Bett Rekorde aufstellen, und dann begannen wir beide zu lachen, bis wir schließlich wegdrifteten, schläfrig in den Armen des anderen verschlungen.

Ich sah auch seine Narben von dem Blitzschlag zum ersten Mal in dieser Nacht. Blassrosa Ranken, wie Federn. Sie zogen sich über seine Bauchmuskeln, kennzeichneten die Stelle, wo die Natur ihn getroffen hatte.

Ich glitt mit einem Finger über die vernarbte Hautpartie, staunte über diesen ganzen Wahnsinn, spürte die winzigen Ränder der Narben.

»Normalerweise verschwinden sie wieder«, flüsterte er. »Nach vierundzwanzig Stunden oder so. Aber meine haben das nie getan. Ich schätze, ich neige einfach zur Narbenbildung.«

»Ich nehm's an.«

»Ich denke gern, dass sie eine Erinnerung daran sind, im Augenblick zu leben. Falls das nicht zu abgedroschen klingt.«
»Es klingt überhaupt nicht abgedroschen.«
»Ich habe sie nicht immer geliebt, ehrlich gesagt.« Er glitt seinerseits mit einem Finger über meine Haut, zeichnete geistesabwesend einen Kreis auf meine Schulter. »Leute haben Bemerkungen gemacht, manchmal.«
»Du meinst, wenn du ... mit jemandem zusammen warst?«
Er nickte. »Und glaub mir, nichts würgt einen Moment der Leidenschaft mehr ab, als wenn jemand ruft: *Oh, du bist der Blitzschlag-Typ!* Manchmal kommen auch Leute auf mich zu und wollen ein Selfie mit mir machen.«
»Im Ernst?«
»Leider ja.«
Ich sah wieder auf seine Narben. »Tun sie weh?«
»Am Anfang ein bisschen. Jetzt nicht mehr so sehr.«
»Ich finde, sie sind wunderschön«, flüsterte ich. »Verrückt und wunderschön, beides zugleich.«
Er lachte leise. Das Geräusch davon berührte mich tief in meinem Inneren. »Verrückt und wunderschön. Danke, Neve. Das werde ich annehmen.«
Und dann neigte er den Kopf zu meinem Schlüsselbein, zu genau derselben Stelle, zu der Jamie sich immer hingezogen fühlte, und küsste mich dort. Das Gefühl war so vertraut, so sehr wie eine Liebe, die ich gut kannte, dass ich Tränen hinunterschlucken musste.

Der Platz neben mir auf der Matratze ist jetzt leer. Ich sehe auf die Uhr – es ist noch früh, obwohl ich draußen auf der Straße das Rumpeln von Autos hören kann.
Ich stehe langsam auf und schlüpfe in einen Kapuzenpulli.

Während ich es tue, fällt mein Blick auf mein altes, zerfleddertes Exemplar von *Raumausstattung* auf meinem Nachttisch. Ich habe es aus dem Karton unter meinem Bett hervorgeholt, nachdem ich Lara über den Weg gelaufen war. Es war das erste Mal, dass ich das Gefühl hatte, es ansehen zu können, seit wir uns überworfen haben. Auch nur zögernd die Seiten durchzublättern, sorgte dafür, dass mich die Erinnerung an ihre Freundlichkeit in Wellen durchflutete. Wie sehr sie an mich glaubte. Wie sie immer nur das Beste für mich wollte.

Ich gehe nach unten, in der Hoffnung, dass Ash da ist, dass da keine Nachricht liegt, um mir zu sagen, dass er gehen musste, oder irgendein anderer Hinweis darauf, dass er es sich anders überlegt hat.

Zu meiner Erleichterung steht er in meiner kleinen Küche, barfuß, in dem T-Shirt und der Jeans von gestern. Die Luft ist erfüllt von dem köstlichen Duft von Kaffee und warm werdender Butter. Ich bleibe im Türrahmen stehen und lächele, mein Herz mitten in einem Hochseilakt. »Morgen.«

Er sieht auf, und seine konzentrierte Miene weicht einem Lächeln.

»Hi. Morgen. Hoffe, du hast nichts dagegen, aber ... ich dachte, vielleicht hast du Lust auf ein Frühstück. Ich habe mir die Freiheit genommen, deinen Kühlschrank nach Eiern zu plündern.«

Ich will ihm versichern, dass das Plündern meiner Küche nach Zutaten, um mir ein warmes Frühstück zuzubereiten, eindeutig als eher geringes Morgen-danach-Vergehen zählt.

»Das ist das Gegenteil von Freiheit.« Ich lehne mich gegen den Türrahmen und sehe ihm ein paar Augenblicke zu.

»Du siehst entzückend aus«, bemerkt er.

Ich fahre mir mit einer Hand durch mein vom Schlaf zerzaustes Haar, in der Hoffnung, dass ich nicht so aussehe wie meine Mutter. Ich war so aufgeregt, dass ich vergessen habe, auch nur einen kurzen Blick in einen Spiegel zu werfen, bevor ich nach unten gegangen bin.

»Du auch«, erwidere ich. Und es stimmt – jedes Mal, wenn ich ihn ansehe, schlägt mein Magen einen Purzelbaum. Groß und dunkel, mit diesen Augen, die in der Mitte zu schmelzen scheinen, und stets dem Anflug eines Lächelns auf den Lippen. Und die Art, wie er letzte Nacht war – eindringlich und fieberhaft, wie er mich berührte und auf die Folter spannte, mich Zoll um Zoll um den Verstand brachte.

Nachdem ich mich so viele Jahre nicht ganz wie ich selbst gefühlt habe – als ob irgendein Bestandteil von mir verloren gegangen ist, als Jamie starb –, verspüre ich heute Morgen ein seltsames Gefühl von Entspanntheit. Es ist, als ob ich endlich wiedergefunden habe, was ich verloren habe, glitzernd wie ein Juwel, das eine Ebbe im Schlamm zurückgelassen hat.

Ash legt Schnittlauch auf einem Schneidebrett zurecht, und meine Aufmerksamkeit fällt unvermittelt auf das, was er in der Hand hält. »Du hast aber nicht ernsthaft vor …?«

»Was?«

»Es sieht aus, als ob du vorhast zu versuchen, *damit* den Schnittlauch zu hacken.« Ich zeige auf das riesige Messer in seiner Hand, das besser dafür geeignet ist, einen Elch zu häuten, als Kräuter zu hacken. Es war Teil eines rätselhaften Weihnachtsgeschenks meiner Mutter in einem Jahr – ein Messerblock, der, so mein Verdacht, vom Lastwagen gefallen war –, und dieses hier habe ich nie benutzt, da es beängstigend ist.

Ash lächelt. »Schnell hacken ist buchstäblich mein einziger Partytrick.«

»Wenn ich das versuchen würde, hätte ich bald keine Finger mehr.«

»Es ist eigentlich ganz einfach. Du brauchst nur ein anständiges Messer. Was du, zum Glück, hast. Komm her, ich zeig's dir.«

Ich lächele, genieße für einen Moment die Vorstellung, dass er hinter mir steht, seine Hand über meiner auf dem Messer, und mir zeigt, wie es geht. »Nein, schon gut. Ich behalte meine Sehnen gern alle intakt.«

»Komm schon. Es ist ganz einfach.«

Ich zögere, dann lenke ich ein. Der Drang, fest an ihn gepresst zu werden, während er es mir zeigt, ist einfach zu stark.

Ich gehe ein paar Schritte auf ihn zu. Er zieht mich nah an sich, stellt sich dann hinter mich, sodass wir beide dem Küchentresen zugewandt sind.

Ich habe keine Ahnung, welcher Teufel mich geritten hat, Schnittlauch zu kaufen. Andererseits hätte ich Schwierigkeiten, mich an meinen eigenen Namen zu erinnern, sollte mich jemand in genau diesem Augenblick danach fragen.

»Also«, flüstert Ash mir ins Ohr. Sein Körper ist fest an meinen gepresst. »Lektion eins.«

Ich schaudere. »Du darfst das *wirklich* nicht tun, wenn du willst, dass ich mich einer scharfen Klinge auch nur nähere.«

Er lacht leise. »Okay. Entschuldigung. Also, nimm es in die Hand.«

»Woher willst du wissen, dass ich keine Linkshänderin bin?«

»Bist du das denn?«

»Nein«, gebe ich zu.

»Nur damit du es weißt, ich werde nicht auf irgendwelche Ablenkungsmanöver hereinfallen.« Er legt eine Hand auf meine, und gemeinsam positionieren wir das Messer. »Also. Ich werde es bewegen, und du ... gehst einfach mit, okay? Versuch nicht, die Kontrolle zu übernehmen.«

»Okay.«

»Bist du sicher? Bereit?«

»Bereit.«

»Du vertraust mir?«

»Ja«, sage ich, und in diesem Moment wird es mir vielleicht zum ersten Mal bewusst. »Ja, das tue ich.«

Er führt das Messer mühelos durch den Schnittlauch, mit einer schwingenden Bewegung, die sich völlig anders anfühlt als die Art, wie ich normalerweise auf Dinge einhacke, mit irgendeiner stumpfen Klinge, die ich zufällig zur Hand habe.

»Siehst du?«, flüstert er, als wir fertig sind. Der Schnittlauch liegt in einem kleinen Haufen auf dem Schneidebrett. »Es ist gar nicht so schwer.«

Gegen den Küchentresen gelehnt, drehe ich mich zu ihm um. Dampf vom Herd beginnt die Luft zu befeuchten. Ich beginne zu sprechen, aber er erstickt meine Worte mit einem Kuss.

Wenig später lassen wir das Frühstück stehen. Ich hätte vielleicht ein schlechtes Gewissen wegen der ganzen Mühe, die er sich damit gemacht hat, wenn sich das, was wir jetzt zusammen tun, nicht so unglaublich gut anfühlen würde.

Kapitel 21

Damals

In jenem Sommer entschied ich, mit Laras Ermunterung, das Leben in Angriff zu nehmen, das ich nach der Uni für mich wollte. Mein erster Schritt war es, bei Kelley Lane Interiors ein Praktikum, drei Tage die Woche, an Land zu ziehen. Es war das volle Programm: neben dem zwangsläufigen Kaffeeholen, Organisieren des Terminkalenders und Fotokopieren half ich, Präsentationen und Fly-Throughs zu gestalten, pflegte den Kontakt zu Kunden und Architekten, nahm an Pitches und Projektmeetings teil und assistierte bei der Budgeterstellung.

Ich liebte die Arbeit, und ich spürte, wie ich aufblühte, obwohl ich das alles zusätzlich zu meinem Teilzeitjob im Pub machte. In der Zwischenzeit arbeitete Jamie hart in London, und Lara arbeitete Nachtschichten in einem Pflegeheim und als Praktikantin für eine lokale Fernsehproduktionsgesellschaft.

Jamie und ich versuchten, ein paarmal die Woche zu facetimen. Auch er hatte lange Arbeitstage, bekam für jemanden ohne Qualifikationen ein erstaunlich hohes Gehalt bezahlt, und sie erwarteten im Gegenzug, dass er sich ordentlich ins Zeug legte. Und an den meisten Abenden war er unterwegs, um Kontakte zu pflegen – Dachterrassen-Drinks im West End, protzige Kundendinner, Secret Gigs in Shoreditch. Ich vermisste ihn schmerzlich. Jedes Mal, wenn wir uns sprachen, fühlte sich mein Magen an, als würde er genau gegen mein Herz hochgeschleudert werden.

»Hast du schon den nächsten Gherkin entworfen?«, fragte ich ihn manchmal lächelnd.

»Ich arbeite dran«, antwortete er jedes Mal.

Er war seit fünf Wochen in London, bevor er mich endlich einlud, ihn zu besuchen. Ich konnte zum Glück meine Pubschichten tauschen, um auch wirklich das ganze Wochenende bei ihm zu bleiben.

Ich gebe zu, ich war ein bisschen neidisch, als ich diese Wohnung in Soho zum ersten Mal betrat. Ja, sie war winzig – vermutlich noch kleiner als das Erdgeschoss unseres Hauses in Norwich –, aber sie war atemberaubend. Lauter elegante Linien und glänzende Haushaltsgeräte. Mini-Kronleuchter, ferngesteuerte Beleuchtung. Hohe Decken und polierte Böden. Ein Ledersofa, bei dem ich, ohne zu fragen, wusste, dass es Tausende von Pfund gekostet haben musste. Ich konnte nicht leugnen, dass ich mir in dem Augenblick wünschte, was Jamie hatte – Eltern, die mich verwöhnen und mir Dinge ermöglichen und Türen öffnen konnten.

Aber letztendlich wusste ich, dass Lara recht hatte. Wenn ich keine Eltern hatte, die das alles tun konnten, dann musste ich es eben selbst tun können.

Jamie schenkte uns Champagner ein. Moët, was sonst. Ich nahm an, er hatte inzwischen eine Lieblingssorte von dem Zeug. Das Glas war dick geschliffen und lag schwer in meiner Hand.

Ich nahm einen Schluck, dann zog ich ihn nah an mich und küsste ihn.

»Gott, ich habe dich vermisst«, stöhnte er. »Diese Woche war so *lang*.«

Ich dachte, wir würden vielleicht auf der Stelle Sex haben, vielleicht sogar gleich dort auf den glänzenden Küchenbodenfliesen in der Wohnung seines Dads – was mir, wie ich nicht leugnen kann, in vielerlei Hinsicht eine immense Befriedigung verschafft hätte –, aber das taten wir nicht.

Vielleicht war es noch ein Kennzeichen seiner neu gewonnenen Reife. Stattdessen beendeten wir den Kuss, dann nahm er den Champagner und trat sittsam auf den winzigen Balkon hinaus, der vom Wohnzimmer abging. Von dort hatte man keine wirkliche Aussicht – er befand sich gegenüber der Rückwand anderer Gebäude –, und Lärm drang aus allen Richtungen zu uns hoch: Verkehr und zuschlagende Türen, das gelegentliche Dröhnen von Musik, Gespräche und kreischendes Gelächter.

»Hier geht es hektischer zu als zu Hause«, meinte er, während wir unseren Champagner schlürften, als würden wir über den Hyde Park oder den Gardasee hinaussehen, nicht auf rußverschmutzte Häuserdächer und schmuddelige Backsteinwände. »Aber auf eine gute Art, weißt du?«

»Ja.« Ich fragte ihn nicht, ob er es manchmal bereute, sich nicht für ein Studium in London entschieden zu haben. Er hatte Norwich als Zuhause bezeichnet, und das war gut genug für mich.

Jamie hatte Tickets für *Mamma Mia!* gekauft und einen Tisch in einem schicken Restaurant in der Charlotte Street reserviert. Er trug ein Hemd mit einem Ralph-Lauren-Logo.

Ich konnte nicht entscheiden, ob es ihm stand. Trotzdem, ich freute mich, dass er sich Mühe gegeben hatte. Schließlich hatte ich mir unter der Woche bei einer überstürzten Late-Night-Shoppingtour mit Lara selbst ein knappes schwarzes Kleid, das ich mir eigentlich nicht leisten konnte, gekauft, nachdem Jamie mir gesagt hatte, wir würden schön ausgehen.

Wir gaben uns den ganzen Abend Fantasiespielen hin – malten uns unsere Zukunft zehn Jahre später aus, zusammen draußen im West End, wo wir ins Theater gehen, Champagner trinken, in edlen Sushirestaurants speisen würden. Ich sah ihn immer wieder an und dachte: *Ja. Genau so soll es sein.*

Im Taxi auf dem Weg nach Hause beugte er sich zu mir herüber und flüsterte: »Du siehst unglaublich aus, aber ich kann es kaum erwarten, dir dieses Kleid auszuziehen.«

Jamie sagte normalerweise nicht solches Zeug, aber es war mir nicht unangenehm. »Ehrlich gesagt, denke ich, ich werde es vielleicht lieber anbehalten«, neckte ich ihn.

»Soll mir recht sein«, antwortete er, seine Stimme fast reibeisenartig.

Im Aufzug hoch zu der Wohnung küsste ich ihn, außerstande zu warten. Er erwiderte den Kuss, dann glitt er mit einer hitzigen Hand unter meinem Kleid hoch.

Ich lachte, schob ihn weg, meinem hämmernden Herzen zum Trotz. Er lachte ebenfalls, lehnte sich nach hinten gegen die Aufzugwand. »Ehrlich gesagt, hätte ich durchaus Lust, es an einem öffentlichen Ort zu tun.«

»Wirklich?«

»Du nicht?«

Ich dachte einen Moment nach. »Wir hätten es im Restaurant tun können. Diese Toiletten waren ziemlich luxuriös.«

Die Aufzugtüren glitten mit einem Signalton auf. »Nächstes Mal«, sagte er lächelnd.

Als wir in die Wohnung kamen, dachte ich, wir würden vielleicht gleich ins Bett gehen, aber Jamie verzog entschuldigend das Gesicht. »Ich muss nur rasch Mum anrufen. Hören, wie's ihr geht. Ich habe sie seit ein paar Tagen nicht gesprochen, und Dad hat eben eine Nachricht geschickt, daher ...«

»Deine Mum?« Ich war verwirrt.

»Ja ... Ich sollte die beiden heute Abend treffen. Aber sie hat sich den Knöchel gebrochen, daher ...« Er brach ab, als ihm bewusst wurde, was er eben gesagt hatte. Die Worte waren ihm herausgerutscht, seine Stimme ein Abhang, glitschig gemacht vom Alkohol.

Ich war zu verblüfft, um mein Mitgefühl zu bekunden oder zu fragen, wie sich seine Mum denn den Knöchel gebrochen hatte. Ich ließ mich schwer aufs Sofa fallen. Hinter dem Fenster hatten die durchscheinenden Vorhänge das Schimmern der Großstadtlichter in ein verschwommenes Sonnensystem verwandelt. »Was?«, stieß ich schließlich hervor.

Jamie, der noch immer dastand, starrte mich an.

»Ich dachte, du hättest diese Theaterkarten und das Restaurant für uns gebucht.«

»Baby, es *war* alles für uns.«

Baby? Er hatte mich noch nie so genannt, in der ganzen Zeit, seit ich ihn kannte. Das Logo seines Hemds sprang mir auf einmal ins Auge, und ich spürte, wie sich irgendetwas in meiner Brust verhärtete.

»Neve. Entschuldige.« Er schüttelte den Kopf, rieb sich das Gesicht. »Es ist ... Ich bin müde.«

Bis vor ungefähr dreißig Sekunden war er mir noch hellwach erschienen.

»Deine Eltern haben das alles arrangiert«, sagte ich laut, als ich es begriff. »Die Theaterkarten gekauft. Das Restaurant reserviert. Du hast mich nur hierher eingeladen, weil *sie* abgesagt haben.«

Er erwiderte nichts darauf, steckte nur die Hände in die Hosentaschen, mit einem fast unmerklichen Anflug von Trotz.

Ich starrte ihn an. Die Wahrheit war quälend. »Du hast mich glauben lassen …« Aber ich konnte nicht weitersprechen. Ich war niedergeschmettert auf eine Art, für die es einfach keine Worte gab. Ich dachte, Jamie hätte den ganzen Abend, den wir eben genossen hatten, geplant. Hätte Zeit und Mühe investiert, um sich zu überlegen, was mir gefallen könnte.

»Neve«, flüsterte er und setzte sich neben mich.

Ich spürte zwei gegensätzliche Kräfte in mir am Werk – ihn wegzuschieben oder ihn näher an mich zu ziehen. Ich wusste, dass wir beide kurz vor dem Ausrasten waren, und das Gefühl machte mir Angst.

Er legte einen Arm um mich, ließ seine Hand auf diese Art, die ich, wie er wusste, liebte, zwischen meinen Schulterblättern kreisen. »Hey«, flüsterte er. »Worum geht es hier wirklich?«

Ich wollte ihm sagen, dass ich Angst hatte, ihn zu verlieren. Dass ich tief in mir besorgt war, es würde ihm hier letztendlich so gut gefallen, dass er gar nicht mehr nach Hause kommen wollen würde. Aber in diesem Augenblick hatte ich aus irgendeinem Grund das Gefühl, auf dem falschen Fuß erwischt worden zu sein.

»Du hast keine Ahnung, wie sehr ich dich liebe, oder?«, sagte Jamie, und dann beugte er sich vor, nahm mein Gesicht zwischen seine beiden Hände und küsste mich.

An jenem Abend fühlte sich der Sex zum ersten Mal überhaupt unbeholfen an. Jamies Schlafzimmer war so winzig, das Kingsize-Bett regelrecht hineingequetscht, und wir stießen uns immer wieder die Arme und Beine an den Wänden an. Der Raum war kalt wie ein Kühlschrank wegen der Klimaanlage, so kalt, dass mir eine Gänsehaut über den Körper lief. Ich erinnere mich, dass ich mir meines Aussehens auf eine Art bewusst war, auf die ich es bei Jamie nie zuvor gewesen war, wie ich dachte, ich hätte noch damit warten sollen, mich abzuschminken, und wie besorgt ich war, meine Haare könnten von seinen Händen völlig verwuschelt worden sein.

Aber trotz alledem begehrte ich ihn auf eine Art, die sich pur und innig anfühlte.

Und er begehrte mich auch. Ich behielt das Kleid an.

Kapitel 22

Jetzt

Ash und ich fangen an, uns öfter zu sehen. Er kommt nicht wieder auf die Frage zurück, die er mir an jenem Tag stellen wollte, und ich bin erleichtert.

Wir müssen sehen, wie wir Zeit füreinander finden können. Aber wenn wir es tun, ist es jedes Mal für etwas, was mein Herz höherschlagen lässt, wie zum Beispiel ein langer, träger Brunch, ein später Film oder ein Dinner in einem kerzenerhellten Bistro.

Ash zu daten, fühlt sich romantisch an. Leo zu daten, war eher, als würde ich feindlichem Feuer ausweichen.

Falls Ash Vertrauensprobleme hat, nach dem, was mit Tabitha passiert ist, bemerke ich jedenfalls nichts davon. Er ist ausnahmslos offenherzig und aufmerksam – schickt mir eine Nachricht, wenn ich in der Arbeit eine große Präsentation habe, schlägt einen späten Drink vor, damit ich mich entspannen kann, bietet an, seinen Klempner anzurufen, als mein Boiler den Geist aufgibt. Es gibt keine offenkundigen Hinweise darauf, dass es ihn nervös macht, sich auf mich einzulassen, oder dass er irgendetwas zurückhält. Falls er es tut, ist er sehr gut darin, es zu verbergen.

»Gabi würde lachen, wenn sie mich jetzt sehen könnte«,

sagt er eines Sonntagmorgens bei Kaffee und Gebäck im Bread Source zu mir.

Ich lächele. »Ach ja? Warum das denn?«

»Das alles hier, dass ich mit den Hühnern aufstehe und frühstücke wie ein normal funktionierender Mensch ... Früher habe ich viel Zeit damit verbracht, nur faul im Bett herumzuliegen und zu warten, bis es Zeit war, wieder auszugehen.« Er nippt an seinem Kaffee, fängt über den Rand der Tasse hinweg meinen Blick auf. »Ich bin so froh, dass du mich damals nicht gekannt hast.«

»Aber deine Schwester vermisst diese Version von dir noch immer?«

»Sagt sie.«

»Aber warum? Wenn du im Grunde immer mit einem Bein im Gefängnis gestanden hast.«

Er lacht. »Das bringt es ziemlich gut auf den Punkt, ehrlich gesagt. Ich weiß nicht – vielleicht weil sie irgendwie noch immer ... an diesem Ort in der Vergangenheit ist und auf mich wartet.« Er blickt für einen Moment wehmütig, bevor er zu mir zurücksieht. »Es ist schön, dass ich mit dir über dieses Zeug reden kann.«

»Ich bin froh, dass du es tust.«

»Tabitha hat Leuten auf Dinnerpartys immer von meinem Unfall erzählt, als ob es eine amüsante Anekdote wäre. Selbst meine Schwester fand es witzig, für eine Weile. So nach dem Motto: *Wer wird denn schon vom Blitz getroffen?*«

Ich muss unwillkürlich an Jamies Bruder Harry denken.

Könnte es sein, dass er tatsächlich Ashs wahres Geschwisterkind ist?

Nein. Die Idee ist absurd. Aber ich kann dem Drang nicht widerstehen, sie mir durch den Kopf gehen zu lassen.

»Hast du dir je einen Bruder gewünscht?«, sage ich, aber leichthin, als ob ich einfach meine Gedanken treiben lasse.

»Manchmal. Ich meine, nicht wirklich, natürlich nicht. Aber hin und wieder ...«

Ich beuge mich vor. »Red weiter.«

Er zuckt die Schultern. »Jeder fantasiert ab und zu von dem Geschwisterkind, das er nie hatte, oder?«

Der Moment verstreicht. Ich nehme den letzten Bissen von meiner Zimtschnecke. »Absolut. Ich hätte sehr gern jemanden, mit dem ich über meine Mum lästern könnte.«

Ash erzählt mir, dass Gabi ihren derzeitigen Freund auf dem Coachella Festival kennengelernt hat. »Sie sind dieser ... absolut toxische Wirbelwind, nach allem, was ich sehen kann.«

»Das kenne ich«, sage ich mitfühlend, während ich an Leo denken muss.

»Eben. Und ich auch. Aber andererseits ... kommt man da auch wieder heraus.«

»Manchmal ist das nicht so leicht.«

Seine Stirn furcht sich. »Ja. Ich nehm's an. Ich verhalte mich nicht sehr freundlich, stimmt's?«

Ich stoße sein Knie mit meinem an. »Nein, du verhältst dich wie ein Bruder.«

Ich helfe Ash, seine Wohnung stilvoll einzurichten, finde Teppiche, Leuchten und Lampen, Beistelltische, Kissen, Barhocker und Bücherregale. Ich bitte Parveen, ein bisschen erschwingliche Kunst für ihn aufzutreiben. Und ich meide dieses Blatt Papier, das Jamies Handschrift trägt, wie die Pest.

Wir verbringen lange Abende damit, zusammen Wein oder Whisky zu trinken und zu reden, bis der Morgen fast dämmert. Er kocht. Ich schwärme ihm von der *Before*-Trilogie vor, daher sehen wir uns alle drei Teile hintereinander an. Er kommt mit zu meinem Spinningkurs. Wir genießen die Romantik leerer Strände. Wir spielen Poker, worin ich immer eine echte Niete war, obwohl mir ständig gesagt wird, ich hätte ein perfektes Pokerface. Eines Abends, beflügelt von Rum – und seltsamerweise von ein paar Zigarren, die er von einem Bachelor-Wochenende übrig hat und die wir aus Jux zu rauchen beschließen –, entwickelt es sich zu einem Strip-Poker. Und das ist der Abend, an dem mir – mit einer Klarheit, von der ich hoffe, dass sie nicht auf irgendein Halluzinogen in dem Tabak zurückzuführen ist – bewusst wird, dass ich bei diesem Mann absolut keine Hemmungen habe.

Es ist fast, als ob ich ihn seit Jahren kenne.

Ich lerne seine Freunde kennen, und ich fühle mich auf Anhieb wohl mit ihnen. Sie erzählen mir Anekdoten und stellen mir Fragen und umarmen mich am Ende des Abends warmherzig, obwohl wir beim Pubquiz den letzten Platz belegten, was hauptsächlich an meinen falschen Antworten lag (Tsatsiki, die Donau, John Travolta). Ich kann sehen, wie sehr sie sich von dem Haufen unterscheiden müssen, mit dem Ash, wie er sagt, früher abhing. Niemand randalierte oder betrank sich sinnlos oder suchte Streit mit einer Parkuhr oder einem Ex-Boxprofi oder was immer seine Leute früher so alles trieben.

»Ich habe deine Freunde gemocht«, sage ich später zu Ash.

Wir liegen im Bett, schwer keuchend, unsere Haut glänzend von Schweiß. Mein Herzschlag ist ein langer, fließender Rausch in meiner Brust.

»Sie haben dich auch gemocht«, erwidert er und streicht mir die Haare aus dem Gesicht. »Nein, um genau zu sein, haben sie dich *geliebt*.« Und dann hält er meinem Blick stand, als ob er noch etwas anderes sagen will, aber dann überlegt er es sich offenbar anders.

Später, nachdem er geduscht hat und ich ins Bad gehe, sehe ich ein Herz, das auf die beschlagene Duschwand gemalt ist.

Ich weiß, dass er auch meine Freunde kennenlernen will. Ich habe ihm von Lara erzählt, aber die meisten Details habe ich ausgelassen. Er scheint zu spüren, dass es ein schwieriges Thema ist, und hat nicht nachgebohrt.

Aber er ist ein guter Zuhörer. Ich kann endlos über die Arbeit oder Politik oder meine Nachbarn schwafeln, und er versucht nicht ein einziges Mal, mir das Wort abzuschneiden oder das Thema zu wechseln. Ich weiß, dass ich ihm das mit Lara erzählen könnte, wenn ich wollte.

In der Arbeit zu meinem Handy zu greifen, um zu sehen, ob er mir geschrieben hat, wird zu einem Reflex. Ich versuche, es vor Kelley zu verheimlichen, und ertappe mich immer wieder dabei, wie ich auf der Damentoilette auf dem geschlossenen Klodeckel kauere und wie eine Verrückte vor mich hin tippe, in der Hoffnung, dass mich niemand erwischt. Ich habe nicht die Zeit, mich wie ein verknallter Teenager zu benehmen, und doch tue ich es fast zwanghaft.

Parveen entgeht es natürlich nicht. »Ich habe dich noch nie so gesehen. Nicht einmal mit Leo.«

Vor allem nicht mit Leo, denke ich. Es gibt nicht einen einzigen anderen Menschen auf diesem Planeten, für den ich es auch nur ansatzweise riskieren würde, mir Kelleys Zorn zuzuziehen.

Wir werden die Art Paar, dem die Leute auf dem Gehsteig ausweichen müssen. »Mein Gott, sucht euch doch ein *Zimmer*«, bekommen wir öfter zu hören, als wir zählen können.

Wir küssen und berühren uns in Autos und Taxis, an Straßenecken, vor Cafés, in Bars. Eines Abends kommen wir in einem Restaurant so sehr in Fahrt, dass ich ihm auf einmal ins Ohr flüstere: »Triff mich oben.«

Ein perlendes Lachen, bei angehaltenem Atem. »Das ist nicht dein Ernst.«

Ich nicke und schlüpfe von unserem Tisch, versuche, Haltung zu bewahren, während ich zu den Toiletten hochgehe. Ich frage mich, was in mich gefahren ist. Das hier sieht mir *absolut* nicht ähnlich. Wir sind nur zum Dinner ausgegangen. Wir haben nicht die Ausrede, in einem Flugzeug oder unter Amphetamineinfluss zu sein. Warum habe ich mich nicht unter Kontrolle?

Ich denke an ein bestimmtes Gespräch mit Jamie zurück.

Wir hätten es im Restaurant tun können.

Nächstes Mal.

Jamie und ich zogen es letztendlich nie durch. Vielleicht weil wir im Allgemeinen nur dann in schicke Restaurants gingen, wenn wir in Gesellschaft von Jamies Dad waren.

Ein paar Minuten später kommt Ash am oberen Ende der Treppe auf mich zu, wo ich so tue, als würde ich mich in einem Spiegel betrachten. Er lächelt ungläubig, obwohl er weiß, dass das hier wirklich passiert, und er ist auch nicht geneigter als ich, vorzuschlagen, dass wir uns zusammenreißen und uns die Rechnung bringen lassen sollten.

Zum Glück ist die Damentoilette leer und – was von entscheidender Bedeutung ist – sauber, denn das hier ist ein gutes Restaurant (ironischerweise eine Empfehlung von Ashs Boss). Wir steuern auf die hinterste Kabine zu. Zu meiner Erleichterung riecht sie nur angenehm blumig, ein bisschen wie die Parfümerieabteilung in einem Kaufhaus.

In der Kabine lehne ich mich mit dem Rücken gegen die Tür und schließe sie ab, und im nächsten Moment küssen wir uns und beginnen zu fummeln, unsere Lippen und Hände überall. Ich trage ein knielanges Satinkleid mit einem praktischen Stretchanteil. Ash schiebt es mir bis zur Taille hoch, dann wird ein Reißverschluss aufgezogen, und meine Beine liegen um seine Hüften. Als wir anfangen, uns zu bewegen, beginnt irgendetwas – ich habe keine Ahnung, was –, wenig elegant zu quietschen, und wenn jetzt jemand hereinkommen sollte, würde es für diese Person keinen Zweifel an dem geben, was wir hier tun.

Das Vertrauen zwischen uns ist stillschweigend. Ich verlasse mich darauf, dass er seinen Kumpeln nicht in einer Textnachricht von unserem Toiletten-Rendezvous berichten wird; dass es nicht zu einer Anekdote werden wird (außer vielleicht zwischen uns beiden). Ich fühle mich bei ihm nie schüchtern oder verlegen. Er reißt keine Witze, bei denen ich vor Scham am liebsten im Boden versinken würde. Und nach Einbruch der Dunkelheit, wenn ich die Droge, die er für mich ist, am dringendsten brauche, fühlt sich die Verbindung, die wir teilen, einmalig an.

Nur dass ich weiß, dass sie das nicht ist. Einmalig, meine ich.

Jedes Mal, wenn ich mit Ash zusammen bin, versuche ich angestrengt, alle Gedanken an Jamie aus meinem Kopf zu verscheuchen. Aber manchmal – im Allgemeinen, wenn wir kurz vor dem Einschlafen sind, mein Kopf an seiner Brust, unsere Körper ineinander verknotet – ertappe ich mich dabei, wie ich an Jamies Witz denke, dass er zurückkommen würde, um mich heimzusuchen. Und wie ich ihm versicherte, nichts würde je an die physische Verbindung heranreichen, die wir teilten.

Ziemlich bald weiß ich, dass ich Ash von der schmerzlichsten Episode meiner Vergangenheit – abgesehen von Jamies Tod – erzählen muss.
Ich meine, ich *muss* nicht. Ich will. Es ist etwas, was er, denke ich, wissen sollte.
Ich tue es eines Abends, während er einen Satz Karten mischt. Wir trinken beide einen Old Fashioned, was hilft.
»Meinst du, du könntest … eines Tages Kinder wollen?« Es rutscht alles irgendwie unbeholfen heraus, aber ich weiß keine andere Möglichkeit, das Gespräch zu beginnen.
Er sieht von den Karten auf. »Ich meine, irgendwann schon. Ich glaube, ich würde … ein Familienleben wollen, eines Tages. Vermutlich bin ich in dem Punkt ziemlich konventionell.«
»Hast du je … jemanden geschwängert?«
Er räuspert sich, als ob er denkt (oder hofft), dass er sich verhört hat. »Habe ich je was?«
»Jemanden geschwängert?«, sage ich etwas langsamer, während ich ihn im Stillen anflehe: *Denk nach. Denk nach. Denk nach.*
Er beäugt mich zweifelnd. »Ist das … eine Fangfrage?«
»Inwiefern?«
»Bin mir nicht sicher.« Er lacht unbehaglich. »Weißt du irgendetwas, was ich nicht weiß?«
Vielleicht, will ich antworten. Aber ich schaffe es, mich zu beherrschen. »Bin nur neugierig.«
»Nein, hab nie jemanden geschwängert.« Er stößt einen Atemzug aus. »Entschuldige, Teenager-Flashback.«

Ich lächele.

Er wirft mir einen Blick zu. »Meine Eltern waren überzeugt, ich würde irgendwann jemanden schwängern. Oder vielleicht sollte ich besser sagen, sie hatten panische Angst davor. Meine Mum hat sich mindestens einmal die Woche mit mir hingesetzt und mich an Safe Sex erinnert. Mein Dad hat mir immer Schachteln mit Kondomen gekauft.«

»Oh. Das heißt, du warst ...«

»Nein! Sie lagen völlig falsch. Bei meinen ausschweifenden Nächten damals ging es eher darum, sich zu betrinken und herumzublödeln. Keine Legionen unehelicher Kinder dort draußen, versprochen.« Er sieht mich an. »Ich sollte vielleicht besser aufhören zu reden.«

Ich lächele matt. »Ehrlich gesagt ... gibt es etwas, was ich dir sagen wollte.«

Und jetzt purzeln mir die Worte aus dem Mund, und seine Miene verzieht sich teilnahmsvoll, und ich würde so gern wissen, ob ihm das irgendwie bekannt vorkommt, ob er wenigstens ein winziges Gefühl von Erinnerung hat, während ich rede. Ich erzähle ihm, was Jamies Mum getan hat, und von der Fleischwunde dieses Gesprächs, der Narbe, die noch immer da ist, all die Jahre später.

Als ich fertig bin, legt Ash die Karten beiseite. Er nimmt meine Hand und sagt: »Neve, es tut mir so leid.«

Ich verspüre ein verwirrendes Aufflackern von Enttäuschung, als ich sehe, dass in seinen Augen nichts als Verblüffung und Traurigkeit um meinetwillen ist.

Ich erzähle ihm nichts von dem Karton, den ich unter meinem Bett aufbewahre, natürlich nicht. Dem Karton, der noch immer die Andenken an Jamie enthält. Die Karten von *Mamma Mia*. Geburtstags- und Jubiläumskarten. Die Korken von dem Champagner, den seine Mutter uns gekauft hat, an jenem ersten Abend in der Edinburgh Road. Bierdeckel, sogar Parkknöllchen. Antwortblätter von Quizabenden im Pub. Abgerissene Kinokarten. Dinge, die niemandem außer mir etwas bedeuten würden. Und schließlich unseren Schwangerschaftstest, den, der einst zwei winzige und doch unmissverständliche Streifen aufwies.

Kapitel 23

Wir sind bei unserer täglichen Blitzrunde, als Kelley sagt, dass sie nicht zu der Preisverleihungsfeier gehen kann, an der sie am Freitagabend teilnehmen soll, da sie Probleme mit der Kinderbetreuung hat, und ob irgendjemand gern ihren Platz einnehmen würde? Unbehagen macht sich im Raum breit. Blicke werden abgewendet, Arme verschränkt und wieder gelöst. Jedes Jahr sponsert KLI die »Businessperson des Jahres«-Kategorie bei einer örtlichen Business-Preisverleihung, ein Event, an dem die meisten von uns mindestens einmal teilgenommen haben. Aber es ist die Art Veranstaltung, die man eher über sich ergehen lässt als genießt, wegen des unvermeidlichen Small Talks und des Applaudierens für eine schier unendliche Anzahl von Auszeichnungen, bis die Handflächen zu brennen beginnen. Und danach muss man brüllen, um sich über den übereifrigen DJ hinweg Gehör zu verschaffen. Es entspricht niemands Vorstellung von einem schönen Freitagabend, es sei denn, vielleicht, für jemanden, der eben nach einem langen Aufenthalt aus dem Krankenhaus entlassen wurde. Normalerweise freue ich mich über eine Gelegenheit zum Networking, aber ich habe festgestellt, dass das im Allgemeinen weitaus besser bei einem Frühstück geschieht, wo es Gebäck und starken Kaffee und einen festen Endzeitpunkt gibt, zu dem sich jeder mit gutem Grund verziehen kann.

Aber da die Aussicht auf eine Beförderung in meinem Kopf allgegenwärtig ist, hebe ich die Hand und sage: »Sehr gern«, woraufhin Kelley eisig lächelt, da sie gar nicht anders kann.

»Sie werden die Auszeichnung präsentieren«, ruft sie mir in Erinnerung. »Setzen Sie sich noch heute mit den Leuten in Verbindung, stellen Sie sich ihnen vor.«

»Selbstverständlich«, erwidere ich fröhlich und mache mir eine entsprechende Notiz. Auf der anderen Seite des Raums formt Parveen mit Daumen und Zeigefinger eine Pistole und hält sie sich dann langsam an die Schläfe.

Ehrlich gesagt, habe ich noch einen anderen, verlockenderen Grund, weshalb ich Kelleys Platz freiwillig einnehme. Ashs Firma sponsert die »Grünes Business des Jahres«-Auszeichnung, und natürlich, als ich es ihm erzähle, schätzt er, dass er eine Eintrittskarte ergattern kann. Ich rufe ihm in Erinnerung, dass es ein Event mit Smokingzwang ist, und dann verbringe ich den Rest des Vormittags damit, davon zu fantasieren, ihn darin zu sehen.

Trotz ihrer ganzen Spöttelei geht Parveen auch hin, ebenso unser Personalmanagement-Typ und Kelleys Assistentin. Wir teilen uns einen Tisch mit dem Business-Development-Team eines örtlichen Hotels, das zu Späßen aufgelegt scheint. Für eine Preisverleihungsfeier mit einem begrenzten Budget sieht der Saal sogar ziemlich nett aus – viele frische weiße Tischdecken und cremefarbene Blumengestecke in der Mitte der Tische und Kellner in grauen Hemden, die mit Platten und Flaschen sanft durch den Raum schweben.

Parveen zieht die Augenbrauen hoch, als ich unseren Tisch erreiche. »Wow.«

»Ist das ein Kompliment?«

»Aber ja, natürlich. Du siehst umwerfend aus.«

»Du auch.« Parveen trägt ein langärmeliges Paillettenkleid aus blauem Chiffon, das weitaus eleganter ist als das Kleid, das ich ausgewählt habe.

Es ist dasselbe, das ich vor Jahren getragen habe, auf meinem Trip nach London in jenem ersten Sommer, um Jamie zu besuchen. Klein, schwarz, kühn. Ich stand vorhin eine halbe Ewigkeit vor dem Spiegel, bevor ich das Haus verließ, und betastete den Rüschenstoff des Kleids mit Daumen und Zeigefinger, während ich an den Tag zurückdachte, an dem Lara mit mir shoppen ging und darauf bestand, dass ich dieses ganze Geld dafür hinblätterte. Selbst heute glaube ich nicht, dass ich so viel Geld für ein Kleid ausgeben würde. Aber damals war es mir egal.

»Ist es zu viel?«, frage ich Parveen, während ich mich rasch setze.

Parveen lächelt und schnappt sich eine Flasche Weißwein aus einem Weinkühler. Sie füllt mein Glas. »Ich will ja keine schlechte Feministin sein, aber wir wissen beide, dass du dieses Kleid nur Mr. Heartwell zuliebe trägst. Und glaub mir – er wird es *lieben*.«

Ich gebe ihr einen verspielten Klaps mit meiner Clutch. »Du irrst dich. Und kannst du bitte aufhören, ihn so zu nennen? Das klingt, als ob er ein Geografielehrer ist.«

Sie stellt die Flasche zurück in den Weinkühler. »Im Moment bin ich richtig eifersüchtig. Alle schwärmen für Ash. Und ich möchte wetten, er sieht auch im Smoking heiß aus. Maz sieht in seinem immer aus wie ein etwas tollpatschiges Mitglied eines Kammerorchesters.«

Ich lächele, kurz davor, ihr in Erinnerung zu rufen, dass das mit Ash und mir noch früh ist. Dass wir, objektiv betrachtet, noch kaum angefangen haben. Aber irgendwie weiß ich schon jetzt, dass das eine Lüge wäre.

Ungefähr zehn Minuten später fange ich seinen Blick auf, als er zu seinem Tisch geht und Kollegen begrüßt. Wir tauschen ein Lächeln, und ungefähr dreißig Sekunden später treffen wir uns in der Mitte des Saals. Die Preisverleihung ist noch nicht im Gange, und alle schlendern noch immer herum. Ich weiß, dass es das ist, was ich auch tun sollte – Networking betreiben und Kontakte knüpfen und Komplimente machen. Aber alle Hoffnung in dieser Hinsicht ist verloren, denn der Mann, der vor mir steht, ist eine viel zu große Ablenkung.

»Ein Smoking steht dir«, murmele ich ihm ins Ohr, als wir uns einen Luftkuss geben.

»Und dieses Kleid steht dir. Du siehst unglaublich aus. Ich habe dich vermisst.«

Ich lächele. »Seit gestern?«

Er sieht mich auf eine Art an, die er sich normalerweise für dunkle Ecken in Bars aufhebt, die gebannten Sekunden, bevor wir uns küssen. »Ja, ehrlich gesagt. Es wird immer schwerer, von dir getrennt zu sein.«

Ich versuche, mir den Gedanken zu verkneifen, wie ich ihn später heute Abend ausziehen werde, und sage ihm, dass ich stellvertretend für Kelley eine Auszeichnung präsentiere, was den ganzen Abend über ein tadelloses Benehmen erfordert.

»Wie – kein Knutschen auf der Tanzfläche?«

»Nein.«

»Oder heimliches Verschwinden auf die Toilette?«

»Nur wenn du willst, dass ich gefeuert werde.«

Er tritt noch einen Schritt näher. »Wirklich? Das ist ja schade«, murmelt er mir ins Ohr.

Ich spüre das Kribbeln des Verlangens tief in meinem Bauch.

»Das alles hier erinnert mich, ehrlich gesagt, an den ersten Abend, an dem ich dir begegnet bin.«

Ich lächele, spüre die Hitze seiner Handfläche an meinem Rücken. »Ach ja?«

»Ja. An dem Abend konnte ich den Blick nicht von dir abwenden. Und auch sonst niemand. Sie wollten alle in deiner Nähe sein. Das tun sie immer.«

Ich präsentiere die Auszeichnung stellvertretend für Kelley, und alles läuft wie am Schnürchen, bis die Preisträgerin – die Inhaberin eines rein weiblichen Recruitment-Consulting-Unternehmens – Stichwortkarten zückt, um eine Dankesrede zu halten, die besser zu den Oscars als zu einer regionalen Business-Preisverleihung passen würde. Ich verpasse den richtigen Moment, um die Bühne zu verlassen, und stehe letztendlich verlegen neben ihr, während sie noch immer schwafelt, und weiß nicht, ob ich bei jeder kleinen Wendung ihrer Geschichte begeistert nicken oder unbeteiligt ans Ende des Raums starren soll, als ob ich ihr persönlicher Begleitschutz wäre.

Danach legt der DJ los, und alle fangen an, sich zur Tanzfläche zu begeben. Ich kann sehen, wie Ash aufsteht, einen Drink in der Hand, und hoffe, dass er zu mir kommt. Natürlich, ich bin keine Shakira, das ist niemand, aber ich habe mir inzwischen genug Wein hinter die Binde gekippt, um zu glauben, dass ein kurzer Tanz mit meinem – Date? Freund? – vielleicht nicht die schlechteste Idee der Welt wäre. Ich bin sicher, wir können sauber bleiben. Ohne uns unsittlich zu verrenken oder aneinander zu reiben. Wir sind keine Tiere.

Aber während Ash auf mich zukommt, beginnt mein Handy zu klingeln. Ich stöhne innerlich auf, als ich die Nummer meiner Mutter sehe. So spätabends ruft sie nur an, wenn sie eine Krise hat oder einen Gefallen braucht.

»Mum?« Ich versuche angestrengt, sie über die Musik hinweg zu hören.

Aber am anderen Ende der Leitung ist eine männliche Stimme.

»Mutter ... Taxi ... Adresse.«

»Entschuldigung? Was? Augenblick.«

Ich finde die nächstbeste Tür und drücke sie auf. Die Musik verhallt zu einem leisen Wummern, als ich in die Stille des Korridors hinaustrete. »Hallo?«, sage ich noch einmal, voller Angst, dass es die Polizei ist. Ich bete, dass das ganze Drama mit Bev nicht irgendwie wieder hochgekocht ist.

»Ich habe Ihre Mutter hier bei mir im Taxi. Sie ist sehr ... Sie hatte viel zu trinken, und sie kann sich nicht an ihre Adresse erinnern. Sie hat mir Ihren Namen genannt und gesagt, Sie würden sie wissen. Ich habe mir ihr Handy geborgt.«

Ich lehne mich gegen die Wand neben mir und seufze einmal tief auf. Es ist nicht das erste Mal, dass das passiert. Ich nenne ihm Mums Adresse. »Es tut mir so leid. Können Sie ihr sagen, dass ich da sein werde, so schnell ich kann?«

»Geht klar.« Er legt auf, dem Tonfall nach leicht irritiert davon, dass sich eine Frau mittleren Alters in seinem Taxi als stressiger erwiesen hat als ein Haufen verschwitzter Teenager nach einem Clubbesuch mit Kebabs in den Händen.

Ich spüre eine Hand auf meiner Schulter und zucke zusammen.

»Entschuldige.« Ash blickt besorgt. »Ich habe gesehen, dass du rausgegangen bist. Ist alles okay?«

»Es ist wegen meiner Mutter. Mum. Sie ist ... Na ja, sie hatte ein bisschen zu viel zu trinken, glaube ich.«

»Geht es ihr gut?«

»Äh, ja. Ich glaube schon. Aber ich sollte vermutlich gehen und nach ihr sehen.«

»Ich komme mit.«

»Das musst du nicht.«

»Aber ich will. Ich komme mit.«

Ich sehe ihn einen Moment an, entschlossen abzulehnen. Ausgeschlossen, dass ich meine Mutter in diesem Zustand jemandem zumuten werde, den ich wirklich, wirklich mag. Andererseits. Wenn Ash wirklich irgendetwas mit Jamie zu tun hat, dann wäre es vielleicht eine gute Idee, die beiden miteinander zu konfrontieren. Wird es nicht irgendeinen Funken von Wiedererkennen geben, zumindest von einem der beiden? Irgendeinen Anhaltspunkt dafür, dass ich doch nicht dabei bin, den Verstand zu verlieren?

»Na ja«, sage ich. »Wenn du dir ganz sicher bist. Meine Mutter ist ... Na ja, sie ist ein Fall für sich.«

»Das ist schon okay. Die meisten Eltern haben ihre Schrullen.«

Ich lächele. Es ist nett gemeint, aber »schrullig« ist nicht ganz der richtige Ausdruck für die jahrelange lustlose Elternschaft, die Abfolge grauenhafter Männer, die Polizei, das Kontaktverbot. Meine Mutter ist, was passiert, wenn Schrullen selbstzerstörerisch werden.

Draußen, während wir im Dunkeln des Parkplatzes auf unser Taxi warten, legt Ash mir eine Hand auf den Rücken. Irgendwann lässt er sie zwischen meinen Schulterblättern kreisen, genau wie Jamie es früher getan hat, und trotz der Wärme der Geste spüre ich, wie ich erstarre.

»Geht es dir gut?«, fragt er. »Ist dir kalt?«

»Alles okay«, stoße ich mühsam hervor. Aber im Stillen denke ich: *Das hat Jamie immer gemacht. Genau dort, genau so.*

Kapitel 24

»Verurteile mich nicht«, flüstere ich, als ich beim Haus meiner Mutter den Schlüssel ins Schloss stecke.
»Wofür?«
»Dafür, wie meine Mum ist.«
»Du bist nicht deine Mum, Neve.«
Das stimmt, aber trotzdem. Ich weiß, wie leicht man jemanden wegen seiner Familie verurteilen kann.
Wir gehen hinein und durch ins Wohnzimmer. Mum sitzt zusammengerollt auf dem Sofa, im Dunkeln, zum Glück vollständig bekleidet, in einem langen Paillettenkleid und Heels, halb zugedeckt mit einem Kaschmirumhang. Die Deckenleuchten hier drinnen funktionieren nicht, daher schalte ich die House-of-Hackney-Stehlampe ein, die ich ihr vorletztes Jahr zu Weihnachten geschenkt habe und die noch immer eine funktionierende Glühbirne hat.
»Mum.« Ich kauere mich neben sie, sodass die Dielenbretter knarren. Ash bleibt in einem respektvollen Abstand hinter mir im Türrahmen stehen. Ich nehme den Geruch von starkem Parfüm und Alkohol wahr, aber nichts, was an ihren Mageninhalt erinnert, Gott sei Dank. »Geht es dir gut?«
Ihre Augen gehen flatternd auf. Ihre Haare sind zu einem riesigen Knoten hochgesteckt, der mit einer, wie es scheint, ganzen Dose Haarspray gebändigt wurde. Sie riecht noch immer leicht entflammbar. »Neve?«

»Was ist passiert?«

»Oh«, sagt sie, und ihre Augen gehen langsam wieder zu. »Viel Lärm um nichts.«

»Der Taxifahrer hat gesagt, du konntest dich nicht an deine Adresse erinnern.«

»Ich habe ihm gesagt ... altersbedingter Aussetzer ... kein Grund für das ganze ...«

Der Großteil ihres Make-ups ist in die Falten ihres Gesichts gesickert. Ihre Zähne haben ein paar dunkelrote Flecken, und im ersten Moment denke ich, dass es geronnenes Blut ist, bevor mir klar wird, dass es Lippenstift ist.

Ich sehe Ash an und zucke leicht die Schultern. Er antwortet mit einem unterstützenden Lächeln.

»Mum, wie viel hattest du zu trinken?«

»Keine Ahnung.«

»Wir müssen dich ins Bett bringen.«

Sie schlägt die Augen wieder auf, dann sieht sie in Ashs Richtung und lächelt. »Hallo, Jamie.«

Der Magen rutscht mir in die Kniekehlen. »Mum, das ist nicht ...«

»Was tut Jamie denn hier?«

»Nein, Mum, das ist ... das hier ist Ash. Er ist ...« Ich sehe zu ihm zurück, und er schenkt mir noch ein aufmunterndes Lächeln. Ein *Sag einfach, was du sagen musst*-Lächeln. »Er ist ein Freund.«

»Freut mich, Sie kennenzulernen, Daniela«, sagt er leise, geduldig.

»Sind Sie mein Taxifahrer?«

»Nein, Ash ist ein Freund von mir. Er ist Architekt, Mum.«

»Jamie ist Architekt.«

Panik flackert in meiner Brust auf. Vielleicht war es eine

idiotische Idee, Ash hierherzubringen. Ich erinnere mich, wie seltsam Mum immer zu Jamie war. Wie peinlich es sich jedes Mal anfühlte, wenn die beiden zusammen in einem Zimmer waren.

»Möchten Sie vielleicht ein Glas Wasser?«, fragt Ash. Ohne eine Antwort abzuwarten, verschwindet er in die Diele, und ich höre, wie er in den hinteren Teil des Hauses durchgeht. Meine Panik legt sich ein klein wenig.

»Ist das erste Mal, dass Jamie sich nützlich macht«, lallt Mum mit einem wilden, übertriebenen Augenzwinkern in meine Richtung. Mir ist absolut schleierhaft, was sie damit andeuten will.

Ich hole ein paarmal tief Luft, um mich zu wappnen. Sie ist viel zu betrunken, um es nach oben zu schaffen, daher hole ich stattdessen eine Decke, ziehe ihr ihre Heels aus und helfe ihr in die stabile Seitenlage. Wird das heutzutage überhaupt noch empfohlen? Ich hole eine Zierschale von einem Regal – etwas, das sie vor Jahren in einem Türkeiurlaub erfeilscht hat – und entscheide, dass es, wenn sie morgen aufwacht und feststellt, dass die Schale voller Kotze ist, ihre Strafe sein kann.

»Duke ist mit seiner ›Ehefrau‹ wieder da.« Sie setzt das Wort mit den Fingern in Anführungszeichen – auch wenn ich mir nicht sicher bin, warum, denn man kann wohl davon ausgehen, dass der Mann es sich nicht ausgedacht hat, verheiratet zu sein.

Meine Ungeduld weicht Mitleid. Denn trotz allem weiß ich, dass Mums Herz zu zerbrechlich ist, um irgendein Arschloch zu daten, das denkt, dass Eheringe nur optional sind. Erst recht ein Arschloch mit einem Spitznamen, der besser zu einem Achtzigerjahre-Pornostar passt.

»Dann hat er dich nicht verdient«, flüstere ich. Ich kauere mich neben sie und drücke sanft ihren Arm.

Ash taucht mit einem großen Glas Wasser und etwas Paracetamol wieder auf, stellt beides zwischen den Zeitungen und schmutzigen Bechern auf den Couchtisch.

»Danke, Jamie«, sagt Mum mit der tiefen Aufrichtigkeit stark Betrunkener. Sie sieht zu ihm hoch, rollt mit den Augen in einem Versuch, ihn besser zu erkennen. »Ist es in Ordnung, wenn ich dich Jamie nenne?«

»Nein«, sage ich scharf, »das ist es nicht.«

Er streckt eine Hand aus, um meine Schulter zu berühren, und haucht: »Es ist okay, wirklich.«

Ich erhebe mich. »Ich bleibe besser bei ihr.«

Eine Sekunde verstreicht. »Ich kann auch bleiben. Wenn du willst.«

»Hier?«

»Ja, wenn ... wenn das okay ist.«

Ich sehe auf Mum hinunter. Sie hat die Augen jetzt geschlossen, und ihr Atem wird schwer.

Mir wird bewusst, dass ich erleichtert bin. Ich will nicht, dass er geht. »Nur wenn es dir nichts ausmacht.«

Er legt einen Arm um mich, und mein Herz entspannt sich.

Meine Schlafzimmertür ist vermutlich nicht mehr geöffnet worden, seit ich das letzte Mal hier war, und drinnen herrscht dieser typische Geruch verschlossener Zimmer. Ich stürze sofort ans Fenster und reiße es auf, lasse einen Schwall warmer Nachtluft und das leise Rauschen des Verkehrs auf der Earlham Road herein.

»Es ist ein wunderschönes Haus«, sagt Ash und setzt sich auf den Rand der abgezogenen Einzelmatratze.

»Na ja, das könnte es sein. Oder sollte es sein. Sie lässt es mich nicht anfassen. Das ist ihre spezielle Art, mich zu quälen. Was würdest du damit tun?«, frage ich lächelnd.

»In architektonischer Hinsicht? Wenn es an mir wäre ... nicht viel, ehrlich gesagt. Ein paar kleine Veränderungen, wenn überhaupt. Ich würde vielleicht die Aussicht auf den Garten von der Küche aus ein bisschen anders umrahmen. Den unteren Teil der Rückansicht neu gestalten, einen schöneren Platz für ein geselliges Beisammensein schaffen.«

Ich lache leise auf. »Ich glaube nicht, dass meine Mutter zu noch mehr Geselligkeit ermuntert werden muss.«

»War das hier dein Schlafzimmer?«

Ich nicke. »Es hat sich nicht viel verändert, seit ich ein Kind war.«

»Ein Timberlake-Fan«, bemerkt er anerkennend mit einem Nicken zu meinen Postern.

Hin und wieder versuchte Jamie sich an den Tanzschritten, um mich zum Lachen zu bringen, und es war so schlimm, dass ich ihm jedes Mal damit drohte, ihn zu verlassen. »Ich meine, wer ist das nicht?«

»Da hast du allerdings recht.« Er lehnt sich zurück, auf die Arme gestützt, und lächelt, sieht in seinem Smoking vom Scheitel bis zur Sohle aus wie 007. »Und das hier ist Lara?«

Ich folge seinem Blick zu den Fotos, die noch immer hartnäckig an der Wand kleben. Auf jeder einzelnen Aufnahme drücken wir uns fest aneinander, unsere mageren Arme umeinandergelegt. Eines zeigt uns in diesem Haus hier, unten in der Küche. Eines auf zwei Campingstühlen in einem Wohnwagenpark in Devon. Eines in der Schule, an unserem allerletzten Tag, die weißen Blusen mit Botschaften von unseren Freunden bekritzelt. Wir strecken die Zungen heraus, und aus irgendeinem Grund sind sie grün verfärbt, aber ich kann mich nicht mehr erinnern, wovon. »Ja. Das ist sie.«

»Ihr seht aus, als ob ihr euch nahesteht.«

»So war es auch. Wir waren ... unzertrennlich.« Und dann, bevor er noch mehr Fragen stellen kann, sage ich überstürzt, in dem Wissen, dass ich ansprechen muss, was unten passiert ist: »Es tut mir übrigens leid. Dass meine Mum dich Jamie genannt hat. Sie ist nur betrunken.«

Er nickt. »Ich weiß.« Aber ich frage mich, ob seine Augen sagen: *Bist du nur deshalb mit mir zusammen, weil ich dich an ihn erinnere?*

Ich bin mir sicher, dass es das ist, was er mich an jenem Tag am Strand fragen wollte.

Aber ich kann ihm nicht sagen, dass er weitaus mehr tut, als mich an Jamie zu erinnern. Dass all die Geschichten über Seelenwanderung, die ich im Internet gelesen habe, und die unzähligen Ähnlichkeiten zwischen Ash und Jamie – viel zu viele, um Zufall sein zu können – noch immer in meinem Hinterkopf herumspuken.

Und jetzt hat meine Mum – auf der Grundlage eines zweisekündigen Gesprächs – die Verbindung ebenfalls hergestellt. Und ja, sie ist durchgeknallt und betrunken und im Allgemeinen so zuverlässig wie ein Hubschrauber im Nebel. Aber wie kann ich ignorieren, dass es das Erste war, was sie sagte, unaufgefordert; das Erste, was sie dachte, als sie ihn sah?

»Erkennst du dieses Kleid wieder?«, frage ich ihn.

»In welcher Hinsicht?«

»Kannst du dich erinnern ... es je zuvor gesehen zu haben, vor heute Abend?«

Es ist die gleiche Frage, die ich ihm stellen wollte, als ich ihm von dem Baby erzählte, und als wir eben in dieses Zimmer kamen. *Kommt dir diese Erinnerung in irgendeiner Weise bekannt vor?*

Er starrt mich noch ein paar Augenblicke an, bevor sich seine Miene zu einem Lächeln verzieht. »Ich meine, ich liebe es, wenn das deine Frage ist.« Von seinem Platz auf dem Rand der Matratze streckt er die Hände aus und legt sie mir an die Hüften.

»Warum fragst du? Hat irgendjemand Berühmtes es getragen oder so?«

»Das heißt, du meinst, du könntest es tatsächlich schon mal gesehen haben?«

»Dir steht es *weitaus* besser als jedem Promi, der mir einfallen könnte.« Er versteht mich völlig falsch, gleitet mit einer Hand zum Saum des Kleids und beginnt dann, es hochzuschieben, rafft den Stoff über meinen Schenkeln zusammen. Langsam beginnt er, meine Strumpfhose herunterzurollen, den Blick die ganze Zeit fest auf meinen geheftet.

Aber als ich kurz davor bin, die Augen zu schließen und von dieser Erde zu schweben, spüre ich, wie er zögert und einen Atemzug ausstößt. »Entschuldige, Neve. Ist das nicht ein bisschen ... seltsam, mit deiner Mum unten?«

»Nein. Nein, überhaupt nicht. Das wäre ihr egal. Sie würde das Gleiche tun.« In dem Punkt bin ich mir hundertprozentig sicher.

»Du hast heute Abend richtig gut ausgesehen, weißt du, dort oben auf dieser Bühne«, murmelt er, während er seine Aufmerksamkeit wieder meinen Beinen, meinem Kleid zuwendet. »CEO würde dir gut zu Gesicht stehen.«

Ich lächele, obwohl es mir schwerfällt, mich voll zu konzentrieren. »Kelley wird nirgends hingehen.«

»Du könntest ein Konkurrenzunternehmen gründen.«

»Niemals. Sie würde mich vernichten.«

Er schweigt einen Moment. »Nur damit du es weißt, das hier ist nicht meine Vorstellung von dreckigem Reden.«

Ich sehe zu ihm hinunter und ziehe eine Augenbraue hoch. »Aber Ehrgeiz macht dich scharf.«

Er lacht. »So habe ich es eigentlich noch nie gesehen, aber ... ja. Ich nehm's an.« Er beugt sich vor, um meinen Bauch zu küssen, beginnt wieder, mein Kleid hochzuschieben. Er zieht meine Strumpfhose nur gerade weit genug herunter. Ich versuche angestrengt, mich auf den Beinen zu halten, klammere mich an seinen Schultern fest. Auf einmal ist das Zimmer so still wie eine Höhle. Ich kann nur meinen eigenen abgehackten Atem hören, die versagenden Bremsen meines Herzschlags.

»Ash«, stoße ich mühsam hervor, während seine Finger sich langsam meiner Unterwäsche nähern, »kann ich dich etwas fragen?«

»Ja«, keucht er, »ja, alles, was du willst.«

»Hast du das Gefühl, du bist ihr schon mal begegnet?«

Seine Hände halten inne. Er lehnt sich zurück und sieht zu mir hoch. »Wem?«

»Meiner Mum.«

»Was?«

»Kommt sie dir ... bekannt vor?«

Er schüttelt den Kopf. »Ähm, Neve, ich weiß, ich habe damit angefangen, aber ... meinst du, wir könnten vielleicht damit aufhören, über deine Mum zu reden?«

An diesem Punkt halte ich endlich den Mund, um ihn zu Ende führen zu lassen, was er angefangen hat.

Und die ganze Zeit, wie ich es bereits geahnt hatte, besteht er darauf, dass ich das Kleid anbehalte.

Kapitel 25

Damals

Lara ging mit jemandem. Sam. Sie hatte ihn im Laufe des Sommers kennengelernt, während ihres Praktikums. Er war ein paar Jahre älter als sie, arbeitete in der Prothetik für Film und Fernsehen. Vielleicht hatte sie gehofft, einen guten Kontakt zu knüpfen, oder vielleicht mochte sie ihn einfach, weil sie ein paar Dinge gemeinsam hatten. Vielleicht war es ein bisschen was von beidem. Sie waren ein paarmal zusammen ausgegangen. Noch nichts Ernstes, soweit ich wusste – auch wenn sie noch nie so viele Dates mit einem einzigen Typen gehabt hatte. Vielleicht war da also doch mehr dran.

Jedes Mal, wenn sie von ihm zurückkam – er lebte in einer Wohngemeinschaft in einem Haus oben in Pottergate –, schlüpften wir beide in ihr Bett, mit Bechern mit Tee, und sie erzählte mir alles.

An jenem Morgen hörten wir Coldplay. Jamie telefonierte bereits mit seiner Mum, um sie wegen weiß Gott was zu beschwichtigen.

»Er lacht nicht viel«, sagte Lara naserümpfend über Sam. »Nimmt sich selbst sehr ernst. Und er trägt im Bett T-Shirts.«

»Na und?«

»Mein *Dad* trägt im Bett T-Shirts.«

»Aber er ist heiß. Sam, meine ich«, stellte ich rasch klar.
»Ich weiß. Es ist richtig ärgerlich.«
Neben mir lag ihre blonde Mähne wie die einer Meerjungfrau ausgebreitet auf dem Kissen. *Sie ist so schön*, dachte ich. Ich hoffte, dass Sam das Gleiche dachte, wenn er sie ansah.
»Neve, bist du eigentlich je besorgt … dass du dich zu früh gebunden hast?«
Ich starrte sie verblüfft an. Lara stand Jamie fast ebenso nahe wie ich. »Nein. Was denn? Warum sollte ich?«
Sie zuckte die Schultern. »Ich weiß nicht. Weil jeder Fehler hat? Selbst der heilige Jamie.«
Ich verdrehte die Augen. »Ich habe nie gesagt, dass er perfekt ist.«
»Aber du denkst es.«
»Nein, das tue ich nicht.«
»Okay. Nenn mir eine Sache an ihm, die … nicht perfekt ist.«
Ich musste wirklich angestrengt nachdenken, bevor ich zu dem Schluss kam, dass Jamie vielleicht, manchmal, ein klein wenig stur sein konnte. Zum Beispiel, wenn er wusste, dass ihm eine bestimmte Fernsehsendung nicht gefallen würde, bevor er sie überhaupt gesehen hatte. Oder wenn er sich weigerte, indisches Takeaway zu bestellen, wegen einer einzigen schlechten Erfahrung mit einem zu scharfen Jalfrezi.
»Ich warte«, sagte Lara.
»Okay. Manchmal kann er … ein bisschen stur sein.«
Sie verdrehte die Augen. »Das ist nicht nicht perfekt. Das ist eine Superpower. Glaub's mir.«
»Stur zu sein, ist dein fataler Fehler, und das weißt du.«
»Egal. Das ist alles? Das ist allen Ernstes das Schlimmste, was dir einfällt?«

»Du hast mich gebeten, eine Sache an ihm zu nennen, die nicht perfekt ist, nicht das Schlimmste.«

Der Morgen drang durch einen Spalt in den Vorhängen, ein langsames, buttermilchartiges Tröpfeln von Tageslicht.

Sie nippte an ihrem Tee. »Na schön. Was ist das Schlimmste an ihm?«

»Vermutlich sein Dad.« Ich hatte ein schlechtes Gewissen, schon während ich es sagte. »Ich kann seinen Dad einfach nicht ausstehen.«

»Wow, ihr zwei seid ja wirklich himmelschreiend skandalös, stimmt's?«

Ich streckte ihr die Zunge heraus. »Ich kann auch nichts dafür, dass er der beste Mensch aller Zeiten ist.«

»Okay, geh mir aus dem Weg. Ich glaube, ich muss gleich kotzen.«

Später dachte ich darüber nach. Warum hatte ich mich von Lara dazu verleiten lassen, über Jamie herzuziehen, auch wenn es eigentlich nur sein Dad war, den ich kritisiert hatte? Trotzdem, als ich mich an jenem Abend im Bett an ihn kuschelte, hatte ich Schuldgefühle, weil ich nicht so loyal gewesen war, wie ich hätte sein können. Ich hätte einfach sagen können: *Mir fällt nichts ein. Er ist perfekt.*

Am nächsten Nachmittag ging Jamie rasch etwas Brot und Milch kaufen. Er ließ sein Handy auf dem Couchtisch im Wohnzimmer liegen. Ich warf nur einen kurzen Blick darauf, als es mit einem Anruf aufleuchtete. Vermutlich seine Mum.

Aber es war nicht seine Mum. *Heather,* lautete der Name auf dem Display.

Bis heute ist es mir ein Rätsel, warum ich überhaupt rangegangen bin. Warum ich dachte, es stünde mir auch nur annähernd zu abzunehmen.

»Hallo?«

Ein Atemzug des Zögerns. Ich war mir sicher, wenn ein Ausrutscher ein Geräusch hatte, dann war es das.

Dann fragte sie nach Jamie, mit einer Stimme, die so kühl und glatt wie Sahne war.

»Tut mir leid. Er ist im Moment nicht da. Kann ich etwas ausrichten?«

»Nein, schon gut. Danke.« Und dann legte sie auf.

Ich weiß nicht, warum mich dieser Anruf so beklommen machte. Ich blieb, wo ich war, auf dem Sofa, das Telefon ein Totgewicht in meiner Hand.

Jamie hatte nie jemanden namens Heather erwähnt.

»Heather hat angerufen«, sagte ich, als er zurückkam. Ich weiß nicht, warum ich es sagte, als wäre sie jemand, den wir beide kannten. Die Worte platzten mir über die Lippen, bevor er auch nur die Hintertür geschlossen hatte.

Ich hörte, wie er seine Schlüssel auf den Küchentresen warf, das Brot und die Milch wegräumte. Dann rief er: »Ach ja? Okay. Danke.«

»Ich bin rangegangen ... weil ich dachte, es könnte etwas Wichtiges sein.«

Er schlenderte ins Wohnzimmer, legte seine Brieftasche auf den Couchtisch. Er nickte, schien aber nicht interessiert, das Telefon von mir entgegenzunehmen. Er gab keinen weiteren Kommentar ab, schien völlig gleichgültig.

»Sie wollte keine Nachricht hinterlassen.«

Er nickte wieder. Ich bemerkte, dass seine Wangen gerötet vom Laufen waren. Oder war er ein wenig nervös? »Lust auf den Pub?«

»Okay.« Ich holte einmal Luft, reichte ihm das Telefon. »Wer …? Wer ist sie? Heather.«

Er begann zu scrollen, ich konnte nicht sehen, wohin. »Ach, nur jemand von A&L.«

Archibald & Leicester, die Firma in London, bei der er den Sommer über gearbeitet hatte.

Ich wartete.

Er sah auf. »Alles okay?«

»Ja, ich habe mich nur … gefragt, wer Heather ist, das ist alles.«

Er legte die Stirn in Falten. »Das habe ich dir doch eben gesagt. Jemand, mit dem ich bei A&L zusammengearbeitet habe.«

»Du hast sie nie erwähnt.«

Eine Sekunde verstrich. Anspannung klebte wie Schweiß in dem Raum zwischen uns. »Warum sollte ich?«

»Ich weiß nicht … weil du ihre Nummer in deinem Handy gespeichert hast?«

»Na ja, sie war meine Mentorin, daher hat sie sie mir gegeben.«

Ich konnte spüren, wie meine Haut kribbelte. Ich neigte nicht zu Eifersucht, noch nie. Es wäre mir nicht im Traum eingefallen, Jamies Anrufe zu überwachen oder seine Freundschaften oder sonst irgendetwas. In den letzten Tagen mit meinem Dad hatten wir alle unter der zerstörerischen Flut der Anschuldigungen meiner Mutter gelebt, jede wilder und verheerender als die davor. Es war schwer mit anzusehen, und ich hatte mir geschworen, niemals so zu werden.

Und doch. Irgendein neuer Reflex zwang mich, tiefer nachzubohren.

»Aber wie kommt es, dass du … sie nie erwähnt hast? Wenn sie deine Mentorin war, meine ich.«

Jamie zuckte die Schultern. »Ich hatte kaum etwas mit ihr zu tun. Sie hat ihre Rolle als Mentorin nicht sehr ernst genommen, ehrlich gesagt.«

»Warum ruft sie dich dann an?«

»Ich habe keine Ahnung, Neve.«

»Bist du nicht neugierig?«

»Nicht wirklich.«

Meine Eingeweide verkrampften sich entnervt. Welcher aufstrebende Architekt bekommt denn einen unerwarteten Anruf von der Firma, bei der er den Sommer über gearbeitet hat – einem angesehenen Architekturbüro –, und behauptet dennoch, nicht im Geringsten neugierig zu sein, warum?

»Was, wenn sie anruft, um dir einen Job anzubieten?«

»Heather ist nicht weit genug oben, um mir einen Job anzubieten. Und ich wäre ohnehin nicht interessiert. Ich will nicht nach London ziehen. Das habe ich dir doch gesagt.«

Er klang so lässig, so verwirrt von meiner offensichtlichen Besorgnis. Aber ich konnte es einfach nicht begreifen – warum sie in seinem Handy gespeichert war, warum sie anrief, warum es ihn offenbar gar nicht interessierte, was sie wollte. »Willst du sie nicht zurückrufen?«

Er stöhnte auf. »Neve. Vielleicht später. Komm schon, gehen wir jetzt in den Pub oder nicht?«

Die Sache war die, ich vertraute ihm. Er hatte mir nie einen Grund gegeben, es nicht zu tun. Ich wusste, wie Affären aussahen – wie sie klangen und rochen und sich anfühlten. Ich würde es wissen, wenn er etwas zu verbergen hätte. Daher entschied ich, es in meinen Hinterkopf zu verbannen. Heather war seine Mentorin, das war alles. Heather war seine Mentorin – aber ich war seine Freundin, und wir waren verliebt.

Kapitel 26

Jetzt

Lara schlägt ein Dinner in einem Thailokal in Tombland vor. »Ich will Ash kennenlernen. Und du kannst Felix besser kennenlernen.«

Wieder sagt mir mein Instinkt, ihre Einladung anzunehmen und auszuschlagen, beides auf einmal. Ich habe keine Ahnung, wie ich mit dem Bedürfnis, sie einerseits zu lieben und andererseits zu verurteilen, umgehen soll.

Aber ich erkläre mich einverstanden, zum Teil weil ich das Gebäude des Restaurants immer bewundert habe. Es befindet sich neben dem Portal aus dem dreizehnten Jahrhundert an der Südseite der Kathedrale. Es steht unter Denkmalschutz, und Gebäude-Fans lieben an ihm das Mansardendach und die Zierfliesen, die Gaubengiebel und Pfostenfenster. Auf dem Kopfsteinpflaster vor dem Gebäude stehen außerdem Laternenpfähle, bei denen man immer ein bisschen das Gefühl hat, in der Zeit zurückzureisen, wenn man hierherkommt. Ich nehme an, heute Abend tue ich das in vieler Hinsicht.

Drinnen herrscht reger Betrieb, aber Lara hebt eine Hand, sodass wir sie sofort entdecken. Sie steht auf, als wir den Tisch erreichen. Ihre engelsblonden Locken fallen ihr locker ums

Gesicht, berühren ihre Schultern. Sie trägt die engste Jeans, die ich, glaube ich, je gesehen habe.

Vor ein paar Abenden habe ich Ash erzählt, warum Lara und ich uns überworfen haben. Er hörte still zu und sagte dann: »Na ja, ich finde es toll, dass ihr es geschafft habt, das hinter euch zu lassen.«

Ich wusste nicht, was ich darauf erwidern sollte.

»Wein?«, fragt Ash, nachdem wir alle Hallo gesagt und Platz genommen haben. Lara hat Ash ein Kompliment zu seinem Hemd gemacht, und Felix hat uns von ihrem Taxifahrer erzählt, der auf dem Weg hierher jede rote Ampel überfahren und schließlich um ein Haar einen Bus von hinten gerammt hat. »Felix, Lara – Rot, Weiß, Rosé? Oder Bier?«

»Ehrlich gesagt«, sagt Felix, »nur Mineralwasser für uns. Wir entgiften im Moment.«

»Wovon?«, frage ich, während ich zwischen ihm und Lara hin- und hersehe.

»Ein Hauch zu viel schnelles Leben«, erwidert er aalglatt, was sich, auch wenn es meine Frage beantwortet, trotzdem ausweichend anfühlt, wie etwas, was er sich vorher zurechtgelegt hat.

Damals auf der Uni hatte Lara nur Spott für Leute wie Jamies Mum übrig, mit ihrer Saftpresse und ihrem Personal Trainer und ihrer vierteljährlichen Selbstverpflichtung zu Wasserfasten. *Ich schwöre, jedes Mal, wenn sie das tut, scheißt sie ein bisschen mehr Persönlichkeit aus*, sagte sie immer.

Trotzdem. Ich weiß, dass ich bei Weitem kein Recht habe, auch nur eine einzige Sache an ihrem jetzigen Lebensstil zu kritisieren. »Wir können auch bei Softdrinks bleiben, wenn ihr …«

»Oh, nein, bitte«, beeilt sich Lara zu sagen. »Hat doch keinen Sinn, wenn wir alle vier leiden.«

Daher bestellen Ash und ich Weißwein, und Lara und Felix nehmen Mineralwasser.

Ash fragt Felix nach der Firma, die er gegründet hat. Er erzählt uns von der Tech, die irgendetwas mit KI-gesteuerten Robotern zu tun hat. »Ihre Hauptanwendung«, sagt er, »liegt in der Kontrolle der Infrastruktur in den Bergbau-, Öl- und Gasindustrien.« Sie wurden vor zwei Jahren von einem multinationalen Konzern übernommen, aber Felix ist als CEO geblieben und hat dabei einen dicken Batzen eingestrichen – auch wenn er natürlich viel zu stilvoll ist, um zu sagen, wie viel.

Er ist wirklich gut aussehend auf diese kalifornische Art, denke ich, während er redet, mit seinem Designerlächeln und seinem Vierundzwanzig-Karat-Charme. Lara hatte es nie eilig, ihren Seelenverwandten zu finden, aber ich war mir immer sicher, wenn sie es einmal tut, dann würde er ein Felix sein.

»Aber davor warst du Tennisprofi?«, erkundigt sich Ash.

»Das war ich. Tatsächlich haben sich die beiden Karrieren für eine kleine Weile überschnitten.«

»Vermisst du es je?«

»Nein«, sagt Felix nachdenklich. »Ich spiele ja noch immer. Und ob du's glaubst oder nicht, ich habe sogar noch mehr Leidenschaft für das, was ich jetzt tue. Es fühlt sich nützlich an auf eine Art, auf die es das Tennis nicht getan hat. Und das Gebiet, auf dem ich tätig bin, ist einfach so aufregend. Aber ich bin auch immer noch in der Welt des Sports unterwegs. Ich hoffe, eines Tages eine Art Tennisakademie zu gründen. Aber das ist ein eher langfristiges Ziel.«

»Was hat dich nach London geführt? Als ihr euch kennengelernt habt, meine ich«, frage ich, bestrebt, seine Seite der Geschichte zu hören.

»Ich war geschäftlich hier«, antwortet Felix und nimmt einen Schluck von seinem Wasser. »Ich hatte ein paar Meetings mit potenziellen Einzelhandelspartnern arrangiert, und ein Freund meines Agenten lud mich zu einer Party ein.« Er sieht hinüber zu Lara. »Und wir kamen ins Gespräch, und ... na ja. Sagen wir nur, ich bin die nächsten sechs Wochen nicht nach Hause gefahren.«

Ash lacht anerkennend.

»Wir hatten fünf Nächte im Savoy«, ergänzt Lara, »und danach hat er bei mir in Twickenham gewohnt. Du würdest meine Wohnung lieben, Neve. Sie ist in der obersten Etage eines dieser entzückenden historischen Wohnhäuser. Mit Aussichten über die Themse.«

»Mmm«, sagt Felix. »Wenn man sich genau auf die richtige Höhe hinhockt, den Kopf schräg legt und die Augen zusammenkneift.«

Ash lacht, und ich will es ihm gleichtun, aber irgendetwas an der Art, wie Felix das sagt, sorgt dafür, dass sich meine Nackenhaare aufstellen. Obwohl ich mir sicher bin, dass er nicht absichtlich unfreundlich ist. Es erinnert mich an das, was sie über ihn gesagt hat – dass er der erste Typ ist, von dem sie dachte, ich würde ihn vielleicht gutheißen. Aber sehe ich, was sie sieht?

Lara erzählt uns mehr über ihre Arbeit als Produktionsdesignerin, die verschiedenen Shows, bei denen sie mitgearbeitet hat, die Höhen und Tiefen des Freiberuflerdaseins in der Unterhaltungsbranche. Sie sagt, dass sie im Moment zwischen zwei Projekten ist, weshalb das Timing perfekt für sie war, um für eine Weile nach Norwich zurückzukehren.

Bei diesen Worten bemerke ich, wie sie einen Blick mit Felix tauscht. Sie drückt seine Hand, und ich frage mich, was es zu bedeuten hat. Ob er in Wahrheit vielleicht gar nicht hier sein will, gestrandet in dieser englischen Kleinstadt, wo er in ihrem Elternhaus im Gästezimmer schläft. Ich frage mich, ob sie ihn vielleicht anflehen musste mitzukommen; was sie ihm im Gegenzug versprechen musste.

Ist das ein Mann, der ihren Wert kennt?

»Für wie lange nimmst du dir eine Auszeit?«, erkundigt sich Ash.

»Ach, weißt du. Solange es eben dauert.« Neben ihr wendet Felix den Blick nicht von ihr ab. Sie verlagert ihre Haltung auf ihrem Platz, nippt an ihrem Wasser. Dann fragt sie Ash, was er beruflich macht.

Er wendet sich leicht verblüfft zu mir um und dann wieder an sie.

»Oh. Na ja, ich bin Architekt.«

Bilde ich es mir nur ein, oder zuckt sie tatsächlich leicht zusammen? »Wirklich? In Norwich?«

»Ja. Bei einer Firma namens Crave & Co.«

»Toller Name«, bemerkt Felix, während er den Blick endlich von Lara abwendet.

»Gefällt es dir?«, fragt Lara.

»Oh, ja. Ich liebe es. Ich bin dafür geboren, glaube ich.«

»An was für Zeug arbeitest du gern?«

»Na ja, hauptsächlich liebe ich einfach eine Herausforderung.«

»Und das heißt?«, fragt Felix.

Ash nippt an seinem Wein. »Na ja, ein Beispiel könnte sein ... einen Kunden zu überzeugen, sich für einen Umbau zu entscheiden anstatt nur eine Renovierung. Oder historische Gebäude so um ein modernes Design zu ergänzen, dass es sich wirklich innovativ anfühlt, aber trotzdem beiden Elementen gerecht wird, weißt du? Und Kunden mit speziellen Nischenbedürfnissen ... sie sind immer witzig.«

»Wie zum Beispiel?«, fragt Lara.

Ich lächele in meinen Drink. So, wie ich Lara kenne, denkt sie vermutlich: *Sex-Kerker*.

»Na ja, im Moment entwerfe ich ein Gebäude um die exakten Bewegungen der Sonne. Und die Kunden wollen auch einen Wassergraben, um darin zu schwimmen.«

»Einen *Wassergraben*? Was zum Teufel entwirfst du, ein Schloss?«

»Ich denke, man könnte sagen, es ist die moderne Entsprechung.«

»Hat Neve dir Bilder von Felix' Haus gezeigt?«, fragt Lara aufgeregt.

Ash wendet sich wieder leicht in meine Richtung um, dann lächelt er sie an und schüttelt den Kopf. »Noch nicht, nein.«

»Oh«, sagt sie. Ich kann fast hören, wie die Fröhlichkeit aus ihrer Stimme weicht. »Na ja, ich werde sie dir ein andermal zeigen. Aber das Design ist einfach ... atemberaubend. Offen angelegt, vierstöckig, Aussichten auf die Monterey Bay. Und ein Tennisplatz natürlich.« Sie stützt die Ellenbogen auf den Tisch, legt das Kinn in die Hände. »Und, was ist dein absolutes Traumprojekt?«

Sag es nicht. Sag es nicht.

»Na ja, das Größte wäre es natürlich, ein ikonenhaftes Gebäude zu entwerfen. Meinen Namen auf etwas von Weltklasse zu haben, wie zum Beispiel ... eine Konzerthalle oder ein Museum oder ...«

»... den nächsten Gherkin«, wirft Lara langsam ein. Und

dann sieht sie mich genau an, und ihr Blick sagt: *Was zum Teufel?*

Zum Glück wird in diesem Augenblick unser Hauptgang gebracht, und der Moment verstreicht.

Bevor wir essen, wirft Lara eine Handvoll bunte Pillen aus einer roségoldenen Dose ein, die sie aus ihrer Handtasche hervorgeholt hat.

Neben ihr tut Felix es ihr gleich. »Entgiftungsvorschriften«, erklärt er. »Ihr würdet nicht glauben, gegen wie viele Regeln wir heute Abend verstoßen, nur um eine Thaipfanne zu essen.«

Ich bemerke, dass Lara wieder seine Hand drückt, ihm genau in die Augen sieht. Bestätigung vielleicht, dass sie bei seinen Gesundheitsfimmeln ganz auf seiner Seite ist?

Das Nudelgericht, das sie gewählt hat, hat so ziemlich null Kick. Früher wäre sie diejenige gewesen, die ein Currygericht mit drei Chilisymbolen und einem Warndreieck auf der Speisekarte bestellt und allen Flüssigkeiten, die die Schärfe mildern könnten, eine klare Abfuhr erteilt.

Als wir zu essen beginnen, sieht Lara plötzlich auf und hebt ihre Gabel, klopft damit in die Luft. »Oh«, sagt sie, an Ash gewandt. »Ich wusste, dass ich etwas übersehen habe. Ich kann mich an dich erinnern.«

Das Herz schlägt mir bis zum Hals.

»Warst du nicht der Typ, der vom Blitz getroffen wurde?«

»Was?«, fragt Felix ungläubig.

»Ja!«, sagt sie. »Ich habe damals davon gelesen. Meine Mum hat mir etwas darüber aus der Zeitung ausgeschnitten. Vermutlich hat sie versucht, mich abzulenken. Ich glaube, die Schlagzeile lautete ASHLEYS WUNDERSAME RETTUNG oder so.«

»Dein richtiger Name ist Ashley?«, werfe ich ein, während ich mich frage, wie mir das bis jetzt entgangen sein konnte.

»Ja. Ich meine, nur offiziell. Niemand nennt mich je so. Nicht einmal meine Eltern.«

»Augenblick«, schaltete Felix sich ein. »Du ... wurdest vom Blitz getroffen?«

»Ja«, erwidert Ash höflich. »Aber das ist lange her.«

Felix starrt ihn ein paar Augenblicke mit offenem Mund an. »Wie ... zum Teufel fühlt sich das an?«

»Ehrlich gesagt, kann ich mich nicht erinnern, zum Glück.«

Felix nickt und hebt eine Hand. »Entschuldige. Ich wollte dir nicht zu nahetreten. Wollte nur ... sichergehen, dass ›vom Blitz getroffen werden‹ nicht eine dieser britischen Redensarten ist, die ich nicht ganz verstehe.«

Inzwischen hat sich Lara mir gegenüber kerzengerade aufgerichtet. »Es war gleich um die Ecke«, sagt sie langsam, als würden sich die Puzzleteile in ihrem Kopf allmählich zusammenfügen. »Es war derselbe Abend, Neve. Es war derselbe Abend, an dem ...«

Ich schüttele vor ihr schweigend den Kopf, flehe sie mit den Augen an.

»Derselbe Abend, an dem was?«, fragt Ash, während er zwischen uns beiden hin- und hersieht.

Obwohl er Jamie im Internet nachgeschlagen hat, nehme ich an, dass er die Daten nie überprüft hat. Und ich weiß, dass er die Verbindung zwischen seinem Unfall und Jamies Tod nicht hergestellt hat. Warum sollte er?

»Ach nichts«, beeilt sich Lara zu sagen und rückt ihre schockierte Miene zurecht. »Entschuldige. Nichts. Missverständnis.«

***

Wieder bei mir zu Hause, ruft Lara an, während ich in der Küche bin und Wasser hole. Obwohl ihr Avatar leer ist, fühlt es sich trotzdem seltsam an, nach all der Zeit ihren Namen auf meinem Handydisplay zu sehen.

Ash ist oben damit beschäftigt, in einem Gruppenchat zu schreiben, aber ich schließe trotzdem die Küchentür, nur zur Sicherheit.

Die Welt ist still geworden, das einzige Licht der diffuse orangefarbene Schimmer der Straßenlaterne von der Gasse hinter meinem Garten.

»Bist du allein?«

»Ja, ich bin in der Küche.«

»Okay. Ich werde jetzt etwas sagen, und ich will, dass du mir versprichst, nicht auszuflippen.«

Die Bodenfliesen fühlen sich unter meinen nackten Füßen kalt wie Beton an. »Er erinnert dich an Jamie.«

Sie atmet aus. »Ist das der Grund, weshalb du ihn magst?«

Geistesabwesend klemme ich mir das Telefon zwischen Ohr und Schulter. Dann schüttele ich einen Lappen aus, sprühe ihn mit Desinfektionsmittel ein und wische damit über die Oberfläche der Arbeitsplatte. »Nein ... Ich meine, vielleicht war das der Grund, weshalb ich mich anfangs zu ihm hingezogen fühlte, aber ...« Ich breche ab. Ich will ihr die Wahrheit sagen. Darüber, was ich wirklich glaube, das an jenem Abend passiert ist. Aber sie wird mich für verrückt halten. Oder nicht? Oder hat ein Teil ihres Verstandes ebenfalls angefangen, die gleichen unmöglichen Verbindungen herzustellen?

»Sie sind sich ... unglaublich ähnlich. Es ist irgendwie seltsam«, sagt sie, aber dann nichts weiter. Und mir wird klar, dass es noch so viel mehr gibt, was sie ungesagt lässt, weil wir noch immer nicht darüber geredet haben, was passiert ist, als Jamie starb.

Aber sie weiß, wie schmerzlich es noch immer für mich ist. Wie heiß und toxisch es sich noch immer anfühlt, all die Jahre später.

»Es gibt etwas, was ich dir sagen muss«, sage ich, während ich an der Arbeitsplatte herumreibe, in einem Versuch, sie zum Glänzen zu bringen.

Sie wartet.

»Es geht um Ash.«

»Red weiter.«

Über meinem Kopf knarren die Dielenbretter. »Weißt du ... ehrlich gesagt, kann ich es dir nicht am Telefon sagen. Lass uns nächste Woche treffen.«

»Okay.« Ein Moment verstreicht. »Neve?«

»Ja?«

»Was hältst du von Felix?«

Ich stoße einen Atemzug aus. »Ich mag ihn.« So viel, zumindest grundsätzlich, stimmt.

»Aber?«

»Wer hat gesagt, dass es da ein *Aber* gibt?«

»Wenn es kein *Aber* geben würde, hättest du gesagt: *Ich finde ihn toll, Lar, er ist perfekt für dich.*«

Ich lächele ins Telefon. Ich weiß ihren Versuch zu schätzen, so zu tun, als wären wir zehn Jahre in der Vergangenheit und hätten Spaß an der Art nächtlichem Tratsch, für den wir früher gelebt haben.

Ich denke darüber nach, wie gebannt Felix sie vorhin immer wieder angesehen hat. Die Art, wie sie immer wieder seine Hand gedrückt hat, und was es bedeutet haben könnte. Kontrolliert er sie? Muss er ständig beschwichtigt werden?

Und wenn ja, wie zum Teufel kann er dann der Richtige für die Lara sein, die ich – oder irgendjemand – früher kannte?

»Er ist … Ich weiß nicht.« Ich seufze. »Vielleicht bist du einfach völlig anders, als du damals warst, als ich dich zuletzt kannte.«

»Hör auf, in Rätseln zu sprechen. Ich will wirklich wissen, was du denkst.«

Aber wie kann das, was ich denke, wirklich relevant sein? Ich habe so ein vages, nagendes Gefühl, dass er überfürsorglich sein könnte. Dass er vielleicht verrückte Vorstellungen von Gesundheit und Ernährung hat (nicht zuletzt, dass eine Thaipfanne Teufelszeug ist). Aber das sind nur Eindrücke. Bauchgefühle. Er ist durchaus freundlich. Herzlich und absolut charmant. Und Tatsache ist, dass Lara und ich bis vor ein paar Monaten noch zerstritten waren. Ich müsste Stunden, Tage, Wochen mit den beiden verbringen, bevor ich auch nur annähernd fair beurteilen könnte, wie gut sie zueinanderpassen.

»Warum?«, frage ich leise zur Antwort auf ihre Frage, während ich in gespiegeltes Lampenlicht blinzele. Ich spüle den Lappen aus, falte ihn über dem Hahn zusammen, streiche seine krumpeligen Ränder glatt.

»Weil es mir wichtig ist. Weil du meine älteste Freundin bist.«

War.

»Und ich weiß, dass wir immer noch darüber reden müssen, was mit Jamie passiert ist, und das alles … aber was du denkst, wird mir immer wichtig sein, Neve.«

Ich atme aus. »Lass uns nächste Woche reden.«

»Okay. Neve?«

»Lar.«

»Ich liebe ihn wirklich, weißt du.«

»Ich weiß«, sage ich, denn das ist nicht, was mich zögern lässt.

»Und wenn du mich fragst? Ich glaube, Ash ist in dich verliebt. Es steht ihm ins Gesicht geschrieben, die Art, wie er für dich fühlt.«

Ich spüre eine freudige Röte in mir aufsteigen, während ich an das Herz denke, das er auf meine beschlagene Duschwand gemalt hat, bevor wir heute Abend das Haus verließen. »Es sind erst ein paar Monate.«

»Na und? Liebst du ihn?«

Es verblüfft mich, die Schnelligkeit, mit der mein ganzer Körper Ja sagt. Die Gewissheit ist wie ein winziger Flügelschlag in mir, genau im Rhythmus mit meinem Herzen.

»Ja. Aber es ist zu schnell, um so zu fühlen«, gestehe ich. Ich denke an meine Mutter, wie rasch sie sich immer so tief auf andere Leute einlässt. Wie entschlossen ich mich dagegen gestemmt habe, das Gleiche zu tun, seit dieser ganzen Katastrophe mit meinem Dad.

»Willst du wissen, wie lange ich gebraucht habe, um mich in Felix zu verlieben?«

»Sag schon.«

»Einen *Tag*. Na ja, eine Nacht, um genau zu sein. Na ja, ungefähr fünf Stunden.«

»Das sieht dir gar nicht ähnlich.«

»Nein«, pflichtet sie mir bei. »Aber so weiß man, dass es Liebe ist.«

Oben, nachdem Ash eingeschlafen ist, bleibe ich noch stundenlang wach, blinzele in die Dunkelheit und lausche auf den sanften Rhythmus seines Atems. Und frage mich zum millionsten Mal, ob ich dabei bin, den Verstand zu verlieren.

Ich verspüre den Drang, aufzustehen und irgendetwas – egal was – zu putzen, um zu versuchen, die überwältigende Flut meiner Gedanken einzudämmen. Aber ich widerstehe ihm. Ich will nicht, dass Ash aufwacht und mich dabei antrifft, wie ich um drei Uhr morgens mit einem Paar Gummihandschuhe bewaffnet die Toilette schrubbe.

Ich bin von Natur aus skeptisch. Ich habe noch nie viel von Geistern gehalten oder von früheren Leben oder diesen Leuten mit übersinnlichen Fähigkeiten, die dir sagen, dass deine tote Oma eine Botschaft für dich hat. Ich war immer der Überzeugung, wenn man tot ist, ist man tot. Was vielleicht der Grund war, weshalb es so hart war, Jamie zu verlieren. Ich konnte nie wirklich Trost in der Vorstellung finden, dass er von oben auf mich hinuntersah oder dass er, wenn ich mit ihm redete, zuhörte. Als er starb, war es, als hätte er sich einfach in Luft aufgelöst – verdunstet wie der morgendliche Nebel, während die Sonne ohne ihn aufging. Er war tot, für immer gegangen.

Wie kann ich also jetzt einer unerwarteten Chance, ihn zurückzugewinnen, den Rücken kehren? Die Zukunft auszuleben, die uns gestohlen wurde? Ash ist, auf eine Million winziger Arten, die Person, die zu werden Jamie bestimmt war.

Ich bin mir ziemlich sicher, dass Ash es nicht gut aufnehmen wird, wenn ich ihm irgendetwas von alledem erzähle. Aber ich würde es mir nie verzeihen, wenn ich es nicht versuche. Ich muss ihn wissen lassen, dass ich glaube, dass Jamies Geist am Abend seines Unfalls Ashs Körper irgendwie in Besitz genommen hat.

Dass das, was Jamie und ich hatten, zu gut, zu magisch war für unseren vorzeitigen Abschied. Dass unsere Liebe nur für eine Jahreszeit – einen Winter, der ohne Vorwarnung kam – ihre Blätter abgeworfen hat und unser Sommer jetzt zurückgekommen ist.

Kapitel 27

An einem heißen Freitagabend nach der Arbeit holt mich Lara mit einem silbernen Cabrio ab.

Ich würdige den Wagen mit dem verblüfften Staunen, das er verdient. »Was ist *das* denn?«

Sie verzieht das Gesicht, obwohl ihr der ganze Look, mit der Sonnenbrille und dem geblümten Stirnband, richtig gut steht.

»Das ist Mums, sie liebt es, sie hat es gleich nach Dads Tod gekauft, daher kann niemand etwas dagegen sagen. Es ist grauenhaft, es ist peinlich, steig ein.«

Ich lächele und tue, was mir gesagt wird.

»Felix meint, sie wäre beleidigt, wenn wir uns einen Mietwagen nehmen würden, solange wir hier sind. Daher ... werden wir für heute Abend einfach so tun, als ob wir ein durchgeknalltes Rentnerpaar wären, okay?«

»Warum so tun als ob?«, sage ich, während ich mich anschnalle. »Ich bin völlig geschafft. Reif für die Frührente.«

Lara lacht und lässt den Motor an.

Mir entgeht nicht, wie vorsichtig sie von der Bordsteinkante losfährt.

Zehn Minuten von Norwich entfernt gibt es ein Naturschutzgebiet, am Südufer des Flusses Yare gelegen. Lara sagt, dass sie keine Lust hat zu laufen, dass sie eine gute Sitzbank kennt.

Und ich bin erleichtert – es ist Juli und viel zu heiß zum Wandern, und außerdem trage ich Sandalen.

Sie führt uns auf einem gewundenen, grasbewachsenen Weg zu einer Bank mit Blick auf ein glitzerndes Netz silbriger Bachläufe, ins Herz des Schilfröhrichts gesponnen. Es ist eine abgeschiedene, stille Ecke des Naturschutzgebiets, ein sommerlich erhelltes Fleckchen Einsamkeit, und unsere einzige Gesellschaft sind die Frösche und Haubentaucher und Rohrsänger und Wasserhühner.

»Um genau zu sein, ist das hier die Bank meines Dads«, sagt Lara, während wir auf das saftige grüne Feuchtgebiet hinausblicken. Über unseren Köpfen ziehen winzige Schleierwolken dahin, zart wie Dampf, der aus einem Wasserkocher entweicht. »Er hat diesen Ort geliebt.«

Ich drehe mich um, um das Messingschild hinter meiner rechten Schulter zu betrachten.

Für Billy, der gern zusah, wie die Welt vorbeizog.

Meine Kehle schnürt sich vor Rührung zu. Ich schlucke sie hinunter. »Das ist wunderschön. Das hätte ihm gefallen.«

Sie lächelt. »Aber er hätte uns dafür zusammengestaucht, dass wir sentimentale Trottel sind, meinst du nicht? Aber ja. Im Grunde hast du recht – es hätte ihm gefallen.«

Ich habe die Trauer nicht für mich allein gepachtet, denke ich auf einmal. *Wie lange soll ich sie noch für das bestrafen, was mit Jamie passiert ist?*

Der Gedanke kommt aus heiterem Himmel, und er fühlt sich fremdartig und beunruhigend an. Habe ich alles falsch verstanden? War meine Wut fehlgeleitet? Im Laufe der Jahre hat sie mich, in vieler Hinsicht, behütet. Hat mir etwas gegeben, worauf ich mich konzentrieren konnte, wenn der Schmerz über Jamies Verlust zu viel wurde.

»Es ist so seltsam«, sagt sie. »Dass Dads Sterben das war, was mich und Mum letztendlich wieder zusammengebracht hat, nachdem ich mich zehn Jahre lang wie ein echtes Gör benommen habe. Jetzt stehen wir uns näher als je zuvor.«

»Darüber würde Billy sich sehr freuen.«

»Ja. Aber vermutlich würde er auch wissen wollen, warum ich so lange gebraucht habe.« Sie schüttelt den Kopf. »Egal. Sprich mit mir, Neve. Was war das, was du am Samstagabend am Telefon nicht sagen konntest?«

Sprich mit mir. Nur drei Worte, aber sie erwachen in meinem Hinterkopf flackernd zum Leben, wie eine alte Glühbirne, von der ich ganz vergessen hatte, dass sie da war. Das hat sie früher ständig gesagt, anstelle von *Alles okay?* oder *Was ist los?*

Ich verspüre den Drang, zurückzurudern, ihr zu sagen, dass es nichts war. Aber Lara ist der einzige Mensch auf diesem Planeten, der mir vielleicht helfen könnte zu verstehen, was mit Ash los ist. Denn sie hat Jamie auch gekannt, und sie hat ihn geliebt. Es gibt niemanden sonst, der zuverlässig erkennen könnte, ob ich dabei bin, den Verstand zu verlieren oder nicht.

»Es wird aber ... ein bisschen durchgeknallt klingen, okay? Du wirst mich für verrückt halten.«

Vermutlich erwartet sie zu hören, dass ich Jamie noch immer vermisse. Dass Ash mich ein bisschen zu sehr an ihn erinnert. Aber sie weiß noch nicht, wie tief es reicht. Wie verworren das alles geworden ist.

Sie schenkt mir ein knappes Lächeln. »Spuck's schon aus. Dieser Zug ist abgefahren, seit du gebeichtet hast, dass du auf Attenborough stehst.«

Ich erwidere ihr Lächeln. Ich hatte einmal zugegeben, dass ich Davids Stimme besänftigend fand, und sie hat es mich nie vergessen lassen.

»Ich habe das Gefühl, dass Ash … Jamie sein könnte.«
Sie blinzelt ein paarmal, tut einen Atemzug, stößt ihn aus.
»Nein. Entschuldige. Das verstehe ich nicht.«
Ich schüttele den Kopf. »Ich weiß, es klingt verrückt. Glaub mir, das *weiß* ich. Aber ich denke … Jamie könnte zu mir zurückgekommen sein. Er hat immer gesagt, das würde er tun.«
Lara berührt meine Hand mit ihren Fingerspitzen. Sie trägt eine Reihe goldener Armreife, die ihren halben Unterarm bedecken.
»Geh es mit mir durch«, ist alles, was sie sagt, ganz ruhig.
Und so erzähle ich ihr alles. Von Ashs Job und seiner Wohnung und seinem Geschmack von Kunst und Musik, von seiner Handschrift und seinem Lieblingsaftershave und den unzähligen anderen seltsamen kleinen Ähnlichkeiten zwischen den beiden. Ich beschreibe all die Arten, auf die er mich schon jetzt so gut zu kennen scheint. Ich erzähle ihr von dem Blitzschlag und dass Ash danach ein völlig anderer Mensch wurde. Ich beharre darauf, dass es kein Zufall sein kann, in der Hoffnung, dass sie nicht versuchen wird, mir zu sagen, dass es genau das sein muss.
Es ist, wie schon immer, tröstlich, mit ihr zu reden. Als ob überhaupt keine Zeit verstrichen ist. Es ist, als ob wir wieder in diesem Schlafzimmer in der Edinburgh Road sind, auf ihrem Bett liegen, die Füße gegen die Wand gestützt, uns Dinge von der Seele reden und gemeinsam versuchen, daraus schlau zu werden, wie die Welt funktioniert.
Als ich fertig bin, holt sie einmal tief Luft. »Und was hält Ash von alledem?«
»Ich habe es ihm noch nicht gesagt«, antworte ich kopfschüttelnd. »Ganz ehrlich, Lar, ich habe das Gefühl, in der Zeit zurückgereist zu sein. Ständig an Jamie zu denken, außer-

stande, ihn zu vergessen. Das hatte ich alles hinter mir gelassen. Aber jetzt fühle ich mich, als ob ich genau wieder an dem Punkt angelangt bin.«

»Das muss hart sein.«

»Ich meine, das ist es ... aber andererseits war Jamie die Liebe meines Lebens. Das heißt, in gewisser Weise ...«

Sie nickt, wartet geduldig, als ob an dem, was ich sage, absolut nichts Ungewöhnliches ist.

»Was denkst du? Ich meine, du hast Ash kennengelernt, und du ... hast auch Jamie gekannt.«

Ich bemerke, wie sich ihre Augen für einen Moment mit Tränen füllen, bevor sie sie hinunterschluckt. »Du weißt ebenso gut wie ich, dass es nur eine Möglichkeit gibt, dieser Sache auf den Grund zu gehen. Du musst mit Ash reden. Ihm alles erzählen. Man kann nie wissen. Es könnte völlig logisch für ihn klingen.«

Ich denke einen Moment darüber nach, dann schüttele ich den Kopf. »Was würdest du denn sagen, wenn jemand das zu dir sagen würde?«

»Na ja, kommt drauf an.«

»Worauf?«

»Ob ich in gewisser Weise das Gefühl hätte, nicht ich selbst zu sein, nehme ich an.«

»Seine Persönlichkeit hat sich völlig verändert. Das räumt er ein. Aber er führt es einfach auf den Unfall zurück. Ich schwöre, diese Sache mit der Seelenwanderung ergibt *absolut* Sinn. Alles – *alles* – daran passt zusammen. Wenn ich ihm einfach ein paar der Dinge zeigen könnte, die ich gelesen habe ... dann könnte er es nicht von der Hand weisen. Da bin ich mir ganz sicher.«

»Vielleicht nicht.«

»Das heißt, du hältst es für möglich?«

»Ich meine, wer weiß schon, was möglich ist?«

Ich schlucke. »Denkst du je ... dass Billy irgendwie noch immer da ist?«

Bei diesen Worten lacht sie laut auf. »Oh, Gott. *Ständig*. Weißt du noch diese Sache, die er immer mit Pfirsichen gemacht hat? Er hat gern einen auf mein Kopfkissen gelegt oder auf meine Kommode, weil er wusste, wie sehr ich sie liebte. Und, na ja, nachdem er gestorben war, habe ich zu Hause in meiner Obstschale einen Pfirsich gefunden, und ich schwöre – *ich schwöre* –, dass ich ihn nicht gekauft habe, Neve. Bis zum heutigen Tag habe ich *keine Ahnung*, woher er gekommen war. Und einmal ist eine Glühbirne ausgebrannt, als ich mich bei seinem Whisky bedient habe, zu Hause bei Mum. Buchstäblich in dem Moment, als ich den Stopfen herausgezogen habe. *Wums.*« Sie schüttelt den Kopf. »Ich würde meine Lebensersparnisse darauf verwetten, dass es Dad war, der sagte: *Finger weg.*«

Ich lächele. Wenn Billy sich je aus dem Jenseits melden würde, dann mit Sicherheit, um seinen kostbaren Barschrank zu beschützen. »Das heißt, du glaubst an dieses Zeug? Dass die Seelen der Menschen noch immer da sind?«

Ich glaube nicht, dass wir viel über solche Dinge gesprochen haben, als wir jünger waren. Ich nehme an, das mussten wir nie wirklich.

Lara zuckt sanft die Schultern. »Die Sache ist die, niemand weiß es. Wir können rätseln, so viel wir wollen, aber wir wissen es nicht.«

»Was Ash und ich haben, ist richtig gut. Ich will nicht, dass sich das ändert«, gestehe ich stirnrunzelnd, während ich zusehe, wie Libellen die Oberfläche des Bachs zu unseren Füßen streifen.

»Aber was ihr habt, ist nicht echt, wenn du nicht aufrichtig bist.«

Eine Sekunde verstreicht. »Nur damit du es weißt, hier geht es um mehr als nur darum, dass ich Jamie vermisse. Ich ... glaube an diese Sache.«

»Das sehe ich.«

»Ich wünschte wirklich, es wäre so leicht. Dass ich ihn einfach vermisst habe.«

»Seit wann war Trauer je leicht?«

Danach sitzen wir einfach eine Weile zusammen da und sehen zu, wie die schillernde Schönheit der Libellen Regenbögen zwischen den goldenen Strahlen des Abends zeichnet.

Kapitel 28

Lara hat recht. Ich muss mit Ash reden. Aber ich weiß nicht, wo ich anfangen soll. Wie packt man es an, etwas so Haarsträubendes zu gestehen?

Am Mittwoch sind wir verabredet, aber letztendlich sage ich ab, da ich bis spätabends arbeite. Am Donnerstagabend vergisst Ash, dass er bereits Pläne für einen Pokerabend hat. Das heißt, bis ich denke, ich könnte vielleicht mit ihm reden, ist mein Gespräch mit Lara eine ganze Woche her.

Der Freitag ist glühend heiß, eine dicke Suppe aus Hitze. Wir fahren nach der Arbeit nach Suffolk hinaus, um im Lido Abkühlung zu finden.

Wir schwimmen eine Stunde lang gemächlich, dann suchen wir uns ein paar Liegestühle, um uns in den letzten Sonnenstrahlen zu aalen. Mauersegler stoßen über unseren Köpfen herab, schnappen sich Insekten von einem klebrigen Himmelsnetz. Die Luft glitzert von Wasser, das andere Schwimmer aufwirbeln. Neben mir liegt ein gut aussehender Mann mit nacktem Oberkörper ausgestreckt auf einem Liegestuhl, und er ist der Meine. Trotz allem, was mir in letzter Zeit durch den Kopf geht, würde, wenn ich Zufriedenheit definieren müsste, dieser Moment ziemlich nah heranreichen.

»Neve«, sagt Ash nach ein paar Minuten. Obwohl ich die Augen geschlossen habe, spüre ich, wie sich seine Stimme zu mir umwendet. »Ich werde jetzt etwas sagen, und ich nutze die Tatsache, dass wir in der Öffentlichkeit sind und du nicht weglaufen kannst, voll aus. Bist du bereit?«

Lächelnd schlage ich die Augen auf. »Sollte ich Angst haben?«

Er streckt eine Hand aus, gleitet mit einem Finger über meine nackte Schulter. »Kommt drauf an.«

»Worauf?«

»Deinen Appetit auf Kitsch.«

Ich spüre, wie die Ampel in meinem Herzen auf Grün springt. »Ich bin die Art Frau, die kitschige Filme für erste Dates vorschlägt, schon vergessen?«

»Na schön. Weißt du, was heute Abend ist?«

»Heute Abend jetzt … oder heute Abend, wenn wir nach Hause kommen?«

Unsere Blicke prallen aufeinander. Er lächelt. »Heute Abend jetzt. Heute vor zwei Monaten, was haben wir da gemacht?«

Ich lege die Stirn in Falten, gebe mich verwirrt. »Wir … haben darüber geredet, woher du deine Weingläser hast?« Ich ziehe ihn natürlich nur auf. Ich weiß genau, was wir gemacht haben. London Grammar gehört, uns zum allerersten Mal geküsst.

»Nein.« Er beugt sich vor, legt seine Lippen auf meine. Und heute Abend fühlt sich sein Kuss anders an. Lang und anhaltend, zärtlich wie eine Botschaft. Ein Liebeslied. »Neve, ich muss dir etwas sagen«, flüstert er, aber dann wird die Luft auf einmal kühl und dunkel, als ob eine Wolke die Sonne verschluckt hat.

Wir lösen uns voneinander und sehen auf. Eine kleine, stämmige Frau in einem gestreiften Neckholder-Badeanzug ragt über uns auf.

»Entschuldigung. Ich hoffe, die Frage stört Sie nicht, aber sind Sie der Mann, der vom Blitz getroffen wurde?«

Vielleicht reflexartig sehen wir alle auf Ashs Oberkörper. Er kann es kaum leugnen – die Narben sind für jeden offensichtlich, der sie sehen will, wenn er neugierig genug ist.

Ash sieht wieder zu ihr hoch. »Äh, ja. Der bin ich.«

Sie grinst, als hätte sie eine Wette gewonnen. »Hätten Sie etwas dagegen, wenn ich ein Selfie mache?« Sie fuchtelt mit ihrem Handy vor uns herum.

Warum?, will ich sagen. *Er hatte einen entsetzlichen Unfall und wäre um ein Haar gestorben. Er ist kein Promi.* Ich meine, ich finde seine Narben irgendwie schön, aber das heißt nicht, dass ich das, was ihm passiert ist, aufregend finde. Diese Frau gehört wahrscheinlich zu der gleichen Sorte Gaffer, die anhalten, um einen Verkehrsunfall zu filmen, anstatt den Notruf zu wählen.

Sie reicht mir ihr Handy. »Wären Sie so lieb?«

Ash wirft mir einen entschuldigenden Blick zu und zuckt die Schultern.

»Hier dürfen Sie keine Fotos machen«, sage ich und zeige auf das leuchtend rote Schild an dem Geländer hinter uns.

»Oh, nur ganz schnell«, bettelt sie. »Solange der Rettungsschwimmer in die andere Richtung sieht.«

Ich sehe wieder zu Ash, der lautlos mit den Lippen »Ist schon gut« haucht, was, so meine Vermutung, der Code für *Mach es einfach, damit wir sie loswerden* ist. Daher vergewissere ich mich widerstrebend, dass der Rettungsschwimmer den Kopf von uns abgewandt hat, bevor ich einen Schnappschuss von der Frau mache, die jetzt einen Arm um Ash gelegt hat. Sie grinst breit, zähnefletschend und hemmungslos.

Wir sehen zu, wie sie zurück zu ihren Freunden geht, ihnen das Foto auf dem Display zeigt, mit einem Arm in Ashs Richtung fuchtelt. Jetzt sitzen wir beide aufrecht da, Entspannung auf einmal eine ferne Erinnerung. Mir fällt auf, dass Ash sein Handtuch über die Stelle gelegt hat, wo seine Narben sind. »Wie können Leute nur so unsensibel sein? Das war grässlich.«

»Ach, ist schon okay. Eigentlich gebe ich den Zeitungen die Schuld. Sie haben damals so einen Riesenwirbel darum gemacht.«

»Aber so krass zu sein ...«

»Na ja, so sind die Leute eben, oder? Alles ist heutzutage eine Währung. Selbst das Trauma anderer Leute.«

Ich bewundere ihn für seine Höflichkeit. Ich fühle mich den Tränen seltsam nahe, daher beschließe ich, das Thema zu wechseln, um uns auf andere Gedanken zu bringen. »Also«, sage ich sanft, »du hast gesagt, du hättest mir etwas zu sagen?«

Er zögert, sieht noch einmal hinüber zu der Frau. Die Gruppe von Leuten, die sie umringen, scheint größer geworden zu sein. Ein paar von ihnen haben sich zu uns umgedreht. Ein Mann hält sich sogar eine Hand über die Augen, um uns besser sehen zu können.

»Ja«, sagt er, »aber das würde ich lieber ohne Publikum tun. Wollen wir von hier verschwinden?«

Wieder in Ashs Apartment sehe ich, dass die letzten Möbel und Einrichtungsgegenstände, die auszuwählen ich ihm geholfen habe, eingetroffen sind. Daher verschiebe ich das Duschen auf später, um stattdessen eine befriedigende Stunde damit zu verbringen, alles schön zu arrangieren, während Ash in der Küche ein Pad Thai zubereitet.

»Du warst so nett zu dieser Frau vorhin«, sage ich, als wir schließlich im Schneidersitz auf dem Boden sitzen, Schalen mit Nudeln im Schoß, umgeben von Luftpolsterfolie und Pappe und Garantiescheinen. Ich bin eben damit fertig geworden, eine Stehlampe auszupacken und im Raum zu arrangieren. »Bin mir nicht sicher, ob ich da so ruhig geblieben wäre.«

»War es nicht wirklich wert, deswegen einen Streit vom Zaun zu brechen.«

»Die Leute glauben heutzutage, sich alles erlauben zu können. Meinst du, das ist, wie sich Prominente fühlen?«

»Ja, nur dass ich keinen der Vorteile habe, die Prominente haben, oder? Ich bin nur ein B-Promi für irgendeinen Kleinscheiß.«

»Es tut mir leid.«

»Es ist schon gut, wirklich. Und überhaupt, dass du dabei warst, hat die ganze Geschichte unendlich viel erträglicher gemacht.«

Ich stelle meine leere Schale hin und stöpsele die Lampe ein. Sie erwacht zum Leben. »Ta-da.«

Die Teppiche, die Beistelltische und die Lampe geben dem Apartment den letzten Schliff: Endlich wurde es von einem hallenden Gewölbe in einen stylischen Raum verwandelt. »Siehst du«, sagt er, während er sich im Kreis dreht, um das Endergebnis zu begutachten. »Das hätte ich niemals geschafft.«

Ich lächele. »Klar hättest du das. Du schnappst doch bestimmt Ideen auf, während du an Projekten arbeitest?«

»Schon, aber ... ich kann sie nie in das übersetzen, was *hier* gut aussehen würde. Dafür habe ich einfach nicht das richtige Gehirn.«

Ich verstehe, was er meint. Ein Großteil meiner Arbeit besteht darin, mit den Plänen von Architekten zu arbeiten – und sie gelegentlich anzupassen –, aber das heißt nicht, dass ich tun könnte, was sie tun.

»Na ja, ich liebe dein Gehirn«, sage ich.

Ein paar Augenblicke verstreichen. Seine Miene wird ernst. Er stellt seine Schale hin, streckt eine Hand nach meiner aus und ergreift sie. »Apropos.«

Mein Herz wartet gespannt.

Er räuspert sich. »Was ich dir vorhin sagen wollte, war ... Ich habe noch nie so für jemanden empfunden wie für dich, Neve. Ich habe noch nie ... die Tage und Wochen gezählt. Ich wollte noch nie jede freie Minute mit einem anderen Menschen verbringen. Und ich weiß, es war alles ein bisschen überstürzt, aber ... ich glaube wirklich, das mit uns könnte eine Zukunft haben.«

Oder vielleicht fühlt es sich nur überstürzt an, da wir tatsächlich schon einmal an dem Punkt waren. Wir haben uns schon einmal gekannt und geliebt. Wir durften einfach vorspulen zu dem guten Teil.

Er stößt einen Atemzug aus, dann sieht er mir genau in die Augen.

»Was ich sagen will, ist, dass ich ... dabei bin, mich in dich zu verlieben. Ich liebe dich, Neve.«

Noch bevor er den Satz beendet hat, weiß ich, dass ich genauso fühle. Wenn auch auf eine kompliziertere Weise, aber das macht es nicht weniger wahr. »Ich liebe dich auch«, erwidere ich, und die Worte kommen mir leicht über die Lippen.

Er beugt sich vor, um mich zu küssen, als ob er sich nicht eine Sekunde länger beherrschen kann. Seiner Haut haftet noch immer der Geruch von Chlor an. Ich kann Limette an seiner Zunge schmecken. Er legt eine Hand an meinen Nacken, rafft mein Haar, das noch immer leicht zerzaust vom Schwimmen ist, sanft zusammen. Der Kuss wird lang und innig, und nach ungefähr einer Minute gleitet er mit einer Hand unter den blauen Baumwollstoff meines Kleids. Ich schiebe zur Antwort meine Finger unter sein T-Shirt, über die Stelle, wo, wie ich weiß, seine Narben von dem Blitzschlag sind. Die Hitze seiner Berührung streift meine Schenkel. Als ich die Augen schließe, neigt er den Kopf, um mein Schlüsselbein zu küssen. »Jamie«, murmele ich.

Alles erstarrt. Eine plötzliche Kälte senkt sich über den Raum.

Ash löst sich mit einem Ruck von mir. Er starrt mich an, als hätte ich ihn geohrfeigt.

»Es tut mir leid«, sage ich, in dem Wissen, noch bevor ich es ausspreche, dass es keine Worte gibt, um wiedergutzumachen, was ich eben getan habe.

Er fährt sich mit einer Hand durchs Haar, ringt um den Atem, den es ihm verschlagen hat. »Wow«, sagt er schließlich, ohne mich anzusehen.

Ein paar Augenblicke verstreichen, steif und angespannt und zerstörerisch. Ich habe keine Ahnung, was ich als Nächstes sagen oder tun soll. Mir ist unbegreiflich, was da eben passiert ist.

Ich habe nicht an Jamie gedacht, nicht in diesem Moment. Ich habe mir nicht vorgestellt, dass es Jamie war, der mich berührte, oder Jamie, den ich küsste.

»Ash, ganz ehrlich, ich weiß nicht, warum ich das eben gesagt habe«, flüstere ich mit zitternder Stimme.

Seine dunklen Augen betrachten mich. »Na ja, ich schätze, du warst in Gedanken bei deinem Ex-Freund Jamie.«

»Das war ich nicht. Wirklich nicht.« Ich lege ihm eine Hand auf den Arm, aber er zuckt zurück. »Ich denke, ich war einfach … Er geht mir in letzter Zeit oft durch den Kopf, weil du mich an ihn erinnerst …«

Er hebt eine Hand zu seinem Gesicht und reibt es heftig. »Oh, Gott. Warum habe ich bloß …« Und dann bricht er ab, und ich spüre, wie sich mein Herz zu einer Kugel zusammenrollt, denn zwischen diesen beiden Momenten – als Ash mir gesagt hat, dass er mich liebt, und ich ihn Jamie genannt habe – können nicht mehr als dreißig Sekunden verstrichen sein.

Was zum Teufel ist bloß los mit mir?

Er stößt einen Atemzug aus. »Hör zu … Ich verstehe ja … dass du ihn geliebt hast, Neve. Wirklich. Aber wenn du seinen Namen sagst, während wir zusammen sind … damit kann ich nicht … damit kann ich wirklich nicht umgehen. Vor allem nach Tabitha …«

»Ich weiß.« Ich fühle die Scham wie einen Schlag in die Magengrube. »Ganz ehrlich, ich weiß nicht, warum ich das gesagt habe.«

Er sieht mich an, lange und hart. »Es liegt mir fern, dich zu psychoanalysieren, aber wenn du aufrichtig nicht weißt, warum du das gesagt hast, dann solltest du vielleicht jemanden fragen, der es weiß.«

Das ist, wovor ich Angst hatte. Für verrückt gehalten zu werden. Professioneller Hilfe bedürftig.

»Ich habe nicht gelogen, Ash«, flüstere ich. »Ich liebe dich wirklich.«

Er nickt, aber langsam, skeptisch. »Oder vielleicht erinnere ich dich nur an jemanden, den du früher geliebt hast.«

Die Worte landen krachend in meiner Brust.

»*Nein*«, widerspreche ich. Denn auch wenn ich das nicht leugnen kann, bin ich auch sicher, dass ich, wenn ich Jamie nie begegnet wäre, das alles hier trotzdem wollen würde. Ich hätte mich trotzdem in den Mann verliebt, der in diesem Augenblick hier vor mir ist. Oder nicht?

Jetzt hat er den Kopf in die Hände gestützt. »Das hier hat sich für mich so echt angefühlt, Neve.«

»Das war es auch. Das ist es. Ich …«

»Aber wie sich herausstellt, bin ich nur die Nummer zwei nach deinem Ex.«

»*Nein*«, beharre ich noch einmal.

»Na schön. Also, wenn Jamie in diesem Moment hier hereinspazieren würde, was würdest du tun?«

Ich schlucke schwer. Die Stimme droht mir zu versagen.

»Das ist nicht fair«, flüstere ich.

»Vielleicht nicht. Aber die Tatsache, dass du mir nicht leicht antworten kannst, sagt mir alles, was ich wissen muss.«

»Ash …«

»Wir sollten es für heute Abend gut sein lassen«, sagt er kühl und räuspert sich. »Ich brauche eine Verschnaufpause.« Er steht auf, hebt die Nudelschalen vom Boden auf und trägt sie zur Spüle, als ob er nicht einmal mehr in meiner Nähe sein will.

Mein ganzer Körper wird zu einem stillen Schrei. *Sag es ihm einfach – sag ihm, was du glaubst! Es könnte alles ändern!* Aber irgendwie weigert sich mein Gehirn, zu kooperieren und die Worte aus meinem Mund zu befreien.

»Okay«, sage ich schließlich. »Ich rufe mir ein Taxi.«

Er nickt, dann verschwindet er ins Schlafzimmer. Ich bestelle mir ein Taxi, dann sammele ich meine Sachen ein und warte stumm auf dem Sofa. Nach einer Weile wird klar, dass er nicht mehr herauskommen wird, um mich zu verabschieden.

Frustration dreht sich in meinem Kopf, ein trüber Schleudergang von Selbstvorwürfen. Wir hatten ein paar perfekte Monate, aber jetzt ist alles ein einziger Schlamassel. Und ich habe keine Ahnung, wie ich das in Ordnung bringen soll. Falls ich das überhaupt kann.

Kapitel 29

Damals

»Wohin auf der Welt würdest du am liebsten fahren?«, fragte mich Jamie eines Abends, nachdem er ein Telefongespräch mit seinem Dad beendet hatte. Es war der Januar unseres zweiten Jahres an der Uni. Chris hatte eben eine Kreuzfahrt gebucht, vierzehn Tage in der Karibik mit Debra und ihrer Mutter. Er hatte auch Jamie eingeladen, aber Jamie hatte ihm in Erinnerung rufen müssen, dass er in dem Winter im letzten Jahr seines Bachelorstudiums sein würde, dass er sich unmöglich zwei Wochen freinehmen könne, um bei dreißig Grad Hitze auf einem Pooldeck zu liegen und Piña Coladas zu schlürfen. Es amüsierte mich, mit anzuhören, wie er diese einmalige Reise als frivol hinstellte, etwas, für das er unmöglich die Zeit erübrigen könne. Ich wusste, dass sein Dad das hassen würde.

Ich lehnte mich an Jamies Brust, genoss das Gefühl, in seinen Armen geborgen zu sein. Wir lagen im Bett und hörten Ellie Goulding. Sein Haar war feucht von der Dusche, und der Duft von Pfefferminz-Duschgel haftete seiner Haut noch immer an.

Ich fühlte mich so geliebt in diesem Augenblick. Behütet. Sicher.

»Ich weiß nicht«, sagte ich zur Antwort auf seine Frage.
»Na ja, an welchem Ort hat es dir bis jetzt denn am besten gefallen?«

»Devon fand ich ganz nett.«

Er stieß mich verspielt in die Seite. »Ich meinte, im Ausland.«

»Ich war noch nie im Ausland.«

Ich spürte, wie er neben mir zurückwich. »Red keinen Quatsch.«

»Das weißt du doch. Wann war ich denn je im Ausland?«

Ein paar Augenblicke verstrichen. »Oh«, sagte er langsam. »Na ja. Okay.«

Ich zuckte die Schultern. »Und überhaupt, ich habe gar keinen Reisepass.«

»Du hast keinen Reisepass«, wiederholte er, als hätte ich ihm eben gebeichtet, ich könne nicht lesen oder hätte keinen gesetzlichen Namen.

»Nein«, sagte ich abwehrend. Meine Nackenhaare stellten sich auf, und ich versuchte, nicht darüber nachzudenken, was sein Vater sagen würde, wenn er es wüsste. *Du musst mit einem Mädchen zusammen sein, das weit gereist ist, Jamie. Wie kann man denn eine breite Sicht aufs Leben haben, wenn man nie auch nur aus England herausgekommen ist?*

Je mehr ich über Jamies Vater erfahren hatte, desto mehr wollte ich ihm aus dem Weg gehen. Ich hatte zu zweifeln begonnen, was für eine Art Mann er eigentlich war. War er zum Beispiel einer dieser Dads, denen es Spaß machte, leicht perverse, beunruhigende Dinge zu tun, wie zum Beispiel, mit seinem Sohn in Stripclubs zu gehen oder ihn mit den Töchtern von Freunden der Familie zu verkuppeln? Ich stellte mir vor, wie er Jamie über mich ausquetschte, vermutlich in einem dieser Pubs mit Hirschköpfen überall an den Wänden, und – wieder einmal – wissen wollte, warum er darauf beharrt hatte, sich so jung zu binden.

Natürlich, ich hatte keinen Beweis für irgendetwas davon. Aber ich misstraute ihm zutiefst, und es fiel mir schwer, das zu verbergen. Daher wechselte ich jedes Mal, wenn Jamie ihn erwähnte, das Thema. Und wenn er ihn besuchen fuhr – was er in letzter Zeit öfter getan hatte; er hatte in den vier Monaten seit dem Ende seines Praktikums mehrere Wochenenden in Putney verbracht –, verspürte ich inzwischen keine Enttäuschung mehr, sondern Erleichterung darüber, dass wir beide davon ausgingen, dass er allein fahren würde.

»Willst du denn nicht?«, fragte Jamie jetzt.

»Will ich was nicht?«

»Ins Ausland fahren.«

»Ich kann es mir nicht leisten.«

»Vergiss das Geld.«

»Nur Leute mit Geld sagen, *vergiss das Geld.*«

»Ich meine, theoretisch. Wenn du das Geld hättest, würdest du fahren?«

Mit dir in Urlaub? Auf der Stelle. »Natürlich.«

Ein Lächeln breitete sich auf seinem Gesicht aus. »Okay. Besorg dir einen Reisepass, und wir nehmen ein Flugzeug irgendwohin für ein langes Wochenende.«

»Einfach so?«

»Ja. Einfach so.«

Ich liebte, wie leicht er das Leben immer hinstellte. Nichts war je ein Hindernis, kein Vorschlag zu kompliziert. Was natürlich hauptsächlich darauf beruhte, dass er reich war. Schließlich war es, wie Lara sagen würde, leicht, optimistisch zu sein, wenn man so ziemlich jedes Problem mit Geld lösen konnte.

Von unten begann die Zeitschaltuhr am Ofen zu piepsen. Die Lasagne, die er gemacht hatte, war fertig. Er stand auf, dann beugte er sich hinunter, um mich zu küssen.

»Im Ernst. Ich liebe dich. Lass uns irgendwohin fahren.«

»Du hast deinem Dad eben gesagt, dass du nicht mit auf diese Kreuzfahrt kommen kannst. Er wird nicht allzu begeistert sein, wenn du stattdessen ...«

Er hielt an der Tür inne. »Zum letzten Mal. Es ist mir egal, was mein Dad denkt.«

Aber das ist es nicht. Es ist dir alles andere als egal.

»Du meinst es wirklich ernst, oder?«

»Ja. Ich würde das sehr gern tun. Du nicht?«

Ich würde einen Kurzurlaub in einem Kriegsgebiet antreten, dachte ich, *wenn ich dich an meiner Seite habe.*

Etwa einen Monat später arbeitete ich an einem Uniprojekt, entwarf Skizzen für eine Polsterung unter Verwendung eines islamischen Musters. Ich war völlig in meine Arbeit vertieft, wechselte ständig zwischen Zirkel und Lineal hin und her, meditierte im Grunde. Es war vermutlich das Projekt, das ich seit Beginn meines Studiums am meisten liebte.

Jamie kam ins Wohnzimmer. »Mach die Augen zu und streck die Hände aus.«

Das war keine gute Art, mich von meinem Skizzenbuch abzulenken. Mein Dad spielte früher genau dieses Spiel, beharrte darauf, dass die Überraschung schön sein würde, und dann, wenn ich die Augen aufschlug, lag ein kalter Klumpen Erde in meinen Händen, wimmelnd von sich windenden Würmern, oder ein fleischartiger, wirrer Haufen Spaghetti vom Abend davor. Ich fiel jedes Mal darauf herein, ließ mich von ihm überzeugen, dass ich ihm diesmal vertrauen könnte.

Das war etwas, was ich an meinem Vater nicht vermisste – die Art, wie er manchmal gern mit mir spielte. Auf Knöpfe drückte, von denen ich gar nicht wusste, dass ich sie hatte.

»Das hier ist ein hochkompliziertes Projekt, ehrlich gesagt. Ich kann jetzt nicht die Augen zumachen.«

»Na schön. Dann … sieh mich einfach eine Minute an.«

Daher tat ich es, und Jamie hielt ein Blatt Papier hoch. »Ich habe es gebucht. Ein langes Wochenende, diesen September.«

Ich ließ mein Skizzenbuch liegen und stand auf. »Im Ernst? Wohin?«

»Amsterdam.« Er strahlte. »Wir können von Norwich fliegen. Harry war schon mal da, er hat gesagt, es ist eins a. Ich weiß, es ist noch eine Weile hin, aber man kriegt ein besseres Hotel, wenn man früh bucht.«

Ich schlang ihm die Arme um den Hals, vergrub das Gesicht an seinem Nacken. Bilder von Kanälen und Giebelhäusern, von Kopfsteingassen voller Fahrräder und Blumenstände und Straßencafés zogen schon jetzt fröhlich durch meinen Kopf.

»Und … ich habe dir auch das hier besorgt.« Er zog ein Buch aus der tiefen Tasche seiner Wolljacke und überreichte es mir. Der *Lonely Planet Guide* für Amsterdam. »Mach dich besser schlau«, sagte er und fing meinen Blick auf eine Art auf, auf die nur er es konnte, und ich wusste, dass es ihm einen Kick bereitete, mir das Gefühl zu geben, etwas Besonderes zu sein.

»Ich liebe dich.« Jedes Mal, wenn ich es sagte, fühlte es sich noch ein bisschen wahrer an.

»Er wird dir einen Antrag machen.«

»Was?«, lachte ich. Lara und ich waren in Frank's Bar, während Jamie mit ein paar Freunden Billard spielte. Ich mochte das Frank's und seine kaufhausähnliche Atmosphäre, das gemütliche Durcheinander von Tischen, die Holzbalkendecken und die unkonventionellen Lampenschirme, die intimen Boheme-Vibes. Es war ein Ort, an dem ich mich immer zu Hause fühlte.

»Wenn ich es dir doch sage«, bekräftigte Lara und nahm einen Schluck von ihrem Bier, sodass sie einen dicken, leuchtend rosa Lippenstiftabdruck auf dem Flaschenhals hinterließ. »Warum sonst sollte er einen Kurzurlaub vorschlagen?«

»Weil es romantisch ist?«

»Ja, und was ist romantischer als ein Antrag? Ihr seid jetzt seit, was, fast fünf Jahren zusammen?«

»Fast«, sagte ich – aber zählten all diese Jahre?, fragte ich mich manchmal. In dreien davon waren wir Jugendliche gewesen. Es war nicht so, dass wir uns kennengelernt hatten, als wir dreißig waren.

Aber Jamie und ich machten ständig Anspielungen auf unsere Zukunft, sagten Dinge wie *Wenn wir verheiratet sind* und *Wenn wir Kinder haben* und *Wenn wir unser eigenes Haus haben*. Ich nehme an, ich betrachtete es immer als selbstverständlich, dass wir vorhatten, unser Leben zusammen zu verbringen. Aber ein Ring? Ein Antrag?

Eine richtige Hochzeit? Ich hatte nicht damit gerechnet, dass irgendetwas davon kurz bevorstehen könnte, jedenfalls nicht, solange wir noch studierten.

Andererseits waren wir schon immer die Ausnahme von der Regel gewesen, oder? Die meisten Leute in unserem Alter waren nicht in einer Beziehung, seit sie fünfzehn waren. Die meisten hätten es nicht sein *wollen*. Dass wir vielleicht zehn Jahre früher in der Konventionalität ankommen würden, fühlte sich ... unkonventionell an, irgendwie. Daher passte es in dem Sinn wirklich gut zu uns.

»Du solltest dir überlegen, was du sagen würdest. Wenn er sich auf ein Knie fallen lässt.«

Ich zögerte nicht eine Sekunde. »Ich würde Ja sagen, natürlich.«

»Ganz sicher?«

»Ganz sicher.«

»Ich würde mich für dich freuen.«

Eine Sekunde verstrich. »Aber ...?«, hakte ich nach.

»Aber ... vergiss nicht, was ich dir gesagt habe, okay?«

»Worüber?«

»Dass du nicht ... dein ganzes Leben um Jamie herum aufbauen solltest.«

Ich schluckte. »Ich habe es nicht vergessen.«

Ihre blauen Augen fanden meine. »Eine Ehe ist nicht alles. Es bedeutet nicht ... automatische Sicherheit.«

»Lara, hör auf. Das weiß ich. Meinst du nicht, ich weiß das besser als irgendjemand sonst?«

»Du brauchst immer noch eine Karriere, dein eigenes Geld ...«

»Ich weiß. Wir leben nicht mehr in den Fünfzigern. Sieh dir meine Mum an. Ich *weiß das*.«

»Gut. Solange du das tust.«

Ich schüttelte den Kopf, wechselte das Thema. »Was ist mit dir und Sam?« Ich nippte an meinem Pisco Sour, genoss den leicht säuerlichen Beigeschmack. »Hat das eine Zukunft, was meinst du?« Sie hatten sich seit dem Sommer ab und zu getroffen.

»Nein. Ich werde ihn sanft gehen lassen.«
»Was? Warum das denn?«
»Er hat mir letzte Woche gesagt, dass er überlegt, auf Anwalt umzusatteln.«
»Oh.«
»Er hat gesagt, eine Karriere in Film und Fernsehen sei zu ›unberechenbar‹.« Sie schüttelte den Kopf. »Stell dir das vor – deinen Job hinzuschmeißen, weil er nicht langweilig genug ist.«
Darüber mussten wir beide lachen, und dann bestellten wir uns noch eine Runde Drinks.

Einmal, als wir vierzehn waren, fuhren Lara und ich zusammen in Urlaub. Ihre Tante hatte Corinne und Billy eine Woche in einem Wohnwagen in Devon spendiert, erst die dritte Gelegenheit, einmal wegzukommen, die sie hatten, seit Lara geboren war.

Jamie hatte in seinem Leben schon jetzt mehr Urlaubsreisen unternommen, als ich zählen konnte, an Orte wie Florida, Schweiz, Kalifornien. Chris hatte sogar eine Villa in der Toskana gekauft. In letzter Zeit war außerdem die Rede davon gewesen, Jamie auf eine Privatschule zu schicken, aber Jamie hatte prompt erklärt, dass er sich weigern würde, dorthin zu gehen.

Ich war damals vermutlich bereits in ihn verliebt, auch wenn wir uns noch nicht geküsst hatten.

Die Sonne strahlte wunderschön, ungetrübt von Wolken, während der ganzen sieben Tage, die wir in Devon waren. Als typische Teenager wollten Lara und ich vor allem Zeit zusammen verbringen, nur wir beide, uns in der Sonne aalen und schwatzen, ohne uns von irgendjemandem einengen zu lassen. Ihre rebellische Phase hatte eben begonnen, daher stibitzten wir uns ab und zu Zigaretten aus Corinnes Handtasche und nippten heimlich an dem Wein aus der Flasche im Kühlschrank.

Eines Abends setzte sich Corinne draußen vor dem Wohnwagen neben mich, während Lara duschte. In den vergangenen Tagen war es glühend heiß gewesen, und meine blasse Haut war krebsrot von einem Sonnenbrand. Corinne und Lara hingegen hatten eine schöne, tiefe Bräune entwickelt.

Unser Wohnwagen stand neben einer dichten Reihe Stechginster, und ich genoss den kokosartigen Duft der dottergelben Blüten, das befreiende Gefühl, dem Einfluss meiner Mutter für eine Weile entkommen zu sein. Ich war auch leicht benommen von dem Frieden und der Stille. Das Leben zu Hause fühlte sich selten ruhig an, mit Mums ständigem Singen und Weinen und ihrer Angewohnheit, irgendwelches Zeug gegen harte Oberflächen zu schleudern. Hier draußen gab es nur Vogelgezwitscher und das gelegentliche Knirschen von Autoreifen auf Kies, Leute, die hinter Windschirmen plauderten und lachten.

Corinne zündete eine Zigarette an, reichte sie mir und sagte:

»Du bist Lar eine gute Freundin.«

»Sie ist mir auch eine gute Freundin«, erwiderte ich und nahm die Zigarette von Corinne zaghaft entgegen, als hätte ich nicht schon die ganze Woche über welche aus ihrer Handtasche stibitzt. Sie steckte sich selbst eine an. Mir fiel auf, dass ihr Haar an den Schläfen und am Scheitel allmählich grau wurde. Lara hatte mir erzählt, dass sie Ende fünfzig war – so alt wie meine Großmutter. Vielleicht war das der Grund, weshalb sie so freundlich war. Denn das waren Großmütter, oder?

»Wie läuft's mit deiner Mum?«, fragte mich Corinne.

»Danke, gut«, log ich. Es war zwei Jahre her, seit Dad Mum wegen Bev verlassen hatte. Mum neigte noch immer dazu, aus heiterem Himmel in Tränen auszubrechen und Bev mit Anrufen zu belästigen, wenn sie sich ein paar Drinks genehmigt hatte. Im Monat zuvor war sie beim Elternabend mit einem Flachmann aufgekreuzt.

Unsere Mütter waren sich nur ein paarmal begegnet, da Mum eine höllische Abneigung gegen alles hatte, was mit der Schule zusammenhing, wie Picknicks oder Spielverabredungen oder Geburtstagspartys. Vielleicht gab es einfach ein gegenseitiges Einvernehmen, dass sie nichts gemeinsam haben würden. Oder vielleicht lag es zum Teil auch an ihrem Altersunterschied. Mum hatte einmal zu mir gesagt: »Erstes Baby mit über *vierzig*. Was da bloß falschgelaufen ist.«

Ich erinnere mich, gedacht zu haben, dass *falsch* eine etwas seltsame Wortwahl war.

»Du weißt schon, dass du mit allem zu mir kommen kannst?«, sagte Corinne dann. Ihre blauen Augen, Fältchen an den Rändern, ruhten auf mir. Ich wollte mich ihr entziehen und die Arme um sie schlingen, beides auf einmal.

Vielleicht hatte sich das mit dem Flachmann herumgesprochen.

»Okay«, sagte ich steif.

»Weißt du, kein Elternteil ist perfekt, Neve.«

Aber ich hatte mir nie einen perfekten Elternteil gewünscht. Nur einen, der wenigstens den Eindruck erweckte, sich zu kümmern, so wie Corinne.

Zu dem Zeitpunkt kannte ich Jamies Mum noch nicht sehr gut, aber auch sie schien liebevoll und aufmerksam und freundlich. In ihrem Küchenschrank gab es immer Schokoladenkekse und im Kühlschrank Dosen mit richtiger Cola, und meines Wissens hatte sie Jamie nie angeschrien, er solle sich selbst um seine Wäsche kümmern, war nie festgenommen worden und hatte nie seinen Mathelehrer angemacht.

»Danke«, sagte ich zu Corinne.

»Wofür, Schatz?«

»Dass du da bist«, war alles, was mir zu sagen einfiel, denn es war die Wahrheit.

»Du kannst dich glücklich schätzen«, sagte ich später zu Lara. »Corinne zu haben.«

So nannten wir sie manchmal, denn Corinne hatte einmal zu Lara gesagt, das könne sie tun, wenn sie wolle, auch wenn Lara anfangs spöttisch geschnaubt hatte. *Als ob sie eine Sozialarbeiterin ist.*

»Obwohl sie steinalt ist?«

Ich lächelte. »Ja.«

»Weißt du, dass sie in letzter Zeit Geräusche macht, wenn sie aufsteht? *Uff* und so. Und ihre Knie knacken.«

Ich lachte leise. »Sei nicht gemein.«

»Und sie hat lauter Falten und Dad auch.«

»Hör schon auf.«

Lara streckte sich aus und seufzte. »Ich werde niemals alt werden.«

»Ehrlich gesagt, glaube ich nicht, dass diese Entscheidung bei dir liegt.«

»Oh, doch. Beim ersten Anzeichen von Falten, her mit dem Botox. Und wir sollten vermutlich aufhören zu rauchen.«

Tatsächlich gefiel mir die Vorstellung ewiger Jugend. Das Leben schien einfach immer komplizierter zu werden, je älter man wurde.

Ich hob den kleinen Finger. »Dann sollten wir einen Pakt schließen. Wir werden niemals alt werden. Schwörst du es?«
Sie verhakte ihn mit ihrem und grinste. »Ich schwöre es.«
Das wurde irgendwie unser Leitspruch, danach. Über Jahre hinweg, bis zu dem Tag, an dem wir aufhörten, miteinander zu reden, versicherten wir einander regelmäßig: Wir werden *niemals* alt werden.

Kapitel 30

Jetzt

In der ganzen nächsten Woche weigert sich Ash, auf meine Nachrichten zu antworten oder meine Anrufe zu erwidern. Er ist noch nicht so weit gegangen, mich zu blockieren, aber jedes Mal, wenn ich ihn anrufe, stelle ich mir vor, dass er vermutlich kurz davor ist. In meinem Gehirn schießen die unterschiedlichsten Emotionen wild hin und her – Schuldgefühle, Frustration, Verzweiflung. In der Arbeit schweife ich oft ab, gehe in Gedanken immer wieder durch, was passiert ist, frage mich, ob wir es wieder einrenken können, ob er endgültig Schluss machen wird. Falls er das nicht schon getan hat. Ich finde keinen Schlaf, beschäftige mich bis in den frühen Morgen mit Haushaltsarbeiten, da ich weiß, dass ich, wenn ich ins Bett gehe, nur darüber nachgrübeln werde, dass er nicht dort bei mir ist.

Ich überlege, Lara anzurufen, um sie um Rat zu fragen. Aber irgendetwas hält mich zurück. Der Gedanke, vielleicht, dass ich sie fast ein Jahrzehnt lang aus meinem Leben ausgeschlossen habe, dass ich nicht einmal für sie da war, als ihr Dad starb. Meine Gefühle für sie liegen noch immer irgendwo in diesem verwirrenden Niemandsland zwischen Schuld und Groll.

Schließlich antwortet Ash, sagt mir, dass in der Arbeit die Hölle los war und er einfach etwas Zeit braucht. Nicht lange danach – ganze vierzehn Tage nachdem ich ihn das letzte Mal gesehen habe – kommt er für ein Meeting mit Parveen ins Büro. Ich weiß, dass sie einen Termin haben, um die Pläne für die Beleuchtung und Elektrik für Millbrook durchzugehen und zu überprüfen, und ich war fast den ganzen Tag rastlos und nervös, während ich darauf wartete, dass es drei Uhr wurde.

Parveen weiß, dass irgendetwas passiert ist, aber ich habe ihr gesagt, dass es kompliziert ist, dass ich nicht bereit bin, darüber zu reden – auch wenn ich klargestellt habe, dass die Schuld allein bei mir liegt. Daher hat sie mich, abgesehen davon, dass sie mir endlose Tassen Tee bringt und mir sagt, dass sie für mich da ist, falls ich reden will, nicht bedrängt. Ich würde mich ihr sehr gern anvertrauen – aber ich respektiere Parveen wirklich, und ich habe kein unmittelbares Bedürfnis, etwas zu gestehen, was dazu führen könnte, dass ihre Gefühle für mich ins Gegenteil umschlagen.

Als ich ihn schließlich sehe, fühlt es sich an, als ob irgendjemand all meine Gliedmaßen kurzgeschlossen hat. Vierzig quälende Minuten später versuche ich, seinen Blick aufzufangen, als er das Büro verlässt, aber er hält ihn fest auf die Tür geheftet, und da ich in dem Moment am Telefon mit einer Kundin bin, kann ich ihm auch nicht hinterherlaufen. Während ich ihm nachsehe, höre ich, wie meine Stimme schwankt. Zum Glück fasst meine Kundin es nur so auf, dass ich hochemotional wegen ihrer venezianischen Gipswände werde.

Ihn zu sehen, hat mir bestätigt, was ich tief in mir bereits wusste – dass ich nicht bereit dafür bin, dass diese Sache zu Ende ist. Ich will diese Sache retten. Ich will *uns* retten.

Obwohl die Situation so kompliziert scheint. Ich spüre deutlich, dass er im Kompass meines Herzens der wahre Norden ist.

Ich schreibe ihm noch einmal.

> Ich will nicht, dass diese Sache zu Ende ist
> Ich liebe dich
> Bitte lass mich das richtigstellen

Ich bin völlig vorbereitet auf den unheilvollen Doppelhaken, den Schmerz der ausbleibenden Antwort. Aber zu meiner Verblüffung erwachen die Punkte, die anzeigen, dass er schreibt, diesmal zum Leben.

> Das will ich auch nicht.

Mein Herz schießt an die Decke.

> Hab nur etwas Zeit gebraucht
> Tut mir leid. Wollte nicht, dass du dich meinetwegen noch schlechter fühlst.
> Kann ich dich sehen?

Wir treffen uns nach der Arbeit in einer Kellerbar. Draußen ist ein schwüler Abend, die Luft aufgeladen von Hitze. Drinnen ist es brechend voll. Wir bestellen uns Cocktails, finden in einer dunklen Ecke einen Platz, um uns auf zwei Hocker zu quetschen. Mehr als alles andere wünschte ich, ich könnte die Uhr zurückdrehen zu dem Tag, als wir das letzte Mal hier waren und Ash seine Hand auf meinem Bein und seine Lippen an meinem Ohr hatte.

»Sprich mit mir«, flüstere ich, als wir uns setzen, Laras Lieblingssatz. Ich bin nervös, aber ich bin auch über die Maßen erleichtert, endlich eine Chance bekommen zu haben, mich zu erklären.

Aber seine im Allgemeinen warmen Augen blicken kühl und ernst. Seine abgekämpfte Miene deutet auf eine Reihe schlafloser Nächte hin, auch wenn ich unmöglich sagen kann, ob es an mir oder Stress in der Arbeit liegt.

»Ich fühle mich wie ein Idiot, Neve.«

»Ich bin es, die sich so fühlen sollte, nicht du.«

»Kann ich dich etwas fragen?«

»Natürlich«, sage ich.

»Hast du ... an ihn gedacht, wenn du mit mir zusammen warst?«

Ich weiß, dass er meint, im Bett. Zum Glück ist die Antwort darauf leicht. »Gott, *nein*.«

Ich kann nicht leugnen, dass es kurze Momente gab, in denen Jamie mir durch den Kopf ging, während wir zusammen im Bett waren. Aber sie waren immer nur flüchtig. Fetzen ungebetener Erinnerungen, halbe Sekunden, höchstens, auf keinen Fall irgendeine Art anhaltende Fantasie.

Ash legt die Stirn in Falten, sieht an mir vorbei zu der Traube von Leuten an der Bar. Ich hingegen kann nur ihn sehen: wie sein Kragen seinen Hals streift, wie er die Beine auf dem Barhocker gespreizt hat, wie er das Handgelenk dreht, als er sein Glas hebt.

»Es war schwer für mich«, sagt er schließlich. »Wieder zu vertrauen. Nach Tabitha.«

Ich frage mich, ob Tabitha Ash vielleicht auch einmal mit dem falschen Namen angesprochen hat. Ob das sein erster Hinweis auf ihre Affäre war. Er sagt, er sei auf einen Nachrichten-Thread gestoßen, tief in ihrer WhatsApp vergraben, aber vielleicht hat sie den gleichen Fehler begangen wie ich, und er war zu niedergeschmettert, um es mir zu sagen.

Bei dem Gedanken, dass ich ihn das alles im Grunde noch einmal durchmachen lasse, wird mir fast schlecht.

»Ich verspreche dir«, sage ich, »dass nichts dergleichen je wieder passieren wird.«

»Ich meine, das darf es nicht«, sagt er und fängt meinen Blick auf. »Das kannst du doch sicher verstehen.«

»Natürlich«, versichere ich ihm leise.

Ash nippt an seinem Cocktail. Es ist irgendetwas Dunkles, mit reichlich Walnüssen und Rum. »Ich meine, letztendlich will ich mit dir zusammen sein, Neve.«

Ohne Vorwarnung kullern ein paar Tränen über meine Wangen.

»Hey«, sagt er, etwas sanfter jetzt. Er beugt sich vor, um mit dem Daumen mein Gesicht abzuwischen, und die Zärtlichkeit dieser Geste sorgt dafür, dass mein Magen einen Purzelbaum schlägt.

»Ist ja gut. Es tut mir leid. Ich wollte mich nicht wie ein Arschloch benehmen. Und ich will nicht, dass du dich meinetwegen schlecht fühlst.«

Ich schüttele den Kopf, denn was ich tatsächlich fühle, ist ein Durcheinander aus Selbstvorwürfen und Erleichterung.

»Das Dumme ist, ich verstehe das, Neve. Seltsamerweise verstehe ich das wirklich. Und ich will, dass wir es hinter uns lassen.« Dann beugt er sich vor, legt eine Hand an mein Gesicht und küsst mich zögernd. »Wenn es das ist, was du willst. Und deshalb muss ich dich fragen …« Er bricht ab, stößt einen Atemzug aus, senkt den Blick dorthin, wo unsere Beine jetzt eng aneinanderliegen.

Ich starre ihn an, außerstande, mir vorzustellen, was er sagen könnte.

»Bevor das alles passiert ist, habe ich ... eine Reise für uns gebucht. Es sollte eine Überraschung sein.«

»Eine Reise?«, frage ich leise.

»Ja. Ich habe Parveen gebeten, mir zu helfen, das alles mit Kelley zu arrangieren. Ein langes Wochenende im September. Ich dachte ... wir könnten nach Amsterdam fahren. Ich meine, du hast den Reiseführer zu Hause, aber du warst nie dort, und du hattest auch viel zu lange keinen Urlaub mehr, daher dachte ich ... Na ja, ich wollte dich überraschen.«

Ein Schwall widersprüchlicher Emotionen. *Amsterdam. Amsterdam.*

»Das ist ... das ist ...«

Er starrt auf seinen halb geleerten Cocktail, stößt ein unsicheres Lachen aus. »Jedenfalls. Parveen hat mich heute gefragt, ob wir noch immer vorhätten zu fahren, und ... ich wusste sofort, dass ich es wollte. Dass ich es wirklich will. Dass ich ... am liebsten einfach abhaken würde, was passiert ist, und es hinter uns lassen.«

Trotz allem, was Amsterdam für mich bedeutet, schießt mein Herz hoch ins All. »Sehr gern«, antworte ich und küsse ihn ebenfalls. »Ich würde sehr gern mit dir wegfahren.«

Unsere Häuser liegen ungefähr gleich weit entfernt von der Bar, aber ohne Diskussion gehen wir automatisch zu mir. Über unseren Köpfen rumort der Himmel, und mir wird bewusst, dass ein Gewitter heraufzieht.

Ich versuche, nicht an Regen zu denken. Wie er sich immer anfühlt, als ob er auf mein Herz einhämmert.

Zu Hause angekommen, gehen wir wortlos nach oben, wenden uns in der dunklen Hitze des Schlafzimmers einander zu. Neben dem Kamin lässt er sich auf die Knie fallen, schiebt mein Kleid hoch und zieht meine Unterwäsche herunter, umfasst mich von hinten.

Hinter dem Fenster bricht das Gewitter schließlich los, der Regen schlägt hart wie Hagel gegen das Glas. Ich versuche, sein Geräusch mit dem, was wir tun, zu übertönen. Ich strecke die Hand nach irgendetwas aus, um mich festzuhalten, rudere mit den Armen durch die Luft, bis meine Finger die obere Kante der Kamineinfassung finden. Ich klammere mich an kaltes Metall, während Ash mich zu einem Abgrund zieht, immer näher und näher. Meine Augen rollen nach hinten. Meine Gliedmaßen werden weich. Mein Blut wird zu einem Schwall immer wiederkehrender Lust. Aber die ganze Zeit beiße ich mir auf die Lippe, um nicht etwas zu sagen, was ich nicht zurücknehmen kann.

Kapitel 31

Während der nächsten paar Wochen bin ich entschlossen, Jamie aus meinen Gedanken zu verbannen. Aber jedes Mal, wenn mein Blick auf den Amsterdam-Reiseführer zu Hause in meinem Regal fällt, scheint mir das Buch zuzuzwinkern, wie eine alte Nachricht auf einem Anrufbeantworter, und versetzt mich zurück zu dem Moment, als Jamie es mir geschenkt hat. Sie fängt an, mich nervös zu machen, diese Erinnerung. Genau wie die Aussicht, überhaupt nach Amsterdam zu fahren. Allein schon die Tatsache, dass Ash es auch ausgewählt hat.

Schließlich verbanne ich das Buch in die unterste Schublade meines Sideboards, wo ich auch die gerahmten Fotos von Jamie verstaut habe.

An einem verregneten Morgen Anfang September stürze ich in der Arbeit auf die Toilette, um Lara anzurufen.

»Hi?«, sagt sie. Sie klingt leicht verblüfft.

»Hi. Kannst du reden?«

»Ja, bin nur auf dem Weg zu … egal. Was gibt's?«

»Ich glaube, Amsterdam ist keine gute Idee.«

Ich habe ihr letztendlich davon erzählt, dass ich Ash mit dem falschen Namen angesprochen habe. Sie schien mitfühlend und auch erleichtert, dass wir uns versöhnt hatten, denn im Grunde ihres Herzens ist Lara eine hoffnungslose Romantikerin. Nicht jeder weiß das über sie, aber ich schon. Ich habe es immer gewusst.

»Oh, warum das denn?«, fragt sie jetzt.

»Es fühlt sich einfach falsch an.«

»Okay«, sagt Lara. »Ich sage dir jetzt, was ich denke, das du tun solltest. Fahr nach Amsterdam und ... vergiss dieses ganze Jamie-Zeug einfach für eine Weile, damit du diese Reise genießen kannst. Aber wenn du zurückkommst, musst du mit ihm reden.«

»Aber das fühlt sich nicht richtig an. Es fühlt sich nicht aufrichtig an.«

»Geht es hier denn nicht eher um Verwirrung als um Unaufrichtigkeit?«

Ich kneife mich in den Nasenrücken, hole ein paarmal Luft. *Reiß dich zusammen, Neve, Herrgott noch mal.*

Ich höre, wie die Toilettentür aufschwingt, dann Parveens Stimme, zögernd. »Neve?«

»Ja?«, beeile ich mich zu sagen. »Ja, ich bin hier.«

Sie hält einen Moment inne. »Ich sag's ja nur ungern, aber Mrs. Ogilvy ist am Telefon, und sie weigert sich aufzulegen, bis sie mit dir gesprochen hat. Offenbar bin ich nicht gut genug. Sie sagt, es ist ein Notfall.«

»Puh. Sie hört sich bedürftig an«, höre ich Laras Stimme in meinem Ohr.

»Du hast ja keine Ahnung«, sage ich düster. Mrs. Ogilvys letzter »Notfall« war eine Panikattacke um fünf vor zwölf, dass sich die Küchenbodenfliesen, über die wir uns den Kopf zermartert hatten, mit der Farbe ihres Chihuahuas beißen könnten (kein Witz).

»Sag ihr, ich komme«, sage ich zu Parveen und dann zu Lara: »Danke. Entschuldige. Muss Schluss machen.«

»Ja, schwirr ab. Und damit meine ich, nach Amsterdam. Das ganze andere Zeug kann warten.«

***

Eine Woche später checken Ash und ich in unser Hotel auf der Südseite des Vondelparks ein. Ich habe keine Ahnung, ob es dasselbe Hotel ist, das Jamie damals ausgewählt hat. Ich habe den Namen längst vergessen, und ich habe auch keine Möglichkeit, ihn herauszufinden. Aber ich weiß, dass es mich nicht kümmern sollte. Dass ich versuchen muss, es einfach zu genießen, hier zu sein, in diesem Moment. Ich meine, ich weiß, dass ich Ash mehr als das schulde – weitaus mehr –, aber es ist zumindest ein Anfang. Er hat sich die Mühe gemacht, ein heimliches langes Wochenende zu organisieren, über Kelley, ausgerechnet, die in ihren Flitterwochen Konferenztelefonate führte und denkt, dass gesetzliche Feiertage verboten werden sollten.

Daher ignoriere ich die gelegentlichen Stromschläge, die, wie ich weiß, mein Gewissen sein müssen, und vergrabe sie alle unter schöneren, angenehmeren Gefühlen.

Ich bezweifle nicht, dass das, was ich für Ash empfinde, Liebe ist – ich erkenne ihre erdrückende, magenumdrehende Macht nur zu gut. Aber ob ich in Jamie oder Ash oder eine seltsame Verschlingung der beiden verliebt bin, kann ich allmählich immer schwerer sagen.

An unserem ersten Nachmittag verbringen wir mehrere verträumte Stunden damit, durch Kopfsteingassen zu schlendern, an Kanälen entlang, die im Sonnenlicht golden schimmern, inmitten einer Flut klingelnder Fahrräder, unter den puppenhausartigen Fassaden der Gebäude, zwischen vorbeizuckelnden Straßenbahnen und jahrhundertealten Brücken. All das hat etwas Märchenhaftes, und ich lasse mich so sehr davon verzaubern, dass ich bald nicht mehr weiß, wie oft Ash mich schon einem Fahrrad aus dem Weg zerren musste. Wir reden und reden, über die Arbeit und unsere Freunde und Familien, über Bücher, die wir lesen, und Politik, über Ashs albtraumhaften Vermieter auf der Uni und das Peinlichste, was wir je getan haben, den Fluch von Gruppenchats und unsere besten Schnäppchen aller Zeiten im Mittelgang bei Lidl. Er bringt mich so heftig zum Lachen, dass ich nach Luft schnappen muss, vor allem bei seiner schreiend komischen Parodie der Frau aus dem Apartment nebenan, die sich so viel Facial Filler hat spritzen lassen, dass sie nicht mehr klar sprechen kann.

Wir vergessen zu essen, achten nicht darauf, wie spät es ist oder in welche Richtung wir laufen. Die Stadt brodelt vor spätsommerlicher Hitze und fröhlicher Stimmung. Die Straßencafés sind brechend voll, und auf den Gehsteigen wimmelt es von Leuten. Als sich die Dämmerung senkt, steigt ein fahler, rhabarberfarbener Mond über dem Gewirr von Häuserdächern am Himmel auf. Schließlich, in der dunklen Ecke einer am Wasser gelegenen Bar, wallt die Hitze zwischen uns auf, und wir stürzen los, um in aller Eile ein Taxi, unser Hotel, unser Zimmer, unser Bett zu finden.

Er sagt mir, dass er mich liebt, während er sich auf mir bewegt und ich die Beine fest um ihn geschlungen habe. Und während ich das Gleiche zu ihm sage, sehe ich durch das dunkle Rechteck des Fensters eine Million Sterne am Nachthimmel funkeln.

Am nächsten Morgen, nach Bagels und Kaffee, gehen wir zusammen los, am Kanal entlang. Und auf einmal geschieht etwas Seltsames. Ohne zu überlegen, erzähle ich Ash von den schiefen Häusern, den Hebehaken und versteckten Gärten, den Familienwappen an Gebäuden, die den Wohlstand der Kaufleute des siebzehnten Jahrhunderts zur Schau stellen. Ich beschreibe den Designstil des Mittelalters, der Niederländischen Renaissance, die Einführung des französischen Innendesigns im achtzehnten Jahrhundert. Wir schlendern durch das Gewirr von Gassen, unter Reihen mächtiger Bäume, zur Amsterdamer Schule und dem Rijksmuseum, dem Bahnhof Amsterdam Centraal, und ich erzähle ihm alles über die Ingenieurskunst der Brücken in der Stadt. Ich tue das Gleiche bei der Nieuwe Kerk, der gotischen Oude Kerk. Ich kann nicht aufhören zu reden, die Worte sprudeln einfach aus mir hervor wie Geständnisse.

Ich bin keine Architekturexpertin. Aber im Laufe von sieben Monaten, vor zehn Jahren, habe ich, glaube ich, mehr über Amsterdam gelesen als über ein einziges meiner Studienthemen. Ich war so gefesselt und begeistert von dem Gedanken an meinen ersten Urlaub mit Jamie, dass die Informationen irgendwie alle hängen geblieben sind, wie es bei Obsessionen so oft der Fall ist.

Schließlich, gegenüber dem Stedelijk Museum, gehen wir einen Kaffee trinken. Von unseren Fensterplätzen haben wir eine erhöhte Aussicht auf die Straße mit ihrem Zickzack von Straßenbahnlinien, die Türme des Rijksmuseums.

»Also«, sagt Ash, während er mit einer Hand über seinen Kiefer streicht und mich ansieht, »falls die Frage gestattet ist, was zum Teufel war das?«

Sein dunkles T-Shirt entspricht genau der tiefen Pigmentierung seiner Augen. »Was denn?«

»Ich hätte *Geld* für die Tour bezahlt, die du eben mit mir unternommen hast. Wie kommt es, dass du so viel über Architektur in Amsterdam weißt?«

»Ich bin einfach … eine Art Schwamm, wenn es um solches Zeug geht.«

Eine Pause tritt ein. »Du kannst es mir ruhig sagen, weißt du. Wenn du schon mal in Amsterdam warst. Bist du … mit Jamie hier gewesen?«

Ich starre auf die Straße hinaus, auf den Tumult von Taxis und Straßenbahnen und Leuten. »Nein, nie. Versprochen.« So viel zumindest ist wahr.

Seine Miene entspannt sich ein klein wenig. »Na ja, wie auch immer. Es ist schön, dass ich diesen Teil meiner Persönlichkeit nicht vor dir verbergen muss.«

»Welchen Teil?«

»Den Teil, der von einem richtig guten Gebäude angetörnt wird.«

Ich lache.

»Ich hätte diese Reise um ein Haar storniert, weißt du. Nach dem … was passiert ist. Ich bin so froh, dass ich es nicht getan habe.«

Ich schlucke den Wirrwarr von Gefühlen in meiner Kehle hinunter. Es erfordert ein bisschen Anstrengung. »Ich auch.«

Kapitel 32

An unserem letzten Abend gehen wir in ein Restaurant, das Ash von Gabi empfohlen wurde. Es ist winzig – drinnen gibt es nur zwei Reihen mit Tischen –, aber es ist romantisch und rustikal und fühlt sich tröstlich und typisch europäisch an. Die Wände sind mit französischen Vintage-Plakaten beklebt. Weinflaschen und warm flackernde Kerzen stehen überall, und es gibt jede Menge dunkle Ecken, um es sich gemütlich zu machen.

Ich wundere mich, zu erfahren, dass das Restaurant Gabis Idee war, angesichts der Tatsache, wie selten sie sich Ash zufolge heutzutage sprechen.

»Sie hat mich vor nicht allzu langer Zeit angerufen«, sagt er, während er ein Stück Sellerie in den Fonduetopf zwischen uns taucht. »Das tut sie noch immer ab und zu, wenn sie eine Krise hat.«

»Was war das denn für eine Krise?«

»Toby.«

»Der Coachella-Typ?«

Er nickt. »Sie findet, dass sie zusammenziehen sollten. Schreckliche Idee, natürlich. Ich war vermutlich nicht so taktvoll, wie ich hätte sein können.«

»Warum ist es denn eine schreckliche Idee?«

Die Art, wie rasch sich seine Stirn furcht, verrät mir, dass Ash sich noch immer sorgt. »Es ist einfach, als ob jedes Gespräch, das sie führen, ein Streit ist. Und sie haben nicht viel gemeinsam. Er hat keinen Job. Bin mir nicht sicher, ob er je einen hatte, ehrlich gesagt.« Er hält einen Moment inne, dann nimmt er seinen Wein in die Hand. »Ich meine, wenn man mit jemandem zusammenzieht, dann sollte der Ausgangspunkt doch zumindest sein, dass man sich versteht, meinst du nicht auch?«

»Natürlich.«

»Ich meine, man sollte ständig Spaß zusammen haben und sich wahnsinnig zueinander hingezogen fühlen und ähnliche Ziele im Leben haben ... oder?«

»Auf jeden Fall. Ich meine, vielleicht solltest du ihr das sagen.«

»Ja, vielleicht«, sagt er nachdenklich. »Aber ich dachte, ich würde zuerst versuchen ... es dir zu sagen.«

Ich sehe von meinem Teller auf, furche verwirrt die Stirn.

Er sieht meine Miene und lacht. »Okay. Ich versuche hier, dich zu fragen, ob du ... gern mit mir zusammenziehen würdest, aber offenbar habe ich das völlig vermasselt.«

»Oh.« Ich spüre, wie ich von einem Schwall von Freude und Verblüffung durchströmt werde.

Über den Tisch hinweg nimmt er meine Hand. »Ich weiß, es sind erst ein paar Monate, aber ... das macht mir keine Angst, Neve. Es fühlt sich richtig an.«

Eine Sekunde verstreicht. Trotz allem kann ich ihm nicht widersprechen. Mit Ash zusammenzuziehen – mich richtig zu binden –, wird vielleicht ein Weg sein, Jamie endgültig aus meinem Kopf zu verbannen, mich von der Vergangenheit zu befreien, wieder zu der Person zu werden, die ich war, bevor das alles passiert ist.

»Ja. Okay. Ja.«

Seine Augen glänzen. »Im Ernst? Du willst es?«

Ich lächele. »Na ja. Eine Sache muss ich vorher über dich wissen.«

»Red weiter.«

»Was würdest du als deine schlimmsten häuslichen Angewohnheiten bezeichnen?«

Er lässt sich einen Moment Zeit, um darüber nachzudenken.

»Okay, ich habe nur eine einzige.«

Ich nippe an meinem Wein. »Überlass das lieber meinem Urteil.«

»Na ja, ich bin ein Müllquetscher. Ich lasse den Mülleimer stehen, bis der Deckel aufspringt, bevor ich mich aufraffen kann, hinunterzugehen und ihn wegzubringen.«

»Hmm. Du lebst in der obersten Etage. Das heißt, das ist nicht allzu schlimm, in Anbetracht der Umstände.«

»Du entschuldigst meine Müllsünden?«

»Es gibt mildernde Umstände.«

»Na schön. Und du? Ich möchte wetten, du hast nicht eine einzige schlechte Angewohnheit.«

»Oh, doch. Ich neige zum Stressputzen.«

»Dagegen ist nichts zu sagen.«

»Normalerweise nicht. Aber manches davon ist ein bisschen ... extrem.«

Er lächelt mich über sein Weinglas hinweg an. »Beispiele, bitte.«

»Na ja, das Schlimmste ist vermutlich, dass ich ... meine Bettlaken bügele. Nachdem sie auf dem Bett liegen. Ich meine, jede einzelne Falte.«

»Das klingt ... arbeitsaufwendig.«

»Es ist eine Krankheit«, gestehe ich.

»Trotzdem. Wohl kaum das, was ich schlimm nennen würde.«

»Aber was, wenn du darauf wartest, ins Bett zu gehen, und ich bügele?«

»Dann ... werde ich dir einfach eine verlockendere Alternative aufzeigen müssen.«

Ich lächele. Unter dem Tisch streicht er mit dem Fuß über meine Wade. Über dem Tisch drückt er meine Hand. Er kann es nicht lassen, mich zu berühren, und mir geht es umgekehrt genauso.

»Also«, sagt er. »Abgesehen vom Müllquetschen und Bettlakenbügeln, meinst du, wir wären gute Mitbewohner?«

»Ehrlich gesagt, ja.«

Er beugt sich über den Tisch vor und küsst mich, stößt dabei um ein Haar den Fonduetopf zwischen uns um. Irgendjemand klatscht. Und mein Herz schlägt einen Purzelbaum.

Kapitel 33

Damals

Es war Mai. Jamie verbrachte lange Stunden an der Uni, um den Antrag für das Forschungsprojekt in seinem Abschlussjahr zu überarbeiten.

In Norwich erwachte der Frühling, die Bäume ein wogendes Meer aus Blättern und Blüten. Wir hatten in jenem Jahr Hausspatzen, die unter den Dachvorsprüngen nisteten. Stare waren häufige Besucher in unserem winzigen, verwilderten Garten. Die Abende waren heller geworden, die nach Jasmin duftenden Stunden lang und golden, die Nächte swimmingpoolwarm.

Eines Mittags kam Lara nach Hause und traf mich zusammengerollt auf dem Sofa an. Ich hätte in der Uni sein sollen, um meiner Hausarbeit zu Textilabfall den letzten Schliff zu geben. Aber stattdessen sah ich mir *Gavin & Stacey* an, im Pyjama unter einer Decke, trotz der Wärme des Tages draußen.

»Puh«, sagte Lara, als sie mich dort reglos sitzen sah. »Ich habe dir doch gesagt, mix niemals Ouzo mit ... na ja, dir.«

Sie setzte sich neben mich. Eine dünne Schweißschicht lag auf ihrer Haut von ihrem Weg hierher. Ihre Sommersprossen begannen zu sprießen.

Auf dem Bildschirm stauchte Nessa Smithy zusammen. Lara atmete fröhlich aus. »Meine Königin.«

Ich lächelte matt. »Ja. Aber Pam ist immer noch die Beste.«

Ich hatte mir immer eine Mum wie Pam gewünscht.

Wir sahen es uns ungefähr zehn Minuten zusammen an, bevor ich sagte: »Es ist übrigens kein Ouzo.«

Meine Stimme klang seltsam, selbst in meinen eigenen Ohren. Lara schnappte sich die Fernbedienung und schaltete den Fernseher stumm.

Ein paar Sekunden verstrichen. Sie musterte mich. »Sprich mit mir«, sagte sie schließlich.

»Ich bin überfällig.«

»Wie lange?«

»Drei Wochen.«

»Was?«

Ich wusste, dass ich mich nicht wiederholen musste.

»Warum zum Teufel ist dir das nicht früher aufgefallen?«

»Ich weiß nicht. Ich hatte einfach … anderes Zeug im Kopf, nehme ich an.«

»Wow. Okay. Was für Zeug? Na ja, lass uns einen Test besorgen.«

»Drei Wochen ist ganz schön lange, oder?«

Sie fing meinen Blick auf. »Hast du es Jamie schon gesagt?«

Es wird alles gut, dachte ich. Lara ist hier.

»Noch nicht.«

»Gut. Dann komm. Gehen wir.«

»Ich glaube nicht, dass ich bereit dafür bin.«

»Scheiß auf *bereit*«, sagte sie. »Es sind drei Wochen. Wir gehen.«

Wir besorgten uns den Test in dem Supermarkt in der Earlham Road. Es war das einzige Mal, dass ich je das Haus im Pyjama verlassen hatte, außer vielleicht, wenn ich den Müll wegbrachte, was nicht zählte. Ich dachte darüber nach, was Jamies Mum sagen würde, wenn sie mich sehen könnte, und verspürte einen Anflug von kleinlichem, jugendlichem Triumph.

Ich schlug vor, mehr als nur einen Test zu besorgen, nur um sicherzugehen, aber Lara meinte, viele Tests zu machen sei nur etwas, was in Filme und Fernsehsendungen eingebaut würde, um uns alle zu Geiseln des Kapitalismus zu machen. »Als ob sie nicht schon genug Abzocke sind«, murmelte sie laut, genau vor dem Typen an der Kasse.

Bei diesen Worten lachte eine Frau hinter uns in der Schlange laut auf. »Ein solches Highlight kostet im Allgemeinen weitaus mehr als sechs Pfund, glaub mir. Die beste Ausgabe, die ich je getätigt habe.«

»Meinst du, sie war positiv oder negativ?«, fragte ich Lara, als wir das Geschäft verließen.

»Bin mir nicht sicher«, überlegte Lara stirnrunzelnd. »Aber jemand sollte ihr vermutlich sagen, dass sie die falschen Drogen nimmt.«

Wieder zu Hause, pinkelte ich auf den Test, dann setzten wir uns zusammen aufs Sofa und warteten.

»Was glaubst du, was Jamie sagen wird, falls du es bist?«, fragte Lara. Sie hielt meine Hand zur Unterstützung, auf eine Art, für die meine Mutter den Dreh nie wirklich herausbekommen hatte.

Ich hatte den ganzen Vormittag über meine Mum nachgedacht. Darüber, ob sie mich gewollt hatte. Ob ein Schwangerschaftstest ihr »*Sie liebt ihn – sie liebt ihn nicht*«-Moment gewesen war. Ich hatte sie nie rundheraus gefragt, denn ich war mir nicht sicher, ob ich die Antwort in ihrer verräterischen Miene wirklich sehen wollte: die Bestätigung, dass ich nicht gewollt gewesen war.

Jedenfalls nicht von ganzem Herzen. Dass ich das Leben als Abwägung begonnen hatte, als eine Liste von Pros und Kontras, die, so, wie ich meine Mutter kannte, vermutlich noch immer irgendwo zerknittert in einer Schublade lag. Ich wunderte mich, dass sie sie nicht an meinem achtzehnten Geburtstag zum Spaß hervorgezogen hatte.

Ich stieß einen Atemzug aus. Aus irgendeinem Grund fiel es mir schwer, mir Jamies Reaktion darauf, dass ich schwanger war, vorzustellen. »Ich habe keine Ahnung«, sagte ich zur Antwort auf Laras Frage.

Sie wies mit einem Nicken auf den Test, der mit der Anzeige nach unten auf dem Couchtisch lag. »Gleich wissen wir's. Drei Minuten noch.«

Aber ich musste gar nicht erst hinsehen. Ich wusste, was dort stehen würde. Die Glocke in meinem Körper hatte bereits geläutet. Ich drehte das Stäbchen um, fluchte, dann verblüffte ich mich selbst, indem ich lachte.

Lara fluchte ebenfalls, und ihre Finger drückten meine.

Später wurde mir bewusst, dass mein Lachen instinktiv gewesen sein musste. Der unterbewusste körperliche Ausdruck einer Freude, bei der ich mir nicht ganz sicher gewesen war, dass ich sie empfinden würde.

Jamie und ich hatten ein ganz neues Leben gezeugt. In mir war ein Baby, das halb er, halb ich war. Wir würden *Eltern* werden.

Wenn ich bis zu diesem Punkt noch nicht gewagt hatte, zuzugeben, wie ich mich fühlte, dann wusste ich es jetzt. Ich war überglücklich. Ich dachte an das, was die Frau in dem Geschäft gesagt hatte, und begriff, dass sie gewollt haben musste, was ich jetzt hatte.

»Bist du glücklich?«, fragte Lara zögernd.

»Ja.« Ich begann zu weinen.

Sie schlang die Arme um mich. »Ich werde für dich da sein. Was immer passiert. Du und ich – zusammen schaffen wir alles.«

Du meinst, falls er das hier nicht will.

»Du musst es ihm ja nicht sofort sagen«, meinte sie. »Falls du ein bisschen mehr Zeit brauchst, um darüber nachzudenken.«

Ich stellte mir Jamie vor, an der Uni den Kopf über seine Arbeit gebeugt, ahnungslos, und verspürte einen Schwall von Liebe, während ich an die Dinge dachte, die er immer sagte, wie zum Beispiel: *Wenn wir Eltern sind* oder *Wenn wir selbst Kinder haben.* Und ja, vielleicht passierte das alles ein bisschen früher, als wir erwartet hatten. Aber ich begann allmählich, mir sicherer zu sein, dass er das hier wollen würde. Oder, genauer gesagt – dass er mich genug liebte, um es zu wollen.

»Ich weiß, es scheint verrückt, Lar, weil wir Studenten sind und wir noch keine richtigen Jobs haben oder eine feste Bleibe. Aber wir sind verliebt. Wir schaffen das.«

Jamie wollte an diesem Wochenende seine Eltern besuchen. Selbst Harry hatte offenbar vor, sich blicken zu lassen, auf einem seltenen Besuch von Zürich. Ich konnte mir beim besten Willen nicht vorstellen, wie Jamie Chris und Debra sagte, dass sie Großeltern werden würden. Ich war mir ziemlich sicher, dass sie an die Decke gehen würden. Sollte ich mitkommen, damit wir es gemeinsam bekannt geben könnten?

Lara verschwand in die Küche, um eine Zuckerbombe zu fabrizieren, die wir uns im Allgemeinen für Kater, schlechte

Noten und unsere Tage aufhoben. Schokoladenpuddings, in der Mikrowelle erwärmt, mit je einem halben Marsriegel, der darüber geschmolzen wurde.

Nach ein paar Minuten kam sie wieder und reichte mir eine Schale. Ich verspürte noch immer einen leicht beunruhigenden, unbezwingbaren Drang, zu lachen.

»Aber was wirst du tun?«, fragte sie, während sie mit einem Löffel in ihren Pudding stach. »Mit deiner Karriere und allem? Es wird schwieriger sein, wenn du ein Baby hast.«

Ich musste prompt an die fantastische Zeit denken, die ich im vergangenen Sommer bei Kelley Lane Interiors gehabt hatte. Lara hatte recht gehabt – ich hatte mich bei meinem Praktikum dort so ausgefüllt gefühlt wie schon lange nicht mehr. Vermutlich noch nie.

Aber ein Baby hieß nicht, dass ich keine Karriere haben konnte. Es hieß nur, dass es ein klein wenig komplizierter sein könnte.

»Wir schaffen das schon. Wir werden einen Weg finden.«

»Meinst du«, sagte sie sanft, »dass du das hier vielleicht wegen all dem willst, was mit deinen Eltern passiert ist?«

Es war nicht das erste Mal, dass sie das zu mir sagte. Ich wusste, dass sie dachte, ich würde bei Jamie die Stabilität und liebevolle Familie suchen, die ich zu Hause nie erlebt hatte.

Aber selbst wenn ich das tat, na und? In diesem Augenblick fühlte ich mich fast selig, berauscht von irgendeiner Art Hormon, einem, das mich glauben ließ, dass mein Baby und ich – oder zumindest der Zellklumpen in mir – schon jetzt beschützt waren von einer Art Schild, einer Blase, etwas, das alle Negativität in Schach halten würde. »Ist das denn wichtig?«

Sie zuckte die Schultern. Aber dann schien sie ihre Kraft zusammenzunehmen, um noch etwas anderes zu sagen.

»Sag schon«, forderte ich sie auf.

»Ich habe vorhin gesehen, wie Jamie ... mit der Faust gegen eine Wand geschlagen hat.«

Ich blinzelte. »Was meinst du damit?«

»Genau das. Ich habe gesehen, wie er ... mit der Faust gegen eine Wand geschlagen hat. Das heißt, nicht geschlagen. Irgendwie dagegengehämmert, mit der Hand. Ich glaube nicht, dass er irgendetwas beschädigt hat. Aber er sah ... ziemlich wütend aus.«

Eine Sekunde verstrich. »Mein Jamie?«

»Ja. Im Korridor, im Hauptgebäude. Er war am Telefon, mit jemandem namens Heather. Er hat andauernd ihren Namen gesagt, immer wieder. Na ja, irgendwie gebrüllt.«

Ich spürte, wie sich meine Freude in Eis verwandelte. Die Blase zerplatzte.

Heather. Das Mädchen, das ihn zu Beginn des Semesters angerufen hatte. Seine, wie er gesagt hatte, Mentorin.

»Wer ist sie?«, fragte Lara.

»Ich weiß nicht. Ich meine, irgendwie schon. Ich bin ihr nie begegnet. Er hat mit ihr zusammengearbeitet.«

»In London? Letzten Sommer?«

Ich nickte.

Ein langes Schweigen trat ein, in dem ich spüren konnte, wie Laras Augen mein Gesicht musterten. »Neve. Meinst du ...«

»Niemals. Das würde er nicht tun.«

»Okay.«

»Was heißt das?«

»Es heißt, okay.« Sie hob die Hände. »Wenn du mich fragst, ich glaube auch nicht, dass er es tun würde.«

Obwohl ich eindeutig über irgendetwas im Dunkeln war,

verschaffte es mir einen Anflug von Beruhigung, dass Lara mich nicht für naiv hielt.

»Ich hätte nichts gesagt, wenn ich gedacht hätte ... Ich bin davon ausgegangen, dass du weißt, worum es bei dem Streit ging.«

Ich zuckte nur die Schultern, denn uns beiden war klar, dass ich es nicht wusste.

»Du musst mit ihm über das Baby reden.«

»Ich weiß.«

»Hab keine Angst.«

»Hab ich nicht.«

Aber natürlich hatte ich Angst. Es war unmöglich zu wissen, welche Bombe ich als Erstes platzen lassen sollte: einen Streit mit einem anderen Mädchen, der so leidenschaftlich war, dass Jamie gegen die nächstbeste Wand geschlagen hatte? Oder die Tatsache, dass ich unser Baby erwartete?

Letztendlich nahm Jamie mir die Entscheidung ab. An jenem Abend gingen wir in die Stadt, um einen Film zu sehen, den er schon seit einer Weile sehen wollte, und er zuckte leicht zusammen, als ich seine Hand nahm. Ich fragte mich, ob es die Folge davon war, dass seine Faust an dem Tag bereits Bekanntschaft mit einer Backsteinwand geschlossen hatte.

Der Abendhimmel ging träge, fliederfarben, in die Nacht über. Ein schwerer Geruch von Blüten, gemähtem Gras und sich sammelndem Tau lag in der Luft. Ich dachte an das aufkeimende neue Leben in meinem Bauch und wie passend es war, dass Frühling war. Das Timing fühlte sich schon jetzt poetisch an.

»Lara hat dich vorhin streiten hören, am Telefon«, sagte ich, während wir gingen. Ich sprach mit leichter Stimme, frei von Vorwürfen. »Mit Heather.«

Ich hatte gedacht, er würde vielleicht erstarren oder dichtmachen, anfangen zu stammeln. Aber stattdessen sagte er: »Oh, Gott. Hat sie das gehört?« Er schien verlegen, aber nicht erschrocken. Nicht wie jemand, der ein Geheimnis zu verbergen hatte.

»Ich glaube, das halbe Gebäude hat es gehört.«

Er schüttelte den Kopf, als wäre er entnervt. »Heather hat ... angerufen, aus heiterem Himmel. Sie hat gesagt, sie hätte meinen Lebenslauf an die Personalabteilung von A&L geschickt. Sie haben mir noch ein Praktikum angeboten, Beginn nächsten Monat.«

Ich kämpfte gegen den Drang an, eine Hand an meinen Bauch zu legen. Ich hatte schon seit einer Weile den Verdacht gehegt, dass er für den Sommer nach London zurückkehren würde. Ich wusste, dass sein Dad versucht hatte, ihn zu überreden. Aber Jamie hatte ihn hingehalten, hatte gesagt, er hätte sich noch nicht entschieden. Was ihm überhaupt nicht ähnlichsah. Zaudern lag nicht in seiner DNA.

»Ja«, fuhr Jamie fort. »Offenbar hat sich Heathers Boss mit meinem Dad zum Lunch getroffen, und sie haben sich irgendwie darauf verständigt, dass ich zurückkommen würde, bevor sie überhaupt mit mir gesprochen hatten. Ich nehme an, ich war einfach ein bisschen ... verärgert, weißt du. Als ob alle meinen Sommer für mich planen würden.«

Bei diesen Worten fühlte ich mich ein wenig im Zwiespalt. Natürlich wollte ich nicht, dass Jamie ging. Aber ich fand trotzdem, dass er froh sein sollte, dass offenbar noch ein gut bezahltes Praktikum von seinem Dad aus irgendeinem Oberschicht-Hut gezaubert worden war.

»Jedenfalls, Heather hat angefangen, es so hinzustellen, als wäre ich undankbar, und ich bin einfach … Na ja, es war nicht wirklich ein Streit. Ich bin einfach ein bisschen laut geworden, als ich es vermutlich nicht hätte tun sollen, weil sie die ganze Zeit über mich hinweggeredet hat.«

Ich konnte schon jetzt erkennen, dass Jamies Version des Gesprächs massiv von Laras abwich. Aber ich tendierte dazu, ihm zu glauben. Lara musste übertrieben haben. Dazu neigte sie gelegentlich. Ich hatte nie gesehen, dass Jamie auf eine Wand oder einen Tisch oder sonst irgendetwas einschlug. Dafür war er einfach nicht der Typ.

Ich wusste, dass ich mich, wenn ich ihm nicht von meinem Geheimnis – *unserem* Geheimnis – erzählte, bald für noch einen ganzen Sommer von ihm verabschieden müssen würde, während unser Baby in mir heranwuchs.

Im Kino trank ich eine große Limonade, und wir teilten uns Popcorn anstelle einer richtigen Mahlzeit. Meine Essgewohnheiten – ganz zu schweigen von so ziemlich allem anderen in meinem Leben – würden sich ändern müssen.

Aber aus irgendeinem Grund konnte ich selbst später an diesem Abend und auch noch mehrere Abende danach einfach nicht die Worte finden, um es ihm zu sagen.

Kapitel 34

Jetzt

Nach Amsterdam überlegen Ash und ich ein bisschen hin und her, wo wir leben wollen. Schließlich entscheiden wir, dass es in praktischer Hinsicht am sinnvollsten ist, wenn er bei mir einzieht. Wir sind nicht bereit, irgendwo zusammen etwas zu kaufen, und es gibt einen Teil von mir, dem es fast unmöglich erscheinen würde, mein Haus zu verlassen. Es ist meine Zuflucht, wenn ich zu kämpfen habe, der Ort, an den ich entfliehe, wenn ich versuchen muss, aus der Welt schlau zu werden. Mein Herz steckt in seinen Wänden. Jeden Tag überschütte ich es mit Liebe. Erst gestern habe ich die Küchenarbeitsplatten sorgfältig geölt und die ersten kupferfarbenen Spuren des Herbstes von der Terrasse hinter dem Haus geschrubbt.

Ash hingegen kann sich – obwohl er seine Wohnung liebt – mit dem Gedanken anfreunden, eines Tages weiterzuziehen. Sein endgültiges Zuhause zu finden. »Eine Bruchbude, die auf Vordermann gebracht werden muss«, sagt er eines Abends, während wir Spaghetti essen, zu mir. »Das wäre mein Traum.«

»Ich schätze, darin könntest du richtig gut sein«, sage ich, während ich insgeheim denke, dass ich es auch wäre.

Er lächelt, wickelt etwas Pasta um seine Gabel. »Eines in die Finger zu kriegen, das ist das Schwierige dabei.«

»Du hast doch bestimmt jede Menge Kontakte.«

»Schon. Aber alte Häuser kriegt man nicht mehr zum Freundschaftspreis.«

Ich denke an das Haus meiner Mutter, an die Verbrechen an dem historischen Charme, die sie jeden Tag begeht.

»Ihr seid ja verrückt«, sagt Parveen, als ich ihr erzähle, dass Ash bei mir einzieht.

»Du meinst, es ist zu früh?«

Ein Teil von mir hat tatsächlich das Gefühl, dass es ein bisschen schnell ist. Dass es genau das ist, was meine Mutter tun würde – mit jemandem zusammenziehen, weil es sich romantisch anfühlt, nicht weil es eine vernünftige Entscheidung ist.

Parveen lacht. »Nein, ich habe gemeint, ihr solltet etwas zusammen kaufen.«

»Dafür ist es viel zu früh. Außerdem hänge ich zu sehr an meinem Haus.«

»Weißt du, wie lange Maz und ich zusammen waren, bevor wir entschieden, unser Haus zu kaufen? Sechs Wochen.«

»Ist nicht wahr.«

»Doch. Wir wussten es einfach.« Sie hält einen Moment inne und nippt an ihrem Kaffee. »Außerdem, weißt du ... war ich schwanger.«

Ich bringe ein Lächeln zustande, obwohl sich dieses Wort für mich, selbst nach all den Jahren, im Allgemeinen noch immer wie ein Schlag in die Magengrube anfühlt. »Na ja, eben. Wir sind nicht in der gleichen Zwangslage, in der ihr wart.«

Sie wendet sich wieder der 3D-Wiedergabe zu, die sie ansieht.

»Ich denke einfach, wenn man es weiß, dann weiß man es. Die Leute spotten gern über Wirbelwind-Romanzen, aber das tun sie nur, weil sie neidisch sind.«

Ich denke an meine Mutter. Für sie ist Liebe keine Liebe, wenn sie sich nicht nach Sturmstärke anfühlt. »Oder vernünftig.«

»Gott, aber wäre das Leben nicht einfach so langweilig, wenn wir alle vernünftig wären?« Sie schaudert. »Da ist mir ein Wirbelwind jederzeit lieber.«

Sie erinnert mich immer so sehr an Lara, wenn sie so etwas sagt.

Lara und ich gehen zum Lunch in die Waffelbude in der St Giles Street. Ich schlinge meine Waffel hastig hinunter, da ich eine knappe Deadline in der Arbeit und eigentlich keine Zeit für lange Mittagspausen habe. Aber ich wollte sie sehen.

»Hast du gar keinen Hunger?«, frage ich sie schließlich sanft, denn in den letzten zehn Minuten hat sie das Essen auf ihrem Teller fast nur hin und her geschoben.

»Wie läuft's mit Ash?«

Ich kann mich nicht länger beherrschen. »Ist es wegen dieser Diät, auf der du bist? War das deine Idee?«

»Was? Ich bin auf keiner Diät. Was redest du denn?«

Ich lege meine Gabel hin und versuche, Blickkontakt aufzunehmen. Sie weicht ihm aus. »Lara. Dieses Entgiftungs…«

»Ich vermisse die Arbeit«, sagt sie, und auf einmal sprudeln die Worte aus ihr hervor. »Ich vermisse London und die Arbeit und meine Wohnung und meinen Dad und mein altes Leben und zu wissen, dass …« Sie bricht ab und schüttelt den Kopf.

Ich beuge mich vor, komme mir idiotisch vor, weil ich

dachte, dass es bei ihrer Appetitlosigkeit nur ums Essen ging.
»Zu wissen, dass was?«

Sie schüttelt nur wieder den Kopf.

»Lar. Ist es wegen Felix?«

Sie scheint sich ein wenig zu fangen und nimmt einen Schluck von ihrem Wasser. »Ist was wegen Felix?«

»Ist Felix der Grund, weshalb du dich so fühlst, so …«

»Felix ist die Liebe meines Lebens.« Bei diesen Worten sieht sie mir genau in die Augen.

»Ich weiß. Aber manchmal … macht das die Dinge schwerer, nicht leichter.«

Sie denkt ein, zwei Augenblicke darüber nach, dann schüttelt sie ein drittes Mal den Kopf. »Komm schon. Sprich mit mir. Wie läuft's mit Ash?«

Ich habe ihr noch nicht gesagt, dass Ash sich heute mit einem Immobilienmakler trifft, um darüber zu reden, die Old Yarn Mill zu vermieten, und seine Hypothekenbank anruft, um zu sehen, ob er sein Darlehen umschulden kann. Er tut das alles … und doch habe ich ihm noch immer nicht meine Theorie dazu gebeichtet, was in der Nacht seines Unfalls wirklich passiert ist. Ich schiebe es seit Wochen vor mir her, da ich unsere Wiederannäherung oder Amsterdam oder unser Zusammenziehen nicht gefährden wollte. Jeden Tag scheint es einen neuen Grund zu geben, noch zu warten.

Aber es gibt keinen guten Grund, Lara nicht einzuweihen.

Ich mache den Mund auf, um ihr alles zu erzählen; aber ihr Verhalten verrät mir, dass sie im Moment zu viel im Kopf hat, um sich das alles anzuhören. Auch wenn ich mir nicht ganz sicher bin, ob es wegen Felix oder ihrer Mum ist.

Daher erzähle ich ihr stattdessen nur von unseren letzten Ausgehabenden und was wir auf Netflix sehen und von seinen Freunden, die mir Darts beibringen, wofür ich – wie sich herausstellt – ein unerwartetes Talent habe.

»Ich weiß«, sage ich, als Lara lacht. »Warum konnte ich nicht eine heimliche Begabung für irgendetwas richtig Cooles haben, wie Snowboarden oder Poker oder sieben Sprachen fließend zu sprechen oder so? Die Pubbesitzerin hat ständig versucht, mich zu überreden, ihrer Damenliga beizutreten. Sie hat meine Nummer. Sie hat mir die ganzen Details per WhatsApp geschickt.«

Lara schüttelt den Kopf, versucht, ihre Fassung wiederzugewinnen.

»Na ja, was spricht denn dagegen?«

»Meine *Mum* ist dort Mitglied. Und ... letztes Weihnachten haben sie einen Dartsliga-Kalender gemacht.«

Ihr Mund klappt ein wenig auf. »Oh, mein Gott.«

»Jede Menge strategisch platzierte Dartboards«, sage ich. Ich winde mich innerlich bei der Erinnerung.

»Den *muss* ich sehen. Hat sie ihn noch?«

»Natürlich. Ehrenplatz auf dem Klo im Erdgeschoss.«

»Welcher Monat war sie?«

»Februar, Mai *und* August. Natürlich. Konnte gar nicht genug kriegen.«

Wir lachen immer weiter, was heißt, dass ich mir das ganze kompliziertere Zeug – die emotionale Belastung, einen Mann zu lieben, der nur die halbe Geschichte kennt – für ein andermal aufheben kann.

Ash und ich liegen im Bett, schieben das Aufstehen hinaus, da zum ersten Mal seit Monaten eine herbstliche Kühle in der Luft liegt. Wir mussten lachen, weil wir gestern Abend spät nach Hause gekommen sind, betrunken von Espresso Martinis, und Ash uns Käsetoasts gemacht hat, die wir im Bett gegessen haben. Erst jetzt, wo wir wieder nüchtern sind, ist uns klar geworden, dass die Matratze mit Krümeln übersät ist. Ash schüttelte den Kopf und sagte, wir seien Tiere, aber das war mir egal. Es war der beste Käsetoast, den ich je gegessen hatte, weil er ihn für mich gemacht hat, in einem entzückenden nächtlichen Versuch, meinem Kater vorzubeugen.

Sobald wir aus dem Lachen herausgekommen sind, dreht er den Kopf auf dem Kissen zu mir um und sagt: »Hey, ich will dich etwas fragen.«

»Okay«, sage ich. Mein Herz hämmert ein bisschen härter, wie immer, wenn er mich so ansieht.

»Wirst du mit zum Dinner bei meinen Eltern kommen? Übernächsten Samstag?«

Ich lächele zögernd. »Was ist der Anlass?«

»Der Anlass ist, dass ich will, dass du sie kennenlernst.« Er rutscht ein bisschen näher, dann rollt er sich auf den Bauch und stützt sich auf die Ellenbogen. Ich spüre, wie sein Atem meine Haut streift. »Na ja, das und der Geburtstag meiner Mum. Gabi wird auch da sein.«

Ich habe oft versucht, mir vorzustellen, wie sich das Leben für Ashs Familie seit seinem Unfall anfühlen muss; der eigenartige Schmerz, jemanden zu verlieren, der noch immer am Leben ist, und ihn nie wirklich zurückzubekommen. Wie würden sie reagieren, wenn ich ihnen sage, was ich glaube? Vielleicht wären sie erleichtert. Vielleicht hätten sie endlich – zum ersten Mal seit fast einem Jahrzehnt – das Gefühl, dass schließlich alles irgendeine Art Sinn ergibt.

Aber ein solches Geständnis ist keine Option. Ich habe noch nicht einmal mit Ash geredet.

Er hatte schon einmal vorgehabt, mich seiner Familie vorzustellen, bei einer Grillparty damals im August, aber bevor es dazu kommen konnte, nannte ich ihn versehentlich Jamie. Heute Morgen hat er zum ersten Mal seitdem wieder davon geredet, dass ich sie kennenlernen soll.

»Was hast du ihnen über mich erzählt?«, frage ich ihn.

Er wirft mir einen verstohlenen Blick zu. »Das will ich nicht sagen.«

»Na ja, das musst du aber.«

»Warum?«

»Damit ich mich darauf einstellen kann. Oder du weißt schon. Absagen.«

»Na ja«, sagt er. »Ich habe ihnen erzählt, dass ich dich liebe und dass ich mir ein Leben mit dir aufbauen will.«

»Und, was haben sie dazu gesagt?«, flüstere ich.

Er beugt sich herunter, um mich zu küssen. »Ehrlich gesagt ... haben sie gesagt, sie hätten mich noch nie so glücklich gesehen.«

Selbst während ich mich dem Kuss hingebe, weiß ich, dass ein Geständnis längst überfällig ist. Denn wenn ich glaube, dass er nicht ganz der ist, der er zu sein scheint, dann kann auch ich nicht die sein, für die er mich hält. Wir leben beide eine Lüge – aber nur eine von uns weiß es.

Er lehnt sich sanft zurück, und seine tiefblauen Augen scheinen in meinen zu forschen. Spürt er, irgendwie, dass Geheimnisse in mir gären, halb fertige Sätze und verborgene Gefühle?

Ich mache den Mund auf, um zu sprechen, aber im letzten Moment überlege ich es mir anders.

Das Timing ist völlig falsch. Ich werde mit ihm reden, sobald ich seine Familie kennengelernt habe. Es sind nur noch ein paar Wochen. Sie kennenzulernen, wird mir vielleicht helfen, mich aus dieser Situation herauszuzoomen, ihren ganzen Kontext zu betrachten, sicherzustellen, dass ich nichts übersehen habe. Und dann werde ich ihm sagen, was ich glaube, werde ihm von dieser Sache erzählen, die sich immer mehr wie Tentakel anfühlen, die sich um meine Brust gelegt haben.

Kapitel 35

»Ein Schluck gegen den Kater«, sagt Ashs Schwester Gabi und reicht mir ein randvolles Glas Prosecco.
Ash schüttelt den Kopf. »Ich werde gar nicht erst fragen.«
»Sagen wir nur, es war etwas, was damals genau dein Ding gewesen wäre.«
»Dann will ich es eindeutig nicht wissen.«
»Ist vermutlich besser so.«
Als wir uns an der Haustür begegneten, mochte ich Gabi auf Anhieb. Sie umarmte mich warmherzig, nahm vollen Blickkontakt auf. Ich konnte sofort sehen, dass sie unter ihrer schroffen Art freundlich und liebenswürdig war. Die Ähnlichkeit zwischen ihr und Ash überrumpelte mich, was lächerlich ist, da sie schließlich Zwillinge sind: die gleichen dunkelblauen Augen, das gleiche verspielte Lächeln, das gleiche perlende Lachen. Sie ist ganz in Schwarz gekleidet, das Haar zu einem eleganten dunklen Bob geschnitten, der mich unerwarteterweise an Bev erinnert. Ich könnte mir Gabi gut in einem BMW vorstellen, cool am Straßenrand im Leerlauf, während sie darauf wartet, dass ihr Liebhaber endlich aus dem Haus seiner Ehefrau kommt. Ich weiß, das sollte bei mir vermutlich die Alarmglocken auslösen, aber ich habe Bev nie gehasst. Bizarrerweise grenzte das, was ich für sie empfand, immer eher an heimliche Bewunderung.

Wir sind im Wohnzimmer der Heartwells, in einem großen Einfamilienhaus gleich südlich des Stadtzentrums. Alles hier drinnen scheint mich verschlucken zu wollen: ich versuche, nicht in dem riesigen goldenen Damastsofa zu versinken, und der Flor des cremefarbenen Teppichs unter meinen Füßen ist so tief, dass er sich wie Treibsand anfühlt. Ich habe panische Angst davor, irgendetwas zu verschütten, obwohl Ed und Juliet, Ashs Eltern, nichts als Herzlichkeit ausstrahlen und immer wieder einladend lächeln. Seit wir angekommen sind, werde ich aufgefordert, mich beim Knabberzeug zu bedienen. Überall stehen Schalen mit gebrannten Mandeln, mit Knoblauch gefüllten Oliven und kleinen Manchego-Käsewürfeln. Klassische Musik driftet sanft aus einer Stereoanlage in der Ecke des Raums. Ich kann sehen, dass es ein großer Tag für sie ist – ein echtes Ereignis. Und das nicht nur, weil es Juliets Geburtstag ist.

Bis jetzt habe ich noch keinen Hinweis auf die Entfremdung zwischen ihnen allen bemerkt, von der Ash mir erzählt hat. Aber ich weiß besser als jeder andere, dass familiäre Spannungen tief unter der Oberfläche liegen können.

Es ist nicht zu übersehen, dass die Heartwells Geld haben – dass sie das sind, was Mittelschichtsleute als *gut situiert* bezeichnen würden –, aber sie protzen nicht damit, wie es Jamies Eltern immer taten. Ich möchte wetten, dass sie sich in einem anständigen Pub wohler fühlen als in einem Michelin-Sternerestaurant. Ich glaube nicht, dass sie mehr als dieses eine Haus besitzen, und ich kann mir auch nicht vorstellen, dass sie einen Weinkühlschrank haben, der ausschließlich Champagner vorbehalten ist.

»Ash hat uns erzählt, dass ihr zusammenzieht, Neve«, sagt Juliet warmherzig, nachdem wir alle angestoßen haben. Sie ist sittsam gekleidet, in einem Oberteil mit Spitzenborte und einer schmal geschnittenen, hellen Hose. Ihre Maniküre sieht teuer aus. Ich möchte wetten, sie verliert nie ihre Nägel hinter der Sofalehne, so wie meine Mum.

»Ich freue mich ja so für euch beide«, wirft Ed ein. Ich kann sehen, dass er freundlich ist, wie Ash. Ein guter Mann. Die Art Person, die, ohne zu überlegen, in ein brennendes Gebäude stürzen würde. Er und Juliet sitzen uns gegenüber, beide mit einem glückseligen Lächeln im Gesicht, als ob sie kaum glauben können, dass Ash in ein und demselben Zimmer mit ihnen ist, geschweige denn, sie mit seiner Freundin bekannt macht.

»Fünf Monate«, sagt Gabi kopfschüttelnd. »Ich bin mit Toby länger als das zusammen, und er weigert sich noch immer, mehr als eine Zahnbürste bei mir zu lassen.«

»Um genau zu sein, sind es fast sechs«, sagt Ash leise. Und obwohl ich keine Geschwister habe, erkenne ich trotzdem diesen Drang, wieder ein Teenager zu sein – kleinliche, erbärmliche Siege zu erringen –, der sich jedes Mal einstellt, wenn ein Familienmitglied zufällig auf den richtigen Knopf drückt.

»Das liegt vermutlich daran, dass dein Zuhause – wie soll ich es ausdrücken? – ein bisschen liebevoller Aufmerksamkeit bedarf, mein Schatz«, sagt Ed zu Gabi, worüber alle, sogar sie selbst, lachen müssen. Es ist eindeutig ein Familien-Insiderwitz: Ich habe mich immer gefragt, wie es wäre, so etwas zu haben. Ich möchte wetten, mein Dad und Bev haben sie. Ihre eigene private Sprache, ihre Kurzschrift für: *Ich verstehe dich.*

»Und weil Toby – wie soll ich es ausdrücken? – ein kleiner Waschlappen ist«, ergänzt Ash.

Gabi ignoriert ihn, steckt sich eine Handvoll Mandeln in den Mund und wendet ihre Aufmerksamkeit dann mir zu.

»Na ja, ich habe eine Idee. Du solltest vorbeikommen und mein Zuhause Feng-Shui-mäßig ausrichten. Vielleicht würde Toby sich ja tatsächlich dazu herablassen, bei mir einzuziehen, wenn du dort deinen Zauber spielen lässt.«

»Neves Job hat nichts mit Feng-Shui zu tun«, wirft Ash ein. Obwohl er ruhig spricht, ist sein Tonfall etwas düsterer geworden. Zu seiner Familie ist er ein wenig schroff, ist mir aufgefallen. Weniger fröhlich als unter vier Augen.

Ich weiß die Geste zu schätzen, aber er muss nun wirklich nicht für mich Partei ergreifen. Ich verstehe es sehr gut, Leute zu korrigieren, die davon ausgehen, dass ich meine Tage damit verbringe, Stoffmuster anzusehen und Kunden überteuerte Preise für kluge Ratschläge zu Vorhängen und Teppichen zu berechnen.

Das gehört einfach zum Job, aber im Allgemeinen stelle ich fest, dass es, wenn Leute zu beschreiben versuchen, was ich tue, mehr über sie selbst aussagt als über mich. Ich lächele Gabi zuckersüß an. Ich will, dass sie mich mag, natürlich – sie ist die Zwillingsschwester des Mannes, den ich liebe –, aber das heißt nicht, dass ich nicht eine sanfte Grenze ziehen kann.

»Wenn du Feng-Shui willst, dann gibt es darüber jede Menge tolle Bücher«, sage ich so liebenswürdig wie möglich. »Das ist eigentlich nicht mein Spezialgebiet, ehrlich gesagt.«

Das stimmt nicht ganz. Wenn eine Kundin an Feng-Shui interessiert wäre, dann würde ich es zu meinem Spezialgebiet machen, und zwar schnell. Aber ich glaube, Gabi und ich wissen beide, dass sie nicht die Absicht hat, in absehbarer Zeit meine Kundin zu werden.

Sie erwidert mein Lächeln. »Also. Wie habt ihr zwei euch gleich wieder kennengelernt?«

»Na ja, irgendwie wussten wir schon über die Arbeit voneinander. Aber richtig begegnet sind wir uns das erste Mal in einer Kunstgalerie.«

»Wirklich? Ich dachte, mein kleiner Bruder sei allergisch gegen Kultur.«

»Genau genommen sind sie Zwillinge«, sagt Juliet lächelnd zu mir und streckt eine Hand mit der Proseccoflasche aus, um uns allen nachzuschenken, »aber Gabi ist achtzehn Minuten älter.«

Ich kann sehen, dass Juliet eine geborene Friedensstifterin ist, dass sie die letzten paar Tage vermutlich damit verbracht hat, sich Sorgen darum zu machen, dass heute Abend alles glattgeht.

Mein Herz erwärmt sich für ihre, wie ich instinktiv spüre, angeborene Freundlichkeit und bedingungslose Liebe.

»Ash sagt, du hast Toby auf dem Coachella kennengelernt?«, wende ich mich an Gabi.

»Ja, aber allmählich fange ich an, zu glauben, dass das keine so tolle Idee war. Er ist tatsächlich ein Waschlappen. Aber ich war natürlich zu abgefüllt, um es mitzukriegen, als wir uns kennengelernt haben.«

Ed steht auf, um das Knabberzeug aufzufüllen. Juliet erkundigt sich, woran ich im Moment arbeite, und ich erzähle ihr von dem Bistro in der Innenstadt, das ich neu einrichte, und den Ferienhäusern in Suffolk und meinem neuesten Projekt, dem Innendesign für ein exklusives Neubauprojekt in South Norfolk.

»Und Ash ist so ein begabter Architekt«, sage ich abschließend. »Sie müssen sehr stolz auf ihn sein.«

»Oh, ja«, bestätigt Juliet. Und dann ergänzt sie lachend: »Sofern wir überhaupt schlau aus dem werden, was er macht.«

»In dieser Familie sind wir alle Ärzte«, stellt Ed klar.
»Oh, bitte kein Arztgeschwafel heute, Dad«, stöhnt Gabi. »Es ist mein freier Tag.«

Ich kann noch immer kaum glauben, dass Gabi eine voll ausgebildete Ärztin ist, hauptsächlich weil sie die Energie eines rebellischen Teenagers hat. Sie ist genau so, wie Ash sich selbst beschrieben hat, vor seinem Unfall. Ich kann mir nicht vorstellen, dass sie sich lange genug konzentriert, um auch nur eine einzige Prüfung abzulegen, geschweige denn, bei einer stundenlangen Operation die Vitalfunktionen eines Patienten zu überwachen.

»Aber das ist vermutlich ein Glück, oder?«, wendet sich Juliet an Ash. »Dass du nicht auch einer wurdest. Vier Ärzte an einem Tisch, das wäre vielleicht für jeden ein bisschen zu viel zu verkraften.«

»Das hätte er nicht lange durchgehalten«, wirft Gabi ein. »Alle Ärzte brauchen einen Funken Wahnsinn, stimmt's, Dad?«

»Na ja, es hilft eindeutig«, erwidert Ed lächelnd.

»Du denkst an Komiker, Gabi«, bemerkt Ash mit ernster Miene. Ich kann nicht ergründen, ob er verärgert oder ironisch ist.

»Egal. Es gilt auch für Ärzte.« Sie strahlt ihn an, dann wendet sie sich wieder an mich. »Mein Bruder ist genau das Gegenteil von wahnsinnig, was dich freuen dürfte zu hören, Neve. Er hat nicht einen Funken von solchem Zeug mehr in sich.«

Zum Dinner haben Ed und Juliet ein üppiges Festmahl orientalischer Spezialitäten aufgetischt (ich entdecke Ottolenghi). Der Esstisch – der riesig ist, und aus Regency-Mahagoni –

ist beladen mit Schüsseln und Platten, auf denen sich Berge von glänzendem Gemüse, cremigem Hummus, Couscous, gebratenem Fleisch und glasiertem Fisch türmen. Es ist locker genug Essen für zwanzig Leute. Es fühlt sich alles herrlich üppig und köstlich und *warm* an. So warm. Bei einer Feier wie dieser bei meiner Mutter zu Hause würde es nicht mehr als Aperitifs geben, mit ein paar gesalzenen Erdnüssen, wenn ihre Gäste Glück haben. Ich kann mich nicht erinnern, wann sie das letzte Mal in irgendetwas Mühe gesteckt hat.

»Also, Neve«, sagt Gabi, während Ed Tabouleh auf meinen Teller häuft, einen kleinen Berg anlegt, den er mit einer Hühnerkeule und einem Garnelenspieß abstützt. »Wenn du dich mit drei Wörtern beschreiben müsstest, welche wären es?«

Ed kichert. »Sie liebt diese Fragen.«

»Darauf musst du nicht antworten«, wirft Ash, an mich gewandt, ein.

»Komm schon«, sagt Gabi. »Das ist nur ein kleiner Spaß.«

»Hör auf, sie ins Verhör zu nehmen«, sagt er.

Ich lege eine Hand auf seine, um ihm zu verstehen zu geben, dass er nicht dazwischengehen muss, um mich zu retten.

Gabi weist mit einem Nicken auf meine Hand und sieht dann wieder zurück zu Ash. »Siehst du? Sie hat nichts dagegen.« Aber bevor ich die Frage beantworten kann, nimmt sie ihr Glas in die Hand und sagt: »Dieser Typ war früher *wild*, weißt du.«

Inzwischen ist sie leicht beschwipst; das erkenne ich an ihrem leicht glasigen Blick, ihrer betonten Körperhaltung.

»Sie waren ein Herz und eine Seele«, sagt Juliet verträumt, offensichtlich in Nostalgie verloren, sodass sie die Kehrtwende im Ton ihrer Tochter gar nicht mitbekommt.

»Ich weiß«, sage ich sanft.

»Themawechsel, bitte«, sagt Ash.

»Verrückt, das Zeug, das wir früher angestellt haben. Gott, erinnerst du dich noch an Manchester? Creamfields? Glasto?«

»Nicht wirklich«, murmelt er. »Ich war die meiste Zeit abgefüllt.«

Gabi sieht mich wieder an. »Ich wundere mich aufrichtig, dass er nie im Gefängnis gelandet ist, weißt du. Er wurde ein paarmal festgenommen. Meine Kumpel haben ihn immer Mr. Landfriedensbrecher genannt. Nur dass sie auch deine Kumpel waren, stimmt's, Ash? Damals, als du noch für jeden Spaß zu haben warst.«

Er gibt keine Antwort.

»Gabi«, sagt Juliet sanft. »Möchtest du vielleicht ein Glas Wasser?«

Gabi ignoriert ihre Mutter. »Wir waren beste Kumpel. Ich konnte ihm alles erzählen.«

»Gabs.« Ashs Stimme ist sanft und traurig zugleich. »Ich bin einfach … erwachsen geworden. Das ist alles.«

Sie sieht mich wieder an. »Das hier ist allen Ernstes seit einem ganzen Jahr das erste Mal, dass wir – wir vier – in einem Zimmer zusammen sind.«

Sie leben in derselben Stadt, und trotzdem ist es ein Jahr her, dass sie sich alle zum Dinner getroffen haben? Das verblüfft mich. Ich hatte keine Ahnung, dass es so lange her war.

»Das liegt an deinen Schichtdiensten«, sagt Ash. »Und wenn du nicht arbeitest, bist du immer unterwegs oder verreist oder gehst nicht ans Telefon.«

Schweigen senkt sich über den Raum. Ich bin mir ziemlich sicher, Ed und Juliet haben sich noch nie so sehr gewünscht, dass es an der Tür klingelt oder der Rauchmelder angeht. Gabi steht auf, schnappt sich ihr Weinglas und verlässt das Zimmer ohne ein Wort.

Neben mir stößt Ash einen langen Atemzug aus. »Ich sehe kurz nach, ob mit ihr alles okay ist. Kommst du hier klar?«

»Natürlich«, sage ich lächelnd, um ihn wissen zu lassen, dass es kein Problem ist.

»Gott, entschuldige das eben, bitte«, sagt Juliet zu mir. Wir haben uns in die Küche zurückgezogen, um nach dem Dinner aufzuräumen. Ed ist in den Garten verschwunden, um sich – wie er sagt –, »um die Blumenampeln zu kümmern«, aber ich frage mich, ob das in Wirklichkeit vielleicht der Code für »eine rauchen gehen« ist.

Die Küche der Heartwells ist riesig – fast so groß wie das ganze Erdgeschoss meines Hauses. Der Platz in den Küchenschränken – und die Granitarbeitsplatte – hier drinnen würde für ein Herrenhaus reichen. Ich kann sehen, dass es die Art Haus ist, wo immer ein Stapel frischer Geschirrtücher griffbereit ist, so viele man braucht, anstatt immer dieselben zwei im Wechsel.

Der Raum ist still bis auf das gelegentliche Plätschern von warmem Wasser und dem Klirren von Gläsern und Scheppern von Geschirr, wenn Juliet etwas auf dem Abtropfbrett abstellt. Ich wünschte, ich könnte hören, was Ash zu Gabi sagt. Ich möchte wetten, er ist sein übliches entzückendes und beschwichtigendes Selbst.

Juliet reicht mir eine Kristallsektschale. »Es war immer sehr schwierig mit den beiden. Na ja, ich sage *immer*. Aber was ich meine, ist, seit Ashs Unfall.«

Ich nicke, gebe besonders acht, als ich das Glas abtrockne, heiß in meiner Hand von dem Wasser. »Ich weiß. Er hat gesagt, er wüsste, dass er sich verändert hat.«

Juliet stößt einen leisen Laut aus, die Art Geräusch, die man macht, wenn man sich einen Muskel zerrt. »Das ist ein Understatement.«

»Aber hat es Sie nicht glücklich gemacht?«, frage ich. Ich beuge mich vor, als sie mir eine Keramikschüssel reicht. »Ich meine, wenn er davor ein solch wilder Junge war.«

Sie schüttelt den Kopf. »Es war nicht so sehr, dass er ruhiger geworden wäre. Damit hätten wir umgehen können. Es war eher dieses Gefühl von ... Entfremdung. Ich meine, als Kind hat er immer körperliche Nähe gesucht. Hat die Arme um mich geschlungen und mich mit Küssen überhäuft. Und auch seinen Dad. So liebevoll, immer. Selbst als Teenager. Selbst an dem Abend vor seinem Unfall. Aber jetzt ... ist er sehr verschlossen. Was einfach nicht unser Ash ist. Du hast ihn davor nicht gekannt, Neve. Er war immer so überschwänglich, so voller Leben. Wenn Ash ein Zimmer betrat, dann wusste es einfach *jeder*. Genau wie seine Schwester. Sie waren dieses ... außergewöhnliche Komikerduo, nehme ich an, könnte man sagen. Aber seit dem Unfall ... Es gibt diese Redensart: ›nur noch ein Schatten seiner selbst sein‹ ...« Sie sieht mich an. »Redet er mit dir je darüber – wie anders im Vergleich zu früher er sich fühlt?«

Ich schlucke, versuche, die richtigen Worte zu finden.

Sie steckt sich ihr dunkles Haar hinter die Ohren, beugt sich vor. »Das tut er, habe ich recht?«

»Juliet, ich ...«

»Du kannst mit mir reden, Neve. Ich verspreche dir, ich versuche nicht, mich in sein Leben einzumischen. Ich will es nur … verstehen, nehme ich an. Wir standen uns immer so nahe, als Familie. Als sie aufwuchsen, waren Gabi und Ash unzertrennlich. Und jetzt ist da diese Distanz zwischen ihnen … und das ist für uns alle sehr schwer zu akzeptieren.«

Ich hole einmal Luft, im Begriff, mich ihr anzuvertrauen, aber dann überlege ich es mir anders. Nein. Sie wird mich für verrückt halten. Und es wäre Ash gegenüber nicht fair.

Sie streckt eine Hand aus, um sie auf meine zu legen. Ich spüre, dass sie leicht zittert. »Haben wir irgendetwas getan? Bitte sag es mir, Neve.«

Ich sehe hinter uns, zum Türrahmen. »Ich sollte wirklich nicht über diese Sache reden. Ash wäre … Na ja, er wäre nicht sehr glücklich. Vielleicht könnten wir uns alle zusammen hinsetzen und darüber reden.«

Sie schüttelt frustriert den Kopf. »Vor uns macht er immer dicht.«

»Juliet, ich will nicht …«

»Bitte, Neve.« Tränen der Verzweiflung liegen jetzt in ihren Augen.

Ich stoße einen langen Atemzug aus. »Okay.«

Sie wartet.

»Da … da gibt es etwas.«

»Sag es mir. Ist er krank?« Ihre Stimme ist schrill vor Angst.

Und als ich sie das sagen höre, weiß ich, dass ich zumindest versuchen muss zu helfen. Irgendetwas anzubieten, was für sie vielleicht Sinn ergeben könnte. Irgendeine Art Erklärung dafür, warum ihr Sohn sich offenbar aus ihrem gemeinsamen Leben verabschiedet hat, ohne je zurückzukehren.

»Nein«, beeile ich mich zu sagen. »Nein. Es ist nichts dergleichen. Er ist nicht krank.«

Ein Funken von Erleichterung zeigt sich in ihren Augen. »Aber es gibt ... etwas?«

Jetzt wird mir bewusst, dass sie hier nicht lockerlassen wird. Und warum sollte sie? Sie ist seine Mutter. Ich an ihrer Stelle würde vermutlich genau das Gleiche tun.

»Okay.« Ich atme wieder aus. *Jetzt oder nie.* »Ich habe diese eine Sache gelesen, darüber, dass ... wenn jemand stirbt, eine andere Seele ... in seinen Körper wandern kann.«

Juliet legt die Stirn in Falten. »Ich verstehe nicht.«

»Ich weiß, es klingt verrückt ... aber ich glaube, das ist, was mit Ash passiert sein könnte.«

Eine Pause tritt ein. »Ich glaube nicht, dass du verrückt bist, Neve. Ich will es nur verstehen.«

Und ich glaube ihr. Daher erzähle ich ihr alles. Über Jamies Unfall, nur eine Straße entfernt von dort, wo Ashs Herz für einen Moment aufhörte zu schlagen. Über die eine Million Arten, auf die ihr Sohn Jamie ähnelt. Darüber, wie das alles zusammenpasst, angesichts dessen, was die Heartwells über Ashs Persönlichkeitsveränderung sagen, und seine Entfremdung von seiner Familie, seinen Freunden, alten Erinnerungen. Ich überlege laut, ob es sein könnte, weil nichts von alledem tatsächlich zu ihm gehört. Weil er, tatsächlich, Jamie *sein* könnte.

Ich weiß nicht, ob Juliet mir das alles überhaupt aus der Nase hätte ziehen können, wenn ich nicht mindestens eine halbe Flasche Prosecco intus hätte. Vielleicht hat der Alkohol mich ermuntert, mich ihr anzuvertrauen, aber inzwischen hat mein klarer und besonnener Verstand das Reden übernommen. Jetzt sind die Worte heraus – es gibt kein Zurück mehr –, daher kann ich nur mein Bestes versuchen, um es ihr verständlich zu machen.

Aber als ich mit der Erklärung meiner Theorie eben zum Ende komme, blicke ich auf und sehe Ash hinter uns stehen, im Türrahmen der Küche.

Ich habe nicht gehört, wie er heruntergekommen ist. Ich habe keine Ahnung, wie lange er schon dort steht. Er starrt mich an, mit versteinerter Miene. »Oh, Gott. Du glaubst tatsächlich, dass ich er bin. Du glaubst allen Ernstes alles, was du eben gesagt hast. Oder?«

Aber er wartet meine Antwort nicht ab, dreht sich nur um und entfernt sich. Entsetzt, mit hämmerndem Herzen, werfe ich das Geschirrtuch hin und lasse Juliet in der Küche stehen, folge Ash in die Diele hinaus. »Ash, warte ...«

Er schnellt zu mir herum. Der Raum fühlt sich auf einmal zu klein an. Es riecht nach Möbelpolitur und dem schwachen Duft von Schnittblumen in einer Vase auf einem kleinen Sideboard. Eine Wand ist mit gerahmten Fotos von Ash und seiner Schwester bedeckt. Ich sehe schmerzerfüllt auf den entzückenden Jungen in seiner Schuluniform, vielleicht zehn oder elf Jahre alt, Seite an Seite mit Gabi, deren Haare zu zwei Zöpfen geflochten sind, beide Gesichter bereits aufgeweckt und trotzig, voller tapferer Entschlossenheit.

Ich zwinge mich, zu ihm zurückzusehen. Seine Augen lodern vor Verletztheit. Einen Moment lang starren wir uns einfach nur an, während mein Verrat zwischen uns schwelt. Und ich weiß, dass das, was ich als Nächstes sage oder tue, darüber entscheiden wird, ob wir in Flammen aufgehen oder nicht.

»Sei ehrlich zu mir.« Seine Stimme ist verzerrt vor Schmerz und Schock. »Glaubst du wirklich, dass ich ... Jamie bin?«

»Ash«, flehe ich, »wenn du einfach ...«

»Ich denke, du solltest besser gehen.« Sein Kiefer ist angespannt. Er ist eindeutig am Boden zerstört.

Ich stehe wie betäubt vor ihm, während ich wünschte, ich könnte jedes einzelne Wort der letzten zwanzig Minuten zurücknehmen. Denn auch wenn ich vorhatte, mit ihm zu reden, ist das hier nicht die Art Gespräch, die ich führen wollte.

»Ich rufe dir ein Taxi. Du kannst hier warten. Ich hole dein Zeug.«

»Ash, im Moment bist du ...«

»Was?« Seine Wangen sind jetzt nass von Tränen, und seine Stimme klingt gequält. »Im Moment bin ich was?«

Ich weiß nicht einmal, was ich sagen wollte. *Lächerlich? Unfair? Irrational?* Denn natürlich ist er im Moment nichts von alledem. Er ist nie irgendetwas von alledem.

Er scheint sich zu sammeln. Und dann, nur damit keine Verwirrung aufkommen kann, sagt er: »Es ist aus, Neve.« Seine Stimme ist kühl und auf einmal ruhig, so unbewegt wie die Luft am Morgen nach einem Gewitter.

Kapitel 36

Ich kann nicht schlafen. Natürlich nicht. Ich verbringe die Nacht damit, meine Küchenschränke auszuräumen und zu schrubben, in einem vergeblichen Versuch, die Endlosschleife des Aufruhrs in meinem Verstand zu durchbrechen. Schließlich, als die Morgendämmerung heraufzieht, bricht die Scham mit voller Wucht über mich herein, brutaler als jeder Kater, den ich je erlebt habe.

Ich kann nicht aufhören, mir Ashs Gesicht, gestern Abend, vor Augen zu führen. Die Art, wie er mich angesehen hat. Der Mann, den ich liebe, zutiefst getroffen von Verletztheit und Verwirrung. Und ich *liebe* ihn. Oder nicht?

Oder ist es Jamie, den ich liebe – Jamie, mit dem ich mir noch immer, nach all den Jahren, ein Leben aufzubauen versuche?

Obwohl mein Verstand benebelt von wirrer Logik ist, versuche ich, Ash anzurufen, wie ich es bereits viermal getan habe, als ich gestern Abend nach Hause gekommen bin. Aber sein Handy ist ausgeschaltet. Daher schreibe ich ihm noch einmal, auch wenn ich keine Möglichkeit finde, meine Gefühle in Worte zu fassen, ohne so zu klingen, als hätte ich mich eines Verbrechens schuldig gemacht.

Es ist nicht so, wie es sich angehört hat
Ich liebe dich

Bitte ruf mich an
Können wir reden?

Ähnliche Nachrichten habe ich ihm heute in den frühen Morgenstunden geschickt. Insgesamt zweiundzwanzig befinden sich jetzt abgeschickt, aber ungelesen am Ende unseres Nachrichten-Threads. Ich sehe sie mir alle an, dann lasse ich mir mein Gespräch mit Juliet noch einmal durch den Kopf gehen, immer und immer wieder. Und natürlich kann ich sehen, wieso Ash denken könnte, dass ich tatsächlich übergeschnappt bin. Ich kann sehen, wieso er denken könnte, dass er sich in eine Frau verliebt hat, die völlig losgelöst von der Realität ist.

Um acht Uhr morgens brodelt die Unruhe schon so lange in mir, dass es sich anfühlt, als ob mein Gehirn ausschließlich aus heißem Schlamm besteht. Daher dusche ich, und dann verlasse ich das Haus, um die ungefähr dreißig Minuten zu Ashs Wohnung zu laufen. Ein Sonntagmorgen in der Stadt fühlt sich immer ein wenig bedrückend an – verlassene Straßen, Müllsäcke in Ladeneingängen, leere Flaschen, abgestellt am Abend zuvor. Die Wolken heute haben die Farbe von nassem Zement.

Ich nehme bei Costa zwei Becher Kaffee mit, dann gehe ich, mit ängstlich hämmerndem Herzen, die letzten fünf Minuten bis zur Old Yarn Mill.

»Ja«, sagt er schroff, als ich auf den Türsummer drücke.

»Ich bin's.«

Er sagt nichts, und im ersten Moment denke ich, dass er mich einfach ignorieren wird. Aber dann lässt er mich mit dem Türöffner hoch, daher gehe ich hinein und nehme den Aufzug in die oberste Etage.

Er lässt sich lange Zeit, um an die Tür zu gehen, und als er es schließlich tut, versperrt er den Eingang mit seinem ganzen Körper, als ob ich eine religiöse Fanatikerin oder eine Spendensammlerin bin, die sich nicht abwimmeln lässt.
»Kann ich reinkommen? Ich habe Kaffee mitgebracht.«
Ein halb verblüfftes Lachen. Er rührt sich nicht vom Fleck. Er trägt ein zerknittertes T-Shirt und eine Jogginghose, und seine ganzen Gesichtszüge sehen seltsam fahl und farblos aus.
»Ich glaube nicht, dass es noch irgendetwas zu sagen gibt«, erwidert er.

Während ich in dem klinisch kühlen Korridor des Gebäudes stehe, als ob ich versuche, ihm etwas zu verkaufen – was ich, nehme ich an, tatsächlich tue –, spüre ich, wie mir das Herz in die Hose rutscht. »Bitte lass es mich erklären.«

Er beginnt zu sprechen, dann zögert er, und im ersten Moment denke ich, dass er mich vielleicht hereinbitten wird. Aber dann sagt er: »Weißt du, wie lange ich gestern Abend hinter dir gestanden und mit angehört habe, was du zu meiner Mum gesagt hast?«

Ich schüttele den Kopf, aufs Neue von Scham überwältigt.

»Zehn Minuten. Zehn ganze Minuten, in denen du mit ihr geredet hast, ihr erzählt hast, dass du mich für die Reinkarnation deines Ex hältst. Versucht hast, auch sie davon zu *überzeugen*. Weißt du eigentlich, wie demütigend das war? Nicht nur für mich, sondern auch für Mum. Es war ihr Geburtstag, Herrgott noch mal. Und sie hatten sich alle so darauf gefreut, dich kennenzulernen, Neve. Sie hatten sich so viel Mühe mit diesem Abend gemacht. Und zum Schluss hast du ihr gesagt, dass du im Grunde in jemand anders verliebt bist. Sie hat gesehen, was ich damals mit Tabitha durchgemacht habe ...«

»So ist das nicht«, entgegne ich.

»Hör zu, ich will keinen Kaffee oder reden. Ich will, dass du gehst.«

»Ich habe nicht versucht, deine Mum zu überreden«, sage ich in einem Versuch, die Steinmauer seiner Miene zu durchdringen. »Ich hatte nicht vor, irgendetwas zu ihr zu sagen. Ich schwöre es. Aber sie schien so besorgt um dich, und wir waren in der Küche und haben geredet, und es ist mir einfach ... herausgerutscht.«

»Na ja, wenigstens weiß ich jetzt, wie du wirklich fühlst, Neve. Diese ganze Zeit waren wir zusammen, weil du glaubst – und lass mich gar nicht erst mit der Logik davon anfangen –, dass ich dein Ex bin. Du liebst mich nicht um meinetwillen. Du liebst nicht einmal *mich*. Du liebst deinen Ex. Den Typen, den du ...« Aber dann bricht er ab und schüttelt den Kopf, fährt sich mit einer Hand übers Gesicht.

»Ich nehme an, sie hat nicht ...«

»An deine Theorie geglaubt?« Er stößt ein halbes Lachen aus, aber er lächelt nicht. »Nein, Neve. Nein, das hat sie nicht.«

Ich nicke. »Na schön. Okay. Dann ist es eben so.«

»Ja, das ist es. Das hier fühlt sich nicht anders an, als wenn du mir gesagt hättest ... dass du jemand anders vögelst.«

»Ash, ich weiß, es ist kompliziert«, beharre ich. Ich versuche, nicht an Tabitha zu denken. »Aber ich liebe dich wirklich.«

»Nein. Kompliziert ist, wenn ... der eine in Norwich lebt und die andere in ... Aberdeen. Oder wenn der eine links wählt und die andere rechts. Verglichen mit dem hier ist kompliziert, ehrlich gesagt, ziemlich einfach.«

Seine Worte sind harsch, aber wenigstens redet er. Vielleicht gibt es noch Hoffnung. »Kann ich einfach reinkommen, nur für fünf Minuten?«

»Na klar – wenn du mir sagst, dass du nicht glaubst, dass ich Jamie bin.« Er tritt zur Seite, öffnet die Tür so weit, dass ich eintreten kann.

Es ist ein ganz einfacher Test. Und natürlich falle ich prompt durch. »Die Sache ist die, du *weißt* vielleicht gar nicht, dass du er bist ...«

Ich habe etwas in dieser Richtung in einem Artikel im Internet gelesen – über Leute, die mit einer Persönlichkeitsveränderung leben, die durch eine traumatische Gehirnverletzung ausgelöst wurde. Sie wissen, dass sie sich verändert haben – weil jeder es ihnen ständig sagt –, aber sie können es selbst nicht *fühlen*.

Können nicht mehr in der Person leben, die sie davor waren.

Ash schüttelt den Kopf. »Hör zu, ich werde uns beiden eine Menge Zeit, Schmerz und Verwirrung ersparen. Ich glaube nicht, was du gestern Abend zu meiner Mum gesagt hast. Okay? Ich bin nicht Jamie, Punktum. Natürlich nicht. Ich glaube nicht an Reinkarnation und Geister und ein Leben nach dem Tod und diesen ganzen Quatsch. Das habe ich noch nie getan. Es ist dummes Geschwätz, nichts weiter.« Er schluckt, und ich sehe zu, wie er die nächsten Worte mühsam hervorstößt. »Ich kann nicht erkennen, wie wir von diesem Punkt wieder zurückkommen könnten. Ich werde hier wohnen bleiben. Ausgeschlossen, dass ich das Apartment jetzt noch vermiete.«

Ich hätte damit rechnen sollen. Aber irgendwie fühlt sich der Schock seiner Worte dennoch so brutal wie ein Peitschenhieb an. Für ein paar Augenblicke hat es mir die Sprache verschlagen.

»Kannst du mir mein Zeug vorbeibringen, wenn du die Gelegenheit dazu hast? Falls noch irgendetwas von deinem hier ist, werde ich das Gleiche tun.« Alle Wärme ist aus seiner Stimme gewichen.

Jetzt geht es nur noch um die Logistik, als wären wir entfremdete Verwandte, die eine Beerdigung organisieren, oder Nachbarn, die über eine Trennmauer diskutieren.

Es war eine schlechte Idee, Kaffee mitzubringen. Mit zwei vollen Händen kann ich nichts tun, außer hilflos vor ihm zu stehen, während ich ihn am liebsten zu einer Umarmung an mich ziehen würde. »Ich will nicht, dass das hier zu Ende ist«, sage ich.

»Ich weiß nicht, warum es dich wundern sollte«, sagt Ash leise, »dass ich mit einer Frau zusammen sein will, die mich um meinetwillen liebt. Und weißt du was? Das will ich noch immer, Neve. Ich will diese Frau noch immer finden. Ich dachte, du wärst sie, aber ...«

»Ich *bin* sie. Es ist nicht so einfach, es ist ...«

»Was, wenn es andersherum wäre? Wie würdest du dich fühlen, wenn du herausfinden würdest, dass ich in dieser ganzen Zeit an ... Tabitha gedacht habe, während ich mit dir zusammen war?«

»Bitte hör mich an«, flehe ich ein letztes Mal. »Was ich glaube ... Es würde so vieles erklären. Es ist schon Seltsameres passiert, Ash.«

»Ähm, nein, absolut nicht. Jedenfalls nicht in meiner Welt.«

»Im Moment bist du wirklich extrem kleinkariert.«

»Und du trauerst eindeutig noch immer um diesen Typen. Du hast das nie für dich geklärt. Du solltest dir deswegen Hilfe suchen, Neve, bevor es den Rest deines Lebens ruiniert.«

Ich verspüre einen Anflug von Wut, zum ersten Mal, seit wir uns begegnet sind. »Versuch nicht, es so hinzustellen, als ob ich verrückt bin.«

»Das tue ich nicht. Das tust du ganz allein.«
Hinter uns rumpelt der Aufzug, kündigt die Ankunft eines Nachbarn an oder eines Lieferanten. Ich habe nur noch ein paar Sekunden.

»Ich bin *nicht verrückt*«, beharre ich und sehe ihm genau in die Augen, ein letzter Versuch, die Wand, die er hochgezogen hat, aufzuweichen. Oder, genauer gesagt, die, die ich zwischen uns errichtet habe.

Aber er sagt nichts weiter. Er schließt nur sanft, aber sehr entschieden die Tür vor meiner Nase.

Kapitel 37

Damals

Nur sieben Tage nachdem ich festgestellt hatte, dass ich schwanger war, kamen Jamies Eltern übers Wochenende nach Norwich.

Ich hatte Jamie noch immer nicht von dem Baby erzählt.

Sie hatten einen Tisch in einem sündhaft teuren Restaurant in der Upper St Giles Street reserviert – einem, das Verkostungsmenüs mit dazu passenden Weinen anbot. Ich fragte mich, ob das zum Teil ein Versuch war, mich einzuschüchtern – um zu beweisen, dass ich nicht in ihre Welt, und damit auch nicht in Jamies, gehörte.

Ich war nicht eingeschüchtert, aber ich war nervös. Ich sah Chris und Debra nicht oft, und ich war besorgt, sie würden sich vielleicht denken können, dass ich schwanger war. Was würden sie sagen? Was würden sie tun? Würden sie mein Geheimnis mitten in dem Restaurant enthüllen, einem gedämpften und intimen Raum, wo Leute Tische für besondere Anlässe Monate im Voraus reservierten? Ich konnte den Gedanken nicht ertragen, in einer solch eleganten, zivilisierten Umgebung die Wucht von Chris' gehässiger Wut zu spüren zu bekommen.

Ich wusste, dass ich es Jamie bis dahin hätte sagen sollen. Aber die Erwähnung von Heather in der Woche zuvor hatte mich aus dem Gleichgewicht geworfen. Ebenso wie die Vorstellung, dass Jamie, wenn ich deswegen nichts unternahm, für den Sommer wieder nach London verschwinden könnte.

Mein Zögern hatte sich in Ängstlichkeit, in Rückzug verwandelt. Ich konnte nicht schlafen. Ich konnte nichts essen. Ich wies Jamie nachts ab, und er fragte mich, ob es mir gut ginge. Aber ich konnte es ihm nicht sagen. Irgendwo in mir hatte ein Körnchen Zweifel Wurzeln geschlagen und wuchs jetzt heran.

Aber keine meiner Bedenken hatte damit zu tun, eine Mum zu werden. Ich stellte es mir wie besessen vor: mit rosigen Wangen an einem feucht-nebligen Tag im Januar ein Kind zur Welt zu bringen. Nächtliches Stillen und schmutzige Windeln und Schlafmangel mit fröhlichem, tief empfundenem Optimismus zu überstehen, mich durchzuwursteln, bis wir im Juni unseren Abschluss machten. Eine Bleibe zu finden, wir drei. Vielleicht noch ein Teilzeitpraktikum an Land zu ziehen, dann als Innendesignerin zu arbeiten, während Jamie sein Architekturstudium abschloss und wir beide das Abenteuer früher Elternschaft schaukelten. Es würde eine verworrene und chaotische, aber berauschende Zeit sein.

Aber was, dachte ich, wenn Jamies Eltern ihn vor alledem beiseitenahmen? Was, wenn sie ihn überredeten, dass diese ganze Geschichte einfach zu groß, zu früh war? Dass es unerträglich hart sein würde, ein Dad zu werden?

Ich versuchte mir mein Leben vorzustellen, wenn wir es nicht hinkriegten. Ohne dass er mich jeden Morgen mit einem Kuss und einer Tasse Tee weckte. Ohne seine Nachrichten, die mein Telefon füllten – mit Scherzen und witzigen Anekdoten und albernen GIFs. Ohne die Herzen, die er immer für mich auf die beschlagene Duschwand malte. Ohne dass er mich in die Arme nahm, wenn er nach Hause kam, mich mit einem Kuss sanft gegen die Wand drückte. Ohne dass ich seinen Blick auffing und das wohlige Kribbeln unseres geteilten Lächelns genoss, in dem Wissen, dass er der Meine war.

Aber vor allem konnte ich mir nicht vorstellen, die Gewissheit zu verlieren, dass ich ihn liebte. Eine Zukunft mit Jamie hatte sich für mich immer so sicher wie der Sonnenaufgang angefühlt, ein warmes Aufflammen eines orangefarbenen Himmels in meinem Verstand. Ebenso wenig konnte ich mir vorstellen, alleinerziehend zu sein. Ich wollte das alles nicht ohne ihn tun. Unser Baby war zur Hälfte er, seine Zellen mit meinen verschmolzen. Ich stellte mir das Baby als eine Seidenraupe in mir vor, die ein neues Leben für uns drei spann, komplex und atemberaubend. Und alles, was wir tun mussten, damit sich dieses Wunder entfaltete, war warten.

Allein zu sein, war eine Aussicht, die ich einfach nicht in Betracht ziehen konnte.

Im Restaurant benahm sich Jamies Dad besonders unausstehlich. Wir hatten dem Kellner kaum die Speisekarten zurückgegeben, als er schon anfing, Jamie mit seiner Zukunft in den Ohren zu liegen.

»Du solltest dir wirklich überlegen, deinen Master in London zu machen«, sagte er. Seine Stimme war schroff, seine Miene erwartungsvoll. »Ich meine es ernst, Jamie.«

Er und Jamie trugen an dem Abend aufeinander abgestimmte Designerhemden. Seines war weiß, Jamies dunkelgrau. Ich hatte zu entscheiden versucht, ob ich das süß oder ein bisschen absurd finden sollte. Trotzdem. Jamie war gut in Form, was half, mich von dem Hornissennest in meinem

Kopf abzulenken. Er sah so gut aus, und er hatte das Tom Ford Noir aufgelegt. Ich trug das knappe schwarze Kleid, das er so gern mochte, auch wenn ich spüren konnte, dass seine Eltern es missbilligten, sobald ich meine Jacke auszog.

»Ja, ich weiß«, sagte Jamie zur Antwort auf Chris' Worte und nippte an seinem Wasser, ohne in meine Richtung zu sehen.

Ich wünschte, Jamie würde sich behaupten. Aber ich verstand, warum er das Gefühl hatte, das nicht tun zu können. Sein Vater war unerbittlich, wenn er in einer solchen Stimmung war.

»Und du, Neve?« Chris' vernichtender Blick schwenkte auf mich. »Was ist *dein* Plan, für das Leben nach der Uni?«

Ich wünschte, ich hätte daran gedacht, mir eine Antwort auf diese Frage zurechtzulegen. Denn ich konnte wohl kaum sagen: *Na ja, das hängt wirklich ganz davon ab, wie es mit deinem ersten Enkelkind läuft, Chris.*

Der Wein kam. Ich hielt eine Hand über mein Glas, als der Kellner mir einschenken wollte. »Heuschnupfen«, sagte ich. (Den Teil hatte ich einstudiert.) »Ich nehme Antihistamine.«

Jamie berührte mitfühlend meine Hand. Ihm schien nicht bewusst zu sein, dass ich nicht ein einziges Symptom von Heuschnupfen hatte und bis jetzt auch noch nichts davon erwähnt hatte. Dabei fiel mein Blick auf die Designeruhr, die Chris ihm im Jahr zuvor zu Weihnachten geschenkt hatte. Sie war so teuer, dass er, als ich ihn fragte, so getan hatte, als wüsste er nicht, wie viel Chris dafür bezahlt hatte. Aber ich googelte sie an demselben Abend und war leicht entsetzt. Sie hatte so viel wie ein Kleinwagen gekostet.

»Ach, na ja«, meinte Chris barsch, als wäre ein Heuschnupfen eine Persönlichkeitsstörung. Vermutlich war er die Art

Mann, der auch nicht an Depressionen oder Menstruationskrämpfe glaubte. »Umso mehr für uns.«

In dem Augenblick konnte ich spüren, wie Jamies Mum mich anstarrte, nur eine Sekunde länger, als sich angenehm anfühlte. Aber gleich darauf ging die Unterhaltung weiter, und sie wandte den Blick ab.

Ein paar Stunden später fing sie mich vor den Toiletten ab, kurz nachdem Jamies Dad für alle Kaffee bestellt hatte, ohne zuerst zu fragen, ob wir welchen wollten.

»Neve.« Debras Stimme war gedämpft, aber ihr Blick war eindringlich. Sie trug einen Lippenstift in einem aggressiven Rotton, der, so mein Verdacht, ein schlecht ausgewähltes Geschenk von Chris war. »Ich weiß, wir kennen uns nicht sehr gut, aber ich kann sehen, wie sehr mein Sohn ... dich bewundert.« (Es verblüffte mich nicht, festzustellen, dass Debra offenbar allergisch gegen das L-Wort war.) »Ich möchte dir gern eine Frage stellen, und ich will, dass du mir aufrichtig antwortest.«

»Okay«, sagte ich, obwohl ich ihr schon jetzt alles an diesem Gespräch übel nahm – die Unaufrichtigkeit, die sie mir unterstellte, ihren Verhörton und das, was, wie ich wusste, als Nächstes kommen würde.

»Bist du schwanger?«

Ich konnte spüren, wie sich die Röte auf meinem Gesicht ausbreitete. So viele Dinge gingen mir in diesem Moment durch den Kopf, aber vor allem die Frage, wie Debra mit mir reden konnte, als wäre ich erst seit ein paar Wochen die Freundin ihres Sohns, während sie mich tatsächlich kannte, seit ich ein Kind war.

Offenbar nicht gewillt, meine Antwort abzuwarten, sagte sie: »Verstehe.«

Kein Glückwunsch, keine leidenschaftliche Umarmung. Nur eiskalte Panik, ein stiller Schrei.

»Es ist noch früh.« Mein Mund war wie ausgedörrt. Sie stand so nah vor mir, dass ich jede Schicht ihres klebrig süßen Parfüms riechen konnte. »Jamie weiß es noch nicht.«

Debra schaltete in den Krisenmodus. »Dann muss ich dich bitten ... darüber nachzudenken, dieses Kind nicht zu bekommen.«

Ich starrte sie entsetzt an. »Es steht Ihnen nicht zu, mich darum zu bitten.«

Sie sah über ihre Schulter. Es erschien mir verrückt, dass sie etwas so Unfassbares nur wenige Meter entfernt von dort sagen konnte, wo Leute einen romantischen Ausgehabend, ein feierliches Dinner genossen. »Jamie hat in diesem Sommer wieder ein Praktikum in London. Archibald & Leicester ist eine unglaublich angesehene Firma, Neve. Er hat große Pläne für seine Zukunft.«

»Die habe ich auch.«

Bei diesen Worten legte sie den Kopf auf die Seite, als wollte sie sagen: *Das hättest du wohl gern.* »Neve. Elternschaft ist ein knallharter Job. Und Jamie ... Er ist nicht reif genug, um damit umzugehen. Ihr habt keine Jobs. Ihr habt nicht einmal eine richtige Bleibe. Bitte, *bitte* tu ihm das nicht an.«

»Ich habe ihm nichts *angetan*«, sagte ich, entsetzt von ihren überholten Vorstellungen. »Es gehören zwei dazu, um ...«

»Chris wird sich ... *niemals* davon erholen. Er will die Welt für Jamie. Er liebt ihn über alles.«

Ich starrte sie nur an, nicht sicher, wie sie von mir erwarten konnte, Rücksicht auf die Gefühle eines Mannes zu nehmen, der meine bloße Existenz nie anders als mit Geringschätzung zur Kenntnis genommen hatte.

»Mir ist bewusst, dass Chris ein wenig ... dominant erscheinen kann. Aber wir haben lange versucht, ein Geschwisterkind für Harry zu bekommen. Und es war sehr schwer und sehr ... herzzerreißend. Und dann, als wir die Hoffnung eben schon aufgegeben hatten, kam Jamie daher. Ich nehme an, man könnte sagen, er war unser ›Wunderbaby‹. Jedenfalls. Aus diesem Grund wollte Chris immer nur das Allerbeste für ihn. Ich hoffe, du kannst das verstehen.«

»Das tue ich«, sagte ich entschlossen, angesichts dieser ungeheuerlichen Übergriffigkeit meine Fassung zu bewahren. »Aber *ich* will auch nur das Beste für Jamie. Und diese Sache ist wirklich etwas zwischen mir und ihm.«

»Warum hast du es ihm dann nicht gesagt?«

»Ich habe noch nicht den richtigen Moment gefunden. Aber Jamie wird ein wundervoller Vater sein.« Das brennende Bedürfnis, für Jamies Rechte – ganz zu schweigen von meinen eigenen und denen meines Babys – einzutreten, brach jetzt mit voller Wucht durch.

»Ich *weiß*, dass er das hier wollen wird.«

»Ja, in fünfzehn Jahren vielleicht. Wenn ihr beide die Chance hattet, ein bisschen zu leben und herauszufinden ... was ihr wirklich von eurer Zukunft wollt.«

Ich nahm an, sie hoffte, dass Jamie in der Zwischenzeit jemand anders kennenlernen würde. Jemanden aus einer wohlhabenden Familie, mit Eltern, die Golf spielten und von Dingen wie Zigarren und Wein Ahnung hatten, die Urlaub auf Mustique machten und Mitglieder im Annabel's waren. Die Verbindungen hatten. Die jede Woche in Lokalen wie diesem dinierten.

Ein Gedanke schoss mir durch den Kopf. »Kennen Sie jemanden namens Heather?«

»Heather? Nein«, sagte sie scharf und zu schnell, was für mich ein Hinweis darauf war, dass sie sehr wohl jemanden namens Heather kannte. Dass Heather vielleicht sogar die war, die sie für ihren Sohn vorgesehen hatte.

Dann ging eine Frau an uns vorbei, auf dem Weg zu den Toiletten. Sie lächelte uns ausdruckslos zu, und ich fragte mich, was sie sagen würde, wenn sie unser Gespräch mit angehört hätte. Wie absurd sie es gefunden hätte. Wie absurd es jeder normal denkende Mensch mit Sicherheit gefunden hätte.

»Weißt du, Jamies Vater wollte ihn auf eine Privatschule schicken. Und der Grund, weshalb Jamie sich geweigert hat, warst du.«

»Ich habe ihn nie darum gebeten.«

»Er hat schon jetzt große Opfer für dich erbracht, Neve.«

Aber ist Liebe nicht genau das?, wollte ich sagen.

»Ich werde dich bezahlen«, sagte Debra dann, ihre Stimme so leise, dass ich mich im ersten Moment fragte, ob ich mich verhört hatte. Sie streckte eine Hand aus, um meinen Arm zu berühren. Ihre Haut war kalt wie Marmor an meiner. Aber es war keine Geste der Zärtlichkeit. Ich wusste, dass es der Vorbote für etwas Härteres, Hässlicheres, weitaus Heftigeres war.

Ich fing ihren Blick auf, bat sie, sich zu wiederholen, allein mit meiner Miene.

Sie besaß immerhin den Anstand, beschämt zu blicken, selbst als sie eindringlich flüsterte: »Ich werde dich dafür *bezahlen*, dass du dich um diese Sache kümmerst, Neve. Wie viel auch immer erforderlich ist. Wie viel auch immer du willst.« Dann brach ihre Stimme. Aber für mich blieb sie durch und durch eine Hexe, mit ihrem scharlachroten Lippenstift und ihrem formaldehydstarken Parfüm, während ihr Verhalten rasch außer Kontrolle geriet.

Ich spürte, wie Traurigkeit um Jamies willen in mir auflloderte – meinen guten, entzückenden Freund, der seine Eltern liebte und respektierte, der am Boden zerstört wäre, wenn er die Worte gehört hätte, die aus Debras Mund kamen.

Es war ein riskantes Spiel von ihrer Seite, das konnte ich sehen. Wenn ich Jamie erzählte, was sie zu mir gesagt hatte, dann bestand die Möglichkeit, dass er nie wieder ein Wort mit ihr wechseln würde. Aber für Debra war Manipulation offensichtlich kein Fremdwort. Sie hatte ihre Risikoeinschätzungen vorgenommen. Sie setzte darauf, dass ich ihren Sohn zu sehr liebte, um ihm so völlig das Herz zu brechen. Sie war sich sicher, dass ich dieses Geheimnis mit ins Grab nehmen würde.

»Das hier ist *Ihr Enkelkind*«, sagte ich leise und legte eine Hand an meinen Bauch, in der Hoffnung, sie so weit zu beschämen, dass sie auf den Boden der Tatsachen zurückkehrte.

Es klappte nicht. Sie schüttelte den Kopf, beunruhigend zielstrebig. »Sag einfach deinen Preis«, sagte sie, ein letzter Versuch, die Kontrolle auszuüben.

In dem Augenblick hätte ich einfach gehen können. Aber stattdessen stellte ich mir vor, was Lara sagen würde – *Du hast es nicht nötig, dich so behandeln zu lassen, Neve* –, und da wusste ich, dass ich einen Teil ihrer Selbstbehauptung heraufbeschwören konnte.

Ich trat einen einzigen Schritt vor. »Ich würde nicht erwarten, dass Sie, Debra, verstehen, dass es ein paar Dinge im Leben gibt, die wichtiger sind als Geld.«

Dann ging ich zurück zu unserem Tisch. Sie folgte ein paar Augenblicke später. Inzwischen lachten Jamie und Chris über irgendeinen Freund der Familie, zu fröhlich, um zu bemerken, dass Debra und ich blass und stumm geworden waren, völlig abwesend für den Rest des Abends.

Kapitel 38

Jetzt

Ich trauere um jeden Teil von dem, was wir waren. Um die Herzen, auf die beschlagene Duschwand gemalt, und die Abende in dunklen Bars bei Espresso Martinis. Um die Spaziergänge durch die Stadt, spätabends, seine Hand in meiner. Um die Käsetoasts im Bett und Kaffee am Wochenende. Um die Reisen, die wir zu planen begonnen hatten (Eine Woche auf Island? Oder vielleicht New York?). Darum, um zehn Uhr abends von der Arbeit nach Hause zu kommen und festzustellen, dass er ein Abendessen für mich gekocht hat. Um den gleichmäßigen Rhythmus seines Atems, während er schlief. Ich vermisse sogar, wie er mir immer zusah, wie ich die Falten aus meinen Laken bügelte, ohne zu lachen, aber mit einem liebevollen Blick, als sei es das Entzückendste, was er je gesehen hatte. Um die schmerzlichen Pokerverluste und die Stunden, die wir sonntagmorgens im Bett verbrachten, wo wir eine andere Art Agonie durchlitten, eine, die süchtig machend und wunderschön war. Um die langen Spaziergänge an verlassenen Stränden. Um unsere Zukunftspläne. Um all meine privaten Träume von Hauseinweihungspartys und Beförderungen und – wer weiß? – eines Tages vielleicht sogar einer eigenen Familie. Um jedes kommende Abenteuer.

In einer Sekunde fühlte sich die Zukunft wie fester Boden unter meinen Füßen an. In der nächsten war sie ein Stück Abfall auf einer Welle.

Vor jenem Abend bei seinen Eltern hatte ich angefangen, meine Dinge zu sichten, zu sehen, was ich vielleicht spenden oder auf dem Dachboden verstauen könnte, um Platz für ihn zu schaffen.

Daher ist mein Haus jetzt gefüllt mit Kartons und Haufen mit Zeug, das ich wieder auspacken muss, eine Aufgabe, an der ich normalerweise meine Freude hätte. Aber jetzt kann ich die Sachen nicht einmal ansehen.

Ich fühle mich schmerzlich an die erste Zeit nach Jamies Tod erinnert. Wie mein Gehirn immer wieder angestrengt versuchte, die Tatsache zu begreifen, dass er nicht zurückkommen würde.

Ich erzähle Parveen, dass es aus ist. Als sie fragt, warum, kann ich nur sagen, dass es kompliziert ist, dass ich aber einen Riesenmist gebaut habe. »Aber ihr habt doch so gut zusammengepasst«, sagt sie, und ihre Augen werden glänzend, sodass auch mir die Tränen kommen.

Vielleicht zum ersten Mal überhaupt beginne ich, etwas wie Groll auf Jamie zu empfinden. Es ist fast, als ob er Ash und mich sabotiert hat, uns absichtlich im Weg gestanden hat. Mehr als einmal ertappe ich mich dabei, wie ich gebannt auf den *Nachtschwärmer*-Druck über meinem Bett starre und denke: *Du hattest nicht unrecht damit, dass du zurückkommen würdest, um mich heimzusuchen, stimmt's?*

Und doch. Spätabends nagt – selbst jetzt – noch immer der Gedanke an mir, dass Jamies Geist sich eines Nachts vor einem Jahrzehnt irgendwie in Ash niedergelassen hat. Dass er sich in seinem Blut, seinen Knochen eingerichtet hat. Dass er seine Chemie verändert hat, sein Wesen infiltriert hat. Dass Ash eine Mischform aus meiner Vergangenheit und meiner Zukunft ist und ich unmöglich sagen kann, was was ist.

***

Meine Mutter ruft an, um zu sagen, dass sie zwei fast abgelaufene Pässe für ein Tages-Spa hat, sich aber eine Grippe eingefangen hat. Ob ich sie haben will?

Das will ich nicht, denn ich habe den Dreh für ein Spa nie wirklich herausbekommen. Ich bin einfach nicht sehr gut darin, herumzufläzen. Meine Mutter hingegen könnte vermutlich in einem Spa leben, in einem Bademantel herumschweben und sich von Leuten ihr Zeug auf Tabletts bringen lassen.

Aber es ist ein piekfeiner Ort, und es ist kostenlos, und bald ist Laras Geburtstag. Daher könnte ich sie zu einem verfrühten Wohlfühltag einladen, nehme ich an. Mein erstes Geschenk für sie seit fast einem Jahrzehnt.

Außerdem, je mehr Ablenkung davon, dass ich Ash vermisse, desto besser.

Ich rufe Lara an, um sie zu fragen. Sie klingt so gerührt, dass ich halb erwarte, dass sie in Tränen ausbricht.

»Entschuldige, entschuldige«, keucht sie, als sie in die Lobby stürzt, wo wir uns verabredet haben. (Sie ist nur zehn Minuten zu spät, aber ich nehme an, sie erinnert sich noch immer, dass ich fast krankhaft pünktlich bin.) Sie ist außer Atem, hält ihr Handy umklammert, mit manischem Blick. »Ich habe meine

Wohnung an Freunde einer Freundin vermietet, während ich hier bin, und ... um es kurz zu machen, die Idioten haben eine Flasche Rotwein auf den Boden fallen lassen.«

Ich zucke zusammen. »Teppich?«

Ihre Miene verdüstert sich. »Massives Eichenparkett.«

»Oh, Gott, wann denn?«

»Letzten *Monat*. Sie haben es mir eben erst gesagt. Und normalerweise rege ich mich über Dinge wie Fußböden nicht auf, aber mir blutet ein bisschen das Herz, denn meiner war *wunderschön*, Neve.«

»Haben sie versucht, den Fleck zu entfernen?«

»Oh, ja. Du wirst begeistert sein – kein Witz: Sie haben es mit der *Weißweintechnik* versucht.«

Ich schlage mir mit einer Hand vor den Mund.

»Haben eine halbe Flasche darüber ausgekippt. Ich meine, im Ernst.«

Ich lächele. Ich kann nicht anders. »Entschuldige. Es ist nicht witzig.«

Sie erwidert mein Lächeln. »Doch, irgendwie schon.«

Unsere Blicke treffen sich, und der Moment geteilter Belustigung, gepaart mit Entsetzen, fühlt sich seltsam emotional an.

Ich schüttele ihn ab. »Da wirst du einen Fachmann brauchen. Ich kenne einen guten. Ich schicke dir seine Nummer aufs Handy.«

Sie blickt erleichtert. »Oh, Gott, ja, bitte.«

»Ich nehme an, du hast dem notwendigen Zorn freien Lauf gelassen?«

»Gegenüber den Mietern?« Sie lächelt matt. »Ehrlich gesagt, ob du's glaubst oder nicht, ich bin heutzutage viel mehr Zen als früher.«

Lara hat dieses Spa-Ding drauf. Unsere Tagespässe beinhalten eine kostenlose Behandlung, daher schlägt sie vor, damit anzufangen, für einen schnellen Dopamin-Kick, bevor wir den Rest des Tages zwischen dem Pool und der »Entspannungszone« verbringen. (Allein schon bei diesem Ausdruck stellen sich meine Nackenhaare auf: Für mich stehen »Zonen« für Aktivität. Ich fühle mich schon jetzt, als sollte ich meine E-Mails checken oder eine Spinningstunde einlegen.)

In der Lobby geht eine Gruppe Leute mit glänzenden Gesichtern an uns vorbei, in Bademänteln, Gläser mit Prosecco in den Händen.

Fairerweise muss man sagen, dass sie tatsächlich aussehen, als ob sie eine richtig schöne Zeit haben, es genießen, faul zu sein, nur zum Spaß. Sie haben alle dieses strahlende Aussehen, für das Spas, wie sie ständig behaupten, angeblich gut sind.

Vielleicht habe ich Entspannung im Laufe der Jahre einfach falsch verstanden.

Lara will keine Behandlung, die allzu lange dauert, da sie sonst, wie sie sagt, zappelig wird, daher buchen wir beide eine einfache Rückenmassage und verabreden uns für danach im Wintergarten.

Ich warte eine gefühlte Ewigkeit auf sie. Aber als ich mich eben zu fragen beginne, ob wir uns bezüglich des Treffpunkts vielleicht missverstanden haben, taucht sie auf.

Sie tupft sich mit einem Taschentuch die Augen.

»Lar?«

Sie setzt sich zu mir aufs Sofa, arrangiert ihren Bademantel über den Knien. Es ist nicht zu übersehen, dass sie geweint hat.

»Was ist passiert?« Aus heiterem Himmel taucht ein Bild vor meinem geistigen Auge auf, wie sie von der Therapeutin mit Bodyshaming überzogen wird.

»Oh, Gott, nichts.« Sie putzt sich die Nase, zwingt sich zu einem Lächeln. »Die Masseurin hat gesagt, das passiert ständig – dass Leute grundlos in Tränen ausbrechen.«

»Wirklich? Ist das so?«

Lara zuckt die Schultern. »Offenbar. Du nicht?«

»Nein, ich wäre fast eingeschlafen. Es war netter als erwartet.« (Um genau zu sein, habe ich mich über mich selbst gewundert. Ich kann mich nicht erinnern, wann ich das letzte Mal mitten am Tag die Augen geschlossen und mich länger als fünf Minuten nicht vom Fleck gerührt habe.)

Lara fängt den Blick einer vorbeikommenden Servicekraft auf. »Drink?«

»Wollen wir Prosecco trinken?«

Sie verzieht das Gesicht. »Äh ... ich sollte besser nicht. Aber nimm du ruhig einen. Einen Prosecco und ein Mineralwasser«, wendet sie sich an die Servicekraft.

Felix geht mir wieder durch den Kopf, und ich wünschte, das würde er nicht tun, denn ich habe keine echten Anhaltspunkte für irgendwelche meiner Zweifel an ihm oder der Art, wie er zu ihr ist, wenn sie allein sind.

»Geht es dir gut?«, frage ich sie sanft. »Ich wünschte, du würdest mit mir reden.«

Sie dreht sich zu mir um. Ihre Augen sind noch immer gerötet vom Weinen. »Wirklich?«

»Natürlich. Ich will helfen.«

Sie zögert lange Zeit, dann sagt sie: »Danke. Aber ehrlich gesagt ... weiß ich nicht, woran ich bei dir bin, Neve.«

Ich sehe auf meinen Schoß. »Ich weiß.«

»Ich meine, wir haben fast ein Jahrzehnt lang nicht miteinander geredet. Und versteh mich nicht falsch, ich bin so, so froh, wieder in deinem Leben zu sein, aber ... diese Wut ist nicht einfach verschwunden, oder? Ich weiß, dass sie noch immer da ist. Ich sehe sie in deinen Augen, manchmal.«

Sie hat recht, natürlich. Die Wut ist seit jener Nacht immer bei mir gewesen. In mancher Hinsicht schien es immer die Emotion zu sein, auf die ich am leichtesten zurückgreifen konnte, wenn ich an Jamies Tod dachte.

»War das der Grund, weshalb du geweint hast? Hatte es mit ... dir und mir zu tun?«

Sie holt einmal Luft, als ob wir im Begriff sind, wirklich zur Sache zu kommen, aber dann scheint sie es sich anders zu überlegen. »Nein, es ist ... Wie ich bereits sagte. Leute werden emotional, wenn sie massiert werden. Es hat etwas mit den ganzen Toxinen zu tun, offenbar.«

Sie ist eindeutig nicht bereit, sich zu öffnen, was ich ihr nicht wirklich verdenken kann. Außerdem ist das hier wohl kaum der richtige Moment – etwas, was eine Art vorgezogene Geburtstagseinladung sein soll –, ganz abgesehen davon, dass es in dem Raum, in dem wir sind, stiller ist als in einer Bibliothek.

»Ich finde, wir sollten reden. Über Jamie, dich und mich, alles«, sage ich. »Aber das hier ... fühlt sich nicht wie der richtige Ort dafür an.«

Sie lächelt. »Da gebe ich dir recht. Ich habe vorhin jemanden furzen hören, und es war lauter als ein Jumbojet.«

Unsere Getränke kommen.

»Was machst du an deinem eigentlichen Geburtstag?«, frage ich, während ich einen kleinen Schluck Prosecco nehme.

Normalerweise trinke ich tagsüber nicht, und ich spüre, wie mir der Alkohol prompt zu Kopf steigt.

»Felix lädt mich nach Rom ein«, sagt sie, leicht verlegen.

»Wow, Lar. Das ist ja aufregend.«

»Ich weiß. Ich wollte schon immer mal dorthin, aber richtig. Ich war einmal für eine Fernsehsendung dort, damals, als ich anfing, und kam nie dazu, die Stadt zu genießen, daher stand es immer irgendwie auf meiner Bucket-List. Spanische Treppe, Kolosseum, diese ganze Geschichte und Romantik und Kultur. Wir haben Karten für die Oper. Und unser Hotelzimmer hat eine private Terrasse und absolut atemberaubende Aussichten ...«

»Klingt unglaublich.«

»Ich weiß, was du denkst.«

»Was denke ich denn?«

»Dass er protzig ist, mit seinem ganzen Geld.«

»Das habe ich nicht gedacht«, sage ich, obwohl ich mich im selben Moment frage: *Habe ich das?*

»Wie auch immer, du irrst dich.«

Ich schüttele den Kopf. »Lar, er ist dein Freund, er verwöhnt dich. Warum sollte er das nicht tun? Es ist romantisch.«

Sie lächelt matt. »Ja. Jedenfalls. Es ist noch gar nicht so lange her, dass Ash dich zu einem romantischen Kurzurlaub auf den Kontinent entführt hat.«

Allein schon sein Name fühlt sich wie ein Korkenzieher in meinem Magen an. »Ehrlich gesagt ... Ash und ich ... Wir sind nicht mehr zusammen.«

»Was? Warum das denn?«

»Ach, es ist alles herausgekommen. Das mit Jamie.«

Sie stößt einen langen, enttäuschten Atemzug aus. »Er hat es nicht gut aufgenommen?«

»Sagen wir nur, meine Enthüllung hätte besser sein können. Ich habe es ihm nicht direkt gesagt. Er hat zufällig gehört, wie ich mit seiner Mum darüber geredet habe.«

Lara blickt leicht entsetzt. »Seiner *Mum*?«

»Es gab Prosecco.« Ich hebe verschämt das Glas, aus dem ich trinke. »Und es war ein Familiendinner. Auch wenn es sich, zu dem Zeitpunkt, als er mich rausgeworfen hat, ehrlich gesagt, eher wie eine Beerdigung angefühlt hat.«

Ich kann es nicht über mich bringen, ihr zu sagen, dass Juliet es mir praktisch aus der Nase gezogen hat. Denn es war nicht ihre Schuld. Ich hätte kein Wort sagen müssen.

Lara macht ein Gesicht, als würde sie einem Verkehrsunfall in Zeitlupe zusehen. »Also, er hat zufällig gehört, wie du es seiner Mum gesagt hast … und dann was?«

»Na ja, er ist irgendwie ausgeflippt, und dann hat er Schluss gemacht.«

Sie flucht leise. »Wann war das?«

»Letztes Wochenende.«

Ich sehe, wie sie das verdaut: sieben ganze Tage. In einem anderen Leben hätte ich ihr vor Juliets Haus eine Nachricht geschickt, während ich auf das Taxi wartete.

Hinter dem Fenster des Wintergartens schiebt sich eine Wolkengruppe vor die Sonne, und für ein paar Augenblicke wird die Luft kühl.

»Hat er sich seitdem gemeldet?«

Ich schüttele den Kopf. »Nein, und ehrlich gesagt, glaube ich … er *will* gar nichts klären. Und das kann ich ihm nicht wirklich verdenken. Er sagt, er glaubt nicht an Reinkarnation oder ein Leben nach dem Tod oder Geister, das heißt, er kauft mir meine Theorie eindeutig nicht ab. Er hat es *Quatsch* und *dummes Geschwätz* genannt.«

Lara kneift die Augen zusammen. »Sagt er auch Dinge wie *Kokolores* und *Brimborium*?«

Ich lächele unwillkürlich. »Nein.«

»Dann ist ja noch nicht alles verloren.«

Doch, das ist es. »Er war so wütend, Lar. Er hat gesagt, es sei, als hätte ich ihn betrogen. Was angesichts dessen, was mit Tabitha passiert ist, vermutlich das Schlimmste ist, was er von mir denken könnte. Aber die Sache ist die, ich habe ihn wirklich geliebt.« Ich schüttele entnervt den Kopf, als eine Welle von Traurigkeit in meiner Brust aufsteigt. »Liebe ihn noch immer.«

Sie beugt sich vor und legt mir eine Hand aufs Knie. »Okay, ich werde dich jetzt etwas fragen. Versprichst du mir, nicht beleidigt zu sein?«

Ich lächele matt. Das hier ist die Art Frage, mit der meine Mutter im Allgemeinen anfängt, wenn sie im Begriff ist, sich über meine Lebensentscheidungen auszulassen.

»Liebst du Ash wirklich? Oder liebst du ihn, weil du denkst, dass er Jamie ist?«

»Das ist, was er gesagt hat.«

Sie hält meinem Blick stand. »Und?«

»Beides. Ist das möglich?«

»Nicht wirklich.«

Ich seufze. »Ash hat gesagt, ich sollte zu einem Therapeuten gehen. Er denkt, es ist ... unbewältigte Trauer.«

Lara nickt nur, dann wartet sie.

»Und normalerweise würde ich ihm recht geben, aber ... ich kann die Fakten einfach nicht ignorieren. Es sind zu viele Ähnlichkeiten. Zu viele Zufälle. Es sind einfach ... zu viele. Und jedes Mal, wenn ich von der Theorie der Seelenwanderung lese ... ist das wirklich das Einzige, was Sinn ergibt.« Ich schüttele den Kopf. »Bis hin zu kleinen Dingen wie zum Beispiel ... dass Ash immer dieselbe Stelle an meinem Schlüsselbein geküsst hat, die Jamie gern geküsst hat. *Genau dieselbe Stelle.*«

Lara zieht eine Augenbraue hoch. »Ich will ja nicht spitzfindig sein, aber Felix küsst auch gern genau diese Stelle an mir.«

Während sie das sagt, schlurft ein älteres Paar in Bademänteln an uns vorbei. Ihre Badelatschen klatschen über den gefliesten Boden. Die Frau funkelt uns an, dann sieht sie ihren Mann an und schüttelt den Kopf.

Lara lacht, während die beiden sich entfernen. »Wow. Es ist lange her, dass ich die schlüpfrigste Person im Raum war.«

»Also, was sagst du?«, frage ich sie.

»Ich sage, mit einem Therapeuten zu reden, ist vielleicht keine so schlechte Idee.«

»Du denkst, das ist alles nur in meinem Kopf?« Ich mache ihr keine Vorwürfe. Ich will es aufrichtig wissen.

»Nein«, erwidert sie gelassen. »Ich denke, was ich schon immer gedacht habe – dass wir keine Ahnung haben, was passiert, wenn jemand stirbt. Aber was ich weiß, ist, dass du und Ash etwas hattet – habt –, wofür es sich zu kämpfen lohnt, und ein Therapeut könnte dir vielleicht helfen, herauszufinden, wie man das anstellt.«

Vor meinem geistigen Auge sehe ich, wie Ash mich am letzten Sonntag angesehen hat. Die Liebe war aus seinem Gesicht und seinen Augen gewichen, ersetzt von kalter Gleichgültigkeit.

»Und sieh mal – vielleicht musst du ihn einfach zwingen, sich hinzusetzen und mit dir zu reden. Vielleicht müsst ihr diese ganze Geschichte einfach ausdiskutieren. Vielleicht ... lässt du ihm einfach keine andere Wahl, Neve.«

Erst als sie aufsieht und ich ihren Blick auffange, wird mir bewusst, dass es vielleicht gar nicht mehr Ash ist, von dem wir reden.

***

Als ich nach Hause komme, noch immer leicht duftend von dem Massageöl, denke ich darüber nach, wie ein Tag so angenehm und so seltsam zugleich sein kann. Selbst jetzt bin ich tief in mir noch immer wütend auf Lara, und doch war es erstaunlich leicht, etwas wiederaufzubauen, was alle Kennzeichen einer Freundschaft trägt. Denn die Kurzschrift, die gemeinsame Vergangenheit, die Grundlage, das ist alles bereits da. Ich muss mich ihr nie erklären. Sie kennt mich in- und auswendig und ich sie, trotz dieses fehlenden Jahrzehnts. Wodurch die Illusion trügerisch leicht zu glauben ist.

Aber nur weil etwas leicht ist, heißt das nicht, dass man es tun sollte. Vielleicht trifft sogar das Gegenteil zu. Es ist ein bisschen so, wie wenn man mit einem Ex ins Bett geht. Leicht, weil es bequem, sicher, mühelos ist. Aber im Allgemeinen eine schlechte Idee.

Sie zog mich zu einer Umarmung an sich, als sich unsere Wege vorhin auf dem Parkplatz trennten. »Wenn ich aus Rom zurückkomme, müssen wir beide reden. Richtig reden. Okay?«

»Okay«, sagte ich. Aber irgendetwas an der gebannten Art, mit der sie mich ansah, brachte eine seltsame Saite in mir zum Klingen. Ein Wirrwarr von Noten, die tief in meinem

Magen aufeinanderprallten. Die Klänge einer Filmmusik, die dir sagen, dass du in Panik ausbrechen sollst; der Moment, in dem sich alles ändert.

Kapitel 39

In der Arbeit unterlaufen mir Fehler. Ein Bauunternehmer ruft eines Morgens an, um zu fragen, wo ich bleibe: Das Meeting, das wir angesetzt hatten, ist mir einfach aus dem Kopf gerutscht. Die Fahrt zur Baustelle würde vierzig Minuten dauern, und der Bauunternehmer kann nicht warten, daher bitte ich unterwürfig um Entschuldigung, und wir vertagen uns auf nächste Woche.

Kelley zitiert mich in ihr Büro, will wissen, was los ist. Sie klopft mit ihrem Kugelschreiber auf den riesigen Notizblock, den sie auf ihrem Schreibtisch liegen hat, fixiert mich mit mintgrünen Augen, während sie auf meine Antwort wartet. Ihr blonder Bob ist eine Klinge an ihrem angespannten Kiefer. Ich fühle mich wie eine Auftragnehmerin, die alle Abmessungen falsch vorgenommen hat.

Während ich mich entschuldige, wird mir zu meinem Entsetzen bewusst, dass ich mit den Tränen kämpfe. Ich habe in der Arbeit noch nie geweint, und ich hatte nicht vor, heute damit anzufangen, schon gar nicht vor Kelley. »Ich war einfach nicht bei der Sache.«

»Ich sollte Ihnen nicht sagen müssen, dass es unglaublich unprofessionell ist, ein Meeting zu vergessen, Neve.« Kelley wird nie laut, denn das muss sie nicht. Ihre Macht kommt von ihrer gusseisernen Haltung. Sie ist wie ein Mönch, der eine Fliege mit seinem Blick besiegt.

»Ich weiß …«

»Wenn Sie eine Auszeit brauchen, dann nehmen Sie sie sich bitte.« Ihre Stimme ist sanfter geworden, aber nur unwesentlich. Man müsste sie kennen, um es herauszuhören. »Aber ich möchte Sie bitten, mit Ihren persönlichen Problemen nicht Ihre Arbeit, und damit unseren Ruf, zu beeinträchtigen. Das ist mir und allen anderen, die hier arbeiten, gegenüber nicht fair.«

»Ich weiß. Das werde ich nicht. Es wird nicht wieder vorkommen.«

Wieder an meinem Schreibtisch, starre ich mit leerem Blick auf mein Exemplar von *Raumausstattung*. Ich habe es in die Arbeit mitgebracht, nachdem Lara und ich angefangen haben, wieder miteinander zu reden, habe es auf meinem Schreibtisch aufgestellt, zur Erinnerung daran, wie weit ich es gebracht habe. Aber jetzt läuft anscheinend alles schief. Und ich finde keinen Weg nach vorn oder um die Dinge richtigzustellen.

Da sie sich, so meine Vermutung, ihre Kicks holen muss, wo sie kann, spricht mich meine Mutter auf meine bedrückte Stimmung an.

»Du siehst ja aus wie sieben Tage Regenwetter, Neve.«

Ich habe ihr nach meinem Spinningkurs etwas Hühnersuppe vorbeigebracht, denn das ist doch, was man tun soll, wenn jemand Grippe hat, oder? Aber Mum hat sich offenbar rasch erholt. Ich treffe sie in ihrem Schlafzimmer an – nicht krank im Bett, sondern vor dem Spiegel, wo sie Outfits für einen Gig am Wochenende anprobiert. Sie sieht erhitzt aus, schimmernd von Schweiß, als hätte sie stundenlang Kleider an- und ausgezogen.

Ihre Haare sind eine wilde Explosion in Zeitlupe. Ich widerstehe dem starken, inneren Drang, ihr ein Stirnband zu reichen.

»Bin nur müde«, sage ich zu ihr.

Sie beäugt mich. »Ärger mit einem Jungen?«

»Mann, nicht Junge.« Manchmal glaube ich wirklich, ihr Bedürfnis, mir auf die Nerven zu gehen, grenzt an pathologisch.

»Vergiss ihn, Schatz.«

»Wow. Danke. Ich wünschte, darauf wäre ich von selbst gekommen.« Ich setze mich auf ihre Bettkante.

»Ich mein's ernst.«

»Du hast ihn für ungefähr fünf Minuten gesehen, als du sturzbesoffen warst. Du kennst ihn überhaupt nicht.«

Ich hatte es nicht über mich gebracht, ihr zu sagen, dass wir zusammenziehen würden. Ich sah ihre Herablassung voraus, die erbärmliche Nummer, mit der sie einen auf Beziehungsexpertin machen würde, mir sagen würde, dass es viel zu früh war, bla, bla, bla.

Sie zuckt die Schultern, wiegt sich sanft vor dem Spiegel hin und her. Das Kleid, das sie anhat, ist über und über mit silbernen Pailletten besetzt. Es ist hübsch – auch wenn es besser zu einer Oscarverleihung als in eine Drei-Sterne-Hotelbar passen würde. »Ich habe nicht von Ash geredet.«

»Was?«

Sie nimmt über den Spiegel Blickkontakt zu mir auf, weil ihr das lieber ist. »Ich habe von Jamie geredet.«

»Ich kann dir nicht folgen.«

»Nach allem, was ich erkennen kann, ist Ash ein netter Junge. Daher hat er es verdient, dass du ihn als den schätzt, der er ist.«

»Bitte hör auf, ihn einen Jungen zu nennen. Außerdem weißt du gar nichts darüber.«

»Dann sag mir, dass ich mich irre.«

Ich kann ein Kribbeln von Verärgerung in meinem Nacken spüren.

»Du hast doch selbst gesagt, dass Ash dich an Jamie erinnert hat, als du ihm begegnet bist. Du hast ihn sogar Jamie *genannt*, mehrmals. Siehst du, Mum, das ist der Grund, weshalb du, wenn du trinkst, niemals ...«

»Willst du den Rest deines Lebens damit verbringen zurückzublicken?«

»So wie du bei Dad, meinst du?« Ein billiger Versuch, ja, aber sie liefert mir ständig Steilvorlagen dafür.

»Na ja, schon. Ich denke nicht, dass du mir nacheifern solltest, Schatz.«

Ich widerstehe dem Drang, ihr allzu entschieden zuzustimmen.

»Ausgerechnet du kannst nun wirklich nicht davon reden, Leute als die zu schätzen, die sie sind. Ralph ist länger in deinem Leben, als du mit Dad zusammen warst, und du schätzt ihn nicht, nicht ein bisschen.«

Ein Lächeln umspielt ihre Mundwinkel. »Legst du mir etwa nahe, mich mit Ralph zusammenzutun?«

Ihre belustigte Miene entfacht ein Streichholz in mir. »Wie jetzt – bist du etwa zu gut für einen Mann, der dir gegenüber immer nur loyal war?«

»Ein Zyniker würde vielleicht einwenden, dass du hier vom Thema ablenkst, Neve.«

Ich erhebe mich seufzend. »Ich gehe besser.«

»Nein, Augenblick. Welches – Pailletten oder Satin?«

Ich würde am liebsten sagen, keines von beiden. Aber Tatsache ist, wenn Mum auch nur eine einzige Sache weiß – was durchaus denkbar ist –, dann, wie sie ihre Figur am besten zur Geltung bringt. »Sie sehen beide gut aus.«

»Neve. Willst du den Trick fürs Leben und die Liebe wissen?«, sagt sie, als ich mich zum Gehen wende.

Der Drang, zu lachen, ist heftig. Meine Mutter ist die emotional chaotischste Person, der ich je begegnet bin. »Klär mich auf.«

Sie legt eine theatralische Pause ein. »Der Trick besteht darin, herauszufinden, wer deine Hingabe wirklich *verdient* hat. Du kannst dein Herz und deine Seele schenken, wem immer du willst, aber nur sehr wenige Leute werden sie wirklich verdient haben.«

Ich verdrehe die Augen. Ich kann nicht anders.

»Es ist Zeit, Jamie loszulassen, Schatz.«

Ich schlucke. »Ich hab's dir doch gesagt. Du weißt gar nichts darüber.«

Kapitel 40

Achtundvierzig Stunden später, mitten in der Nacht, klingelt mein Telefon.

Es ist eine Nummer, die ich nicht erkenne. Ich starre für ein paar Sekunden auf das Display, dann nehme ich ab. Ich bete, dass es Ash ist – dass er irgendwo dort draußen ist und keinen Akku mehr hat und ganz nostalgisch wurde und sich ein Handy geborgt hat, um mich anzurufen und zu sagen, dass er sich ein Leben ohne mich beim besten Willen nicht vorstellen kann. »Hallo?«

Ein Knistern in der Leitung. Dann sagt eine weibliche Stimme:

»Neve?«

»Ja?« Das Herz schlägt mir bis zum Hals.

»Hier ist Gabi. Ashs Schwester. Hör zu, ich wusste nicht, ob ich dich anrufen sollte, aber ...«

Ich halte den Atem an.

»... es hat einen Unfall gegeben. Ash ist überfahren worden. Wir sind im N&N.«

Ich kann kaum sprechen. »Ist er ...«

»Im OP. Kommst du her?«

Tränen treten mir in die Augen. »Oh, mein Gott, Gabi. Was ist passiert? Kommt er durch?«

»Ich werde dir alles erzählen, wenn du herkommst. Aber ... ich glaube, er hätte dich gern hier, Neve.«

Ich habe den Abend mit Freunden in einer Weinbar verbracht, habe bei einer Flasche Merlot Trübsal geblasen. Ich bin eindeutig nicht fahrtüchtig, aber wenn ich nicht schnell genug ein Taxi kriegen kann, werde ich zum Krankenhaus rennen.

»Bin schon unterwegs«, brülle ich in mein Telefon, während ich aus dem Bett und in eine Jogginghose springe. »Bin schon unterwegs.«

Fragmente von dem, was folgt, erinnern mich an die Nacht, in der Jamie starb. Wie ich den Anruf bekam. Wie ich anfing zu zittern, meine Fähigkeit, zu denken, verlor, während mein Verstand zu einem Windtunnel der Angst wurde. Auch in jener Nacht musste ich mir ein Taxi nehmen, und ich erinnere mich, fast gewürgt zu haben, als ich den beißenden Geruch des Lufterfrischers im Wagen einatmete. Der Fahrer versuchte, Small Talk zu machen, aber ich fühlte mich zu nicht mehr imstande, als von Zeit zu Zeit eine Silbe auszuspucken. Schließlich gab er auf. Beim Krankenhaus angekommen, drückte ich ihm eine Handvoll Geldscheine in die Hand – ich hatte keine Ahnung, wie viele –, dann stürzte ich in den Eingangsbereich und sah mich mit wildem Blick nach irgendjemandem um, der mir sagen könnte, dass mit Jamie alles okay war. Aber dann entdeckte ich seine Eltern. Ihre Gesichter waren starr und gespenstisch. Und das war der qualvolle Moment, in dem ich es wusste. Nie zuvor hatte ich einen solch brutalen, solch vernichtenden Schmerz verspürt, und ich wollte instinktiv vor ihm davonlaufen, denn ich wusste, ich würde ihn nicht aushalten können. Ich kann mich noch immer erinnern, wie es sich anfühlte – die Erkenntnis, dass ich der Tatsache, dass Jamie niemals wiederkommen würde, nicht entkommen konnte. Dass Trauer, wie ich sie noch nie gekannt hatte, auf mich wartete, und dass ich nichts tun konnte, um sie aufzuhalten.

Als das Taxi vor der Notaufnahme hält, sehe ich Gabi draußen stehen und eine E-Zigarette rauchen. Sie sieht mich an, als ich auf sie zusprinte. Selbst bei einem Notfall in den frühen Morgenstunden ist Gabis Bob elegant und gepflegt, ihre Kleidung gebügelt, ihr Gesicht zurechtgemacht. Sie trägt sogar Ohrringe. Ich hingegen muss absolut wild aussehen – Haare nach hinten gerafft, zerknittertes Top, Jogginghose und Kapuzenpulli, was ich eben in die Finger kriegen konnte, als sie anrief.

»Hast du ihn gesehen? Ist er okay?«

»Er ist okay. Er ist noch immer im OP, aber er wird durchkommen.«

In meinem Herzen öffnet sich ein Fallschirm. »Gott sei Dank. Was ist passiert?«

»Hat sich nach der Arbeit völlig volllaufen lassen, offenbar. Ist dann auf die Straße gelaufen, und ein Wagen hat ihn erwischt. Er kann froh sein, dass er nicht getötet wurde. Er hat sich ein Bein und einen Knöchel gebrochen, ein paar Rippen angeknackst, eine Lunge punktiert.«

Sie redet wie eine Ärztin, wird mir bewusst. Nüchterne Fakten, Emotionen auf Abstand. »Danke, dass du mich angerufen hast«, sage ich, als sie fertig ist. »Wirklich. Ich bin so froh, dass du das getan hast.«

Wir stehen ein paar Augenblicke schweigend zusammen da. Es ist eine klare Nacht, der Himmel von Sternen übersät, mit einer strahlenden Mondscheibe.

»Hast du mit den richtigen aufgehört?«, frage ich sie mit einem Nicken zu der E-Zigarette. Ich lehne mich gegen die

Wand, neben der wir stehen. Sie ist kalt, aber im Moment brauche ich ein bisschen Hilfe, um mich auf den Beinen zu halten.

»Deprimierenderweise, ja«, sagt sie, dann sieht sie mich an.

»Ash war früher Kettenraucher. Ich nehme an, das hätte dich abgestoßen, oder, wenn du ihn damals kennengelernt hättest?«

»Nein«, sage ich aufrichtig, denn ich mag Ash weitaus mehr, als ich Zigarettenrauch nicht mag.

»Und was ist mit dem ganzen Trinken und den Drogen und den Schlägereien?« Sie lächelt matt, während sie mit einem Nicken auf das Krankenhausgebäude zeigt. »Das hier war früher eine ganz gewöhnliche Freitagnacht für uns, weißt du, damals.«

Ihre Frage muss rhetorisch gewesen sein. Denn wer würde sich wirklich für irgendetwas davon entscheiden?

Ich betrachte die Schlange von Autos, die langsam vom oder zum Parkplatz der Notaufnahme rollen, die Leute, die Anrufe tätigen oder auf der Bordsteinkante sitzen und ausdruckslos ins Leere starren, als ob das Leben ihnen eben brutal alles entrissen hat, was sie lieben.

»Es tut mir so leid.« Ich wende mich zu ihr um. »Was ich zu eurer Mum gesagt habe, als ich zu Besuch war. Es war absolut unangemessen und unsensibel. Ich hätte es niemals sagen sollen.«

»Jaja«, sagt sie, mit dem Anflug eines ironischen Lächelns, das mich an Lara erinnert. »Aber glaubst du das wirklich? Ich meine, das ist schon eine ziemlich verrückte Theorie, die du da hast.«

»Ich weiß nicht mehr, was ich glauben soll.«

Sie zieht einmal lange und tief an ihrer E-Zigarette. »Ich habe auch einmal jemanden verloren. Ich weiß, was es mit deinem Verstand anstellen kann. Ich habe früher überall nach ihm gesucht. Ich dachte oft, er wäre zurückgekommen, und dann ... puff. War er wieder weg.«

»Wer war er?«

Ihr Lächeln ist voller Traurigkeit. »Mein Bruder.«

Ich lächele matt und sehe hinunter auf meine Schuhe.

»Ich habe ihn an dem Tag verloren, an dem er vom Blitz getroffen wurde. Und weißt du was, Neve? Als ich heute Nacht den Anruf bekam, dass er überfahren worden war, da war ein kleiner Teil von mir *aufgeregt*. Und weißt du, warum? Weil ich dachte, es könnte eine winzige Chance geben, dass er durch den Aufprall irgendwie wieder richtig verdrahtet worden war und ich vielleicht einfach den Ash zurückbekommen würde, den ich mein Leben lang gekannt hatte.« Sie zückt ihr Handy, wischt darüber und reicht es mir dann.

Sie hat ein Album mit Fotos geöffnet, alle von Ash, wenn auch weitaus jünger. Aber ich erkenne diese Version von ihm überhaupt nicht wieder. Mit nacktem Oberkörper und von Kopf bis Fuß mit Körperfarbe bemalt, die Zunge herausgestreckt, während er auf die Kamera zuläuft. Auf einem Gebäude stehend, eine angezündete Fackel in einer Hand. Mitten in der Luft, wie er von einer zerklüfteten Klippe springt. Auf einer Bühne irgendwo, Arm in Arm mit einem Freund, singend. In Handschellen, während er von der Polizei abgeführt wird, über die Schulter lachend.

Weggetreten, mit diversen liebevollen Beleidigungen, die offenbar mit Eyeliner über sein ganzes Gesicht gekritzelt sind. Teilweise zugedeckt mit einem Berg Jacken auf einem Sofa, wieder weggetreten. Tanzend auf einem Festival, die Augen verdreht, während ihm zwei Zigaretten aus dem Mund hängen. Wie er mit nacktem Hintern eine Straße in Europa hinunterrennt. Wie er mit einem Leitkegel auf dem Kopf tanzt.

Ich frage mich, an wie viele dieser Augenblicke Ash sich erinnert. Ist das der Grund, weshalb er jede Erwähnung seines früheren Lebens abtut? Denn wenn er Jamie *ist*, dann hätte er keine Erinnerung an irgendetwas davon.

Ich gebe Gabi das Telefon wieder.

»Dieser Typ sieht absolut nicht so aus wie der Ash, den du kennst, oder?«

Ich weiß nicht, ob ich sie in ihrem Schmerz bestätigen oder sie beschwichtigen soll. »Er hat gesagt, er sei einfach ... erwachsen geworden. Nichts für ungut, aber ich ...«

»Es hatte nichts mit ›Erwachsenwerden‹ zu tun. Die Veränderung war zu plötzlich. Zu dramatisch. Sie ist buchstäblich über Nacht passiert. An einem Tag hat er im Regen auf Gebäuden getanzt, und am nächsten hatte er entschieden, alles hinzuschmeißen – seine Karriereziele, seine Freunde, seine Familie. Und die einzige Erklärung, die mir einfällt, ist, dass irgendetwas zwischen uns gekommen ist, das wir nicht verstehen. Irgendetwas ... Überirdisches. Irgendeine Anomalie der Wissenschaft. Und das von einer überzeugten Anhängerin der Wissenschaft.«

Ich kann es kaum glauben. »Du meinst ... ich könnte recht haben?«

»Kommt drauf an. Erzähl mir, wie dein Freund so war. Der, der gestorben ist, meine ich.«

Und so tue ich es. Ich beschreibe all die Eigenarten und Besonderheiten der Person, die Jamie war. Seine angeborene Zärtlichkeit, seinen trockenen Humor. Seine Leidenschaft für Architektur. Wo er eines Tages zu leben hoffte. Wer er werden wollte. Ich öffne mein Handy und zeige ihr die Liste, die ich erstellt habe, die Liste all der Arten, auf die er Ash ähnelte.

Als ich fertig bin, steckt Gabi ihre E-Zigarette ein und wickelt sich etwas fester in ihre Strickjacke. Ihr Atem bildet Wolken in der Luft. »Weißt du, dein Freund war das Gegenteil von dem Ash, den ich kannte. Ash war ein Energiebündel, ein Spaßvogel, liebte Streiche, hielt nie den Mund. Wir alle dachten, er würde eines Tages berühmt werden. Ich meine, zu einem Begriff. Wir wussten nur nicht, wofür.« Sie lacht matt. »Ich nehme an, irgendwie ist ihm das ja auch gelungen, mit dem Blitzschlag und den Zeitungen und allem. Was ich anfangs tatsächlich irgendwie witzig fand. Ich meine, es war die Art Geschichte, die einfach nur Ash passieren konnte.«

Wir schweigen ein paar Augenblicke, bis die Stille vom Heulen einer Krankenwagensirene unterbrochen wird.

»Was denken deine Eltern über das, was passiert ist?«, frage ich sie. »Deine Mum hat nicht viel gesagt, als ich an dem Abend neulich mit ihr geredet habe.«

Gabi lächelt. »Nein. Ich glaube nicht, dass sie dir wirklich abgekauft hat, was du ihr erzählt hast. Aber es ist gut, dass du es versucht hast. Offenbar hast du ihr einen gehörigen Vortrag gehalten.«

Ich schließe für einen Moment die Augen. »Ich weiß.«

»Ist schon gut. Ich nehme an, sie hat es dir irgendwie aus der Nase gezogen? Dafür hat Mum ein Talent. Ich fand ja schon immer, dass sie ihre wahre Berufung als MI6-Vernehmungsbeamtin verfehlt hat.«

»Irgendwie schon«, gebe ich zu. »Aber es ist nicht ihre Schuld. Ich hätte ja nichts sagen müssen.«

Gabi zuckt die Schultern. »Na ja, falls es hilft, du hast nur gesagt, was ich jeden Tag denke: dass es keinen Sinn ergibt. Dass irgendetwas nicht stimmt.«

Genugtuung richtet sich in meiner Brust kerzengerade auf. »Du glaubst wirklich, da könnte etwas dran sein?«

»Vielleicht. Aber wie du weißt, glaubt mein Bruder es eindeutig nicht.« Sie legt die Stirn in Falten, kaut auf ihrer Unterlippe.

»Sieh mal, Ash ist in seinem Leben jetzt zweimal ziemlich knapp dem Tod entkommen und unzählige Male etwas weniger knapp. Heute Nacht war es, als würde er wieder genau der Bruder werden, den ich verloren habe. Und ehrlich gesagt … fühlt es sich nicht so toll an. Das heißt, vielleicht hat er recht. Vielleicht muss ich einfach akzeptieren, dass er … eine bessere Version der Person ist, die er davor war.«

»Vielleicht«, sage ich neutral. Ich will ihren Gedankengang nicht unterbrechen, denn ich will unbedingt sehen, wohin er führt.

»Und vielleicht musst du auch akzeptieren, wer er ist. Egal, ob er wirklich dein Ex ist oder nicht. Denn ich glaube, dass du Ash glücklich machst, Neve, und ich glaube, er dich auch. Und letztendlich … habe ich lieber eine andere Version von ihm als gar keinen Bruder.«

»Was willst du damit sagen?«

Sie seufzt tief auf, als ob sie das volle Ausmaß des letzten Jahrzehnts wieder aufs Neue durchlebt. »Ich will sagen, dass ich, wer immer Ash jetzt ist, das Gefühl habe, dass ohne dich an seiner Seite vermutlich alles verloren ist. Das heißt, könnt ihr zwei das bitte einfach klären? Denn ich werde ganz offen zu dir sein – ich hätte wirklich gern, dass er ein hohes Alter erreicht, und ich denke, du kannst ihm wahrscheinlich dabei helfen.«

»Okay«, sage ich zu ihr, mein Verstand ein Hagelsturm widersprüchlicher Emotionen. »Okay. Ich werd's versuchen.«

Kapitel 41

Damals

Ein paar Abende nach dem Dinner mit Jamies Eltern wusste ich es.

Ich kam mitten in der Nacht von der Toilette zurück und setzte mich auf unsere Bettkante. Die Luft war still, unbewegt. Durch unser offenes Fenster konnte ich den Verkehr auf der Ringstraße hören, die Geräusche von Leuten, die vom Pub nach Hause gingen. Von irgendwo in der Nähe kam Musik, das unablässige Wummern eines sich wiederholenden Basses.

»Jamie«, flüsterte ich.

Er rollte sich herum und stöhnte.

»Jamie.«

Ich konnte eher spüren als sehen, wie seine Augen im Halbdunkel aufgingen. »Geht es dir gut?«

»Ich glaube ... Ich glaube, ich habe eine Fehlgeburt.«

Die Schmierblutung hatte zwei Tage zuvor begonnen. Ich hatte gehofft, gebetet, dass es kein Grund zur Besorgnis war. Aber jetzt hatten die Krämpfe eingesetzt, und der Schmerz war tiefer, schwerer. Und die Blutung war jetzt heller. Ein Warnsignal, ein Alarm.

Er schaltete die Nachttischlampe ein, dann setzte er sich auf, mit nacktem Oberkörper, und blinzelte in ihr grelles

Licht. Er blickte verwirrt und schockiert, als wäre er mitten bei einem Einbruch aufgewacht. Irgendwie war es tatsächlich eine Art Diebstahl, dachte ich. Etwas wurde mir gegen meinen Willen geraubt.

Ich brannte schon jetzt vor Scham, weil ich nicht mutig genug gewesen war, es ihm zu sagen. Weil er es auf diese Weise herausfand. Weil er genau im selben Moment von der Existenz und dem Verlust unseres Babys erfuhr.

Der Schwangerschaftstest war zehn Tage her. Zehn Tage, während deren ich ihn geheim gehalten hatte. In diesem Augenblick zweifelte ich an mir selbst. Fragte mich, ob die Fehlgeburt irgendwie meine Schuld war. Ob die ganzen Lügen und Ausflüchte und Verstellungen meinem Körper zu viel Stress zugefügt hatten.

»Was ... Was meinst du damit?« Seine Augen und seine Stimme waren schwer von Entsetzen.

»Ich bin schwanger.« Mein Mund fühlte sich trocken an, schal vom Schlaf. »Ich ... war schwanger.«

Er rutschte nah an mich heran, packte meine Hand, als wäre ich in Gefahr, auf einer unsichtbaren Strömung fortzutreiben. »Das ... kann nicht sein, Neve. Wie kannst du das sein?«

»Ich habe einen Test gemacht. Er war positiv.«

»Scheiße.«

»Ich wusste nicht, wie ich es dir sagen sollte.« Der Atem stockte mir in der Kehle, wurde zu einer heißen Spirale des Schmerzes.

»Neve«, begann er, aber dann wurde er still, als gäbe es keine geeignete Sprache für das, was er sagen wollte.

Er hatte recht. Es gab keine Worte.

Wir riefen den ärztlichen Beratungsdienst an. Sie sagten

uns, wir sollten abwarten, den Blutverlust beobachten, zur Notaufnahme fahren, falls die Blutung stärker wurde oder wir besorgt waren.

Ich bin besorgt, wollte ich den Mann am Telefon anschreien. *Ich bin besorgt, dass ich unser Baby verliere und es offenbar nichts gibt, was irgendjemand tun kann.*

Ich nahm Schmerzmittel und legte mich wieder ins Bett, aber keiner von uns konnte schlafen. Mir war klamm und zu warm, aber ich war mir nicht sicher, ob es nur daran lag, dass Norwich in dieser Woche eine kleinere Hitzewelle erlebt hatte. Ich drehte das Gesicht zu unserer schlüsselblumengelben Wand, und Jamie schmiegte sich von hinten an mich und strich mir übers Haar. Das war alles, was er tun konnte, das wussten wir beide. Mein Körper wappnete sich gegen die Wucht der Krämpfe, den schwindelerregenden Schmerz, zu verlieren, was ich schon jetzt liebte.

Ich wollte auch Lara hier bei mir haben. Ich wollte Jamie auf einer Seite von mir und Lara auf der anderen haben. Aber ich wusste, dass diese Krise nur mir und Jamie gehörte. Ich wollte ihm nicht das Gefühl geben, als wäre er nicht alles, was ich in diesem Moment brauchte.

»Warum hast du es mir nicht gesagt?«, fragte er, seine Stimme belegt von Emotion. Ausnahmsweise einmal war ich froh, dass ich sein Gesicht nicht sehen konnte.

»Ich wusste nicht ... ob du es wollen würdest.«

»Gott, Neve.«

»Was hättest du denn gesagt? Wenn ich es dir erzählt hätte.«

Ein fast unmerklicher Atemzug des Zögerns, warm an meinem Nacken, auch wenn er nicht aufhörte, mir übers Haar zu streichen. »Ich hätte gesagt: ... ›Wow, wir haben ein Baby gemacht, und ich bin ... völlig geschockt. Aber ich bin auch glücklich. Es ist die beängstigendste Art Glück, die ich je gefühlt habe.‹ Das hätte ich gesagt.«

Es war alles, was ich mir erhofft hatte. Er hätte es auch gewollt, und die Grausamkeit dessen, was passierte, traf mich wieder mit voller Wucht.

Obwohl ich betäubt von den Schmerzmitteln war, spürte ich noch immer Krämpfe im Rücken und im Bauch. Ich versuchte, nicht darüber nachzudenken, was mein Körper, ohne jede Erlaubnis, tat.

»Das ist nicht fair«, keuchte ich schließlich, als die Emotionen mich wie eine Flutwelle überrollten.

Er strich mir noch immer übers Haar. Es half, diese sanfte, wiederholte Bewegung, wie ein ständiges Flüstern: *Ich bin hier. Ich bin hier. Ich bin hier.*

»Das hier hat sich für mich richtig angefühlt. Auch wenn … es eine Überraschung war, hat es sich richtig angefühlt, Jamie.« Ich konnte nicht aufhören, an den Schwall von Freude zu denken, den ich verspürt hatte, als ich dieses Stäbchen umgedreht hatte.

»Ich liebe dich«, flüsterte er dann. »Wir stehen das durch, Neve. Das verspreche ich dir. Wir stehen das gemeinsam durch.«

Ein Bild seiner Mutter an jenem Abend in dem Restaurant schlich sich ungebeten in meinen Kopf, und in diesem Augenblick wurde mir bewusst, dass ich sie hasste. Weil sie versucht hatte, sich meine Komplizenschaft zu erkaufen. Weil sie nicht einen Funken Solidarität bekundet hatte. Weil sie mir – da war ich mir sicher – in ihren düsteren Momenten diesen Verlust gewünscht hatte.

Es war ironisch, dachte ich, dass ich Jamie all die Jahre, die ich ihn nun schon kannte, immer so um seine Familie beneidet hatte. Als hätte ich in der Weihnachtszeit meine Nase an ein beschlagenes Fenster gedrückt, verzweifelt bemüht, etwas von der Wärme und Zufriedenheit und Intimität, die sie, wie ich mir vorstellte, alle teilten, aufzusaugen.

Aber jetzt wusste ich, dass er von einem Monster großgezogen worden war, und ihm war es nicht einmal bewusst. Selbst meine eigene Mutter – eine Frau, der die Polizei einmal mit einer Zwangseinweisung gedroht hatte – hätte niemals irgendjemandem angetan, was Debra mir an jenem Abend antat.

Zum ersten Mal in meinem Leben empfand ich Mitleid mit Jamie. Wegen der Lüge, die man ihm aufgetischt hatte, über die liebevolle Familie, die er zu haben glaubte und die sich als so fragil erwies, dass sie beim ersten Anzeichen von Druck versagt hatte.

***

Am nächsten Morgen lief ich in der Küche Lara über den Weg. Ich hielt eine Wärmflasche umklammert. Meine Augen waren wund vom Weinen.

Jamie hatte das Haus bereits verlassen, mit einem schlechten Gewissen, aber er hatte ein Seminar zu Klimaklassifikation und konnte es sich, wie er sagte, nicht leisten, es zu versäumen.

Lara musste gar nicht erst fragen. Sie sah mich nur an, und ich nickte und brach dann in Tränen aus.

Sie nahm sich den Tag von der Uni frei und machte mir Schokoladenpudding zum Frühstück, und wir legten *Gavin & Stacey* ein und rollten uns auf dem Sofa zusammen. Sie an einem Ende, ich am anderen, unsere Beine ineinander verschlungen, sodass sich unsere Fußballen berührten.

»Soll ich deine Mum anrufen?«, fragte sie irgendwann.

Ich schüttelte den Kopf. »Sie ist beschäftigt.«

»Womit?«

»Sie hat wieder Ärger mit der Polizei. Sie haben sie dabei erwischt, wie sie Bevs Wagen zertrümmert hat.«

»Verdammte Daniela«, war alles, was sie sagte.

Im Laufe jenes Tages streckte Lara immer wieder einen Arm aus, um meine Hand oder meine Wade zu drücken, und fragte mich, ob ich irgendetwas wollte. Aber ich brauchte nichts. Sie einfach nur hier an meiner Seite zu haben, war genug.

Kapitel 42

Jetzt

Als ich am Montag nach Ashs Unfall wieder zur Arbeit komme, hat sich im ganzen Büro herumgesprochen, was passiert ist.

Letztendlich bekam ich ihn in jener Nacht im Krankenhaus gar nicht zu sehen. Ed und Juliet waren da, verständlicherweise völlig aufgelöst, und dann begann Gabi, sich laut zu fragen, ob sie bei Ash vielleicht erst einmal vorfühlen sollte, ob er mich überhaupt sehen wolle, wenn er aus dem OP kam. Ich fühlte mich ohnehin zu verlegen, um seinen Eltern gegenüberzutreten, daher entschied ich, nach Hause zu fahren. Es brach mir das Herz, ihn dort zurückzulassen, aber das Letzte, was ich wollte, war, ihm Stress zu bereiten oder eine Szene zu machen.

Parveen zieht mich in einen Konferenzraum, unter dem Vorwand, Verbesserungsvorschläge für ein paar Pläne durchzugehen, die wir für eine ehemalige Wassermühle bekommen haben. Ihre Augen sind geweitet vor Besorgnis. »Geht es Ash gut?«

»Ich glaube schon«, sage ich ausdruckslos. »Aber ich habe ihn nicht gesehen.«

»Es heißt, dass er sturzbesoffen war, in einen Streit geraten und dann einfach auf die Straße gefallen ist. Gott, Neve – er hätte tot sein können.«

»Woher weißt du das alles?«

»Jemma bei Crave hat es Ryan bei Tunstalls erzählt, der es Lexie erzählt hat, die es Martin erzählt hat, der es mir erzählt hat.«

»Weißt du, mit wem er zusammen war?« Das habe ich mich immer wieder gefragt, denn ich kann mir nicht vorstellen, dass irgendeiner von Ashs liebenswürdigen, sanftmütigen Freunden tatenlos zugesehen hat, wie er in einen solchen Zustand geriet.

Sie schüttelt den Kopf. »Nein. Und niemand weiß, wie der Streit angefangen hat.«

Ich fluche leise, presse meine Handballen an die Stirn, versuche angestrengt, mir vorzustellen, wie Ash zu irgendjemandem aggressiv ist.

»Offenbar gab es ein richtiges Drama. Nachdem der Wagen ihn erwischt hatte. Leute schrien und brüllten und brachen in Panik aus. Sirenen überall. Jemma sagte, alle hätten gedacht, er sei tot.« Parveen streckt eine Hand nach meiner aus und drückt sie sanft. »Es tut mir so leid, Neve.«

»Ja«, sage ich, meine Stimme inzwischen nur noch ein Echo ihrer selbst. »Mir auch.«

Am Mittwochabend klingele ich an seiner Haustür, nachdem Gabi mir grünes Licht gegeben hat. Das Gebäude ist mit Weihnachtslichtern behängt, ein weiß-goldener Wasserfall. Es erfüllt mich mit Sehnsucht nach dem Dezember, den wir vielleicht gemeinsam hätten erleben können.

Ich wusste nicht, was ich mitbringen sollte. Blumen fühlten sich nicht richtig an (*Herzlichen Glückwunsch zu deinem*

Überleben!). Weintrauben oder Pralinen schienen mir etwas zu sein, was ich meiner Oma mitbringen würde. Daher entschied ich mich für eine Flasche Brandy. Eine Art Medizin, wenn schon nichts sonst – und er hätte zumindest etwas, um einen Schluck zu trinken, wenn er dem Schock, mich wiederzusehen, die Schärfe nehmen wollte.

»Ich bin's«, sage ich, als er sich über den Türsummer meldet.

Ein kurzes Schweigen, dann: »Hallo.«

»Kann ich raufkommen?«

Er antwortet nicht, lässt mich nur mit dem Türsummer hoch.

Als er die Wohnungstür öffnet, werde ich von einer Flut von Gefühlen überwältigt. Er ist auf Krücken, hat ein blaues Auge, ein Bein in Gips. Ich will ihn prompt an mich ziehen und mein Gesicht an seiner Schulter vergraben, ihn küssen, ihm sagen, dass ich ihn immer noch liebe. Aber ich weiß, dass ich das nicht tun kann.

Stattdessen schlucke ich das alles hinunter und sage: »Wie geht es dir?«

»Ach, ganz okay. Kumpel kümmern sich und das alles.« Er ist unrasiert, mit ungekämmten Haaren und dunklen Ringen unter den Augen. Er trägt ein zerknittertes T-Shirt und Cargoshorts, ich nehme an, wegen des Gipses. Er sieht aus, als wäre er eben mit einem Hubschrauber aus einem Krisengebiet ausgeflogen worden.

»Es tut mir so leid, Ash.«

Er nickt, dann – zu meiner immensen Erleichterung – schlurft er zur Seite, um mich hereinzulassen.

Ich folge ihm langsam in den Wohnbereich, nehme die Brandyflasche aus meiner Tasche und stelle sie auf den Küchentresen. »Für irgendwann«, sage ich.

»Wie wär's mit jetzt gleich?«

Ich verspüre einen Anflug von Erleichterung. Er ruft einen Waffenstillstand aus: Wir können zusammen etwas trinken, vielleicht reden. Ich folge ihm mit der Flasche und zwei Gläsern zum Sofa.

Aber hier zu sein, ist bittersüß. Ich habe dieses Apartment vermisst – auch wenn es nicht ganz die Zuflucht ist, die ich in Erinnerung habe. Überall riecht es leicht schal. Oberflächen sind mit Takeaway-Kartons und ungespülten Tellern, leeren Bechern und schmutzigen Weingläsern übersät. Vieles von seinem Zeug ist noch immer in Kartons: Dinge, die er gepackt hatte, um sie zu meinem Haus zu bringen, bevor sich unsere Wege trennten. Er hat sie in den Wochen seitdem eindeutig nicht wieder angerührt. Ich habe keine Ahnung, wie ich das deuten soll. Gibt es noch Hoffnung für uns? Oder war er einfach nicht imstande, sich dieser Sache zu stellen?

Und der Edward Hopper ist nirgends zu sehen. Ich frage mich, ob er sich davon getrennt hat – ihn bei einem Kumpel abgeladen oder in einen Müllcontainer geworfen hat.

»Entschuldige. Hier ist es ein bisschen unordentlich. Ich habe nicht erwartet … Könntest du vielleicht …?« Er zeigt auf die Zeitungen und Schalen und Pullover und Socken, die auf dem Sofa verstreut liegen.

»Na klar«, sage ich sanft, sammele das Zeug ein und räume etwas Platz für uns frei.

Ich hasse es, ihn so zu sehen. Zum ersten Mal, seit ich ihn kenne, erhasche ich einen Blick auf die Person, die er, wie ich nur vermuten kann, früher gewesen sein muss – chaotisch und impulsiv, jemand, der von Tag zu Tag durchs Leben rennt, der schlechte Einschätzungen und falsche Entscheidungen trifft und dann die Konsequenzen ertragen muss.

Ich schenke uns beiden einen doppelten Brandy ein, dann halte ich zögernd mein Glas an seines. »Auf deine Gesundheit.«

Er lacht, aber es klingt, als ob es ihm unbeabsichtigt herausgerutscht ist.

Ohne uns anzusehen, leeren wir beide unsere Gläser zur Hälfte. Der Alkohol brennt in meiner Kehle, rollt wie ein Feuerball in meinen Magen.

»Du riechst gut«, sage ich zu ihm, denn das tut er wirklich, seinem zerzausten Erscheinungsbild zum Trotz. Es ist ein Geruch, den ich nicht erkenne, frisch und süßlich aquatisch.

»Dachte, ich nehme mir eine Auszeit von dem Tom Ford«, sagt er schroff.

Oh, Gott. Ich muss seiner Mum erzählt haben, dass er und Jamie genau gleich rochen. Ich kann mich nicht einmal erinnern, das gesagt zu haben.

»Geht es dir gut?«, frage ich ihn leicht beschämt. »Körperlich, meine ich.«

»Ah, alles okay. Sie haben mein Bein fixiert, meine Lunge wieder aufgeblasen, mich dafür zusammengestaucht, dass ich in den Verkehr gelaufen bin. Es hätte weitaus schlimmer kommen können.«

Ich schlucke und nicke. »Offenbar waren alle besorgt, du seist ... du weißt schon. Tot.« Es ist schon schwer genug, es zu denken, geschweige denn laut auszusprechen.

Ein dünnes Lächeln. »Ach ja, der gute alte Buschfunk von Norwich. Kann man sich nicht einmal mehr ungestört volllaufen lassen und einen Streit vom Zaun brechen und sich von einem Auto anfahren lassen?«

Ich lächele matt. »Und du hast es wieder in die Zeitung geschafft.«

»Das möchte ich wetten.«
»Mit wem hattest du den Streit?«
Er reibt sich das Gesicht. »Keine Ahnung.«
»Ich bin zum Krankenhaus gekommen.«
Er nickt. »Gabi hat es mir erzählt. Du hättest auf einen Drink bleiben sollen. Der Tee dort ist etwas ganz Besonderes.«
»Vielleicht nächstes Mal.«
Er fängt meinen Blick auf. »Ja, vielleicht.«
»Wie lange, bis du wieder auf den Beinen bist?«
»Ein paar Monate, haben sie gesagt.«
»Was ist mit der Arbeit?«
»Ich gehe nächste Woche wieder hin. Ich will nicht zu viel versäumen. Sie haben nicht allzu viel Mitleid mit mir, ehrlich gesagt.«
»Kommst du ... klar?«
Jetzt sieht er mich genau an, mit feuchten, durchdringenden Augen. »Nein, Neve. Ich komme überhaupt nicht klar.«
Ich strecke eine Hand nach seiner aus und drücke sie so fest, dass ich Gefahr laufe, seine Liste mit Verletzungen um noch eine zu erweitern. »Ich auch nicht.«
»Diese ganze Sache ist einfach so verrückt. Ich habe noch nie für jemanden so gefühlt, wie ich für dich fühle.«
Ich kämpfe mit den Tränen, aber ich weiß nicht, was ich sagen soll. Ich kann nicht sagen, *ich auch nicht*, denn wir wissen beide, dass das nicht wahr wäre. Aber wahr ist, dass ich es hasse, mein Leben ohne ihn zu leben. Dass ich mir nicht sicher bin, ob ich je wieder dieselbe sein werde, wenn wir nicht zusammen sind.
Ein paar Augenblicke verstreichen. In der Wohnung ist es quälend still. Ash hat normalerweise Musik aufgelegt oder die Fenster weit geöffnet, um die Geräusche der Stadt hereinzu-

lassen. Heute Abend fühlt sich die Stille fast unerträglich an.

»Willst du wissen, was ich gemacht habe, kurz bevor ich von diesem Auto angefahren wurde?«

Ich nehme noch einen Schluck Brandy. »Gabi hat gesagt, du seist betrunken gewesen.«

»Sturzbesoffen, und ich habe an dich gedacht. An uns.« Er legt die Stirn in Falten. »Versteh mich nicht falsch, ich mache dir keine Vorwürfe, absolut nicht. Nichts davon ist deine Schuld, natürlich nicht. Es ist nur … Nichts scheint noch irgendeinen Sinn zu ergeben, ohne dich.«

Ich will ihm sagen, dass alles gut werden wird. Aber wie kann ich das, wenn ich mir selbst nicht sicher bin, ob es das wird?

»Es war schlimm. So betrunken war ich seit … na ja, noch nie, vielleicht. Selbst damals nicht.«

»Gabi hat mir alles darüber erzählt, was für ein wilder Junge du früher warst.«

»Das glaube ich gern. Seltsam, dass meine Schwester nostalgische Gefühle für eine Version von mir hat, die garantiert keine dreißig geworden wäre.«

Ich muss an das denken, was Gabi im Krankenhaus zu mir gesagt hat. *Ich habe lieber eine andere Version von ihm als gar keinen Bruder.*

Ich leere meinen Brandy, schüttele den Kopf. »Es ist nur … Ich kapiere das einfach noch immer nicht, Ash.«

»Was kapierst du nicht?«

»Du. Jamie. Dein Unfall. Die Person, die du geworden bist. Nichts davon.«

Er tut es mir gleich, kippt den letzten Rest seines Drinks, bevor er eine Hand mit der Flasche ausstreckt, um uns beiden nachzuschenken.« »Na ja, egal was passiert ist, Neve, ich glaube noch immer nicht, dass der Geist deines Ex-Freundes in mir lebt. Weil es keine Geister gibt. Schlicht und ergreifend.«

Ich werde nicht weit damit kommen, ihn vom Gegenteil zu überzeugen. Oder auch nur darüber zu diskutieren. Das kann ich jetzt sehen. Mir bleibt nichts anderes übrig, als ihm, irgendwie, zu zeigen, wie sehr ich ihn immer noch liebe.

Ich stelle mein Glas ab. Unsere Blicke verschmelzen ineinander. Ich beuge mich vor, erleichtert, als er sich nicht wegdreht. Wir küssen uns ein paar Sekunden zögernd. Seine Lippen schmecken nach Brandy. Und dann öffnet er neckend meinen Mund mit seiner Zunge, und ich reagiere prompt. Ich habe das hier so vermisst, diese Momente heftigen, vulkanartigen Verlangens. Er legt eine Hand an mein Kinn, umfasst es sanft, hebt mein Gesicht zu seinem, verbessert den Winkel für uns beide, und unser Kuss wird tiefer, drängender. Unser Atem wird abgehackt. Ich gleite mit einer Hand über sein Bein, beginne, sein T-Shirt hochzuschieben.

Und dann, ohne Vorwarnung, zuckt er zurück. »Autsch.«

»Oh, Gott. Entschuldige. Alles okay? Wo tut es weh?«

Seine schmerzverzerrte Miene weicht einem Lächeln. Er schüttelt den Kopf, dann wendet er den Blick ab, holt ein paarmal tief Luft. »Oh, Neve. Ich bitte dich. Frag mich das nicht.«

»Na ja«, flüstere ich, während ich sein Lächeln erwidere, »sag es mir. Wo tut es weh?« Ich beuge mich wieder zu ihm vor, aber diesmal weicht er dem Kuss aus, schlurft endgültig davon.

Ich bleibe, wo ich bin. Ich muss ihn nicht fragen, was los ist: Es steht ihm übers ganze Gesicht geschrieben.

»Neve, ich … ich liebe dich so sehr, und das hier fühlt sich so … Aber diese Sache mit Jamie … Damit kann ich nicht umgehen. Ich muss mit einer Frau zusammen sein, die mich um meinetwillen liebt. Das verstehst du doch, oder?«

Ich nicke, denn natürlich verstehe ich das.

»Aber weißt du, was das Verrückte ist?«, sagt er, und auf einmal lodern seine Augen auf. »*Wir* sind es, die zusammen sein sollten, Neve, nicht du und er – und es bringt mich um, dass du das nie, aber auch nie sehen wirst.«

Mein Verstand rast, sucht verzweifelt nach Rettungsringen.

»Okay, was, wenn – hör mich einfach kurz an –, was, wenn ich jemanden finden könnte, der mir recht gibt? Der unterstützen könnte, was ich glaube? Einen Wissenschaftler. Oder einen Arzt. Jemanden, der zweifelsfrei beweisen kann, dass ich nicht verrückt bin. Selbst deine Schwester …«

»Selbst meine Schwester was?«

»Selbst deine Schwester denkt, da könnte etwas dran sein.«

Er schüttelt den Kopf. »Meine Schwester denkt, es könnte etwas an diesen Verschwörungstheorien dran sein, dass Elvis noch lebt.«

»Aber sie ist Ärztin. Wissenschaftlerin.«

Jetzt seufzt er, als ob allein schon die Vorstellung, mich wieder zu lieben, erschöpfend ist.

Und so sollte Liebe sich nicht anfühlen.

Trotzdem. Ich muss es versuchen. Nur noch ein letztes Mal.

»Wenn ich jemanden finden kann, der unterstützt, was ich sage, können wir dann wenigstens darüber reden?«

Er sieht mich einen langen Moment an, dann sagt er: »Nein, Neve.« Seine Augen sind jetzt von Tränen verschleiert. Ich kann sehen, dass er sich nur mühsam zusammenreißt.

Und auf einmal weiß ich, was ich zu tun habe.

»Du hast recht damit, dass das hier falsch ist«, sage ich, als es mir auf einmal klar wird. »Natürlich kannst du nicht so leben. Warum solltest du? Und ehrlich gesagt, kann ich es auch nicht.«

»Neve ...«

Ich erhebe mich. »Ich werde ... versuchen, aus alledem schlau zu werden.«

»Augenblick, das ist nicht gut genug. Wo zum Teufel bleibe ich dabei?«

»Ich brauche einfach etwas Zeit.«

»Und ich brauche Klarheit.«

Ich schlucke. »Hör zu, wenn du ... in der Zwischenzeit jemanden kennenlernst oder zu dem Schluss kommst, dass du mich nie wiedersehen willst, dann ist das schon okay. Ich meine, natürlich ist es nicht okay – es ist nicht das, was ich will –, aber ich würde es verstehen. Ich bitte dich nicht, auf mich zu warten, Ash, denn ehrlich gesagt, weiß ich nicht, ob ich es schaffen werde, diese Sache hinter mir zu lassen oder mir darüber klar zu werden. Aber ich werde es versuchen. Versprochen.«

»Nein. Du musst mir hier antworten und ... aufrichtig sein. Sag nicht einfach, was du glaubst, das ich hören will.«

Der Raum zwischen uns ist eine Schneewehe des Schweigens.

»Liebst du mich? Wenn du Ja sagst, dann werde ich auf dich warten.«

Mein Herz zerspringt, noch während ich ihm antworte. »Ich weiß nicht, ob es gänzlich du bist, den ich liebe, oder ...«

»Okay.« Ich sehe zu, wie er mit einer Antwort ringt. »Na ja, dann weiß ich wenigstens, woran ich bei dir bin.«

Meine Augen füllen sich mit neuen Tränen. »Ich versuche nur, aufrichtig zu sein.«

»Alles passiert irgendwann zum ersten Mal, nehme ich an.«

Kapitel 43

»Was, wenn du einfach so tust als ob?«, sagt Lara, als wir uns ein paar Tage später in einem Pub nicht weit vom Zuhause ihrer Mum zum Sonntagslunch treffen. Sie ist eben aus Rom zurückgekommen, und wir haben die letzte halbe Stunde damit zugebracht, Fotos von ihr und Felix anzusehen, wie sie durch die romantischste Stadt der Welt schlendern.

»Was meinst du damit?«

»Ich meine, tu so als ob, bis es so ist. Sag Ash, dass du das mit Jamie vergessen hast, komm wieder mit ihm zusammen, und dann, im Laufe der Zeit, wird es allmählich wahr werden. Bis du eines Tages aufwachst und feststellst, dass das, was du mit Ash hast, weitaus besser ist als alles, was du je mit Jamie hattest. Eines Tages muss das passieren. Das ist im Grunde Wissenschaft.«

Ich ignoriere ihre flapsige Art. Wenn es so einfach wäre, hätte ich es längst getan. Ständig an Jamie zu denken, war erschöpfend. Es ist nicht das, was ich will. Aber ich weiß nicht, wie ich damit aufhören soll.

Sie sieht an mir vorbei und aus dem Fenster, auf den Kreisverkehr und die Hauptstraße hinaus. Ihr Gesicht sieht in dem winterlichen Licht blass und kränklich aus. Sie scheint ein bisschen entnervt heute. Nicht unbedingt von mir. Nur von der Welt im Allgemeinen. Sie war vorhin barsch zu dem Kellner, was absolut nicht die Art der Lara ist, die ich einmal kannte. Sie mochte es nie, Leute zu maßregeln, die sich nicht wehren können: Wir haben beide im Kundenservice gearbeitet und wurden öfter als genug von Leuten in lachsfarbenen Hosen dafür zusammengestaucht, dass ihre Salate kalt waren.

Ich schätze, sich um ihre Mum zu kümmern, muss ihr mehr an die Nieren gehen, als ich dachte.

Ich lege die Stirn in Falten. »Ash ist ein guter Mensch. Ich kann ihn nicht so belügen.«

»Meinst du wirklich, du wirst einen Wissenschaftler oder Arzt finden, der deine Theorie beweisen kann?«

»Schon möglich.«

»Na ja, wenn du es tust, vergiss nicht zu überprüfen, dass seine Alma Mater nicht die Universität von Was zum Teufel ist.«

Ich zucke leicht zusammen. »Okay ... werde ich machen.«

Sie schließt für einen Moment die Augen. »Entschuldige. Ich bin müde. Es tut mir leid. Hör zu – sei mir bitte nicht böse, aber bevor du versuchst, einen Arzt oder Wissenschaftler zu finden, solltest du vielleicht mit einem Therapeuten reden.«

»Ja, vielleicht.« Mir wird ein bisschen flau bei dem Gedanken, für verrückt erklärt zu werden, anstatt nur ein Verdachtsfall zu sein. Ich stelle meinen Drink ab. »Jedenfalls – geht es dir gut? Du hast dein Essen ja kaum angerührt.«

Als wir zusammenlebten, hatten wir eine Ligatabelle mit den besten Sonntagsbraten in Norwich auf einem Blatt Millimeterpapier im Wohnzimmer hängen. Eigentlich war es Jamies Ding, denn Lara und ich waren im Allgemeinen zu knapp bei Kasse, um essen zu gehen. Aber er lud uns gern ein.

Sie rümpft die Nase. »Bin nur völlig erledigt.«

»Du siehst tatsächlich ein bisschen blass aus.«

Sie lächelt matt. »Und du siehst aus wie jemand mit einem gebrochenen Herzen.«

»Ich würde deine Mum gern besuchen.« Ich bin mir nicht sicher, wie Corinne heutzutage für mich fühlt, angesichts der Tatsache, dass ich ihre Tochter fast ein Jahrzehnt lang aus meinem Leben ausgeschlossen, ihr die Schuld an Jamies Tod gegeben und es nicht geschafft habe, für sie da zu sein, als Billy starb. Ich bin mir nicht sicher, ob *ich* mich sehen wollen würde, wenn ich Corinne wäre.

»Das würde sie sehr freuen«, sagt Lara. »Sie hat dich immer über alles geliebt, Neve. Daran hat sich nie etwas geändert.«

»In der Arbeit wird diese Woche ein bisschen viel los sein, aber … nächstes Wochenende?«

»Jederzeit. Egal wann. Du weißt, dass du immer willkommen bist.« Sie streckt eine Hand nach meiner aus und drückt sie fest, auf eine Art, die sich anfühlt, als ob sie versucht, mir etwas zu sagen.

»Lar. Liegt sie im Sterben?« Der Gedanke ist fast unerträglich, schon während ich ihn laut ausspreche. Er ist mir bis jetzt noch nie gekommen – ich war so vertieft in meine eigenen Probleme.

Aber jetzt, wo ich darüber nachdenke, warum sonst sollte sich Lara verlängerten Urlaub von der Arbeit nehmen, um zurück nach Norwich zu ziehen und ihr so lange zur Seite zu stehen?

Aber Lara lächelt nur matt. »Gott, hoffentlich nicht.«

An jenem Abend fahre ich zu Mum. Das Haus ist eiskalt, und sie sitzt in eine Decke gewickelt im Wohnzimmer, ein Glas mit irgendetwas Bernsteinfarbenem in der Hand. Sie sieht sich *Strictly Come Dancing* an. Es ist eine ihrer Lieblingsshows, da irgendein Typ ihr einmal gesagt hat, sie hätte den Rhythmus, um es als Tänzerin zu etwas zu bringen. Obwohl das eindeutig nur ein Spruch war, um sie ins Bett zu kriegen, hat sie ihn nie vergessen und genießt es, jedes Jahr so zu tun, als wäre sie Juror Nummer fünf.

»Oh«, sagt sie und sieht auf, als ich hereinkomme. »Dachte, es ist Ralph.«

Ich wundere mich, zu sehen, dass sie auf einem neuen silbernen Knittersamtsofa sitzt. »Mum. Was ist das?«

»*Strictly*. Dieses Jahr ist es bis jetzt nicht sehr gut. Sollten das nicht Prominente sein?«

»Nicht das Fernsehen. Das Sofa.«

Sie lächelt und streicht mit einer Hand darüber. »Jemand im Pub hat es verkauft. Und mein altes hatte diese ganzen kaputten Federn, daher dachte ich, warum nicht.«

»Wie viel?«

»Ein paar Hundert.«

»Mum, ich hätte dir ein tolles Sofa besorgen können.«

»Was stimmt denn nicht mit dem hier?«

Vielleicht hat sie eine Version davon auf Bevs Instagram gesehen. Als Bev sich einen Strandumhang mit Leopardenmuster besorgte, fing Mum an, genau den gleichen zu tragen, um darin im Haus herumzuwerkeln. Und als Bev beiläufig den Namen ihrer Collagen-Retinol-was-auch-immer-Nachtcreme erwähnte, tauchte in der Woche darauf ein Tiegel davon in Mums Badezimmer auf. »Das ... passt nicht wirklich, oder?«

Sie lässt den Blick durchs Zimmer schweifen und zuckt die Schultern. »Passt nicht wozu?«

Guter Punkt. Das Zimmer ist ein Mischmasch aus abblätternder William-Morris-Tapete, einem pfirsichfarbenen Hochflorteppich aus den Siebzigern und ein paar wackeligen weißen Flatpack-Möbeln. Nicht zum ersten Mal frage ich mich, ob mein Traum, dieses Haus gemeinsam mit ihr zu renovieren, je wahr werden wird. Mum sieht es einfach nicht so wie ich. Sein Charakter und Charme entgehen ihr völlig.

Vielleicht muss ich nach all den Jahren endlich akzeptieren, dass sich das nie ändern wird.

Es sind nur noch drei Wochen bis Weihnachten, aber sie hat noch immer überhaupt keine Dekorationen aufgehängt. Nachdem Dad gegangen war, hat sie sich nie mehr die Mühe gemacht, denn Weihnachten ist offenbar nur eine Feier wert, wenn man einen Mann an seiner Seite hat.

Ich setze mich widerstrebend auf das Sofa. Der Samt knirscht leicht unter mir.

»Whisky?«, fragt Mum und weist mit einem Nicken auf die Flasche auf dem Sideboard.

Ich schüttele den Kopf.

»Wie geht's Ash?«

»Nicht gut.«

Sie stellt den Fernseher leiser. »Was ist passiert?«

Mein Instinkt sagt mir, mir irgendetwas auszudenken und das Thema zu wechseln. Aber dann erinnere ich mich, dass nichts, was ich sagen kann, noch verrückter klingen könnte als die Art, wie sie sich wegen Dad benommen hat. Ich sollte ihr einfach die Wahrheit sagen. Lügen wird allmählich zu anstrengend. »Es wird vielleicht seltsam klingen, aber als ich Ash das erste Mal begegnete, da dachte ich ... er sei Jamie. Es gibt diese Sache namens Seelenwanderung, wo ...«

»Und das hat ihm nicht gefallen.«

Ich blinzele. »Mum, hör zu. Ich glaube wirklich, dass Ash ... Jamie sein könnte. Ich weiß, es klingt verrückt, aber als ich ihm begegnet bin ...«

»Ich weiß. Ich habe gehört, wie du mit Ralph darüber geredet hast.«

»Was? Wann denn?«

»Ach, ich weiß nicht. Vor ein paar Monaten vielleicht.« An jenem Samstag, als ich vorbeikam, damals im Juni, als Ralph Suppe aß und Mum die Schuld an ihrer Alkoholsucht kostenlosen Bars gab. »Du hast gehört, wie ich ... zu Ralph gesagt habe, ich dächte, Jamie hätte Ashs Körper übernommen?«

»Ja. Ich habe alles gehört. Und ich muss zugeben, ich fand tatsächlich, du redest einen Haufen ...«

»Das heißt, das eine Mal, als Ash und ich hierherkamen und du betrunken warst und ihn immer wieder Jamie genannt hast ...«

»Ich nehme an«, sagt sie mit einem schweren Seufzer, »ich dachte, ich könnte dich zur Vernunft bringen.«

»Du dachtest was?«

Sie zuckt die Schultern, nippt an ihrem Whisky. »Du warst immer so *besessen* von Jamie. Ich wollte dir vor Augen führen, wie lächerlich das war. Ich dachte, wir könnten vielleicht ... ich weiß nicht. Darüber lachen, nehme ich an. Dass es dich wachrütteln könnte, irgendwie.«

Der Atem stockt mir in der Kehle. »Warum wolltest du ...«

»Weil du ihn nach all den Jahren noch immer nicht vergessen kannst. Und wenn du mich fragst, Neve, ich fand nie, dass deine Beziehung zu Jamie besonders gesund war.«

Ich atme ein paarmal tief durch, ungefähr so, wie es Leute tun, wenn sie versuchen, jemandem nicht die Faust ins Gesicht zu rammen. »Ähm, in welcher Hinsicht genau?«

»Du warst so, wie ich es war mit deinem Dad. Völlig vernarrt.«

»Nein. Ich habe Jamie *geliebt*. Riesenunterschied.« Auf einmal habe ich am ganzen Körper eine Gänsehaut. Ich sehe hinüber zu dem Gaskamin, der nie benutzt wird, und frage mich, wie hoch das Lebensrisiko wohl wäre, wenn man ihn einschaltet. Sehr hoch vermutlich. Ich nehme an, wir würden beide in die Luft fliegen, auch wenn Mum es hoffentlich als Erste tun würde.

»Und doch bist du all die Jahre später noch immer nicht über ihn hinweg.«

»Na ja, das ist eben Liebe, oder?«

Sie schüttelt den Kopf. »Nein, das ist Besessenheit. Ich bin auch nie über deinen Dad hinweggekommen. Jahrelang nicht. Das heißt, wie sich herausstellt, sind wir gar nicht so verschieden, du und ich. Sie hätten *dir* inzwischen ein Kontaktverbot erteilt, wenn Jamie noch am Leben wäre.«

Meine Mutter hat im Laufe der Jahre viel Stuss von sich gegeben, aber ich glaube, das hier ist so ziemlich der Gipfel.

Ich finde meine Stimme wieder, auch wenn sie heiser und holperig klingt. »Das hier ist etwas *völlig* anderes.«

»Oh, nein. Es ist unser tödlicher Fehler, Neve. Wir lassen uns zu tief ein.«

»Nein. Ich bin völlig anders als du.«

»Oh, du bist mir ähnlicher, als du denkst.«

»Ich kann nicht glauben … dass du wusstest, dass ich das alles dachte, die ganze Zeit.«

Sie kippt den letzten Rest ihres Whiskys, und ich sehe zu, wie ihr Blick prompt zu der Flasche auf dem Sideboard huscht, ihr nächstes Glas beäugt. »Nur dass es da nichts zu wissen gibt, oder? Nicht wirklich. Tief in dir weißt du, dass Ash nicht Jamie ist. Im Grunde deines Herzens weißt du das, Neve. Du willst, dass er es ist, aber du weißt, dass er es nicht ist.«

»Das tue ich *nicht*. Und ich würde nicht erwarten, dass du das verstehst.«

»Weißt du, ich glaube nicht, dass Jamie dich je auf genau die gleiche Weise geliebt hat wie du ihn.«

»Mum, im Ernst jetzt …«

»Ich weiß, dass du das Baby verloren hast, Schatz.«

Eis legt sich um meinen Magen. »Was?«

»Lara hat es mir erzählt. Na ja, um genau zu sein, hat sie es mir nicht wirklich *erzählt*. Ich konnte es mir denken. Du warst seit einer Weile nicht mehr vorbeigekommen, und du bist nicht an dein Telefon gegangen, daher habe ich Lara angerufen, und sie sagte, du hättest dich in letzter Zeit unwohl gefühlt, und als ich sie fragte, weswegen, meinte sie, sie hätte nicht das Gefühl, dass es ihr zustünde, mir das zu sagen. Und daher konnte ich es mir denken. Sofort.«

Ausnahmsweise einmal richtet sich die Wut, die ich empfinde, nicht gegen Lara. Ich kann es ihr kaum vorwerfen, dass meine Mutter ausgerechnet jenen Moment gewählt hat, um zum ersten Mal in ihrem Leben Wahrnehmungsvermögen zu demonstrieren.

»Und du bist nie auf die Idee gekommen, mich darauf anzusprechen?« *Du bist nie auf die Idee gekommen, mich in die Arme zu schließen und mich zu küssen und mir zu sagen, wie leid dir das alles tut und dass dein Herz zusammen mit meinem gebrochen ist?*

»Es stand mir nicht zu. Du wolltest offensichtlich nicht, dass ich es weiß. Auch wenn ich natürlich wünschte, du hättest das Gefühl gehabt, mit mir reden zu können.«

Ich denke voller Groll zurück an jenen Sommer, an die Monate bevor Jamie starb. »Das war das Jahr, in dem Bev deinetwegen ständig die Polizei gerufen hat. Erinnerst du dich? Du warst völlig von der Rolle. Wie hätte ich denn mit dir reden können?« Es war Jahre her gewesen, seit mein Vater gegangen war, und sie war noch immer so wütend, dass die Polizei sie offiziell auffordern musste, es nicht zu sein.

Aber jetzt ist es fast ein Jahrzehnt her. Und was tue ich? Benehme mich genauso selbstzerstörerisch wie sie – nur dass ich Herzen anstatt Zeug zertrümmere.

Ich nehme mir ein Taschentuch aus der Schachtel auf dem Couchtisch und tupfe mir die Augen. So unerwartet zu dem Trauma, mein Baby verloren zu haben, zurückgezerrt zu werden, trifft mich hart.

Mum furcht leicht die Stirn. »Es tut mir leid, Neve. Ich wünschte, ich hätte mehr für dich da sein können.«

»Warum wünschst du dir das? Du hättest es sein können. Nichts hat dich abgehalten.«

Wortlos nimmt Mum die Decke von ihrem Schoß und legt sie auf meinen. Sie fühlt sich weich an, gewärmt von ihrem Körper. Die Geste treibt mir neue Tränen in die Augen. Es ist etwas, was Corinne getan hätte.

»Hat Jamie dich denn unterstützt, als du ihm von dem Baby erzählt hast? War er für dich da?«

Ich schlucke die Erinnerungen an diese letzten Monate hinunter.

»Was spielt das jetzt noch für eine Rolle?«

»Es spielt eine Rolle«, sagt Mum und beugt sich eifrig vor, wie immer, wenn sie im Begriff ist, ein bisschen Küchenpsychologie vom Stapel zu lassen, »weil Ash ein rundum netter Junge ist, der sich offenbar nichts mehr wünscht, als dich zu lieben. Und doch ist alles, woran du – all die Jahre später – denken kannst, Jamie Fraser.«

»Jamie war die Liebe meines Lebens.«

»Jamie ist nicht mehr, Schatz.«

»Nein«, entgegne ich entschieden, obwohl ich spüren kann, wie sich meine Überzeugung in der glühenden Hitze meines Herzens wie Metall verbiegt. »Du weißt nicht, wovon du redest. Nein.«

Kapitel 44

»Also, ich nehme an«, sage ich, während ich mich in dem Raum der Therapeutin umsehe, »das ist der Grund, weshalb ich hier bin. Ich habe gehofft, Sie könnten mir vielleicht helfen ... mich selbst vor Ash zu beweisen. Ich würde ihn gern überzeugen, dass ich nicht dabei bin, verrückt zu werden.«

Meena scheint unbeirrt, als ob Leute so etwas ständig zu ihr sagen. »Und wie würden Sie ›verrückt‹ definieren, Neve?«

»Jemand ... der die Realität nicht mehr im Griff hat.«

In der letzten halben Stunde habe ich Meena von all den Arten erzählt, auf die Ash Jamie ist, habe zwischendurch kaum Luft geholt, und jetzt fühlt sich mein Kopf benebelt an und mein Mund klebrig vom Reden.

Ich lasse den Blick durch den Raum schweifen, in dem wir uns befinden, in der obersten Etage eines alten, schmalen Gebäudes im Stadtzentrum. Es ist beruhigend und richtig altertümlich, mit knarrenden Dielenbrettern, schiefen Wänden und Sprossenfenstern.

Aber ich sitze in einem Sessel, der jedes Mal beunruhigend wippt, wenn ich mich bewege. Er ist von der Konstruktion her nach hinten geneigt, und ich schätze, es würde einige Mühe erfordern, sich aus ihm herauszumanövrieren. Damit ich nicht schnell entkommen könnte, selbst wenn ich es wollte.

Trotzdem. Der Raum ist still, und die Wände sind dick, was heißt, dass ich nicht besorgt sein muss, jemand könnte mich hören.

»Gibt es sonst noch jemanden, der Sie für ›verrückt‹ hält, Neve?«

Meena ist zierlich gebaut, und ihre Haare sind zu einem französischen Zopf geflochten. Sie hat sehr große graue Augen, die sich wie Suchscheinwerfer anfühlen. Irgendwie bringen sie mich dazu, all meine Geheimnisse beichten zu wollen.

»Na ja, Ash natürlich. Und seine Eltern. Und meine Mum. Und vermutlich auch Lara. Aber es gibt einfach keine andere Erklärung für diese ganzen Zufälle. Die Ähnlichkeiten. Und nur ich kann das sehen.«

Ein kurzes Schweigen tritt ein. Meena klopft mit ihrem Stift auf die Kante ihres Notizbuchs. »Neve, haben Sie je von etwas namens Bestätigungsfehler gehört?«

Ich nicke. Ich habe die Hände im Schoß gefaltet, als ob ich in einem Vorstellungsgespräch sitze. »Das ist, wenn man nach Anhaltspunkten sucht, um seine Theorie für etwas zu beweisen.«

Sie nickt ihrerseits. »Ich frage mich, ob das vielleicht Ihre Bewältigungsstrategie ist, Neve. Anstatt sich Ihrer Trauer zu stellen und sie zu verarbeiten – was sich vielleicht zu überwältigend anfühlt –, suchen Sie nach Möglichkeiten, sie zu meiden. Damit sie nicht echt ist. Damit Jamie noch immer am Leben ist. Klingt das einleuchtend?«

»Das würde es, wenn Sie all die Ähnlichkeiten und Zufälle und eine Million Arten, auf die Ash Jamie *ist*, erklären könnten. Ich habe sie mir nicht ausgedacht. Sie sind genau hier, vor mir.«

»Aber ist Ash Jamie«, sagt sie behutsam, »oder haben Sie sich vielleicht in jemanden verliebt, der Jamie stark ähnelt, damit es Ihnen hilft, Ihre Trauer zu lindern?«

»Nein«, beharre ich. »Ich habe Jamie vor fast zehn Jahren verloren. Ich muss sie nicht lindern, nicht mehr. Ash ist aus heiterem Himmel aufgetaucht. Es war nicht so, dass ich ihn gesucht habe. Um genau zu sein, hatte ich so ziemlich aufgehört … an Jamie zu denken, bevor ich Ash begegnet bin.«

Meena verlagert ihre Haltung in ihrem Sessel. Die Dielenbretter knarren leicht. »Aber würden Sie sagen, dass Sie sich mit Jamies Tod je abgefunden haben? Haben Sie umfassend um ihn getrauert?«

Ich denke zurück an die düsteren, zyklonartigen Folgeerscheinungen des Unfalls. Wie ich Lara aus meinem Leben ausgeschlossen habe. Wie Jamies Familie sich geweigert hat, mich an seiner Beerdigung teilnehmen zu lassen. Wie sein Dad zu unserem Haus kam und sein Zeug abholte. Es stahl, im Grunde.

Es hatte sich immer leichter angefühlt, Lara die Schuld an dem zu geben, was passiert war, als mich auf den Schmerz von Jamies Verlust zu konzentrieren.

»Vielleicht nicht. Ich weiß es nicht.«

»Und die Fehlgeburt«, sagt sie sanft. »Das ist auch Trauer. Nicht weniger schmerzlich. Nicht weniger berechtigt. Haben Sie je mit jemandem darüber geredet?«

Ich habe mit Jamie geredet, natürlich, aber dann war er nicht mehr da. Und bald darauf war auch Lara nicht mehr da.

»Ein bisschen. Nicht viel.«

»Neve, was mit Ihnen und Ash passiert ist, deutet für mich darauf hin, dass Sie diese ganzen hochkomplizierten und intensiven Emotionen nie vollständig verarbeitet haben.«

Ich spüre, wie mein Körper aufbegehrt.«Aber das geht doch alles am entscheidenden Punkt vorbei. Warum wollte Ash auf einmal Architekt werden, nach seinem Unfall? Warum lebt er in *genau demselben Apartment*, in dem Jamie eines Tages zu leben hoffte? Warum hat Ash mich nach Amsterdam eingeladen? Warum küsst er mich genau so, wie Jamie es getan hat? Und nebenbei bemerkt, ich habe ein schlechtes Gewissen dabei, das zu sagen, aber es ist die Wahrheit. Warum hat Ashs Familie mir erzählt, dass er nach dem Blitzschlag ein völlig anderer Mensch war? Warum liebt er genau die gleiche Musik, die gleichen Künstler, den gleichen Kaffee, das gleiche Aftershave? Warum haben Ash und Jamie *genau* die gleiche Handschrift? Wenn Sie irgendetwas davon erklären können, dann kann ich vielleicht akzeptieren, dass Ash … nicht Jamie ist. Aber das können Sie nicht. Sie können es nicht erklären, weil *Ash die Person ist, die zu werden Jamie bestimmt war.*«

Meena wartet lange Zeit, bevor sie antwortet. Aber als sie es tut, bietet sie mir absolut nichts von der rationalen Erkenntnis an, die ich mir erhoffe.»Wäre es nicht auch überlegenswert, dass Jamie, wenn er heute leben würde, vielleicht gar nicht wie der Mann wäre, den Sie vor fast einem Jahrzehnt gekannt haben?«

Ich starre sie an.»Nein. Ich meine, das wäre er. Genau das versuche ich Ihnen doch zu sagen: Ash ist, wer Jamie hätte werden sollen.«

»Vielleicht würden Sie ihn aber auch gar nicht wiedererkennen.«

»Natürlich würde ich das.«

Sie stellt das mit einem suggestiven Schulterzucken infrage, einer kurzen, trotzigen Schmollmiene.»Vielleicht nicht. Leute ändern sich. Wenn Sie Jamie Fraser heute begegnen würden und Sie beide zusammen etwas trinken gehen würden, würden Sie vielleicht denken, dass Sie gar nichts mehr gemeinsam hätten. Vielleicht wäre Jamie, zum Beispiel, gar nicht Architekt geworden.«

»Er hat Architektur geliebt«, erkläre ich entschieden. »Das war alles, was er je tun wollte.«

Sie presst die Lippen zusammen, schiebt ihr Notizbuch beiseite, legt die Fingerspitzen aneinander. »Na schön. Aber lassen Sie uns für einen Moment einfach … eine alternative Wirklichkeit erkunden, okay?«

Obwohl ich das wirklich nicht will, nicke ich, denn ich nehme an, das ist, wofür ich sie bezahle.

»Lassen Sie sich einmal auf folgendes Gedankenspiel ein, Neve.« Ihre Miene ist nachdenklich. »Sagen wir, nur zum Beispiel … Jamie hat seinen Master abgebrochen. Vielleicht hatte er das Studium satt, und seine ganzen Freunde hatten bereits angefangen, Geld zu verdienen, daher entschied er, sich einen Job bei … einer der großen Investmentbanken zu suchen.«

Das wäre niemals passiert, sagt die Stimme in meinem Kopf, aber ich unterbreche Meena nicht. Trotz und Neugier tragen in meinem Magen ein Tauziehen aus, und im Moment hat Letztere die Oberhand.

»Und sagen wir … er hat bei dieser Bank ein paar neue Freunde gefunden, und er entscheidet, dass er auf genau das gleiche Zeug steht wie sie – schicke Bars und schöne Autos fahren und ins Fitnessstudio gehen, zum Beispiel. Und vielleicht sind europäische Städtetrips einfach nicht mehr sein Ding, und er will stattdessen lieber … in Skiurlaub fahren. Und er liest heutzutage nicht mehr viel, schon gar keine Bücher über Architektur, und das Edward-Hopper-Gemälde ist für ihn nicht mehr als … ein lange zurückliegendes Geschenk von seiner Großmutter. Vielleicht sammelt es sogar irgendwo auf einem Dachboden oder in einem Schrank Staub an. Und jetzt interessiert er sich für ... Opernmusik, und von Kaffee kriegt er Migräne, und er kann sich nicht erinnern, wann er das letzte Mal gekocht hat. Tatsächlich hat er entschieden, dass er Kochen hasst.« Sie hält einen Moment inne, fixiert mich wieder mit diesen wärmesuchenden Augen. »Ich spiele hier natürlich mit Klischees, Neve – aber verstehen Sie, worauf ich hinauswill?«

Ich sitze lange Zeit still da und starre auf den Teppich unter meinen Füßen. Ich verknote die Finger ineinander, während ich mir alle Mühe gebe – mich regelrecht zwinge –, wenigstens zu versuchen zu verstehen, was sie meint. »Ich glaube schon«, sage ich schließlich.

»Sie glauben, dass Ash die Person ist, die zu werden Jamie bestimmt war. Aber Tatsache ist, Sie haben überhaupt keine Möglichkeit, zu wissen, zu welcher Person Jamie herangewachsen wäre. Wenn Sie ihm heute begegnen würden, würden Sie ihn vielleicht nicht einmal wiedererkennen.«

»Aber Ashs Unfall«, wende ich ein. »Er ist genau zur selben Zeit wie Jamies passiert, nur eine Straße weiter. Und danach hat sich Ash völlig verändert. Wie kann das auch Zufall sein?«

»Leute können sich radikal verändern, nach größeren Lebenseinschnitten. Ich würde sagen, das war völlig normal, Neve. Es heißt trotzdem nicht, dass Ash Jamie ist. Erinnern Sie sich an den Bestätigungsfehler?«

»Das heißt, ich nehme an, Sie werden meine Beweisführung gegenüber Ash nicht unterstützen?«

Sie schenkt mir ein freundliches Lächeln. »Ich habe einen, wie ich glaube, noch besseren Vorschlag für Sie. Ich will Sie nächste Woche wiedersehen, und ich hätte gern, dass Sie die

Zeit bis dahin nutzen, um eine Liste all der Arten zu erstellen, auf die Ash *anders* als Jamie ist. Okay?«

»Das wird eine kurze Liste werden, aber okay. Ich werd's versuchen.«

Unsere Zeit ist um. Ich schnappe mir meine Tasche und meine Jacke und stemme mich aus dem Sessel hoch, um zu gehen.

»Neve?«, sagt Meena, als ich zur Tür gehe.

»Ja?«

»Wenn der menschliche Körper vom Blitz getroffen wird, kriegt er einen unglaublichen Schlag ab. Wussten Sie, dass ein Blitzschlag eine Million Volt enthalten kann?«

Ich nicke, denn natürlich wusste ich das. Na ja, nicht *genau*, aber jeder versteht, dass ein Blitzschlag einer ernsthaften Voltzahl gleichkommt.

»Viele Leute überleben einen Blitzschlag nicht. Aber wenn sie es tun, dann wird ihr innerer Schaltkreis dadurch aller Wahrscheinlichkeit nach ein bisschen durcheinandergewirbelt. Es ist nur logisch, dass etwas von einer solchen Wucht einen Menschen auf einer gewissen Ebene verändert, wenn er dem in die Quere kommt. Ash hatte zweifellos Glück, dass er nicht gestorben ist. Aber ich würde vermuten, dass da nichts Mystisches im Spiel ist. Nicht mehr als … das Wetter selbst. Tatsächlich ist es genau das Gegenteil von mystisch. Es ist Wissenschaft. Das heißt, letztendlich ist überhaupt nichts Seltsames daran, dass Ash ein anderer Mensch war, bevor und nachdem er ein solch einschneidendes Ereignis überlebt hat.«

»Woher wissen Sie das alles eigentlich?«, frage ich, obwohl mir klar ist, dass man so tun soll, als ob der eigene Therapeut zum Teil ein Roboter ist und keine persönliche Sichtweise auf irgendetwas hat.

Aber Meena scheint sich nicht wirklich daran zu stören.

»Ehrlich gesagt, bin ich ausgebildete Meteorologin. Daher weiß ich ein bisschen was über Physik und das Wetter. Aber als ich älter wurde, kam ich zu dem Schluss, dass das nicht meine Berufung war. Nicht dass man das von mir gedacht hätte, als ich achtzehn war. Ich war immer entschlossen gewesen, später für den Wetterdienst zu arbeiten. Ich habe von nichts anderem geredet.«

Ich fange ihren Blick auf und lächele. »Okay.«

»Wie ich bereits sagte. Leute können sich ändern, Neve.«

Ich nicke, sage aber nichts weiter.

»Nehmen Sie diese Liste mit den Unterschieden in Angriff, okay?«

»In Ordnung«, sage ich zu ihr. »Ich werd's versuchen.«

Kapitel 45

Damals

Es war August. Mitten in der Nacht, an einem Samstag, klingelte mein Telefon.

»Lara?«

Sie weinte. Sie konnte nicht sprechen.

»Was ist passiert? Lara? Kannst du mir sagen, was passiert ist?« Schließlich sagte sie: »Ich habe Nein zu ihm gesagt. Ich habe Nein *gesagt*.«

»Okay.« Meine größte Angst war im Begriff, zum Leben zu erwachen.

»Okay. Du bist okay. Es wird alles gut. Wo bist du?«

Sie war auf der anderen Seite der Stadt, allein in einem Viertel, das sie nicht kannte.

»Bleib am Telefon«, sagte ich. »Ich komme dich holen.« Ich schlüpfte in ein Paar Turnschuhe, schnappte mir meine Brieftasche und das Telefon und rannte los.

In der Earlham Road winkte ich mir ein Taxi und fuhr los, um sie zu finden.

Auf der ganzen Fahrt nach Hause sprachen wir kein Wort. Ich hielt nur ihre Hand, während sie aus dem Fenster starrte.

Zu Hause angekommen, setzte ich sie aufs Sofa und machte uns beiden Tee. Ich fand eine Decke und breitete sie über sie, drückte ihr den Becher in die Hände und setzte mich neben sie.

»Sprich mit mir«, sagte ich.

Sie holte einmal tief und zitternd Luft. »Ich kann mich nicht an seinen Namen erinnern.«

»Hat er dir wehgetan?«

Sie schüttelte den Kopf. »Aber ich konnte sehen, dass er ... es wollte.«

»Sag mir, was passiert ist.«

Sie stieß einen Atemzug aus. »Wir sind ins Gespräch gekommen. Im Club. Er hat mich gebeten, mit zu ihm nach Hause zu kommen. Aber als wir dort ankamen, wurde mir klar ...« Sie begann wieder zu weinen.

Ich drückte ihre Hand. »Es ist alles gut. Ich bin hier. Ich bin hier.«

»Er war *verheiratet*. Da waren Hochzeitsfotos, und ihr Zeug überall, und er sagte: ›Das macht dir doch nichts aus, oder?‹ Und ich sagte ihm, dass es mir allerdings etwas ausmachte, und dass er mir ein Taxi rufen solle, und er ... er ist durchgedreht. Er hat mich gepackt, hat mich angeschrien ...«

Ich spürte eine lautlose Träne der Wut über meine Wange kullern.

»Es tut mir so leid, Lar.«

Sie sah mich an, tränenverschmiert. »Was zum Teufel stimmt denn nicht mit mir?«

»Nichts«, antwortete ich entschieden. »Nichts stimmt nicht mit dir. Du hast das Recht, Nein zu sagen. Es dir anders zu überlegen. *Prinzipien* zu haben.«

»Aber ich treffe immer wieder irgendwelche Typen und schlafe mit ihnen, und es ist nie etwas Ernstes.«

»Na und? Dafür sind deine Zwanziger da.«

»Warum bin ich nicht sesshaft geworden, so wie du?«

»Weil … das nicht das ist, was du willst. Und überhaupt, du hast den Richtigen einfach noch nicht getroffen.«

Sie lachte leise, aber es klang hohl. »Du glaubst wirklich, er ist irgendwo dort draußen, stimmt's?«

»Ja. Das glaube ich. Und du wirst ihn treffen, wenn du bereit dafür bist.«

»Ja«, sagte sie schließlich. »Vielleicht.«

»Lar.« Ich schluckte. »Kann ich etwas sagen?«

»Wird es mich ärgern?«

»Vermutlich schon.« Sie lächelte matt.

»Du bist so viel besser als irgendein Arschloch, das dich nur für eine Nacht will. Okay? Ich meine es ernst. Du … du hast jemanden verdient, der deinen Wert kennt und der ihn nie vergisst.«

Sie erwiderte nichts.

»Ich will wirklich, dass du das im Kopf behältst.«

»Ich werde aufhören, Loser in Clubs zu küssen«, sagte sie schließlich und stützte den Kopf in die Hände.

Ich legte ihr eine Hand auf den Rücken und ließ sie langsam, besänftigend darauf kreisen. »Nur wenn du magst. Nur wenn du willst.«

»Ich glaube, das tue ich.«

»Okay.«

Sie sah blinzelnd zu mir hoch. »Was würde ich ohne dich nur tun?«

»Das ist nichts, worüber du dir je den Kopf zerbrechen musst.«

Am nächsten Wochenende fuhr ich nach London, um Jamie zu besuchen. Er machte wieder ein Praktikum. Heather war offenbar zu einer anderen Firma gewechselt. Jamie wusste nicht, wohin, oder es schien ihn nicht besonders zu kümmern. Ich war erleichtert zu hören, dass sie gegangen war.

Drei Monate waren verstrichen, seit ich unser Baby verloren hatte. Und obwohl meine Schwangerschaft von solch entsetzlich kurzer Dauer gewesen war, hatte ein ständiger Hunger Besitz von mir ergriffen. Er beherrschte meine Gedanken, hatte sich in mein Gehirn gegraben, meine Sicht auf die Welt verzerrt.

Ich sah überall schwangere Frauen. Auf der Straße, in Bussen, Fernsehsendungen. Mein ganzer Körper pulsierte vor Sehnsucht, wenn ich ihnen begegnete. Und auch jedes Mal, wenn ich Jamie sah, war es alles, woran ich denken konnte. Wieder ein Baby machen.

Meinen Bauch wachsen sehen. Neugeborenenkleidung kaufen. Über Namen diskutieren.

Ich war so kurz davor gewesen, die Familie zu haben, nach der ich mich immer gesehnt hatte. Und ich konnte es einfach nicht über mich bringen, das loszulassen.

»Ich will es wieder versuchen«, flüsterte ich Jamie in jener Samstagnacht im Bett zu.

Er rollte sich zu mir herum. Ich spürte den köstlichen Trost seines unbekleideten Körpers, warm wie umgegrabene Erde.

Er befeuchtete seine Lippen mit der Zunge. »Was versuchen?«

»Wieder ein Baby zu bekommen.«

Seit zwei Wochen redeten die Zeitungen jetzt schon von einer Hitzewelle. Das ganze Land war braun und ausgedörrt, versengt von einer unerbittlichen Sonne. Die Klimaanlage in der Wohnung lief auf Hochtouren, aber ich wusste, dass draußen die Dunkelheit schwelte.

Dann schlug Jamie die Augen ganz auf. Er betrachtete mich, folgte meinem Blick, als würde er auf die Pointe warten. Wir lagen einander zugewandt da, unsere Nasen berührten sich fast.

Sein Atem fühlte sich heiß an in der künstlichen Kühle des Raums.

Es muss mitten in der Nacht gewesen sein. Die Welt war so still wie eine Kirche.

Wir hatten ein paarmal darüber diskutiert. Die herzzerreißende Traurigkeit. Ob unser Baby ein Junge oder ein Mädchen gewesen wäre. Ob es vielleicht zu früh gekommen und am Weihnachtstag geboren worden wäre.

»Was meinst du?«, flüsterte ich und glitt mit einem Finger über die Erhebungen und Vertiefungen seiner Brust. Sein Körper war im Laufe dieses Sommers etwas rundlicher geworden. Viele Grillpartys und Arbeitsdrinks und Kundendinner. Es machte mir nichts aus. Wenn überhaupt, gefiel mir, dass es noch mehr von ihm gab. Es ließ ihn irgendwie stämmiger aussehen.

Er neigte den Kopf, um mich zu küssen.

»Wollen wir es wieder versuchen?«, flüsterte ich, außerstande, seine Antwort abzuwarten.

Ich sah zu, wie er für ein paar Augenblicke die richtigen Worte auf der Zunge testete. »Ich denke, wir sollten warten, bis wir unseren Abschluss gemacht haben.«

Das war nur logisch, natürlich. Was es so viel schwerer machte, etwas dagegen zu sagen. Aber mir erschien eine Wartezeit von zehn Monaten schon jetzt unerträglich. Mein Körper wollte wiederhaben, was er verloren hatte.

»Es wäre einfach weniger kompliziert«, sagte er. »Es wird weniger Ablenkungen geben. Und meine Eltern ...«

Ich konnte sehen, dass er glaubte, seine Mum und sein Dad würden vielleicht eher mit an Bord sein, wenn wir bis zum nächsten Sommer warteten. Aber ich wusste es besser, natürlich.

Ich war Debra im Monat zuvor zufällig über den Weg gelaufen, als sie zu einem Kurzbesuch bei Jamies Großmutter in Norwich war. Es war das erste Mal seit jenem Abend in dem Restaurant, dass wir uns persönlich begegneten. Sie musterte mich nur von Kopf bis Fuß, dann schenkte sie mir ein knappes Nicken. Ich hatte Jamie gebeten, die Fehlgeburt seinen Eltern gegenüber nicht zu erwähnen, dachte sie also, ich hätte getan, was sie von mir verlangt hatte?

Ich nahm an, dass sie zufrieden war, auch wenn es schwer zu sagen war, da Debra im Allgemeinen so ausdrucksvoll war wie jemand, der bei einer Prüfung Aufsicht führt.

Mehrmals hatte ich mir schon überlegt, Jamie zu sagen, was Debra getan hatte. Aber in einem Punkt hatte sie wirklich recht gehabt: Ich liebte ihn viel zu sehr, um ihm so das Herz zu brechen.

Jetzt betastete ich sein frisches weißes Bettzeug, das himmlisch nach Weichspüler duftete. Er musste die Bettwäsche gewaschen haben, bereit für meinen Besuch. Die Wohnung war tipptopp gewesen, als ich sie betreten hatte. Jede Oberfläche glänzend, die Holzböden so sauber, dass sie fast spiegelten. Er hatte sogar Duftkerzen angezündet.

Ich dachte an Lara, an das Arschloch, das ihr letzte Woche hatte wehtun wollen. Es sorgte dafür, dass ich Jamie nur umso inniger liebte. Warum sollte ich *nicht* eine Familie mit diesem Mann gründen wollen?

»Meinst du nicht, ein Baby zu haben, könnte das Leben komplizierter machen?«, sagte Jamie und rutschte ein wenig näher heran. »Ich werde noch mindestens zwei Jahre lang kein richtiges Gehalt verdienen. Du wirst im nächsten Sommer einen Job brauchen. Und mit einem Kind, an das du denken musst …«

»Ich könnte Teilzeit arbeiten«, sagte ich hoffnungsvoll, naiv. »Oder Schicht oder irgendwas. Viele Leute tun das, Jamie. Wir werden uns schon durchwursteln.«

Unser Plan war es immer gewesen, nach dem Studium in Norwich zu bleiben, aber im Laufe des vergangenen Jahres hatte ich bereits gesehen, wie sich die Richtung unseres Lebens zu verändern begann. Jamie hatte immer mehr Zeit in London verbracht. Und Lara hatte auch davon geredet, dorthin zu ziehen, denn das war, wo die ganzen TV-Leute waren, die besten Assistentenjobs. Anfang des Sommers hatte sie in Haringey bei ihrer Cousine auf dem Boden kampiert, während sie beim Artdirector einer Comedyserie mitlief, die in Finsbury Park gedreht wurde. Ich hatte sie wahnsinnig vermisst. Sie war meine älteste Freundin. Meine Schwester. Sie wollte immer nur das Beste für mich. Jede längere Trennung fühlte sich so unvorstellbar an, wie keine Luft mehr zu bekommen. Ich wollte sie – *brauchte* sie – in meiner Nähe.

London begann sich wie der Ort anzufühlen, an dem wir alle sein sollten.

Die schrille Sirene eines Feuerwehrwagens durchschnitt auf einmal die Stille. Irgendetwas, was von der Hitze in Brand gesetzt worden war, vielleicht. Staubtrockenes Gras, entfacht vom Funken einer weggeworfenen Zigarette, eines verlassenen Grills.

Ich zog Jamies Arme fester um mich, und wir lagen ein

paar Minuten wortlos zusammen da. Ich versuchte mich zu zwingen, im Augenblick zu bleiben, den Druck seiner nackten Haut an meiner zu genießen, die weichen Konturen seines Bauchs an meinem harten Hüftknochen.

»Du hast mir nie gesagt, dass du so jung Kinder haben willst«, sagte er.

»Das wollte ich auch nicht, bis ich dir begegnet bin. Und ich war so glücklich, als dieser Test positiv war. Heißt das dann nicht, dass es das Richtige ist?«

Während Jamie zu überlegen schien, was er darauf erwidern sollte, wurde ich ohne Vorwarnung von meinen Emotionen überwältigt.

»Ich weiß nicht, wie ich loslassen soll«, keuchte ich. Panik stieg in meiner Kehle hoch. »Ich weiß nicht, wie ich das hier *nicht* wollen soll, Jamie.«

»Hey, hey. Es ist okay, es zu wollen, Neve. Es ist okay.« Er streckte einen Arm aus, um mir übers Gesicht und Haar zu streichen, seine Handfläche kühl an meiner Haut.

Inzwischen wusste ich, dass meine Sehnsucht die Grenzen von allem, was rational war, überschritten hatte. Der Drang, wieder ein Baby zu bekommen, fühlte sich physisch an.

Ich hatte schon vorher versucht, es Lara zu erklären. Das überwältigende Verlangen nach Mutterschaft. Sie sagte, sie hätte physisch nie etwas in der Richtung gefühlt. Aber sie verurteilte mich nicht, versuchte nicht, es mir auszureden. Sie war eine unerschütterliche Stütze, wenn auch ein wenig geknickt wegen meiner Karriere und der angeblichen bevorstehenden Zerstörung meiner Vagina.

»Lass uns warten, bis wir unseren Abschluss in der Tasche haben. Die zehn Monate werden wie im Flug vergehen«, flüsterte Jamie.

Und dann glitt er sanft auf mich, und wir liebten uns, und es war lange und eindringlich auf eine Art, die sich anfühlte, als würde er mir sein Wort geben.

Kapitel 46

Jetzt

Ich bin mit Lara bei ihrer Mum zu Hause verabredet. Bevor ich auch nur die Chance habe zu klingeln, öffnet Corinne bereits die Tür und zieht mich zu einer Umarmung an sich. Felix steht hinter ihr in der Diele. Ich befreie eine Hand aus Corinnes Umklammerung und winke und nicke ihm zu. Er fängt meinen Blick auf, lächelt sanft und nickt seinerseits.

Sie sieht noch älter aus, als ich erwartet hatte, und sie fühlt sich zerbrechlich in meinen Armen an, mehr Knochen als Fleisch. Erschöpfung haftet an ihr wie Rauch. Ihr kurz geschnittenes Haar ist jetzt fast weiß, und ihre Haut hat die Struktur von Zigarettenpapier. Aber sie hat noch immer ihre typische Sonnenbräune, obwohl fast Weihnachten ist. Ich lächele, während ich an die Corinne zurückdenke, die ich vor Jahren kannte, die hoffnungsvoll im Bikini hinausstürzte, sobald die Zwanzig-Grad-Marke erreicht wurde.

»Ich habe dich vermisst, mein liebes Mädchen«, murmelt sie in mein Haar. Sie riecht genau so, wie ich sie in Erinnerung habe, eine Wolke von Teerseife und Estée Lauder.

»Das mit Billy tut mir so leid«, sage ich, meine Stimme brüchig vor Emotion. Ich denke daran, wie ich die beiden einmal spätabends in der Küche tanzen sah, zu »At Last«.

Ich überlege, ob das ihr Song war, ob sie ihn bei Billys Beerdigung gespielt haben. Aber ich frage nicht.

Corinne drückt mich fester, und nach ein paar Augenblicken wird mir klar, dass sie es tut, weil sie nicht sprechen kann. Hinter ihr legt ihr Felix schweigend eine Hand auf die Schulter.

Schließlich löst sie sich aus der Umarmung und stößt mühsam hervor: »Wie geht's deiner Mum, Neve?«

»Wie immer.«

»Ich denke noch immer an sie, manchmal.« Dann erzählt sie mir, dass Felix sie zum Lunch einlädt. »Ich werde verwöhnt«, sagt sie lächelnd.

Ich starre die beiden an. »Oh, ich …« *Ich dachte, ich sei hier, um dich zu sehen.* Gab es da ein Missverständnis? Hat das hier irgendetwas mit Felix zu tun? »Bitte geht nicht meinetwegen.«

»Überhaupt nicht«, sagt er liebenswürdig, während Corinne in eine Jacke schlüpft. »Hat mich gefreut, dich wiederzusehen, Neve.«

Ich muss irgendetwas falsch verstanden haben.

Kurz bevor Corinne die Tür hinter sich schließt, wirft sie mir einen komischen Blick zu, einen, den ich nicht recht deuten kann.

»Lara hat nie aufgehört, dich zu lieben, Neve, weißt du.«

»Ich habe auch nie aufgehört, sie zu lieben«, erwidere ich, und die pure, unverarbeitete Wahrheit dieser Worte wird mir erst in diesem Moment bewusst.

Als sich die Tür schließt, taucht Lara in der Diele auf. »Hey. Komm durch.«

Ich fühle mich um ein Jahrzehnt zurückversetzt zu dem Tag, als ich das letzte Mal hier war. Das Wohnzimmer ist noch immer genauso gemütlich, wie ich es in Erinnerung habe. Es ist weihnachtlich geschmückt, mit grünen Zweigen und Weihnachtskugeln und funkelnden Lichterketten behängt. Der Baum ist eine knapp zwei Meter hohe Farbenpracht. Corinnes Weihnachtsfeste waren immer die besten.

Aber auch das ganze restliche Jahr über war dieses Zimmer eine Schatzkammer voller frischer Blumen und Decken und Pantoffeln und Schalen mit Bonbons und dicken Stapeln mit Zeitungen und Hochglanzmagazinen, und heute ist es nicht anders. Ein Radio läuft, eingestellt auf eine Abfolge klimpernder Weihnachtsmelodien.

Lara macht Tee, und wir setzen uns aufs Sofa. Das Zimmer ist stickig, als ob die Heizung seit Tagen auf Hochtouren läuft, aber Lara zieht sich trotzdem eine Decke über den Schoß. Sie ist ungeschminkt, und sie sieht ausgelaugt aus, als hätte jemand mit einer Spritze alle Energie aus ihr gezogen.

Ich habe noch immer keine Ahnung, was genau mit Corinne los ist. Ich hätte gleich an der Tür fragen sollen. Ich bin sicher, sie hätte es mir gesagt. Aber ihre Lunchpläne haben mich überrumpelt – ich hatte erwartet, dass sie hier sein würde.

»Ich dachte ... Ich wollte eigentlich mit deiner Mum plaudern«, sage ich.

Lara schüttelt liebevoll den Kopf, als ob ihre Mum und Felix ständig zusammen durch Norwich ziehen und lange Lunches genießen.

»Ich weiß. Tut mir leid. Aber Felix hat vorgeschlagen, sie einzuladen, und ehrlich gesagt, denke ich, das war eine gute Idee. Damit du und ich reden können.«

»Okay.« Ich versuche zu lächeln, aber ich bin auf eine Art beunruhigt, die ich nicht genau erklären kann.

»Erkennst du die hier?«, sagt Lara und reicht mir einen Becher Tee.

Die Anspannung löst sich prompt. Ich lache. Die Slogan-Becher von unserem ersten Abend auf der Uni, die, aus denen wir den Champagner von Jamies Mum tranken. Ein bisschen verblasst, aber noch immer genauso albern, wie sie damals waren. »Ich kann nicht glauben, dass du sie all die Jahre aufbewahrt hast.«

»Soll das ein Witz sein? Das sind absolut kostbare Erinnerungsstücke.«

»Lar.« Ihr Name rutscht mir heraus, bevor ich wirklich bereit bin. »Sei offen zu mir. Was ist los mit Corinne?«

Sie fängt meinen Blick auf. »Das erzähle ich dir gleich. Aber zuerst … wie läuft's mit Ash?«

»Nein – vergiss Ash. Erzähl es mir jetzt.«

»Nein, Neve. Das hier ist wichtig.«

»Meine Beziehungsprobleme sind nicht wichtiger als die Krankheit deiner Mum. Spuck's schon aus.«

»Das werde ich gleich. Aber zuerst … bitte tu mir einfach den Gefallen.«

Ich schüttele den Kopf, leicht verwirrt. »Okay, aber … da gibt's nicht viel zu berichten. Ash und ich haben noch immer nicht geredet.« Ich erzähle ihr von meiner Therapeutin, von der langsam länger werdenden Liste all der Arten, auf die Ash und Jamie sich unterscheiden, von den vielen Nächten, die ich im Bett wach gelegen und mich gefragt habe, ob es sein könnte, dass meine Theorie auf falschen Annahmen beruht. Dass diese ganzen unglaublichen Zufälle vielleicht wirklich nur das sind. Zufall. Und doch zieht mich irgendetwas in meinem Kopf immer wieder zurück zu Jamie. Er ist noch immer in meinem Herzen verankert.

Ich kann es nicht über mich bringen, den Gedanken endgültig abzutun, dass er nach Hause gekommen sein könnte, dass wir vielleicht eine Chance bekommen haben, die Liebesgeschichte, die wir nie zu Ende führen durften, wiederaufleben zu lassen.

»Okay«, sagt Lara, als ich fertig bin. Sie stellt ihren Tee ab, faltet die Hände im Schoß. »Neve, ich muss dir etwas sagen.« Ihre Stimme verrät mir, dass es etwas ist, bei dem man am liebsten in den Verkehr laufen würde.

»Es bricht mir das Herz, dir das sagen zu müssen, vor allem nach … dem Baby und allem, was du damit durchgemacht hast. Und … dem ganzen Zeug, das passiert ist, als Jamie starb.«

Ein neuer Schwall von Trauer durchzuckt mich. Oder vielleicht ist es auch Angst. »Okay.«

»Es geht um Jamie.«

Selbst nach so viel Zeit krampft sich mein Herz noch immer zusammen, wenn ich jemand anders seinen Namen sagen höre. Sie atmet zitternd aus. »Gott, das ist so schwer.«

»Lara …«, beginne ich, aber irgendetwas an ihrer Miene lässt mich verstummen.

»Neve, ich habe dir das nie erzählt, weil ich weiß, dass das, was passiert ist, dein Leben so ziemlich ruiniert hat. Und ich wollte deinen Schmerz nicht noch vergrößern. Bitte glaub mir, dass ich es nur deshalb für mich behalten habe, weil ich dich nicht noch mehr verletzen wollte, als ich es ohnehin schon getan hatte.«

»Jetzt machst du mir Angst.«

»Jamie … hat dich betrogen.«

Alles verschwimmt. Ich spüre, wie sich die Welt unter mir neigt. Ich starre sie an, meine Augen brennend vor Fassungslosigkeit.

»Er ... hat sich mit einer anderen getroffen. Einem Mädchen namens Heather. Sie hat bei dieser Firma gearbeitet, bei der er sein Praktikum gemacht hat.«

Heather. Der Name, der, aufreibenderweise, noch immer in mein Gehirn eingebrannt ist.

Ein Hurrikan bruchstückhafter Erinnerungen – Telefonanrufe und Ausreden, all die Male, die er meine Fragen abgetan hat – beginnt durch mich zu peitschen.

»Jamie hat es mir an jenem Abend im Wagen gesagt. Kurz bevor er starb.«

Auf einmal scheint das Zimmer zu schrumpfen, als ob die Wände und die Decke auf mich einrücken. Ich versuche ein paar Augenblicke angestrengt, mich zu konzentrieren, Gedanken zu formen, Atem zu schöpfen. »Nein, Lar.«

Sie schüttelt nur den Kopf, als wollte sie sagen: *Es tut mir leid.*

»*Nein.*« Ich halte mir eine Hand vor den Mund, versuche, vor Schock und Schmerz nicht laut aufzuschreien. *Jamie, nein. Nicht du. Nicht das hier. Nicht wir.*

Lara fährt sich mit einer Hand an die Brust, als ob es ihr physische Schmerzen bereitet, mir das zu sagen. »Er hat mir alles erzählt, weil er ein Feigling war und er sich außerstande sah, es dir selbst zu gestehen. Er hat mich allen Ernstes gebeten, es dir für ihn zu sagen. Aber nachdem er gestorben war und ich sah, wie gebrochen du warst ... da konnte ich es einfach nicht über mich bringen, das zu tun.«

Die Erkenntnis trifft mich, als würde ich von einem Lastwagen überrollt werden. Dass alles, was ich über Jamie und mich – und das Leben und die Zukunft, die wir verloren hatten – dachte, sich auf einmal als Lüge entpuppt.

»Er hatte sich einen Plan zurechtgelegt, um das letzte Jahr seines Studiums in London zu absolvieren. Er hatte vor, Norwich zu verlassen und bei ihr einzuziehen, während du nicht zu Hause warst.«

»Warum?«, sage ich, meine Stimme vor Schmerz verzerrt. Aber ich weiß, dass es ein zu kleines und unzureichendes Wort für eine solch riesige, unergründliche Frage ist.

»Er hat gesagt, du hättest ihm erzählt, du wolltest versuchen, wieder ein Baby zu bekommen. Aber er war nicht bereit dafür. Er sagte immer wieder, dass du andere Dinge vom Leben wolltest, dass er glaubte, er würde nur aufgehalten werden, indem er in Norwich blieb. Dieses ganze Zeug. Mit der Wohnung und London und Heather … Sein Kopf war einfach verdreht, Neve.«

Kalte, pure Erschütterung durchzuckt mich. Das hier ist der unwiderlegbare Beweis dafür, dass sie die Wahrheit sagt. Ich habe nie jemandem von diesem Gespräch mit Jamie erzählt, darüber, dass ich versuchen wollte, wieder schwanger zu werden.

Lara wickelt sich fester in ihre senfgelbe Strickjacke. Es ist mir ein Rätsel, wie sie es schafft, nicht zu schwitzen. »Was Jamie zu dir gesagt hat und was er mit Heather gemacht hat, waren zwei völlig verschiedene Dinge. Es tut mir so leid, Neve.«

Im Radio wechselt die Musik zu Coldplay. »Christmas Lights«. Mein Herz hämmert schmerzhaft im Takt dazu. Ich schlucke eine Welle nach der anderen hinunter, von Traurigkeit, frischer Trauer, dem schockierenden Messerstich des Verrats.

»Diese ganzen Wochenenden unter dem Semester, wenn er zurück nach London fuhr und behauptete, er würde bei seinem Dad in Putney wohnen … da war er mit ihr zusammen. Fast ein ganzes Jahr lang.«

Nein. Nicht Jamie. Nein.

»Jamie war ein Betrüger. Ein Lügner. Ein Feigling. Die Wahrheit ist ... er hatte dich nicht einmal annähernd verdient.«

Ich denke an das, was Meena über Jamie zu mir gesagt hat, erst vor ein paar Tagen. *Wenn Sie ihm heute begegnen würden, würden Sie ihn vielleicht nicht einmal wiedererkennen.*

Ich stelle meinen abkühlenden Tee auf dem Couchtisch ab. Der Slogan auf dem Becher scheint mich zu verspotten: EINE TASSE POSITIVI-TEE-T. Ich verspüre einen plötzlichen Drang, ihn gegen die Wand zu schleudern. Ich will alles kurz und klein schlagen.

»Hat Jamies Dad es gewusst? Seine Mum?« Lara nickt schweigend.

Ich stelle mir Chris vor, die Verachtung, mit der er mich immer angesehen hat. »Aber ... warum haben sie nie etwas gesagt? Sie hätten die Gelegenheit, mich loszuwerden, doch beim Schopf gepackt. Gott, ich habe ihnen sogar ein paarmal geschrieben, danach.«

Lara schluckt. »Na ja, ehrlich gesagt, haben wir uns in dem Punkt offenbar geirrt. Jamie hat zugegeben, dass sie nie etwas gegen dich hatten, nicht wirklich. *Er* war es, der Zweifel aufkommen ließ, der sagte, er sei sich nicht sicher. Sie haben sich deswegen gestritten, manchmal. Sie fanden, er sollte dir gegenüber reinen Tisch machen.«

»Nein. Seine Mum ... sie hat mir Geld angeboten, damit ich das Baby wegmachen lasse.«

Lara sieht auf ihren Schoß. Sie weiß es bereits, wird mir bewusst. »Ich nehme an, er hatte klargestellt, dass das mit euch nicht halten würde.«

Ich denke an meine eigene Mutter, die Dinge, die sie vor sich hin murmelte, während sie im Haus auf und ab lief, nachdem mein Vater gegangen war. *Du Idiotin ... mach doch die Augen auf ... genau vor deiner Nase ... wach auf, Daniela!*

»Unterm Strich war Jamie ein Feigling«, sagt Lara. »Und nachdem er gestorben war ... da wollten seine Eltern zweifellos, dass alle ihn als Engel in Erinnerung behielten, nicht als Lügner und Betrüger. Daher haben sie nie etwas gesagt. Ich meine, so hast du ihn doch all die Jahre selbst gesehen, oder? Der heilige Jamie.«

Ich erwidere nichts. Die Fähigkeit, zu sprechen, ist mir völlig abhandengekommen. Es erscheint mir noch immer unvorstellbar – Jamie, der in eine andere verliebt ist. Der mit einer anderen *schläft*. Der mich belogen hat, jeden einzelnen Tag, zwölf Monate lang. Vielleicht noch länger. Und dabei die ganze Zeit so getan hat, als wäre er innig verliebt in mich.

Leicht benommen versuche ich mich zu erinnern, wie oft Jamie und ich in jenem Jahr körperlich intim waren. Einhundertmal, vielleicht? Öfter?

Wie zum Teufel habe ich mich so täuschen können?

Ich verspüre einen heftigen Schwall von Übelkeit, als mir die Galle in der Kehle hochsteigt.

»Ich schwöre, ich sage nichts von alledem, um dir wehzutun, Neve. Aber die Wahrheit ist, ich kann es nicht ertragen, mitanzusehen, wie du das, was du mit Ash hast, für jemanden wegwirfst, der – seien wir ehrlich – nicht in dich verliebt war. Ash ist ein *guter Typ*. Wenn du einen Beweis dafür gebraucht hast, dass er nicht Jamie ist, dann ist es das hier. Keine Wissenschaftler erforderlich. Und es wird jetzt hart klingen, aber wenn Jamie für irgendjemanden zum Leben zurückkehren würde, dann ... wäre es für sie, nicht für dich.«

Die Worte verpassen mir einen erneuten Schlag in die Magengrube. Ich wende das Gesicht ab.

»Lass Heather seinen Geist haben«, flüstert Lara.

Aber wie soll ich erklären, wie verrückt und unmöglich das für mich klingt, selbst jetzt, weil ich fast ein Jahrzehnt lang wie gelähmt von Liebe und Trauer und ehrenvoller Erinnerung an diesen Mann war? Wie soll ich ihr die quälende Demütigung der Erkenntnis verständlich machen, dass ich jeden potenziellen Partner mit jemandem verglichen habe, der mich nie wirklich geliebt hat? Dass ich am Altar eines Lügners und Betrügers gehuldigt habe? Wie soll ich ihr vermitteln, wie grässlich es sich für mich anfühlt, so viel kostbare Zeit vergeudet zu haben?

»Warst du wütend, als er es dir gesagt hat?« Meine Stimme klingt jetzt leise und leblos, erdrückt von dem Gewicht unseres Gesprächs.

Lara nickt. »Ich glaube, ich war in meinem ganzen Leben noch nie so wütend. Um genau zu sein, war der Moment, in dem ich ihn angeschrien habe, vermutlich einer der letzten Momente, die er ...«

»Warum hast du es mir nie gesagt?« Ein Schluchzer steigt mir in der Kehle hoch. »Du hättest ... eine Nachricht oder eine E-Mail schicken können. Du hättest es mich einfach wissen lassen können, dann hätte ich die vergangenen zehn Jahre meines Lebens nicht damit verschwendet, besessen von jemandem zu sein, der ...«

»Ich habe dir Nachrichten geschickt und E-Mails. Ich habe dich gefragt, ob wir uns treffen könnten, aber du hast nie geantwortet.«

Ich schlucke und senke den Blick. Das stimmt natürlich. Außerdem liegt die Schuld an alledem nur bei einer einzigen Person. Und das ist nicht Lara.

»Egal. Ich sollte vermutlich sagen, ich habe dir nicht geglaubt, als du gesagt hast, du dächtest, Ash sei irgendeine Art

Reinkarnation von Jamie. Aus Gründen, die, wie ich hoffe, jetzt offensichtlich sind. Aber ich wollte unbedingt meine beste Freundin wiederhaben, und ich dachte, wenn ich mich mit dir streite, wird es vielleicht nicht dazu kommen.« Sie richtet sich mühsam auf, nimmt meine Hand in ihre. Sie fühlt sich seltsam knochig an. »Du musst begreifen, dass das hier … eine *gute Nachricht* ist. Es heißt, dass du die Vergangenheit endlich hinter dir lassen kannst. Denn Jamie war, ohne jeden Zweifel, ein Arschloch.«

Jetzt beginnen die Tränen zu kullern. »So einfach ist das nicht. Ich kann ihn nicht … fragen, warum. Ich kann nicht wütend werden, denn ich weiß nicht, wohin mit dieser Wut. Ich muss einfach akzeptieren, dass er das getan hat. Aber wie kann ich das, wenn er – das, was wir hatten – mir *alles* bedeutet hat?«

Lara gibt keine Antwort.

Ich sehe zu ihr hinüber, und ich stelle verblüfft fest, dass ihr die Augen zugefallen sind. Sie sieht fast aus, als ob sie eingeschlafen ist. Gott, sie muss erschöpft sein. »Hey, geht es dir gut?«, sage ich und lege ihr eine Hand auf den Arm.

Sie zuckt zusammen. »Wie bitte?«

Ich verspüre einen seltsamen Drang, zu lachen. Vor Ungläubigkeit, vielleicht, dass Lara – die immer eine scheinbar grenzenlose Energie hatte – einfach eingenickt sein kann, während wir geredet haben, mitten am Tag. »Geht es dir gut?«

Sie schluckt, verlagert ihre Haltung ein wenig, nickt.

»Entschuldige. Ja. Bin mir nicht sicher, was da eben passiert ist.«

Auf einmal sieht sie seltsam verletzlich aus, und mit einem plötzlichen Anfall von Bitterkeit erinnere ich mich, wie dankbar ich insgeheim gewesen war, dass ich Jamie hatte, an dem

Abend, an dem ein verheirateter Mann ihr um ein Haar etwas angetan hätte.

»Jedenfalls, hör zu«, sagt Lara, »es gibt noch einen anderen Grund, weshalb ich mir das alles von der Seele reden wollte. Und diese Sache ... diese Sache fühlt sich ein bisschen komplizierter an.«

Irgendetwas Kaltes formt sich in meinem Bauch zu einer Kugel, und ich weiß prompt, dass es Angst ist.

Sie beginnt zu reden, und so unglaublich es auch ist, verdüstert sich meine Welt noch ein bisschen mehr.

Kapitel 47

»Also, wie sich gezeigt hat, hattest du die ganze Zeit recht. Ich bin so stur, dass es an Dummheit grenzt. Ich habe zu lange damit gewartet, zum Arzt zu gehen. Ich habe mir eingeredet, es sei ein Reizdarmsyndrom. Ich habe ein Vermögen für Säureblocker ausgegeben. Ich habe mich geweigert, auch nur die Möglichkeit in Betracht zu ziehen, dass es Krebs sein könnte. Die Leute haben es mir immer wieder gesagt, und ich ... habe einfach nicht zugehört.«

Ich kann ihr nicht ins Gesicht sehen. Stattdessen starre ich auf die hervorstehenden Knochen ihres Schlüsselbeins. Sie ist dünn, so dünn. Und müde und völlig appetitlos. Sie sieht ausgelaugt aus. Jede Bewegung ist gequält.

Wie zum Teufel konnte ich das übersehen?

Weil ich in Gedanken zu beschäftigt mit Jamie war, um zu bemerken, was genau vor meinen Augen passierte.

»Aber ich dachte, es sei deine Mum, die krank ist.«

»Ich weiß. Es tut mir leid. Es war einfach leichter, dich in dem Glauben zu lassen ... bis wir dieses Gespräch führen könnten. Bis du bereit warst, das mit Jamie zu hören – und es wirklich zu hören, ohne dass dein Verstand getrübt von meiner Neuigkeit ist.«

Ich denke an die Diät, auf der sie nach meiner festen Überzeugung war. »Aber du hast doch gesagt, du würdest entgiften ... Waren diese Pillen ...«

»Verdauungsenzyme.«

»Aber ... Felix hat sie auch genommen.«

»Seine waren Vitamine. Das macht er in letzter Zeit ... wenn ich nicht wirklich bereit bin, es den Leuten zu sagen.«

»Das kann nicht wahr sein. Es ist nicht fair. Es ist nicht ...« Aber dann breche ich ab, meine Gedanken inzwischen ein Wasserfall, viel zu schnell, um sie festzuhalten.

Lara stößt ein seichtes Lachen aus, das rasch in ein Husten übergeht. »Ich glaube, Jamies Dad würde dir da vielleicht widersprechen. Ich bin sicher, er würde sagen, es sei karmische Gerechtigkeit oder so.«

»Du weißt, dass das mit dem Krebs nicht so läuft, Lar«, flüstere ich entschieden und drücke ihre winzige Hand in meiner. Ich verspüre einen erneuten Schwall von Wut auf Chris, der sein Leben offenbar der Aufgabe verschrieben hat, ein absolutes Arschloch zu sein. »Lass uns Chris oder Jamie oder irgendeinen von ihnen nie wieder erwähnen, okay?«

Sie lächelt leise. »Klingt für mich gut.«

Ein Schlachtplan nimmt in meinem Kopf bereits Gestalt an. »Also. Eine zweite Meinung. Wir werden eine zweite Meinung einholen. Ich habe Ersparnisse – du könntest dich privat behandeln lassen.«

»Ich hatte drei unabhängige Meinungen«, sagt sie ruhig. »Sie haben alle das Gleiche gesagt.«

»Aber haben sie jede Option ausgeschöpft? Was ist mit alternativen Therapien?«

»Neve, hör zu.« Sie drückt meine Hand, um mich zum Schweigen zu bringen. »Es ist vorbei. Okay? Ich liege im Sterben. Sie haben mir im Juli gesagt, dass ich noch ungefähr ein Jahr habe.«

Aber seitdem sind fünf Monate vergangen. »Im Juli?«

Sie schluckt. »Ja. Ehrlich gesagt … ein paar Tage bevor du und Ash Felix das erste Mal getroffen habt.«

Gesagt zu bekommen, dass sie an dem Abend in Tombland bereits wusste, dass sie sterben würde, fühlt sich wie ein Schlag ins Gesicht an. »Warum hast du es mir nicht gesagt?«

»Ich wollte zuerst diese ganze Sache mit dir klären. Und ganz egoistisch betrachtet? Ich hatte einfach Lust, etwas Zeit damit zu verbringen, wieder deine Freundin zu sein.« Sie lacht leise.

»Die letzten paar Monate waren auf eine bizarre Weise tröstlich. Wenn ich mit dir zusammen war, konnte ich so tun … als ob das hier nicht wirklich passiert.«

»Es muss doch irgendetwas geben, was sie tun können.« Sie schüttelt langsam den Kopf. »Der Tumor ist zu weit fortgeschritten. Eine Operation … ist keine Option.«

Ich kann nichts hören bis auf den Schrei in meinem Kopf, während ich in Gedanken all die Anzeichen durchgehe, die mir in der ganzen Zeit, die ich zuletzt mit ihr verbracht habe, gar nicht aufgefallen sind. Die ausgelassenen Mahlzeiten und der Verzicht auf Alkohol, der Gewichtsverlust, ihr ständiger Mangel an Energie. *Wie zum Teufel konnte ich das übersehen?*

»Was ist mit Chemo?«

»Ich mache keine Chemo.«

»Was?«

»Ich habe Nein zur Chemo gesagt.«

»Was meinst du damit?«

»Genau das. Ich will keine Chemotherapie.«

»Was? Warum denn nicht?«

»Ich habe gesehen, wie mein Dad das durchgemacht hat, und, Neve … es war der reinste Horror. Hör zu – wenn es eine

Chance gäbe, dass sie den Tumor schrumpfen lassen oder operabel machen oder mich retten könnte, dann wäre es auf jeden Fall einen Versuch wert. Aber die Ärzte reden nur davon, dass sie mein Leben um ein paar Monate verlängern könnte.«

»Aber ich bin sicher, das wäre es wert ...«

Sie schüttelt den Kopf. »Du wirst mir hier glauben müssen. Ich liege im Sterben. Ich war bei vielen Ärzten und hatte viele Untersuchungen. Sie können nichts tun.«

Ich würge einen Schluchzer hinunter. »Lara. Nein.«

Sie drückt wieder meine Hand. »Hör zu. Ich werde nach Kalifornien gehen, um mit Felix zusammen zu sein.«

»Wann?«

»Bald. Ich werde meine letzten Monate dort mit ihm verbringen, im Sonnenschein, mit Blick aufs Meer.« Sie lächelt tapfer. »Seit ich ihm begegnet bin, ist das zu meinem absoluten Lieblingsort auf der Welt geworden. Das heißt, wenn ich schon sterben muss, dann ist das die beste Art, die ich mir dafür vorstellen kann.«

»Du gehst ... nach Kalifornien?«

Sie lächelt. Unglaublicherweise ist Licht in ihren Augen. »Er hat eine fantastische Pflege für mich organisiert. Es ist alles arrangiert. Ich liebe ihn so sehr, Neve. Ich will einfach nur mit ihm zusammen sein, dort draußen.«

»Und deine Mum ...? Wird deine Mum ...?«

Lara schüttelt den Kopf. »Die Reise wäre zu viel für sie. Wir haben uns darauf verständigt, hier Abschied voneinander zu nehmen. Um genau zu sein ... halte ich es mit jedem so. Dort drüben wird es nur mich und Felix geben. Wir haben viel darüber diskutiert, und das ist, was ich will.«

»Nein, Lara, das ist ... Das kann nicht sein. Das kann nicht wahr sein.« Ich beginne zu weinen. »Ich wünschte, du hättest es mir gesagt. Es tut mir so leid. Wir haben so viel versäumt.«

»Ich weiß. Mir tut es auch leid.«

Durchs Fenster fällt ein Streifen winterliches Sonnenlicht über ihr Gesicht. Er verleiht ihr einen Schimmer, der sie so makellos strahlen lässt, dass ich sie vor Frustration am liebsten schütteln will. Denn sie kann nicht – sie *kann* nicht – im Sterben liegen. Ich meine, ja – sie sieht sehr ungesund aus, wie mir endlich bewusst geworden ist. Aber nicht so, als ob sie nur noch ein paar Monate zu leben hat.

»Hey, wenigstens halte ich meinen Teil des Pakts ein.«

Ich furche verwirrt die Stirn.

»Erinnerst du dich nicht? Dieser Urlaub in Devon. Wir haben uns mit den kleinen Fingern geschworen, niemals alt zu werden.« Sie lächelt wehmütig, und ich spüre, wie mein Herz zerspringt.

»Doch«, sage ich leise. »Ich erinnere mich.«

»Also, Neve, hör zu. Können wir ... über den Unfall reden? Denn das will ich tun, seit ich hierher zurückgekommen bin.«

»Es ist nicht mehr wichtig«, sage ich zwischen neuen Tränen. »Es ist mir egal, wenn ich nie wieder in meinem Leben an diesen Abend denke.«

»Okay. Aber lass mich nur das hier sagen, denn ich habe es dir bis jetzt noch nie gesagt: Du hattest recht an dem Abend, und ich war zu stur, um zuzuhören, und jetzt ist Jamie tot. Und egal, als was für ein Typ er sich letztendlich entpuppt hat, er hatte es nicht verdient zu sterben.«

»Der Unfall war nicht deine Schuld, Lar.« Das hätte ich schon längst zugeben sollen. Denn natürlich ist es die Wahrheit. Es war immer die Wahrheit. Aber die Kraft meiner Liebe zu Jamie wollte es mich nie sehen lassen.

»Nein«, sagt sie, »aber meine Haltung an dem Abend war grässlich. Und … es tut mir leid. Wirklich.«

Ich starre mit leerem Blick auf ihren POSITIVI-TEE-T-Becher, während ich mich frage, wie viele Teebeutel man verbraucht, wenn man die Diagnose unheilbarer Krebs bekommt. Hunderte? Tausende?

»Ironisch, oder?«, sagt sie. »Dass du dich letztendlich als genauso stur entpuppt hast wie ich. Mit deiner Weigerung, den Gedanken an Jamie loszulassen, all die Jahre. Vielleicht waren wir ja deshalb solch gute Freundinnen. Wir waren uns ähnlicher, als uns überhaupt bewusst war.«

Unsere Blicke treffen sich, und mein Körper wird von Liebe zu ihr durchflutet.

»Hast du Schmerzen?«, frage ich sie, während ich im selben Moment denke: *Bitte sag Nein.*

»Im Moment nicht. Ich nehme ordentlich Schmerzmittel, und bis jetzt klappt es. Und ich habe Optionen, falls es schlimmer wird. Ich bin noch nicht bei den Opioiden. Aber, du weißt schon. Meine Wärmeregulierung ist völlig durch den Wind. Und in meinem Magen herrscht das reinste Chaos. Ich kann Essen nicht allzu gut verdauen, natürlich, daher die Enzyme.«

Ich will sie fragen, ob sie Angst hat, aber ich tue es nicht. Denn natürlich hat sie das. Wer hätte das nicht – selbst jemand, der so furchtlos ist wie Lara?

»Also, hör zu, Neve. Wenn ich gestorben bin, werden sie mich nach Hause fliegen … damit meine Asche neben Dads beigesetzt werden kann. Es ist alles arrangiert.«

Ich will sie anflehen, aufzuhören zu reden, ihr sagen, dass ich nicht damit umgehen kann, das zu hören. Dass das alles zu verrückt ist, zu traurig, zu unglaublich.

Aber sie ist so tapfer – und sie ist diejenige, die im Sterben liegt. Das Mindeste, was ich tun kann, ist, meinerseits tapfer zu sein.

»Es ist alles geregelt: die Trauerfeier und die Einäscherung, das alles. Ich wollte nicht, dass Mum mit irgendetwas davon belastet wird. Und nächsten Samstag ... gebe ich eine Trauerfeier zu Lebzeiten, am Abend bevor ich abreise. Am nächsten Tag fliegen wir nach Kalifornien. Alle kommen. Und ich will dich dort dabeihaben. Ich *muss* dich dort dabeihaben, Neve.«

»Nächste Woche?« Ich starre sie an. *Wir haben nur noch eine Woche?*

Sie lächelt matt. »Na ja, zwischen Weihnachten und Neujahr wissen doch sowieso alle immer nichts mit sich anzufangen, oder? Ich dachte, mein Abschiedsgeschenk könnte eine zusätzliche Party sein.«

Obwohl ich mir alle Mühe gebe, es nicht zu tun, beginne ich wieder zu weinen. Sie kann nicht im Sterben liegen. Das kann sie einfach nicht. Sie ist noch immer so ... lebendig. Sie lächelt, formt Sätze, kommandiert mich herum. Das ist nicht, wie Sterben aussieht.

»Bei der Beerdigung meines Dads«, sagt sie, »waren wir uns alle einig, wie sehr er sich gefreut hätte, seine Freunde und Familie alle zusammen in einem Raum zu sehen. Wie sehr er den Tag genossen hätte. Daher werde ich genau das tun: Ich werde ein paar mehr Schmerztabletten einwerfen und mein Bestes tun, um einen entzückenden letzten Nachmittag mit all meinen Lieblingsleuten zu verbringen.«

Einen letzten Nachmittag. Was für eine entsetzliche, unbegreifliche Vorstellung.

»Sei nicht traurig meinetwegen, Neve. Ehrlich gesagt, kann ich mich ... unglaublich glücklich schätzen. Viele Leute bekommen nicht die Chance, so zu sterben. Mit Zeit, um Abschied zu nehmen. Die beste Pflege zur Hand. Ich habe großes Glück, wirklich.«

War ja klar, dass Lara selbst bei einer tödlichen Diagnose das Positive sehen würde.

»Wenn ich etwas bereue«, sagt sie, »dann, dass ich zehn Jahre Freundschaft mit dir versäumt habe.«

»Das bereue ich auch.« Jetzt kullern mir die Tränen über die Wangen, und ich versuche verzweifelt, nicht völlig die Fassung zu verlieren. »Und das werde ich für den Rest meines Lebens.«

»Nein. Du musst mir jetzt zuhören.« Ihre blauen Augen beginnen zu lodern, heftiger, als ich es je zuvor gesehen habe. »Ich will, dass du die Jahre, die ich noch gehabt hätte, nimmst und mit ihnen davonläufst, okay? Versöhn dich mit Ash. Schnapp dir die Liebe mit beiden Händen und lass sie nicht wieder los. Für mich ist es zu spät, aber für dich ist es das nicht. Jetzt ist deine Zeit. Vergeude nicht eine weitere Sekunde.«

Kapitel 48

Ein paar Tage nach meinem Gespräch mit Lara schaue ich nach der Arbeit bei Mum vorbei. Ein winterlicher Nebel liegt auf meinem Weg in der Luft, und es riecht nach Frost und Holzrauch.

Mum sitzt auf ihrem Sofa, in einem wallenden Kaftan mit einem geometrischen Muster, das vor meinen Augen verschwimmt. Ihre Haut ist feucht, und ihre Haare sind unter einem Handtuch zu einem Turban gewickelt. Ich nehme an, sie hat heute Abend einen Gig, denn sie lackiert sich die Nägel, halb singend, halb summend zu dem Weihnachtsalbum von Michael Bublé.

Ich setze mich neben sie, sehe mich nach Alkohol um, denn ich könnte wirklich etwas gebrauchen, um dem, was ich im Moment fühle, die Schärfe zu nehmen. Aber untypischerweise kann ich nichts entdecken.

»Ich muss dir etwas sagen.«

»Okay.« Sie zieht mit einer schwungvollen Bewegung den Pinsel über ihren Daumennagel. »Lass hören.«

»Lara liegt im Sterben.«

Meine Mutter sieht mir selten in die Augen. Aber jetzt tut sie es.

»Sie hat ... Krebs. Er ist fortgeschritten. Sie können nichts ... Sie können nichts tun.«

Ein dicker Tropfen Nagellack fällt auf Mums Kaftan. Wir sehen beide ein paar Momente darauf hinunter.

Ohne etwas zu sagen, streckt Mum eine Hand aus. Ich reiche ihr ein Taschentuch.

Sie versucht, den Tropfen Nagellack wegzutupfen, aber letztendlich verreibt sie ihn stattdessen zu einem riesigen Fleck. Dann findet sie sich offenbar damit ab, dass der Stoff ruiniert ist, faltet ihn so, dass der Klecks nicht mehr zu sehen ist, und sagt: »Wie lange weiß sie es schon?«

»Ein paar Monate. Sie wollte, dass wir … alles zwischen uns klären, bevor sie es mir gesagt hat.«

»Und sie können wirklich nichts tun?«

»Sie haben ihr eine Chemo angeboten, aber … sie würde sie nicht retten. Sie liegt im Sterben.«

Zu meiner Verblüffung beugt sie sich vor und schlingt die Arme um mich. »Es tut mir so leid, Schatz.«

»Erinnerst du dich noch an den Typen, mit dem du Lara gesehen hast?«, sage ich an ihren nach Nivea duftenden Nacken.

»Oh, ja«, sagt sie und löst sich aus der Umarmung. »Sehr weltmännischer Gentleman.«

Ich nicke. »Felix. Er lebt in Amerika. Und sie … fliegt dorthin, um mit ihm zusammen zu sein. Das ist, wo sie sein will, wenn …« Ich breche ab. Ich kann das Wort nicht noch einmal aussprechen, denn jedes Mal, wenn ich das tue, scheint es echter zu werden.

»Wie lautet ihre Prognose?«

»Sie haben gesagt, sie hätte noch ein Jahr, damals im Juli.« Ich überlasse es Mum, sich den Rest auszurechnen, denn das ist die schmerzlichste Art Mathematik, die es gibt.

Auf der Stereoanlage beginnt Bublé, »Have Yourself a Merry Little Christmas« zu singen, und auf einmal fühlt sich alles zu viel, zu grausam an.

Neben mir schüttelt Mum sichtlich fassungslos den Kopf. »Arme Lara.«

»Sie gibt nächste Woche eine Trauerfeier zu Lebzeiten.«

Ihre Miene hellt sich ein wenig auf. »Oh, aber die sind gut, stimmt's?«, sagt sie, als hätten wir entschieden, das Thema zu wechseln, von den Vorzügen von Schongarern zu reden oder von dieser Handautowäsche in der Ipswich Road, auf die sie solch große Stücke hält. »Ich kenne jemanden, der eine hatte.«

»Was hatte die Person?«

Sie legt die Stirn in Falten. »Ein Streichquartett, glaube ich? Und ein Büfett – auch wenn viele der Gäste am nächsten Tag eine Lebensmittelvergiftung hatten. Es gab auch Ansprachen. Eigentlich war es ganz ähnlich wie eine Hochzeit.«

Ich schließe für einen Moment die Augen. »Nein, Mum. Was hatte sie im Sinn von, woran ist sie gestorben?«

»Oh, letztendlich ist sie gar nicht gestorben. Falscher Alarm.« Ich lächle matt. »Das war wohl nicht zufällig der Duke, oder?«

»Ich nenne ihn nur Duke.«

»Okay.«

»Aber er war es nicht«, sagt sie. Und dann, nachdenklich: »Auch wenn die beiden sich in vielen Charakterzügen ähneln.«

Mein Lächeln schwindet. »Na ja, Laras Trauerfeier … ist eindeutig kein falscher Alarm.«

»Weißt du, als dein Dad aufhörte, sich darum zu scheren, seine Hose zuzulassen, war ich manchmal schon besorgt, wie es dir damit geht. Aber ich wusste immer, dass es dir gut gehen würde. Und weißt du, warum?«

Ich schüttele den Kopf, während ich mich frage, was jetzt wohl kommt, und bete, dass sie nicht von Jamie anfängt oder von irgendetwas anderem, was mit der Hose meines Dads zu tun hat.

»Weil du Lara hattest.«

Ich lächele leise. »Wirklich? Das ist ja nett.« Ich rutsche auf dem Sofa nach hinten, sodass ich sie richtig ansehen kann, und ziehe die Beine unter mir an. Dann hole ich einmal Luft. »Jamie hat mich betrogen.«

Es ist witzig, wie schnell sich der Geschmack seines Namens in meinem Mund schon jetzt verändert hat. Er hat sich in etwas Öliges und Unangenehmes verwandelt – und vor allem heute, angesichts der Tatsache, dass meine älteste Freundin im Moment ihren eigenen Tod organisieren muss. Aber ein Teil von mir will Mum wissen lassen, dass sie recht hatte. Dass ihre mütterlichen Instinkte damals vielleicht doch nicht so verkehrt waren.

Sie starrt mich ein paar Augenblicke an. »Wer hat dir das erzählt?«

»Lara. Sie hat gesagt, er hätte es ihr gebeichtet, kurz bevor er starb. Er hatte vor, mich zu verlassen und zu einem anderen Mädchen nach London zu ziehen.«

»Hatte er das«, sagt sie in einem mörderischen Ton, als ob sie bereits einen mitternächtlichen Ausflug plant, um Eier und Mehl über seinem Grabstein auszuschütten.

»Hast du es gewusst?«

»Habe ich was gewusst?«

»Dass Jamie es in sich hatte … dass er fähig war, dir so etwas anzutun?«

»Ob ich einen funktionierenden Betrügerischer-Dreckskerl-Radar habe, meinst du?«

Ich denke an den Duke und an die Ehefrau des Duke und lächele matt. »Egal.«

Sie zieht eine Augenbraue hoch. »Wenn du meine Meinung wissen willst, ich wundere mich überhaupt nicht.«

»Ich habe mich schon gewundert.«

»Na ja, so läuft das doch immer«, sagt sie traurig. »Beim ersten Mal.«

»Das heißt, du hast es geahnt?«

Sie verdreht leicht die Augen. »Natürlich. Dieser Junge war ein glänzender Penny, Neve.«

»Ich weiß nicht, was das heißt.«

»Oh, aber das weißt du – glänzend, perfekt, immer funkelnd. Sie sehen aus wie ein Schatz, aber tatsächlich sind sie praktisch wertlos.«

»Okay«, sage ich, verblüfft von der Erkenntnis, dass das auf eine seltsame Weise Sinn ergibt.

»Ja. So absolut glänzend. Aber ich hatte nie wirklich das Gefühl, dass er für dich geglänzt hat. Manchmal habe ich ihn beobachtet, und dann, so schnell, wie es gekommen war, rutschte ihm dieses Lächeln vom Gesicht, sobald du dich abgewandt hattest. Wie ein Vorhang auf einer Bühne. Er war ein ... Schauspieler.«

»Warum hast du mich nie gewarnt?«

»Hättest du denn auf mich gehört?«

»Vermutlich nicht«, gebe ich zu.

»Manche Dinge kann man tausendmal von anderen Leuten gesagt bekommen, aber man kann sie trotzdem nur selbst wirklich herausfinden.«

»Na ja. Du hattest jedenfalls recht.«

»Gott, es spielt doch eigentlich keine Rolle, wer recht hatte, oder?«

Schweigen dehnt sich in dem Raum zwischen uns aus. Für ein, zwei Augenblicke sehen wir uns nur an.

»Aber ... was, wenn ich das Baby bekommen hätte, Mum, und Jamie überlebt hätte? Dann hätte ich jetzt sein *Kind*. Einen Sohn oder eine Tochter, acht Jahre alt. Und Jamie wäre ... mit jemand anders zusammen. Nicht mit mir.«

Ihr Gesicht zieht sich zusammen. »Ich kann nicht viel Sinn darin erkennen, so zu denken.«

»Und das ist genau das, was dir passiert ist. Du hattest mich, aber Dad hat dich betrogen, und ...«

»Ich habe es nie bereut, dich bekommen zu haben, Neve. Nicht ein einziges Mal. Niemals.«

»Aber du fandest es hart.«

Sie lächelt. »Soll ich dir ein Geheimnis verraten?«

Ich überlege, Nein zu sagen, denn in die Geheimnisse meiner Mutter eingeweiht zu werden, ist im Allgemeinen so witzig, wie eine Herpesdiagnose zu bekommen.

»Ich fand die Elternschaft hart, weil sie verdammt hart *ist*. Aber hätte ich sie gegen irgendetwas eintauschen oder ändern wollen? Niemals. Ich weiß, ich war nicht so wie all die anderen Mums, und ich weiß, ich habe dich enttäuscht, manchmal. Aber das war nicht, weil ich dich nicht wollte oder es bereut habe, dich zu bekommen.«

Ich frage mich, ob ich mich, in ihrer Lage, viel besser geschlagen hätte. Ob ich vielleicht genauso dysfunktional geworden wäre, wie sie mir so oft erschien.

Ich denke zurück an das, was sie vor ein paar Wochen gesagt hat. *Du bist mir ähnlicher, als du denkst.*

»Jedenfalls«, sagt Mum, »ich kann Menschen jetzt besser einschätzen.«

Ich sehe sie betont an. »Nichts für ungut, aber kannst du das wirklich?«

»Was meinst du damit?«

»Äh, der Duke?«

»Na ja. In der Hinsicht habe ich, ehrlich gesagt, eine Neuigkeit für dich.«

Ich spüre, wie sich meine Eingeweide verhärten, fest wie Zement werden. Oh, Gott. *Sie bekommt ein Baby mit dem Duke. Ich werde eine Halbschwester oder einen Halbbruder haben, geboren in endlose Dramen, mit einem Namen, der wie ein Pub klingt.*

»Ich habe Ralph gebeten einzuziehen.«

Ich blinzele wie wild. »Was?«

»Ich habe Ralph gebeten, bei mir einzuziehen.«

»Welchen Ralph? Unseren Ralph?«

»Kennst du irgendwelche anderen?«

Nein, denke ich. *Ralph ist einmalig.*

»Weißt du noch, was ich darüber gesagt habe, dass nur sehr wenige Leute dein Herz und deine Hingabe verdient haben?«

»J-ja«, sage ich unsicher.

»Na ja, mir ist klar geworden … dass es vielleicht an der Zeit ist, meinen eigenen Rat zu beherzigen.«

Ein Dielenbrett knarrt hinter mir. Als ich mich umwende, sehe ich Ralph im Türrahmen stehen, strahlend wie jemand, der soeben wegen guter Führung aus dem Gefängnis entlassen wurde.

Mein Herz schwillt vor Freude. Ich stehe prompt auf und ziehe ihn zu einer Umarmung an mich.

»Na ja, wie heißt es so schön?« Ich kann das Lächeln in seiner Stimme hören. »Besser spät als nie.«

Ich bin untröstlich wegen Lara und stinkwütend auf Jamie und überglücklich für meine Mutter und Ralph, alles auf einmal.

»Herzlichen Glückwunsch«, stoße ich mühsam hervor.

»Daniela und ich sind ein gutes Team«, sagt er, worüber ich lächeln muss, denn Mums Team bestand so lange aus Blindgängern und letzten Reserven. Aber jetzt, endlich, hat sie offenbar das große Los gezogen.

»Werdet ihr mir einen Gefallen tun?« Ich löse mich von Ralph und sehe die beiden an.

»Natürlich«, sagt Ralph prompt, während meine Mutter – wie könnte es anders sein – erst einmal abwartet, um zu sehen, was für ein Gefallen das ist.

»*Bitte* unternehmt etwas wegen des Zustands dieses Hauses. Es braucht nicht viel. Ich weiß, dass du das Geld hast, Mum. Und ich kann dir helfen. Aber bitte, bitte schenkt diesem wunderschönen Haus ein bisschen liebevolle Aufmerksamkeit ... Es tut mir in der Seele weh, okay?«

Mum verdreht die Augen. »Ich bin sicher, ich habe dich nicht dazu erzogen, dich so affektiert zu benehmen, aber meinetwegen – wenn es dich so sehr stört.«

»Danke«, sage ich, und dann atme ich einmal tief aus, als hätte ich soeben irgendeine Art Ziellinie überquert. »*Danke.*«

Später, wieder zu Hause im Kokon meines Schlafzimmers, suche ich im Internet nach irgendeinem Funken Hoffnung, dass Laras Krebs doch heilbar ist. Wenig überraschenderweise finde ich jede Menge. Geschichten von Wunderheilungen, Leuten, die der Wahrscheinlichkeit trotzen, Tumoren, die schrumpfen, dann verschwinden. Ich suche nach Krebsspezialisten im Umkreis von Santa Cruz. Ich überlege, Felix zu kontaktieren, ihn zu fragen, ob er meint, dass sein Bankkonto dick genug sein könnte, um sie zu retten.

Aber dann piepst eine Nachricht auf meinem Handy. Sie ist von Lara.

Bitte versteh, dass ich mit dem Sterben meinen Frieden geschlossen habe, Neve.
Ich weiß, du hattest nicht viel Zeit, um dich an den Gedanken zu gewöhnen. Aber es steht dir nicht zu, mich zu retten.
Ich ziehe keine anderen Behandlungen in Betracht.
Ich will einfach nur das Beste aus der Zeit machen, die mir noch bleibt. Xx

Ich brauche lange Zeit – vielleicht über eine Stunde –, um langsam alle Seiten zu schließen, bei denen ich ein Lesezeichen gesetzt habe. Dicke schwarze Striche durch die Einträge zu ziehen, die ich in ein Notizbuch gemacht habe.
Na schön, Lar.
Das hier ist nicht mein Kampf, begreife ich schließlich. Das hier ist Laras Entscheidung, Laras Leben. Die Zeit, die ihr noch bleibt, zu ruinieren, indem ich mich weigere, ihren Entschluss zu akzeptieren, wäre der Gipfel des Egoismus.
Es fällt mir verdammt schwer, aber ich weiß, dass ich ihre Entscheidung akzeptieren muss.
Bevor ich den Laptop schließe, gebe ich müßig Heathers Namen ein. Ich habe sie einmal auf LinkedIn gefunden, vor Jahren.
Vielleicht ist es irgendein seltsamer, selbstzerstörerischer Impuls, oder vielleicht will ich auch nur eine Ablenkung von meinen Gedanken an Lara.
Ich finde sie auf Instagram. Sie ist verheiratet, zwei Kinder, ist jetzt Rettungssanitäterin. Eine gertenschlanke, aschblonde Schönheit, die noch immer wie ungefähr zwanzig aussieht, obwohl sie inzwischen in den Dreißigern sein muss. Wenn sie keine Uniform trägt, zeigt sie sich am liebsten in pastellfarbe-

ner Kleidung vor einem pastellfarbenen Hintergrund. Es gibt viele Aufnahmen von ihr, auf denen sie neben Blumenbögen steht. Sie lebt in einer guten Gegend von London, nach den vielen Bildern besonders breiter und belaubter Abschnitte der Themse zu urteilen.

Ich starre auf ihr in der Zeit erstarrtes Lächeln, aufs Neue verblüfft davon, dass Jamie sie und nicht mich geliebt hat. Was hat er ihr versprochen? Was hat sie geglaubt? Was hat sie über mich gewusst? Denkt sie je an ihn?

Meine Finger verharren über der Tastatur in der Schwebe. Dieser winzige, elektrische Impuls, an ein vergangenes Leben wiederanzuknüpfen, blinkt noch immer irgendwo in mir. Ich könnte Heather eine Nachricht schicken, eine Konversation starten, die Wahrheit aufdecken.

Und dann zwinge ich mich, einmal Luft zu holen, die Augen zu schließen, an Lara zu denken.

Schnapp dir die Liebe mit beiden Händen und lass sie nicht wieder los. Für mich ist es zu spät, aber für dich ist es das nicht. Vergeude nicht eine weitere Sekunde.

Was zum Teufel tue ich hier eigentlich?

Ich klappe den Laptop zu. Es ist Zeit, endlich aufzuhören zurückzublicken.

So viel bin ich Lara und mir selbst schuldig.

Kapitel 49

Damals

Es war ein wilder Sturm, in jener Nacht. Ein heftiges Augustgewitter, ausgelöst von tagelanger knisternder Hitze. Lara hatte eben ihre Fahrprüfung bestanden, und ihr Dad hatte ihr – aus Gründen, die nur er selbst kannte – mit einem alten Sportwagen gratuliert, den er billig von einem Kumpel gekauft hatte, anstatt mit einer Karte, auf der *Gut gemacht* stand.

Es war ein Wunder, dass sie überhaupt versichert gewesen war – eine gravierende Fehleinschätzung, die von ihrer ständig wachsenden Zahl von Beinaheunfällen immer wieder aufs Neue bestätigt wurde. Die Karosserie bekam jedes Mal, wenn sie wegfuhr, eine neue Delle. Eines Abends beschleunigte sie zu schnell aus einer Kurve und landete in einer Hecke.

Aber sie schien es witzig zu finden. Ich nehme an, je mehr man überlebt, desto weniger beängstigend fühlen sich die Dinge an. Ich hingegen befürchtete, sie würde eines Tages verletzt werden oder noch Schlimmeres. Es war eine solch düstere Angst, dass ich sie nicht einmal laut aussprechen konnte.

Jamie machte noch immer sein Praktikum in London, aber er und seine Eltern waren übers Wochenende in Norwich. Es war der achtzigste Geburtstag seiner Großmutter, und die vier hatten vor, mit einem protzigen Dinner in einem dieser piekfeinen Restaurants zu feiern. Ich hatte das Glück gehabt, in jenem Sommer ein zweites Praktikum bei Kelley Lane an Land zu ziehen – aber ich arbeitete auch wieder in dem Pub in unserer Straße und hatte eine Schicht, daher konnte ich nicht mitkommen. Nicht dass ich mir gänzlich sicher war, dass sie mich überhaupt eingeladen hätten.

Der Regen war brutal in jener Nacht, so heftig, dass uns allein schon vom Zusehen der Atem stockte. Ein unerbittlicher Wolkenbruch, der auf die Bäume, Gehsteige, Häuserdächer einprasselte. Wir hatten eine undichte Stelle im Flachdach unseres Badezimmers, die bereits drei Eimer gefüllt hatte. Das Wetter war so schlimm, dass man fast neunzig Minuten auf ein Taxi warten musste.

Jamie war den ganzen Tag in unserem Haus gewesen, hatte an einem A&L-Briefing gearbeitet – Konzeptplänen für ein Mehrgenerationen-Wohnprojekt – und nicht auf die Zeit geachtet. Ohnehin schon gestresst, wurde er jetzt noch hektischer und nervöser. Seine Panik nahm jedes Mal überproportionale Ausmaße an, wenn sein Vater beteiligt war. »Ich bin zu spät dran. Dad wird an die *Decke* gehen. Ich habe schon jetzt vier entgangene Anrufe von ihm.« Er wandte sich an Lara. »Ich werde niemals ein Taxi kriegen. Kannst du mich hinfahren?«

»Na klar«, sagte Lara, ohne eine Sekunde zu zögern. Jede Gelegenheit, in diesen Wagen zu springen, war ihr recht.

Der Regen trommelte so hart gegen die Fenster, dass ich halb damit rechnete, die Scheiben würden nachgeben. Ich konnte das Rauschen des eindringenden Wassers in unserem Badezimmer hören, das brutale Krachen eines Donners ganz in der Nähe. Ich hatte ein ungutes Gefühl, ohne dass ich genau sagen konnte, warum.

»Warte auf ein Taxi«, sagte ich. »Oder nimm den Bus. Bei diesem Wetter kann man nicht Auto fahren.«

Lara lachte. »Du bist einfach so spießig, wenn es um meinen Wagen geht, Neve.«

»Na ja, du krachst doch ständig gegen irgendetwas.«

»Macht mehr Spaß so.« Sie zwinkerte mir zu und klimperte mit ihren Schlüsseln. »Na, dann komm, Schnöseljunge.«

»Jamie.« Ich versuchte, Blickkontakt zu ihm aufzunehmen, meine Angst zu kommunizieren.

»Bleib entspannt«, erwiderte er. Aber er wollte mir nicht in die Augen sehen.

Es war das erste Mal überhaupt, dass er und Lara sich gegen mich verbündeten. »Na ja, bitte fahr langsam«, flehte ich.

Wie aufs Stichwort durchschnitt ein Blitz den Himmel.

Und dann tat Lara etwas, was sie noch nie zuvor getan hatte. Sie verdrehte die Augen, sah Jamie an, dann zurück zu mir und sagte:

»Ist ja gut, *Mum*. Bleib entspannt.«

Sie hatte sich noch nie zuvor über mich lustig gemacht, nie. Hatte nie versucht, mich kleinzumachen.

Auf einmal war ich sprachlos, glühend vor Demütigung.

»Was meinst du, Jamie – mit offenem Verdeck?«, setzte Lara lachend noch einen drauf.

Ich wollte ihr in Erinnerung rufen, dass die Straßen nach einer solch langen Zeit ohne jeden Regen gefährlich rutschig sein würden. Ich wollte sie fragen, ob sie je ihr Reifenprofil überprüft hatte. Aber bei ihren Worten hatte es mir die Sprache verschlagen.

Das ungute Gefühl hielt an. Ich konnte spüren, wie es sich wie ein wildes Tier an meinen Nacken klammerte.

Es war seltsam, als sie das Haus verließen. Jamie und ich

küssten uns, und er schlang die Arme um mich. Aber merkwürdigerweise schien er – zum ersten Mal überhaupt – außerstande, *Ich liebe dich* zu sagen.

Danach redete ich mir ein, dass er irgendwie gewusst hatte, dass es unser letzter Abschied war.

Was der Grund war, weshalb der Anruf, als er später an diesem Abend kam, nicht einmal eine Überraschung war. Lara hatte an einer Ecke der Ringstraße die Kontrolle über den Wagen verloren. Jamie war nicht angeschnallt gewesen und durch die Windschutzscheibe geschleudert worden, genau vor einen Lieferwagen. Lara kam mit nur leichten Verletzungen davon.

Er starb in jener Nacht. Die Liebe meines Lebens, der Mann, von dem ich dachte, ich würde bis an mein Lebensende mit ihm zusammen sein. Ich würde ihn nie wieder halten können, ein Lächeln mit ihm tauschen, ihn küssen, mit ihm schlafen. Ich erinnere mich an das physische Erleben des Schocks, den ich empfand – oder vielleicht war es auch Wut. Die Wucht meiner Gefühle hallte danach noch tagelang in mir nach. Ich fühlte mich wie ein menschliches Erdbeben. Ich zitterte unkontrolliert jedes Mal, wenn ich sein Foto oder eine seiner Jeans oder seine leere Seite unserer Matratze ansah. In den darauffolgenden Tagen saß ich oft stundenlang gegen jede Vernunft in einem heißen Bad und versuchte, die Krämpfe aus meinem Körper auszuschwitzen.

Als Lara nach dem Unfall zu unserem Haus kam, ließ ich sie nicht herein. Wir standen uns ein letztes Mal gegenüber, auf der Türschwelle. Sie hatte noch immer Spuren von getrocknetem Blut im Gesicht und einen riesigen blauen Fleck um ein Auge. Ihre Haut war so blass wie Kerzenwachs, und sie schien etwas unsicher auf den Beinen, stützte sich immer wieder mit einer Hand an der Backsteinmauer ab.

»Es tut mir leid, Neve.« Sie sagte die Worte, sah mich aber nicht einmal an.

Ich musste mich schwer zusammenreißen, um sie nicht mit beiden Händen zurückzuschubsen. »Ich habe dich gebeten, ihn nicht zu fahren. Ich habe dich vor dem Wetter *gewarnt*, und du hast mich ausgelacht.«

»Neve.« Jetzt weinte sie. »Es war ein Unfall. Es ging alles so schnell ...«

»Er wusste es«, sagte ich mit brechender Stimme. »Jamie *wusste*, dass etwas passieren würde. Ich konnte es an seinen Augen ablesen.«

Danach zog sie aus. Ich glaube, wir wussten beide, dass wir nicht mehr zusammenleben konnten. Ich hörte auf, ihre Anrufe anzunehmen, und schließlich hörte sie auf, sie zu tätigen.

Ich fühlte mich außerstande zu fragen, ob ich seinen Leichnam im Bestattungsinstitut sehen dürfe. Die Beisetzung fand im engsten Familienkreis statt, und es wurde klargestellt, dass ich nicht willkommen sein würde. Ich hatte die Dinge von ihm, die ich behalten wollte, stehlen müssen, bevor Chris durchs Haus marschierte und Jamies ganzes Zeug ausräumte; er hatte sich mit Jamies Schlüssel Zutritt verschafft, ohne mich zuerst auch nur zu fragen.

Damals dachte ich, es sei, weil sie irgendwie mir die Schuld gaben: Chris hatte ständig gesagt, ich sei ein rotes Tuch für ihn, und nun war sein jüngster Sohn tot. Aber jetzt ist mir klar, dass es gewesen sein muss, weil sie das mit Heather wussten und zu beschämt waren, um mir in die Augen zu sehen.

Es gab eine polizeiliche Ermittlung, aber Lara wurde nie wegen irgendetwas angeklagt. Die Straßenverhältnisse in jener Nacht waren fürchterlich gewesen, und es gab keine Anhaltspunkte für ein fahrlässiges oder gefährliches Verhalten im Straßenverkehr. Es war, so die Schlussfolgerung der Polizei, einfach ein schrecklicher Unfall. Bei seiner Befragung zur Todesursache gab der Gerichtsmediziner lediglich an, Jamie sei infolge eines Zusammenstoßes im Straßenverkehr gestorben.

Ich lag nicht völlig falsch mit diesem allerletzten Blick, den Jamie und ich tauschten. Denn es war tatsächlich ein endgültiger Abschied. Aber nicht, weil er den Unfall vorhersehen konnte.

Sondern weil er mich für jemand anders verlassen wollte und es nicht einmal in sich hatte, es mir persönlich zu sagen.

Ich wünschte, Lara hätte schon früher einen Weg gefunden, mich wissen zu lassen, wer Jamie wirklich war. Denn dann hätte ich ihr vielleicht verzeihen können, und wir hätten nicht so viel Zeit verloren.

Aber wir können die Vergangenheit nicht ungeschehen machen. Die Welt hat sich weitergedreht. Ein paar Leute sind gestorben, andere liegen im Sterben.

Und wieder andere müssen erst noch richtig leben.

Und genau das habe ich jetzt vor. Es tut mir leid, dass Jamie gestorben ist – es wird mir immer leidtun –, aber ich weigere mich, noch eine Sekunde länger damit zu verschwenden, um ihn zu trauern oder Geistern nachzujagen oder über Fragen nachzugrübeln, auf die ich nie die Antworten finden werde.

Wie sich herausstellt, hatte meine Mutter – gegen jede Wahrscheinlichkeit – doch recht. Man kann sein Herz und seine Seele schenken, wem immer man will, aber nur sehr wenige Leute werden es tatsächlich wert sein. Und jetzt weiß ich endlich, wer diese Person ist.

Was ich mit Jamie hatte, war magisch, solange es dauerte, aber er hatte mich nie verdient. Und jetzt – wenn es nicht zu spät ist – werde ich endlich mit jemandem zusammen sein dürfen, der mich verdient hat.

Kapitel 50

Jetzt

Weihnachten ist dieses Jahr auf eine Million Arten anders, als ich erwartet hatte. Ich nehme an, im Leben gibt es nie irgendwelche Garantien. Hätte ich mir vor sechs Wochen vorstellen können, dass ich um diese Zeit wieder Single sein würde? Dass Lara im Sterben liegt? Dass meine Mutter ihre wahre Liebe gefunden hat?

Lara lädt mich ein, den ersten Weihnachtstag bei ihrer Mum zu verbringen. »Es wird sein wie in alten Zeiten«, meint sie, und ich kann nicht sagen, ob sie einen Witz macht.

Denn in mancher Hinsicht wird es das tatsächlich sein. Andererseits gab es damals nie einen Felix oder Krebs, und Billy war immer da, um den Raum erstrahlen zu lassen.

Aber als sie mich fragt, zögere ich nicht eine Sekunde. »Sehr gern«, sage ich.

Jetzt, wo ich weiß, dass sie im Sterben liegt, ist das alles, was ich sehen kann, wenn ich sie ansehe. Die Kurzatmigkeit und die Erschöpfung. Ihre neuerdings winzige Gestalt. Die Pillen und die Schichten von Kleidern und ihr Unvermögen, mehr als ein paar Bissen zu essen. Felix muss sie stützen, wenn sie zur Toilette geht, und wieder frage ich mich, wie ich das alles so lange übersehen konnte. Hat sie um meinetwillen Stärke vorgetäuscht, damit ich nicht darauf kam, bis sie selbst bereit dafür war? Oder ist es mir wirklich einfach nicht aufgefallen?

Aber heute ist Weihnachten. Und dieses Jahr wurden keine Kosten gescheut – dank, nehme ich an, Felix. Es gibt einen Truthahn, der ungefähr fünfmal zu groß für uns vier ist, Stapel mit Geschenken und Pralinenschachteln und Schalen voller Nüsse und Chips und Clementinen. Billys Lieblings-Weihnachtsalbum von Elvis läuft. Das Feuer im Kamin knistert wohltuend. In diesem Augenblick scheinen Tod und Unglück so weit entfernt, dass ich kaum glauben kann, dass sie echt sind.

Nach dem Mittagessen besteht Lara darauf, dass wir Monopoly spielen.

»Aber ihr dürft mich nicht gewinnen lassen«, sagt sie streng. »Ich will keinen Mitleidssieg.«

Daher spielen wir, aber es ist offensichtlich, dass Felix sie gewinnen lässt. Und ich kann nicht umhin, zu denken: *Sie hat das ernst gemeint. Sie wollte keinen Mitleidssieg.*

Andererseits liegt die Liebe seines Lebens im Sterben. Sie hat vielleicht nur noch ein paar Wochen. Wir rudern hier alle hilflos herum. Keiner von uns weiß, was zum Teufel wir tun sollen.

Ich geselle mich zu ihm in die Küche, als er Kaffee macht. Lara und ihre Mum sind im Wohnzimmer und versuchen, einen schönen, aufmunternden Film zu finden, den wir uns ansehen können. Kein James Bond für uns dieses Jahr. Keiner von uns will an Tod oder Leiden denken, nicht einmal im Kontext einer Filmreihe, die wir immer geliebt haben.

Felix und ich tragen beide Weihnachtspullover, auf Laras Anweisung hin. Auf seinem steht: *Zieh an meinem Knallbonbon*. Auf meinem steht: *Wir feiern, was das Zeug hält*.

Wir stehen neben dem Wasserkocher, und ich berühre seinen Arm. »Ich will nur, dass du es weißt. Ich habe sie trotzdem geliebt, selbst als ich wütend auf sie war.«

Er wendet sich zu mir um. Seine Augen sind so freundlich. Jetzt kann ich das wirklich sehen. All meine Zweifel waren fehl am Platz. Bei Laras Unbehagen ging es nie um ihn. Es ging um den Krebs, der von ihr Besitz ergriffen hatte. Nicht um ihren sanften, liebevollen Freund.

»Ich weiß«, sagt er. »Und sie hat es auch immer gewusst, tief in sich.«

»Ich wusste einfach nicht, wie ich verarbeiten sollte, was passiert war.«

Er nickt, lehnt sich gegen den Küchentresen. Er sieht erschöpft aus, wird mir bewusst. Aller Hoffnung beraubt, obwohl er jeden Tag eine übermenschliche Show für sie hinlegt.

»Wie kommst du zurecht?«, frage ich sanft.

»Ähm, ein paar gute Tage. Ein paar schlechte. Ich bin mir nicht sicher, ob ich je bereit sein werde zu … du weißt schon. Abschied zu nehmen.«

»Es tut mir so leid«, flüstere ich.

»Ich liebe sie«, sagt er, als ob er denkt, dass ich es vielleicht nicht weiß.

»Sie liebt dich auch. So sehr.«

Er nickt. »Danke.«

»Ich bin so froh, dass sie dich gefunden hat.«

»Ich bin auch so froh, dass sie mich gefunden hat.«

Ein Moment verstreicht. Ich spüre seinen Blick auf mir,

als ob er nach den richtigen Worten sucht, um noch etwas anderes zu sagen.

Schließlich sagt er: »Neve, wenn du meine Meinung wissen willst – ich denke, Ash ist ein richtig guter Typ.«

Ich lächele traurig. »Das denke ich auch.«

»Ist es zu spät?«

»Ich kann … im Moment nicht darüber nachdenken. Ich kann nur an Lara denken.«

»Sie würde nicht wollen, dass du verlierst, was du mit ihm hast. Sie will, dass du glücklich bist, Neve.«

Ich nicke, denn das weiß ich. Aber trotzdem. Ich kann mich nur darauf konzentrieren, die nächste Woche zu überstehen. Abschied von Lar zu nehmen.

»Du könntest ihn einladen. Zu der Trauerfeier.«

»Nein. Ich muss dort zu hundert Prozent für Lara da sein. Keine Ablenkungen. Das würde er verstehen.«

»Okay. Das kapiere ich.«

»Ash und ich haben Zeit, aber Lara …«

Er nickt. Ich muss diesen Satz für keinen von uns zu Ende führen. Als er die Kaffeetassen auf ein Tablett stellt, dreht sich Felix zu mir um und sagt: »Neve?«

»Ja?«

»Bitte fass das in dem Sinn auf, in dem ich es meine, aber … wenn es eines gibt, was ich im Laufe des vergangenen Jahres gelernt habe, dann, dass wir oft weniger Zeit haben, als wir glauben.«

Kapitel 51

Ich stehe reglos im Türrahmen des großen Wintergartens von Laras Lieblingshotel an der Küste von North Norfolk. Ich will einfach nur still dastehen und für eine kleine Weile zusehen. Mir den Anblick meiner Freundin mit all ihren Lieblingsleuten zum allerletzten Mal ins Gedächtnis einprägen.

Auf der Fahrt hierher mit Mum war ich nachdenklich und still, nervös vor Anspannung. Ich war benommen von dem Gedanken, dass das hier das letzte Mal sein würde, dass ich in ein und demselben Raum mit meiner ältesten Freundin sein würde. Wie soll man sich auf einen solchen Abschied vorbereiten? Wie ist die Etikette für den allerletzten Tag? Es fühlt sich so unpassend an, so unvereinbar mit dem Menschsein. Das Beste daran, am Leben zu sein, ist doch die Illusion, dass es ewig weitergehen wird.

Aber jetzt, während ich hier stehe, legt sich der Sturm in mir ein wenig. Mum hatte recht – man könnte das hier leicht mit einem Hochzeitsempfang verwechseln. Der Saal ist mit Sträußen von Laras Lieblingsblumen geschmückt, weißen und hellroten Rosen, die Tische gedeckt mit weißem Leinen, funkelndem Kristall und Vergissmeinnicht-Platzdeckchen. Gelächter perlt hier und da durch den Saal. Die Stimmung ist fröhlich, keine Spur von Trauer oder einer Diskussion des bevorstehenden Todes. Niemand weint. Zumindest noch nicht.

Es ist drei Tage vor Silvester. Und obwohl es draußen kalt ist, hat ein strahlender weihnachtlicher Sonnenschein die Wolken vertrieben und durchflutet den Wintergarten mit Licht. Die Hotelgärten erstrecken sich bis hinunter zur Salzmarsch und, dahinter, dem Meer. Möwen schwingen sich über dem Glasdach in die Lüfte, und die Äste der Bäume stemmen sich gegen eine Windböe. Alles scheint so kraftvoll und lebendig. Oder vielleicht habe ich nur angefangen, die Welt so zu sehen, jetzt, wo Lara sie verlässt.

All ihre nahen und fernen Verwandten sind hier, außerdem alte Freunde und auch neue Freunde, die sie in den Jahren, seit ich sie zuletzt gesehen habe, kennengelernt hat. Und da ist Felix, natürlich, in dessen Armen sie, wie ich jetzt weiß, sterben wird.

Er redet mit einer Gruppe – Fernsehleute vielleicht? –, und nicht zum ersten Mal bin ich verblüfft davon, wie charmant er ist. Ein Meter neunzig Charisma aus massivem Gold, einer dieser Leute, die mit dem ganzen Körper reden. Ich nehme an, es rührt daher, dass er jahrelang Motivationsreden gehalten und Investoren hofiert hat, aber ich weiß, dass er unter alledem absolut und authentisch gut ist. Magisch und wahr, beides auf einmal. Ein Planet von einem Menschen.

Hier ist er, denke ich. Sie hat ihn gefunden. Aber sie kann nicht bleiben.

Und jetzt sehe ich sie, mit ein paar ihrer Cousinen beisammensitzend, während sie über irgendetwas lacht.

Sie trägt den rosa Pullover, den ich ihr vor all den Jahren zu Weihnachten besorgt habe, als Ersatz für den, den sie verloren hatte, und sie sieht wunderschön aus. Das Haar fällt ihr in goldblonden Locken ums Gesicht, und abgesehen von der leichten Blässe ihrer Haut und ihren angestrengten Bewegungen würde man nicht unbedingt davon ausgehen, dass sie krank ist. Sie könnte fast jemand sein, der eben einfach aus dem Krankenhaus gekommen ist. Entwarnung bekommen hat. Die Ende-der-Behandlung-Glocke geläutet hat. Es auf die andere Seite geschafft hat.

Felix kommt jetzt auf mich zu. Ich versuche, nicht allzu emotional zu werden, denn heute geht es nicht um mich, meinen Schmerz, meine Traurigkeit.

Wir umarmen uns. Er riecht nach Seifenpuder und Sicherheit, und ich bin dankbar für die warme Wand seines Körpers. »Danke, dass du das alles so viel leichter machst«, flüstere ich.

Er schüttelt den Kopf. »Die Ehre gebührt allein ihr. Sie wusste, was sie wollte – ich nehme an, ich hatte nur die Mittel, um ihr zu helfen, es wahr zu machen.«

Wir lösen uns aus unserer Umarmung.

»Ich hoffe, du denkst nicht, dass ich sie dir wegnehme«, sagt er, und seine braunen Augen forschen in meinem Gesicht.

»Das würde ich niemals denken.«

»Sie liebt es dort drüben. Ich habe wirklich versucht, sie zum Bleiben zu überreden.«

Ich lächele. »Aber wenn Lara sich etwas in den Kopf gesetzt hat …«

»Oh, ja.« Er lächelt ebenfalls.

»Na ja, dein Haus dort drüben sieht umwerfend aus.«

»Ich hätte gern, dass du kommst«, sagt er aufrichtig.

»Vielleicht nächstes Jahr, nachdem …«

»Sehr gern«, beeile ich mich zu sagen, denn ein Teil von mir hofft immer noch, dass ich Lara im Januar anrufen werde und sie sagen wird, dass Felix' Arzt ihr ein revolutionäres neues Medikament verschrieben hat oder dass sie angefangen hat, irgendein alles veränderndes Heilkraut einzunehmen, und dass der Krebs verschwunden ist, dass sie in Remission ist, geheilt.

»Du sollst wissen«, fährt Felix fort, »dass sie immer sehr warmherzig von dir gesprochen hat. Sie hat dich immer geliebt, immer vermisst.«

»Danke. Das bedeutet mir sehr viel. Es tut mir einfach so ... unendlich leid für euch beide.«

Er legt mir eine Hand auf den Arm. »Ich schätze mich glücklich. Ganz ehrlich. Mir sind ein paar Jahre mit dem besten Menschen der Welt tausendmal lieber als ein ganzes Leben mit jemandem, der nicht sie ist. Ich bin gesegnet. Das habe ich vom ersten Augenblick, in dem wir uns begegnet sind, gewusst.«

Die Zeit verfliegt zu schnell. Ich weiß, dass Lara sich nicht zu mehr als ein paar Stunden imstande fühlt. Ich spüre, wie die Uhr in meinem Magen mit jeder Minute, die verstreicht, härter tickt, jedes Mal, wenn ich ihren Blick über den Raum hinweg auffange und sie mir eine Kusshand zuwirft. Denn ich bin nicht bereit, Abschied zu nehmen. Ich bin es einfach nicht. Wie könnte ich das je sein?

Lara hat Mum eingeladen, heute zu singen, hat sie sogar die Songs auswählen lassen. Ich versuche, nicht zu weinen, als Mum, strahlend in taubengrauem Satin, »Songbird«, »Time After Time« und »Endless Love« singt. Und unglaublicherweise steht sie es bis zum Schluss durch. Wie schafft sie das bloß? Ich weiß, ich hätte es nicht gekonnt.

Ich empfinde selten Stolz, was Mum angeht, eine Emotion, die bei ihr ohnehin vergeudet wäre. Aber jetzt spüre ich ihn mit Sturmstärke durch mich peitschen. Und nicht nur wegen heute. Sie hat dem Trinken den Kampf angesagt, offenbar, mithilfe von Ralph und ihrer örtlichen AA-Gruppe. Es ist noch früh – sie ist erst seit etwas über zwei Wochen nüchtern. Wie zum Teufel sie Weihnachten überstanden hat, werde ich niemals wissen. Aber bis jetzt sieht alles vielversprechend aus. Ich kann mich nicht erinnern, dass sie je länger als vierundzwanzig Stunden ohne einen Drink in der Hand war.

Als es Abend wird und die Dunkelheit sich senkt, taucht Lara an meiner Seite auf und reicht mir meine Jacke. »Wollen wir?« Sie weist mit einem Nicken zu der Tür zum Garten, und wir gehen wortlos zusammen hinaus.

Wir setzen uns auf eine Bank, mit Blick auf das leise grollende Meer in der Ferne, halb erhellt von dem Licht, das aus dem Wintergarten dringt.

Ungefähr eine Minute lang sagen wir nichts, sehen nur zu, wie sich unser Atem vor uns vermischt und in Nebel verwandelt. Die Luft ist steif vor Kälte, der Himmel eine endlose Karte von Galaxien. Wir starren beide zu ihm hoch, denn es ist zu schwer, einander anzusehen.

»Du trägst meinen Pullover«, sage ich schließlich.

»Na ja. Ich habe ihn ab und zu aus dem Kleiderschrank genommen und mir gedacht: *Eines Tages werden wir uns wiederfinden.*«

Ich schlucke und nicke, denn das ist alles, was ich tun kann.

»Danke«, sagt sie. »Und ich meine nicht nur für heute. Danke, dass du das Leben mit mir geteilt hast. Ohne dich wäre es nicht dasselbe gewesen.«

Ihre Worte sind ein Hammerschlag auf mein Herz. Ich schüttele den Kopf und schlinge die Arme um sie, noch immer außerstande zu glauben, dass ich den schnellen Rhythmus ihres Pulses, den warmen Druck ihrer Wange an meiner, nach allem, was ich weiß, in diesem Moment zum letzten Mal spüre. Wie kann sie im Sterben liegen, wenn sie genau hier ist, an meiner Seite sitzt?

Die Tränen beginnen zu kullern. »Ich weiß nicht, wie ich von dir Abschied nehmen soll.«

»Dann lass es uns nicht tun«, flüstert sie. »Okay? Lass uns einfach sagen, bis später.«

Ich löse mich von ihr und sehe in das unergründlich tiefe Blau ihrer Augen. Obwohl sie ebenfalls weint, lächelt sie noch immer. »Wie schaffst du es bloß, so tapfer zu sein?«, frage ich sie unter Tränen.

»Das bin ich nicht«, sagt sie. »Ich bin nur sehr, sehr geliebt.«

***

Im Wagen, auf dem Weg nach Hause, öffne ich den Umschlag, den sie mir gegeben hat, bevor wir gegangen sind.

Darin steckt eine Postkarte mit einem kalifornischen Sonnenaufgang. Auf die Rückseite hat sie nur gekritzelt: *Mach das Beste aus jedem einzelnen x*

Mum, die am Steuer sitzt, fragt mich, was da steht. Aber ich kann nicht antworten. Ich kann überhaupt nicht sprechen. Ich starre nur aus dem Fenster, während die Landschaft in einem verschwommenen Klecks von Tränen an mir vorbeirauscht.

Kapitel 52

Sechs Monate später

Acht Wochen nach Laras Tod fliege ich nach Kalifornien, um für eine Weile bei Felix zu wohnen. Sein Zuhause fühlt sich schon jetzt seltsam vertraut an, da Lara und ich uns täglich über FaceTime gesprochen haben, nachdem sie Norfolk im Dezember verlassen hatte.

Vier Monate später ist sie gestorben, mit Felix an ihrer Seite, genau wie sie es wollte. Und ich weiß, dass manche Leute ihre Entscheidung, dafür am anderen Ende der Welt zu sein, hinterfragt haben, aber sobald mein Blick auf die letzte Aussicht fällt, die sie je gesehen hat – Felix' saftigen grünen Rasen, umrahmt von einer Reihe Zypressen, und die Terrasse mit Blick auf die riesige blaue Wildnis des Ozeans –, ist für mich klar, dass sie die richtige Wahl getroffen hat. Wie hätte es das nicht sein können? Sie hat ihre letzten Tage auf dieser Erde im Sonnenschein verbracht, mit dem Mann, den sie liebte, und all der Pflege und Aufmerksamkeit, die sie je brauchen könnte. Was einfach so typisch Lara war. Sie hat immer alles so gemacht, wie sie es wollte, bis ganz zum Schluss.

Aber nach ihrer Trauerfeier zu Lebzeiten traf mich die tatsächliche Trauerfeier mit voller Wucht. Denn obwohl die Leute versuchten, zu lächeln und fröhlich zu sein, und sich, wie sie

es verlangt hatte, farbenfroh gekleidet hatten, war der Tag so düster und trostlos, wie er es bei einem Krematorium nur sein kann, mit Laras Sarg vor uns. Aber es war ein warmer Frühlingsmorgen, und die Sonne schien während der Trauerreden.
Und der Abschluss fühlte sich letztendlich tröstlich an. Wie das sanfte Umblättern einer Seite. Der Beginn eines neuen Kapitels.

Felix führt mich durch sein Haus, das voller Leute zu sein scheint – Familienangehörige, ein Gärtner, eine Hausangestellte und ein paar Typen von seiner Firma, die von einem der vielen Büroräume aus arbeiten.
Das ganze Anwesen ist, nach allen Maßstäben, spektakulär. Von jedem Fenster hat man einen Blick auf die Bucht, und es gibt einen umwerfenden Garten und einen Infinitypool. Das Haus selbst ist eine atemberaubende Mischung aus Beton, Glas und Stahl.
Felix erzählt mir, dass er es manchmal an Film- und Fernsehteams vermietet.
»Für was für Zeug?«
»Na ja, keine Horrorfilme«, sagt er. »Ausschließlich … Feelgood-Zeug.«
Ich weiß nicht, ob er einen Witz macht, aber mir gefällt die Vorstellung.
Es waren immer die Sonnenaufgänge hier, die Lara am meisten liebte. Als sie es noch konnte, gingen sie und Felix gern mit einem Stapel Decken auf die Terrasse hinaus, während die Welt noch dunkel war, und hielten sich bei den Händen, während der Horizont in einer Farbenpracht aufzuflammen begann. Es war ein täglicher Trost, erzählte sie mir – die Schönheit einer neuen Morgendämmerung zu erleben. Sie

sagte, sie würde sich dabei tapferer fühlen. Ein klein wenig unbesiegbarer.

Als wir das Zimmer erreichen, in dem Lara ihre letzten Wochen verbracht hat und letztendlich gestorben ist, hält Felix inne. Ich erkenne jedes Detail davon wieder. Den Walnussholzboden und die übergroßen Fenster. Das riesige Sofa, das zu einem Bett ausgeklappt war. Kaffeefarbene Bettwäsche, auch wenn sie, als Lara sie benutzte, immer unter einer Wolke von Kissen und Quilts verborgen war.

»Willst du ein bisschen allein sein?«, fragt mich Felix freundlich.

Ich nicke dankbar, denn insgeheim habe ich mich gefragt, ob ich hier drinnen vielleicht irgendwie ein Gefühl von ihr bekommen könnte.

Er lässt mich allein, und ich gehe hinein, schließe die Tür und setze mich zögernd. Das Zimmer ist ruhig und still. Es riecht leicht nach Frangipaniblüten.

Ich gleite mit einer Hand über die Oberfläche des Sofas, in der Hoffnung, eine Stelle zu berühren, auf der auch ihre Hand einst lag. Instinktiv sehe ich mich nach der Wasserflasche um, aus der sie immer getrunken hat, und nach dem Ventilator, der ständig lief, trotz der Klimaanlage. Nach ihren Seidenpyjamas, ihrer Haarbürste, ihrem Lippenbalsam.

Das Allerletzte, was sie zu mir sagte, war ein geflüstertes »Ich liebe dich, Neve«, zwei Nächte, bevor sie starb. Und irgendwie wusste ich, dass ihr Ende nahte. Dass sie bereit war zu gehen.

Ich nahm mir von der Arbeit frei, während ich auf die Nachricht wartete, jede Nacht hellwach vor Kummer. Ich ließ meine Vorhänge offen. Aus irgendeinem Grund wollte ich den Blick nicht vom Himmel abwenden.

Irgendwann spürte ich, wie sich die Atmosphäre leicht veränderte, ein Druckverlust, als ob ich spürte, dass sie ging. Dann, ein paar Minuten später, klingelte mein Telefon. Felix. Sie war gegangen.

»Wir hatten Zeit zusammen«, flüstere ich ihr jetzt zu. Ich lasse ein paar Tränen kullern, denke zurück an das, was sie über Billy gesagt hat. »Und du hattest recht, Lar. Das ist alles, was zählt, letztendlich.«

Ihr Teddybär aus ihrer Kindheit sitzt niedlich in einer Ecke des Sofas. Ich beuge mich vor und nehme ihn in die Hand, streiche über sein Fell, das jetzt seidig ist von jahrelanger wiederholter Berührung. Es ist nur ein Bär, aber irgendwie erinnert er mich an sie. Er hat freundliche, strahlende Augen.

Ein absolut weiches Herz.

Als ich mich anschicke, das Zimmer zu verlassen, halte ich seine Tatze in meiner Hand, für einen Moment außerstande loszulassen.

Der Abend neigt sich. Leute laufen noch immer im Haus herum. Ich denke, so ist das eben, wenn man reich ist. Man muss nie allein sein. Ich mache es Felix nicht zum Vorwurf. Zu Hause habe ich oft bis spätabends gearbeitet, bin um Mitternacht spazieren gegangen und habe mit einem ständigen Karussell von Freunden Kontakt gehalten, nur um meine eigene Einsamkeit niemals spüren zu müssen.

Felix öffnet eine Flasche Champagner, damit wir auf Lara anstoßen können. Wir nehmen sie mit nach draußen zu den Liegestühlen auf der Terrasse. Der Sonnenuntergang heute Abend ist das reinste Kino, die Luft frisch von Salz und nachtblühendem Jasmin. Hinter dem Garten ist das Meer so tief und dunkel wie ein Wasserreservoir. Es bewegt sich leicht mit der Flut, seine Oberfläche von Seegras gesprenkelt. Ich verspüre den Drang, meine Kleider auszuziehen, zum Meer hinunterzulaufen und hineinzuspringen, zu spüren, wie ich von seiner kalten Faust umklammert werde.

Ich stelle mir vor, hinaus zu einem Punkt zu schwimmen, an dem Lara Wasser tritt, auf mich wartet. Ich male mir aus, wie sie winkt, ein Lächeln auf ihrem Gesicht.

Felix bringt einen Toast aus. Zusammen erheben wir unsere kalten Gläser in die warme Luft und trinken auf Lara.

Wir verbringen zwei erholsame Wochen zusammen, gehen wandern und aalen uns in der Sonne, essen gut und trinken wunderbaren Wein. Felix wird zu einem guten Freund. Ich fühle mich gesünder, wie neu belebt. An den meisten Tagen spielen wir Tennis. Ich probiere Yoga aus, wofür ich immer dachte, keine Geduld zu haben, und ich wundere mich festzustellen, dass es mir gefällt. Ich schlafe regelmäßig bis zehn. Felix macht mich mit seinen Freunden und seiner Familie bekannt. Ich bekomme seine Büroräume im Silicon Valley gezeigt. Fast jeden Abend gibt es im Haus Drinks und Grillpartys. Die Stimmung ist, wenn nicht fröhlich, zumindest entschlossen. Um Laras Leidenschaft für das Leben Ehre zu erweisen. Um der Art Leben, das sie jetzt genießen würde – genießen sollte –, Tribut zu zollen.

Ich genieße das neuartige Gefühl, Zeit von der Arbeit freizuhaben. Ich hatte keine zwei Wochen Jahresurlaub mehr, seit ich vor acht Jahren bei Kelley Lane angefangen habe. Felix hebt hervor, dass Urlaub unerlässlich ist, um eine Perspektive und einen klaren Kopf zu bewahren, und ich muss sagen, ich fange an, ihm recht zu geben. Zwar habe ich hin und wieder meine E-Mails gecheckt, aber Parveen versteht es fantastisch, die Stellung zu halten, und ich beginne das Gefühl zu genießen, morgens die Augen aufzuschlagen und nicht als Erstes an den Terminplan für meine Meetings oder die Probleme auf meiner To-do-Liste, die gelöst werden müssen, oder Mrs. Ogilvys maßgefertigte Bibliotheksregale zu denken.

Eines Abends gesellt sich Patrick, ein Freund von Felix aus San Francisco, zu mir, während ich allein ganz am Ende des Gartens stehe und über die Bucht hinaussehe.

Er berührt meinen Arm, sodass ich zusammenzucke.

»Entschuldige«, sagt er. »Ich wollte dich nicht erschrecken.«

Wir sind ein paarmal zusammen ausgegangen, mit Felix und seinem erweiterten Freundeskreis, für Drinks und Dinner. Er ist gut aussehend auf eine Art, die schwer zu ignorieren ist, und er ist charmant und athletisch, und er versteht es sehr gut, mich zum Lachen zu bringen.

»Überhaupt nicht«, sage ich. »Ich war nur eben in meiner eigenen kleinen Welt.«

Wir starren ein paar Augenblicke zusammen aufs Wasser hinaus. Seine Oberfläche glitzert vom Mondlicht. Es erinnert mich an die nächtliche Aussicht von Ashs Apartment. Aber in diesem Augenblick fühlt sich Norwich an wie eine andere Welt.

»Ich wollte dich fragen«, sagt Patrick schließlich leise, »ob du vielleicht für ein Dinner zu haben wärst, nur wir beide, bevor du abreist?«

Ich sehe ihn an und lächele.

»Nur ganz unverbindlich«, fährt er fort. »Ich würde dich sehr gern besser kennenlernen.«

Ich frage mich, was Ash in diesem Moment tut. Ob er an mich denkt. Oder ob er irgendwo mit einem Mädchen in einer Bar ist. Es ist sechs Monate her, seit wir uns zuletzt gesprochen haben. Wie könnte ich es ihm verdenken, wenn er in dieser Zeit nach vorn geblickt hat? Wenn ich aus Laras Tod eines gelernt habe, dann, dass das Leben kurz ist. Man muss es leben, solange man kann.

Aber ich bin noch nicht bereit, nach vorn zu blicken. Es gibt noch immer so vieles, was ich ihm sagen muss.

Ich sehe Patrick freundlich an, der absolut entzückend ist, voller gesunder Energie. »Es tut mir leid. Das wäre nicht richtig. Ich habe eine … unerledigte Angelegenheit mit jemandem, zu Hause.«

»Kein Problem. Dachte nur … ich frage.« Dann lächelt er, hebt beide Hände in einer sanften Geste der Akzeptanz, bevor er sich langsam in die Dunkelheit entfernt, zurück zum Haus.

An meinem letzten Tag stehe ich im Morgengrauen auf, gehe hinaus und über die schmalen Stufen, die von Felix' Garten hinunterführen, zum Rand des Wassers. Der Himmel ist von fliederfarbenen Wolken gesprenkelt, das blaue Meer unbewegt von Wind. Ich schmecke Salz in der Luft, die süße Würze des Morgens. Über meinem Kopf kreischen ein paar Möwen, schwingen sich auf unsichtbaren Brisen in die Lüfte. Der Anblick ihrer Freiheit tröstet mich. Denn ich bin sicher, dass Freiheit ist, wo Lara jetzt lebt.

Lara. Die andere Liebe meines Lebens. Ich habe zu glauben begonnen, dass ihr Geist noch immer irgendwo hier schwebt – dass sie mir vielleicht in diesem Moment zusieht und lächelt, mich beschwört, das hier zu tun.

Das wurde aber auch Zeit, Dummkopf, würde sie, da bin ich mir sicher, sagen.

Ich betaste die Papiertüte, die jetzt mit der Asche all der Dinge gefüllt ist, die ich zur Erinnerung an Jamie aufgehoben habe. Ich habe sie alle gestern Abend in Felix' Feuergrube geworfen. Tickets von *Mamma Mia!*, Geburtstags- und Jubiläumskarten. Champagnerkorken. Das Einlegeblatt einer London-Grammar-CD. Bierdeckel aus Pubs, in denen wir waren. Abgerissene Kinokarten aus der Zeit, bevor wir überhaupt offiziell ein Paar waren. Quiz-Antwortblätter, vollgekritzelt mit Jamies Handschrift. Sogar zerknitterte Parkknöllchen von Tagen, die wir am Strand verbrachten.

Jetzt kauere ich mich hin und kippe die Asche ins Wasser, sehe zu, wie die staubigen Reste meines früheren Lebens vom Meer verschluckt werden.

Die letzten Reste einer Liebe zu jemandem, den ich zu kennen glaubte, aber nie wirklich kannte.

Ich wollte es hier tun, denn ich weiß, dass sie es gutheißen würde. Ich weiß, dass sie stolz auf mich wäre. Ich weiß, dass sie zusehen wollen würde, wie ich endgültig Abschied nehme.

Kapitel 53

Bald darauf bin ich wieder in der Arbeit, und das Leben geht, unvorstellbarerweise, weiter.

An den meisten Tagen fühlt es sich noch immer unmöglich an, diese Gewissheit, dass ich sie nie wiedersehen werde. Während unseres verlorenen Jahrzehnts bestand immer die Chance, dass wir uns eines Tages wiederfinden würden. Aber es ist etwas völlig anderes, zu wissen, dass ich definitiv nicht bei ihrer Hochzeit sein werde oder sie bei meiner. Dass wir niemals die Babys der anderen kennenlernen werden. Oder als Rentnerinnen einen Kaffee trinken gehen werden, um über den Milchpreis zu schimpfen. Dass unsere Freundschaft sich nie weiterentwickeln wird. Dass sie für immer in der Zeit erstarrt sein wird.

Und Felix ... Er wird nach vorn blicken, letztendlich. Natürlich wird er das: Er ist erst in den Dreißigern. Ich weiß, dass er Lara immer lieben wird, aber eines Tages wird er jemand anders kennenlernen. So ist eben das Leben.

Daher tue ich, was ich immer tue, wenn ich damit zu kämpfen habe, das Leben zu begreifen: Ich stürze mich in die Arbeit, bleibe im Büro, bis es zehn Uhr abends ist und mein Kopf dröhnt und meine Augen vom Starren auf den Bildschirm brennen. Ich stehe jeden Tag vor dem Morgengrauen auf und mache einen Powerwalk um den Block, um nicht zu lange mit meinen Gedanken allein zu sein. Ich fange an, lösliche Vitamine zu trinken, als Ersatz für Essen.

Aber wie bei allen Heftpflastern verliert auch diese Strategie irgendwann an Wirksamkeit. Ich beginne abzunehmen, und die Kopfschmerzen dauern an. Ich weiß, dass diese Art der Bewältigung im Grunde gar keine Bewältigung ist.

Ich nehme wieder Kontakt zu meiner Therapeutin, Meena, auf. Ich buche eine Sitzung, meine erste, seit Lara mir gesagt hat, dass sie im Sterben liegt.

Meena fragt mich, wie ich mit alledem fertigwerde.

»Arbeiten. Arbeiten hilft.« Ich lasse die Kopfschmerzen unerwähnt.

»Inwiefern hilft es?«

»Es lenkt mich von allem ab. Und … ich putze.«

Sie nickt ausdruckslos. »Sie putzen.«

»Ich weiß, das klingt ein bisschen … Sie wissen schon. Aber ich empfinde es als beruhigend. Und ich mag die Ablenkung.«

»Was könnte passieren, wenn Sie nicht abgelenkt wären?«

»Ich würde … zusammenbrechen.«

»Warum glauben Sie, dass Sie zusammenbrechen würden?«

»Ich könnte nicht … Der Schmerz wäre zu viel.« Ein Schluchzer steigt mir in der Kehle hoch, und ich schlucke ihn hinunter.

»Haben Sie es denn je getan?«

»Was getan?«

»Ihre Gefühle ohne irgendwelche Ablenkungen ausgelebt. Sich auf das konzentriert, was Sie fühlen, anstatt sich auf Ihren Laptop zu stürzen oder zu putzen oder das Haus zu verlassen?«

Warum würde irgendjemand das tun? »Ich glaube nicht, nein.«

Sie nickt langsam. »Wissen Sie, der Vorteil, wenn Sie sich wirklich gestatten, all Ihre Emotionen in der Gegenwart zu fühlen, ist, dass Sie anfangen können, sie zu verarbeiten, anstatt sie wegzupacken, um Wochen, Monate oder vielleicht sogar Jahre später darüber nachzugrübeln. Es spricht nichts gegen gesunde Bewältigungsmechanismen – wir alle brauchen sie in der einen oder anderen Form –, aber nicht, wenn wir sie verwenden, um unsere Emotionen insgesamt zu meiden.«

Touché, denke ich.

»Sie scheinen mir jemand zu sein, der viel über die Vergangenheit – und auch die Zukunft – nachgrübelt. Aber, Neve, wenn wir unsere ganze Zeit damit verbringen, zurückzublicken oder uns unermüdlich darauf zu konzentrieren, wohin wir gehen, dann laufen wir Gefahr, das Leben zu verpassen, das wir in diesem Moment leben.«

»Ich habe aufgehört, an Jamie zu denken. Und ich bin nicht mehr verbittert. Trotz allem, was passiert ist, denke ich, dass es noch immer möglich ist … ihn dafür zu schätzen, dass er mir geholfen hat, die Person zu werden, die ich heute bin.«

Meena blickt nachdenklich. »Und was für eine Person ist das, was meinen Sie?«

»Na ja, er hat mich ermutigt, meine Karriere zu verfolgen. Er hat mich viel über Ehrgeiz gelehrt, und über …«

Ich bremse mich abrupt. Um ein Haar hätte ich gesagt, *Liebe*. Alte Gewohnheiten lassen sich nur schwer ablegen, nehme ich an.

»Aber es war Lara, die Ihnen nahegelegt hat, Innendesignerin zu werden, oder?«

Hmm. Diese Frau hat ein besseres Gedächtnis als ein Teenager mit einem Groll.

»Und haben Sie nicht gesagt, sie hätte Sie auch ermutigt, nicht Ihr ganzes Leben um Jamie herum aufzubauen? Darüber nachzudenken, was Sie arbeiten, wie Sie Ihren Lebensunterhalt bestreiten und auf Ihren eigenen zwei Beinen stehen werden?«

Den Punkt gestehe ich ihr zu, und bald darauf ist unsere Sitzung zu Ende.

Als ich gehe, denke ich über ihre Worte nach. Ich war mir immer so sicher gewesen, dass es Jamie war, der in mir das Feuer entfachte, mich wirklich auf meine Zukunft zu konzentrieren. Aber jetzt, während ich zwischen Scharen von sommerlichen Trinkern und Fußballspielbesuchern und Paaren, die im weichen Licht des Abends spazieren gehen, nach Hause zurückkehre, wird mir – vielleicht zum ersten Mal überhaupt – bewusst, dass es die ganze Zeit Lara war. Meine unerschütterliche Stütze. Meine Schwester.

Es war Lara, die mir vorschlug, im Bereich Innendesign zu arbeiten. Die mich drängte, es zu verfolgen, Berufserfahrung zu sammeln. Die mir in Erinnerung rief, dass es im Leben mehr gab als das, was ich mit Jamie hatte. Die entschieden darauf beharrte, dass ich eine eigene, vollständige Person war. Die mich lehrte, für mich selbst einzutreten. Die mir aufzeigte, wie man liebt und wie man loyal ist und dass man sich seine Familie aussuchen kann, wenn die, in die man geboren wurde, der Aufgabe nicht gewachsen ist. Und dass, selbst wenn man alles Geld der Welt hat, Zeit – und zwar gut genutzte Zeit – das Einzige ist, was letztendlich wirklich zählt.

Es war Lara, die mich ermutigte, ein Leben zu führen, das größer war als das, das ich selbst für mich geplant hatte.

Als ich nach Hause komme, stehe ich ein paar Augenblicke in der Küche. Alles glänzt. Alles ist sauber. Alles ist ruhig.

Es erfordert übermenschliche Anstrengung, aber ich schalte das Licht und mein Handy aus und gehe und setze mich aufs Sofa. Und dann gestatte ich mir zu schluchzen, richtig zu schluchzen.

Härter, als ich je zuvor in meinem Leben geschluchzt habe. Die Art Tränen, die so völlig außer Kontrolle geraten, dass man sich zu fragen beginnt, ob sie vielleicht nie aufhören werden.

Zwei Tage später zitiert mich Kelley in ihr Büro.

»Wie geht es Ihnen, Neve?«, fragt sie schroff.

(Die korrekte Antwort darauf lautet ausnahmslos immer: *Toll, danke, und Ihnen?*)

»Toll, danke, und Ihnen?«

»Setzen Sie sich.«

Ich gehorche prompt. Mein Puls schießt durch die Decke. Ich kann mich nicht erinnern, wann Kelley das letzte Mal irgendjemanden ermuntert hat, es sich in ihrem Büro bequem zu machen.

Sie kommt sofort zur Sache, sagt mir, dass sie beeindruckt von meiner Arbeit in der letzten Zeit war, vor allem von meinem Beitrag zur Umgestaltung eines Hotels in den Cotswolds, über das in Fachzeitschriften für Design und Innenausbau ausführlich berichtet wurde. Dieses Projekt war komplex und der reinste Stress. Aber es hat sich gelohnt, jetzt, wo ich weiß, dass Kelley Notiz davon genommen hat.

»Ich möchte Ihnen gern die Position der Chefdesignerin anbieten, Neve«, sagt sie mit ihrer typischen Distanziertheit, als ob wir über den Mülleimerdienst oder die Vorzüge eines bestimmten Elektrikers gegenüber einem anderen diskutieren. »Es wird natürlich längere Arbeitszeiten und mehr Verantwortung bedeuten. Aber ich bin sicher, dass Sie der Aufgabe gewachsen sind.« Sie schenkt mir ein solch knappes

Lächeln, dass ich mich halb frage, ob es nur irgendeine Art Krampf war.

Ich atme langsam aus, versuche zu verhindern, dass ich vor Freude zittere, und beschließe, noch nicht über das mit den *längeren Arbeitszeiten* nachzudenken, denn in meinem Fall bin ich mir nicht allzu sicher, ob das überhaupt möglich ist. Aber in diesem Augenblick ist nichts von alledem wichtig. Ich habe es erreicht. Ich habe es geschafft. Das hier ist alles, worauf ich jahrelang hingearbeitet habe.

»Danke. Vielen Dank«, sage ich. Ich blinzele zu dem Kronleuchter hoch, der von der Decke in Kelleys Büro hängt. *Nicht weinen, nicht weinen, nicht weinen.*

»Kein Grund, Danke zu sagen. Sie haben es verdient«, sagt sie so schroff, dass ich fast lachen muss, denn nur Kelley könnte jemanden mit einer solch kühlen Gleichgültigkeit befördern, als würde sie eine Kündigung aussprechen.

***

Nach der Arbeit gehen Parveen und ich in den Pub, um ein bisschen zu feiern, wo wir meine Beförderung gemeinsam bis ins letzte Detail unter die Lupe nehmen. Die wichtigsten Highlights, bei denen wir uns einig sind, sind die Gehaltserhöhung und dass ich mir Kelleys Assistentin mit ihr teilen und Kelley im nächsten Monat auf einen Trip nach Mailand begleiten darf. Ganz zu schweigen davon, dass ich meine allererste Firmenkreditkarte bekommen werde. (Über die zusätzliche Belastung und Verantwortung gehen wir geflissentlich hinweg. Ich werde später noch mehr als genug Zeit haben, um deswegen auszuflippen.)

»Also, wie geht's jetzt weiter?«, fragt mich Parveen.

»Was meinst du damit?«

»Na ja, was ist dein nächstes großes Lebensziel? Du hast die Beförderung. Und was jetzt?« Sie sagt es liebevoll, als ob sie meine verkorkste Denkweise besonders liebt.

»Ehrlich gesagt, werde ich mich für eine Weile im Glanz von dem hier aalen.«

Sie blickt skeptisch. »Ich habe noch nie gesehen, dass du dich im Glanz von irgendetwas aalst.«

Ich denke an die letzten paar Abende, an denen ich die Haushaltsarbeit habe ausfallen lassen, und nippe an meinem Drink, ein kleiner Toast auf mich selbst. »Na ja, ich denke, diesmal bin ich aufrichtig bereit, zu schätzen, was ich im Moment habe. Oder genauer gesagt, ich bin zumindest bereit, es zu versuchen.«

Sie lacht. »Ja, na klar. Bis nächste Woche.«

Ich erkundige mich nach Maz und den Zwillingen. Sie sagt mir, dass ihr vor den Sommerferien graut, in denen sie die Kinderbetreuung zusammen mit Maz und ihren Eltern und Schwiegereltern schaukeln muss. »Das ist, was man dir übers Kinderkriegen nicht sagt«, meint sie düster. »Die Logistik, die es erfordert, zu versuchen, dir *mit deinem eigenen Ehemann* Zeit freizunehmen.«

»Aber die Zwillinge«, sage ich lächelnd, denn Parveens Liebe zu ihren Kindern übersteigt einfach jedes Maß.

»Hmm. Ja, es wäre leichter, wenn sie nicht ganz so verdammt entzückend wären.«

Ich hole uns noch eine Runde. Als ich ihren Drink abstelle, fragt sie mich, ob es irgendetwas Neues zu dem Haus gibt.

Letzte Woche hat meine Mutter eine Bombe platzen lassen – und ausnahmsweise eine von der guten Art. Sie hat mir erzählt, dass sie beschlossen hat, in Ralphs, wie sie es nennt,

»schickes kleines Apartment« auf der Südseite von Norwich zu ziehen. Und dann fragte sie mich ganz beiläufig, ob ich Lust hätte, das Haus zu übernehmen.

Sie war in dem Moment mit Packen beschäftigt, in Vorbereitung ihres Umzugs. Ich biss mir in die Faust, während ich zusah, wie sie Haarteile, Straßenschuhe und einen Fischbräter in ein und denselben Karton stopfte.

»Wie bitte?«, sagte ich, als sie mich fragte, in der Annahme, ich hätte mich vielleicht verhört. Ich konnte es nicht einmal darauf zurückführen, dass sie beschwipst war, denn wie durch ein Wunder war sie noch immer nüchtern – seit sechs ganzen Monaten, und sie ist es weiterhin.

»Zieh hier ein. Du hältst mir doch ständig Vorträge darüber, wie sehr du es liebst.«

»Ich könnte es mir niemals leisten, dieses Haus zu kaufen.«

»Na ja, du könntest einen Teil davon kaufen und mir für den Rest Miete zahlen oder so. Ich werde bei Ralph nichts bezahlen, daher ...«

Meine Tränenkanäle liefen bereits voll. »Mum ... ist das dein Ernst?«

Sie zuckte die Schultern, als sei gar nichts dabei. »Ja. Dieses Haus hat sich für mich immer wie ein Gefängnis angefühlt. Voller schlechter Erinnerungen. Du weißt, dass ich glaube, dass er sie manchmal mit hierhergebracht hat, wenn ich einen Gig hatte?«

Ich nickte traurig, während ich mich fragte, ob es je einen Tag geben würde, an dem meine Mutter die Sache mit Bev vielleicht vergisst (die Ironie davon entging mir nicht).

»Ich kann es nicht ausstehen«, fuhr sie fort. »Ich hätte schon vor Jahren gehen sollen, nach vorn blicken.«

»Ja.« Ich lächelte leise. »Ich weiß, wie du dich fühlst.«

»Hauch ihm wieder ein bisschen Leben ein, Schatz. Das kannst du doch so gut, oder?«

Nachdem sie mich gefragt hatte, musste ich tatsächlich lange und angestrengt überlegen, ob ich mein Haus gegen ihres eintauschen sollte. Anfangs war mir die Aussicht nicht ganz geheuer, und sie presste sich schmerzhaft gegen einige meiner eher lebenswichtigen Organe. Aber schließlich sagte ich Ja. Im Grunde meines Herzens wusste ich, dass ich es wollte. Dass hier, jetzt, eine Chance für einen Neuanfang war, dafür, etwas Mutiges zu tun.

Die Entscheidung fühlte sich auf Anhieb gut an. Es ist noch immer beängstigend, aber auf eine wirklich gute Weise beängstigend. Seitdem habe ich praktisch jeden Abend im Schneidersitz auf meinem Wohnzimmerboden gesessen, umgeben von massig vielen Zeitschriften, Zeichnungen, Plänen und Moodboards, habe die Renovierung entworfen, als würde ich ein Verbrechen aufklären. Was ich, nehme ich an, in vieler Hinsicht auch wirklich tue.

Lara hat Mums Haus immer geliebt. Ich habe noch immer lebhafte Erinnerungen daran, wie sie neben den doppelt hohen Fenstern in der Küche ihren Kaffee schlürfte, ihr Haar gesprenkelt von Sonnenschein, und zusah, wie die Welt draußen vorbeizog. Ich habe bereits ein ganzes Regal voller Slogan-Becher zu ihren Ehren geplant.

»Wir reden nächste Woche mit dem Anwalt«, sage ich jetzt zu Parveen.

Sie lächelt. »Sieh dich einer an, du sprühst ja vor Energie. Ehrlich gesagt, hätte ich nie gedacht, dass du dein Zuhause je verlassen würdest.«

»Mums Haus wird letztendlich auch wundervoll sein. Ich kann es kaum erwarten, dass du es siehst.«

»Das heißt, ich nehme an, du hast tatsächlich noch ein anderes großes Projekt im Ärmel«, meint sie augenzwinkernd.

»Ja. Aber diesmal werde ich den Prozess genießen. Mich nicht mit dem Endergebnis verrückt machen. Ich werde jeden Tag zu schätzen wissen.«

Parveen lacht. »Du klingst wie ein Kühlschrankmagnet.« Dann hält sie ein paar Augenblicke inne, bevor sie meinen Arm berührt. »Hör zu, was ich dir sagen wollte. Ich habe Ash gesehen, während du in Kalifornien warst. Wir waren bei Millbrook eine ganze Weile zusammen vor Ort.«

»Oh.« Ich versuche, das Zittern aus meiner Stimme herauszuhalten. »Wie geht es ihm? Wie geht's seinem Bein?«

Sie blinzelt mich ein paarmal an. »Wie geht's seinem Bein? Ist das wirklich, was du wissen willst?«

Eine Sekunde verstreicht. »Nein, natürlich nicht.«

Sie holt einmal Luft. »Hör zu, es heißt, dass er angefangen hat, mit jemandem zu gehen. Lexie, von Tunstalls, offenbar.«

»Oh.« Ich spüre, wie sich mein Herz in meiner Brust zusammenzieht. »Weiß er, dass du es weißt?«

»Ich nehm's an«, sagt sie traurig. »Ich meine, es scheint kein Geheimnis zu sein.«

Ich nicke langsam, versuche, das zu akzeptieren, versuche, mich für ihn zu freuen. Schließlich habe ich selbst gesagt, ich würde es verstehen, wenn er jemand anders kennenlernt. Er hat nichts anderes getan, als mich beim Wort zu nehmen.

»Meinst du, es ist etwas Ernstes?«, frage ich Parveen.

»Ich bin mir nicht sicher.« Sie legt den Kopf auf die Seite, ihre im Allgemeinen makellose Stirn vor Frustration gefurcht. »Warum hast du dich denn nicht bei ihm gemeldet?«

Ich verstehe ihre Verwirrung. Es ist sechs Monate her.

Aber ich habe diese Zeit gebraucht. Ich musste einen klaren Kopf kriegen. Das war ich mir selbst – und Ash – schuldig. Es war längst überfällig, dass ich die Gefühle in mir sortiere. Mir darüber klar werde, was ich wirklich für Jamie und Lara und das ganze letzte Jahrzehnt meines Lebens fühle.

»Ich war nicht bereit«, antworte ich. »Ich war nicht einmal bereit, bevor ich ihm begegnet bin, Parv. Ich habe ihn schlecht behandelt, und er ... hatte etwas Besseres verdient.«

»Warst du ihm untreu?«, fragt sie, das Gesicht angespannt, als ob sie betet, dass ich nicht Ja sagen werde.

Ich schüttele den Kopf. Ich habe ihr noch immer nicht die ganze Geschichte erzählt. Und vielleicht werde ich das niemals tun, denn inzwischen will ich dieses Kapitel meines Lebens nur noch abschließen. »Nein. Aber ich war nicht aufrichtig zu ihm. Und ich war schuld, dass er sich manchmal nicht wohl in seiner Haut gefühlt hat. Und das musste ich erst einmal verarbeiten, und wenn das heißt, dass der Zug mit ihm für mich abgefahren ist ... Na ja, dann ist das etwas, was ich für immer bereuen werde. Aber ich bereue es lieber, das Richtige getan zu haben als das Falsche.«

»Und wie geht es jetzt weiter?«

»Ich will ihn sehen. Aber es gibt noch ein paar andere Leute, die ich davor sehen muss.«

»Es tut mir leid«, ist das Erste, was ich zu Ed und Juliet sage, nachdem ich Juliet meinen riesigen Entschuldigungsblumenstrauß überreicht und die beiden mich leicht verwirrt in ihr Wohnzimmer gebeten haben.

»Neve ...«, beginnt Juliet.

»Nein, ich weiß. Ich weiß, dass Ash mit jemand anders zusammen ist. Und mir ist klar, dass er es vermutlich seltsam finden würde, dass ich einfach so vor eurer Tür auftauche. Das tust du vermutlich auch. Aber ich muss dich um Entschuldigung dafür bitten, wie ich mich an deinem Geburtstag benommen habe. Es war absolut unangemessen, und falls es dich interessiert ... ich glaube nicht mehr an dieses Zeug. Seitdem hat sich vieles verändert. Ich war so besessen von der Vergangenheit, dass ich völlig übersehen habe, was für ein wundervoller Mensch genau vor mir stand. Euer Sohn«, ergänze ich rasch, um der Klarheit willen.

Sie tauschen einen Blick. »Na ja«, sagt Juliet, »ich denke, das ist zum Teil tatsächlich meine Schuld. Ich habe dich an dem Abend ganz schön unter Druck gesetzt, mir zu sagen, was dir durch den Kopf geht.«

»Es war nicht deine Schuld. Ich hätte es für mich behalten sollen. Ich hätte dich nicht mit dem ganzen Zeug belasten müssen.«

»Na ja, danke, Neve. Ich weiß es wirklich zu schätzen, dass du hierhergekommen bist, um das zu sagen.«

»Ich wollte dich einfach wissen lassen, dass ich große Stücke auf Ash halte. Wirklich.«

»Oh, so viel war uns schon klar.«

»Um genau zu sein, gehen wir jetzt schon seit ein paar Monaten zu einer Therapie, als Familie«, wirft Ed ein. »Wir vier.«

»Oh«, sage ich, verblüfft und erfreut zugleich. »Das ist ja großartig.«

»Bis jetzt haben wir festgestellt, dass das unglaublich hilfreich ist. Wir fühlen uns Ash so nahe wie schon lange nicht mehr.«

»Leute verhalten sich nicht wie sie selbst, wenn sie trauern, stimmt's?«, sagt Juliet mitfühlend zu mir. »Ich bin einmal in den Kleiderschrank meiner Mutter geklettert und habe drei

Stunden darin gesessen, nur um dem Geruch ihrer Kleider nahe zu sein. Habe einfach dort gesessen und sie eingeatmet. Ed dachte, ich sei verrückt geworden, stimmt's, Schatz?«

»Na ja, das warst du ja auch, ein klein wenig«, erwidert er. »Aber Trauer ist schließlich auch eine Art Verrücktheit, oder?«

Ich nicke traurig. »Ich wünschte nur, ich hätte mich damals mit dem auseinandergesetzt, was passiert ist, und nicht so lange versucht, die Risse zu überdecken.«

»Na ja«, sagt Ed, »so ist eben das Leben, letztendlich. Man muss funktionieren, um zu überleben. Man hat nicht immer die Zeit oder den Kopf frei oder das Geld, um etwas anderes zu tun.«

»Ihr seid sehr freundlich zu mir«, sage ich. »Ich bin mir nicht sicher, ob Ash denken würde, dass ich das verdient habe.«

»Ich denke, das würde er. Er redet viel von dir, in der Therapie«, sagt Ed.

Mein Herz schlägt prompt höher. *Das tut er?*

Juliet stößt ihn mit dem Ellenbogen in die Seite. »Das soll vertraulich sein.«

Ed hebt die Hände. »Okay, entschuldige, ich weiß. Aber ... na ja. Es ist die Wahrheit.«

Juliet beugt sich vor. »Ich bin sicher, Ash würde dich sehr gern sehen, Neve.«

»Ist er denn nicht ...? Ich meine, ich habe gehört, dass er mit jemandem zusammen ist. Und das Letzte, was ich will, ist, irgendetwas in die Quere zu kommen. Ganz ehrlich.«

Das meine ich von ganzem Herzen. Ich weiß, wenn Ash jetzt glücklich mit jemand anders ist, dann habe ich kein Recht, wieder in sein Leben zu treten und zu verlangen, ein

Teil davon zu sein. Ich hatte meine Chance, und ich habe sie vermasselt.

Manchmal bekommt man eben einfach keinen zweiten Versuch. Juliet weicht der Frage aus, indem sie mir Tee anbietet, und dann wechselt Ed das Thema, erkundigt sich nach meiner Arbeit. Vielleicht haben sie das Gefühl, dass es ihnen nicht zusteht, darüber zu diskutieren, und das verstehe ich.

Ich will so gern die Wahrheit über Ashs jetziges Leben erfahren, aber zugleich … will ich es nicht. Ein Teil von mir ist zufrieden damit, wenigstens noch ein bisschen länger im Ungewissen zu bleiben, mir einzureden, dass ich vielleicht noch immer eine Chance haben könnte, die Dinge richtigzustellen.

Aber als ich gehe, sieht Juliet mir genau in die Augen und sagt: »Neve. Ich sollte das vermutlich nicht sagen, denn es steht mir wirklich nicht zu, aber … all diese Eigenschaften, die du an deinem Ex-Freund so bewundert hast … die Dinge, die du an ihm geliebt hast und die du in Ash gesehen hast …«

»Ja«, sage ich zögernd, denn sie weiß natürlich nicht, wer Jamie wirklich war.

»Na ja, vielleicht hast du dich in deinen Ex verliebt, damit du ihn eines Tages in Ash wiedererkennen könntest. Was ich meine, ist, vielleicht sollte es die ganze Zeit Ash sein.«

Meine Augen füllen sich mit Tränen.

Vielleicht sollte es nie Jamie sein.

Der Idee wachsen in mir Flügel.

»Ja. Vielleicht. Vielleicht hast du recht.«

Kapitel 54

Ich brauche ein paar Tage, um den Mut aufzubringen, mich zu melden. Sollte ich ihn anrufen? Eine Nachricht schicken? Eine E-Mail?

Letztendlich entscheide ich mich dafür, still auf meinem Sofa zu sitzen und Lara zu fragen, was ich ihrer Meinung nach tun sollte.

Tauch einfach vor seiner Tür auf, hätte sie gesagt, ohne eine Sekunde zu zögern. *Nur so wirst du eine authentische Reaktion kriegen.*

Ich entscheide, dass sie recht hat. Es widerstrebt mir ohnehin, eine Nachrichtenspur auf seinem Handy zu hinterlassen, nur für den Fall, dass das mit Lexie etwas Ernstes ist.

An einem Mittwochabend stehe ich gegen acht Uhr abends vor seinem Haus. Unter der Woche, dachte ich, werde ich ihn vermutlich am ehesten zu Hause erwischen. Aber als ich auf den Türsummer drücke, kommt keine Antwort. Ich beschließe, eine Weile zu warten, denn ich kann es wirklich nicht über mich bringen, das hier am Telefon zu tun.

Ich setze mich auf die Betonstufe vor seinem Wohnhaus und sehe zu, wie Leute kommen und gehen. Keiner von ihnen ist Ash. Verkehr dröhnt von der Straße hinter dem Parkplatz.

Während die Minuten verstreichen, beschleicht mich der Gedanke, dass es vielleicht eine schlechte Idee war, hierherzukommen, ohne vorher eine Nachricht zu schicken. Sechs

Monate ohne Kontakt, und ich tauche einfach eines Abends hier auf und denke, dass er auf mich gewartet hat?

Und was, wenn er auf einmal mit Lexie kommt? Wie könnte ich ihn in diese Lage bringen wollen? Wie könnte ich das mir selbst antun wollen?

Ich stehe auf, schlinge mir meine Tasche über die Schulter und schicke mich an, wieder nach Hause zu gehen. Ich werde ihm stattdessen eine E-Mail schreiben, beschließe ich. Auf die Weise kann er selbst entscheiden, ob er mich sehen will oder nicht, und mich sanft abweisen, wenn er es nicht will.

Aber als ich eben losgehe, fährt ein Taxi vor.

Das Herz schlägt mir bis zum Hals, während ich zusehe, wie er von der Rückbank steigt.

Er ist allein.

Das Taxi wendet, und er ist fast an der Haustür angekommen, als er mich sieht.

Er tritt einen einzigen Schritt vor.

»Hallo«, ist alles, was er sagt.

Ich hatte eine kleine Rede einstudiert. Aber sie verflüchtigt sich aus meinem Kopf, sobald er meinen Blick auffängt, und ich verspüre den kinetischen Rausch, einfach wieder in seiner Nähe zu sein.

»Wie geht es dir?«, frage ich, denn ich bin mir nicht ganz sicher, wie ich anfangen soll.

»Gut.« Er schluckt. »Bist du ... schon lange hier?«

»Es tut mir leid«, sage ich. Die Worte purzeln mir aus dem Mund. »Dass ich dich nicht als den gesehen habe, der du wirklich bist. Obwohl ich dich die ganze Zeit geliebt habe, weiß ich, dass es wirklich respektlos und kurzsichtig und grausam war, dich mit Jamie zu vergleichen, und es tut mir so, so leid, Ash.«

Er lässt sich lange Zeit mit der Antwort. Schließlich sagt er nur schroff: »Komm besser rein.«

***

Aus irgendeinem Grund hatte ich mir vorgestellt, dass binnen Sekunden zwischen uns alles wieder genau wie früher sein würde. Dass wir einen Blick oder ein Lachen tauschen und hin und weg sein würden. Aber im Aufzug schweigen wir, nehmen keinen Blickkontakt auf. Man könnte die Spannung in Volt messen. Ich denke an Lexie, und ich frage mich, ob er verärgert ist, weil ich einfach so aufgetaucht bin.

Sobald wir drinnen sind, bittet er mich, ihm eine Minute zu geben, und verschwindet ins Schlafzimmer.

Ich sehe mich um, während ich warte, endlich imstande, das Apartment als Ashs Zuhause zu sehen, nicht nur als eine Version von etwas, was Jamie einmal wollte. Ich drehe eine kleine Runde durch den Raum, gleite mit einer Hand über die Fensterrahmen und die Backsteine und die Stahlkonstruktionen, nehme ihre Struktur mit den Fingerspitzen wahr, genau wie ich es damals getan habe, als ich zum ersten Mal hier war. Ich betrachte die Lampen, die ich ausgewählt habe, und die Kissen und Beistelltische und Teppiche – jetzt alle wieder an ihrem Platz – und fühle die offene Wunde meiner Reue. Warum konnte ich nicht zur Vernunft kommen, bevor ich zerstört habe, was wir hatten? Bevor er jemand anders kennengelernt hat?

Ich suche den Raum nach Hinweisen auf sie ab, aber es gibt keine. Ich weiß, dass ich kein Recht dazu habe, aber es bedeutet mir etwas. Es bedeutet mir so viel, dass es meine Eingeweide in Brand steckt.

An den Fenstern halte ich inne, betrachte den sternenübersäten Himmel, das dunkle, schmale Band des Flusses. Die Stadt bei Nacht ist ein Teppich von Lichtern. Und – vielleicht zum ersten Mal – denke ich nicht, *Jamie hätte das hier geliebt*, sondern *Ich kann sehen, warum Ash das hier liebt.*

Hinter mir höre ich, wie er sich räuspert. Ich drehe mich um. Er hat seine Arbeitskleidung gegen einen Pullover und Jeans getauscht. Heute Abend ist er glatt rasiert. Sein dunkles Haar sieht frisch geschnitten aus.

»Okay«, sagt er ruhig, als ob er jetzt bereit ist, zu hören, was ich zu sagen habe.

Ich habe so angestrengt über diesen Moment nachgedacht. Mein erster Instinkt war es, damit zu beginnen, ihm zu sagen, dass Lara tot ist, aber ich weiß, dass ich das nicht tun kann. Das muss bis später warten. Ich kann es nicht riskieren, seine Reaktion zu verfälschen, indem ich sein Mitgefühl hervorrufe. Ich muss wissen, wie er wirklich fühlt.

Ich hole ein paarmal angespannt Luft. Die Angst vor der Zurückweisung lässt mich zittern. »Ich muss dir sagen, dass ... sich herausgestellt hat, dass Jamie mich nie wirklich geliebt hat. Er hat mich betrogen – er hatte an dem Abend, an dem er starb, bereits vor, mich für jemand anders zu verlassen –, und ich weiß, du wirst denken, dass ich nur hier bin, weil Jamie sich als ein Lügner und Betrüger entpuppt hat, aber ... du irrst dich. Ich bin hier, weil ich vermisst habe, was mir die ganze Zeit ins Gesicht gestarrt hat, und das warst du, Ash. Du, und nicht Jamies Geist.«

»Neve ...«

»Nein, sag es nicht. Ich meine, ich weiß, dass du mit Lexie von Tunstalls zusammen bist, und ich erwarte *absolut* nicht, dass du mir verzeihst. Ich weiß, dass wir nicht einfach zu dem zurückkehren können, was wir hatten. Und ich bitte dich nicht, mir den Vorzug vor ihr zu geben oder so. Ich schwöre, ich habe null Erwartungen. Ich … musste es dich nur wissen lassen. Ich musste dir sagen, dass es mir leidtut.«

Er hört nur zu, seine Miene so ruhig wie ein offenes Gewässer, seine dunklen Augen geduldig.

»Ich habe Jamie nie erzählt, was seine Mum getan hat, weißt du. Dass sie mich gebeten hat, eine Abtreibung vornehmen zu lassen. Ich habe es ihm nie erzählt, und ich habe mir eingeredet, dass es war, weil ich ihn zu sehr liebte, um ihm so das Herz zu brechen, aber tatsächlich glaube ich, es war, weil ich mich nicht gut genug fühlte, um zu sagen: *Weißt du was? Ich bin besser als das*. Ich bin nie für mich selbst eingetreten. Ich hatte immer zu viel Angst, Staub aufzuwirbeln. Aber jetzt weiß ich – ich *bin* besser als das. Ich bin besser, als dass ich den Rest meines Lebens mit der Erinnerung an einen Mann vergeuden will, der mich von Anfang an nicht geliebt hat.«

»Ja«, sagt Ash leise. »Das bist du.«

»Ich … ich habe angefangen, zu einer Therapeutin zu gehen. Und sie hat mir aufgezeigt, dass alles, was ich gedacht habe … dass ich es völlig falsch verstanden hatte, Ash. Ja, es gibt Ähnlichkeiten zwischen dir und Jamie, aber tatsächlich gibt es weitaus mehr Unterschiede. Sie hat mich aufgefordert, eine Liste zu erstellen.« Ich ziehe ein Blatt Papier aus meiner Tasche.

»Neve …«

Ich ignoriere ihn. »Und ich habe tatsächlich angefangen, sie zu erstellen. Aber dann dachte ich, das geht doch alles ein bisschen am entscheidenden Punkt vorbei, oder? Denn ich *weiß*, dass du nie Jamie warst. Du bist eine Million Mal besser als die Person, die er je war.« Ich reiße das Blatt Papier einmal in der Mitte durch, lasse die beiden Hälften zu Boden flattern.

»Ehrlich gesagt, bist du unvergleichlich. Du bist deine eigene, auf ihre Art unglaubliche Person, und ... ich habe jetzt von Jamie Abschied genommen, für immer. Ich werde nie wieder an ihn denken.«

Ich hole einmal Luft. Er sieht mich nur an, sein Blick unverwandt.

Mein Herz flattert hilflos durch die Sekunden, die folgen.

»Ich bin nicht mit Lexie von Tunstalls zusammen.«

»Oh.« Eine Sekunde verstreicht. »Ich dachte ... Parveen hat gesagt ...«

»Na ja, ich bin zweimal mit ihr ausgegangen und habe erkannt ... dass sie nicht du ist.« Und jetzt zuckt er die Schultern, fast als ob er machtlos ist, aber froh, es zu sein. »Es warst immer du, Neve.«

Mein Blut rauscht, eine Springflut der Hoffnung. »Ich habe dich die ganze Zeit geliebt. Ich war nur zu sehr in mir gefangen, um es zu sehen.«

»Das ist ... unglaublich gut zu wissen.«

»Ich will wirklich ... Das heißt, wenn *du* willst ...«

»Es gibt nichts, was ich mehr will.«

Mir ist schwindelig vor Erleichterung. Und jetzt, endlich, schließt er den Abstand zwischen uns, ein Lächeln im Gesicht. Im nächsten Augenblick liegen seine Lippen auf meinen. Und es ist der schönste Kuss meines Lebens, ein Ausdruck von Liebe, so fest und entschlossen, wie ich es nie zuvor gekannt habe, ein Erdrutsch von Emotionen, jede Einzelne davon endlich echt.

Danksagung

Dieser Roman hat sein Leben in einer völlig anderen Form begonnen als das Buch, das Sie jetzt in Händen halten, und ich bin allen, die bei seiner Entstehung mitgeholfen haben, zu großem Dank verpflichtet. In erster Linie meiner wundervollen Agentin Rebecca Ritchie bei AM Heath für all deine Ideen, weisen Worte und unerschütterliche Ermutigung. Und Kimberley Atkins, der geduldigsten, leidenschaftlichsten und scharfsinnigsten Lektorin der Welt. Du verstehst es immer so brillant, mir zu helfen, herauszufinden, was wirklich der Kern einer Idee ist, daher danke ich dir dafür – und für die vielen Vorschläge und deine rundum herausragende Lektoratsarbeit. Ich danke meinem deutschen Verlag Blanvalet. Und Olivia Robertshaw für deine wertvollen Einblicke und dein Feedback. Helen Parham für deine fachmännische Redaktion. Den absolut unglaublichen Rechte- und Vertriebsteams und allen bei Hodder – ihr seid alle Superstars. Ich schätze mich jeden Tag so glücklich, euch auf meiner Seite zu haben.

Ich danke außerdem Euan Thorneycroft und Harmony Leung bei AM Heath für eure Anleitung und Unterstützung. Und all den Buchblogger*innen, Bookstagrammer*innen und Rezensent*innen und allen, die sich die Zeit genommen haben, meine Bücher zu lesen und zu rezensieren – ich bin so dankbar und für immer voller Respekt vor dem, was ihr tut.

Ich möchte auch ein Riesendankeschön an Meena Kumari aussprechen, die so großzügig bei der »Good Books«-Auktion von Young Lives vs. Cancer mitgeboten hat. Es war mir eine Ehre, eine Figur nach dir benennen zu können. Um mehr über die wichtige Arbeit zu erfahren, die Young Lives vs. Cancer leistet, um Kinder und junge Erwachsene mit Krebs und ihre Familien zu unterstützen, gehen Sie auf: younglivesvscancer.org.uk.

Ich danke außerdem wie immer meinem Ehemann Mark und meinen Freunden und meiner Familie.

Und schließlich danke ich Ihnen, den Leser*innen. Mit dem Schreiben von Romanen seinen Lebensunterhalt zu verdienen, ist eine Freude und ein Privileg, und ich habe es Ihnen zu verdanken, dass ich das tun darf. Danke.

Würdest du dich für die große Liebe entscheiden, wenn du wüsstest, wie sie endet?

496 Seiten. ISBN 978-3-7341-1175-4

Seit seiner Kindheit lebt Joel als Einzelgänger, der niemanden in sein Herz lässt. Nicht weil er das will – sondern weil er muss. Denn Joel hat Träume. Träume, die ihm die Zukunft der Personen zeigen, die er liebt. Oft weiß er schon Tage, Monate oder sogar Jahre im Voraus, was den Menschen um ihn herum passieren wird. Doch erzählen kann er es niemandem.
Callie träumt schon immer von den schönsten Orten dieser Welt, doch nach dem Tod ihrer besten Freundin lebt die junge Frau zurückgezogen und nimmt an den aufregenden Momenten des Lebens stets nur als stille Beobachterin teil. Das alles soll sich verändern, als sie Joel trifft und sich die beiden unsterblich ineinander verlieben. Bis Joel von Callies Zukunft träumt …

Lesen Sie mehr unter: **www.blanvalet.de**

Egal welchen Weg du auch gehst – die wahre Liebe findet immer ihren Weg zu dir!

416 Seiten. ISBN 978-3-7645-0734-3

Lucy hat gerade ihren Job bei einer Werbeagentur hingeschmissen, als das Leben ihr zwei schicksalshafte Begegnungen beschert: In einer Bar trifft sie auf den charmanten Fotografen Caleb, zu dem sie sofort eine besondere Verbindung spürt. Zudem läuft sie – noch in derselben Nacht – ihrer einstigen großen Liebe Max in die Arme, und alte Gefühle entfachen. Was soll Lucy nun tun? In ihrer Heimat, dem Küstenörtchen Shoreley bleiben, um Caleb näher kennenzulernen? Oder Max nach London folgen, um herauszufinden, ob es nicht doch noch eine zweite Chance für sie gibt? Hier entlang oder dort? Eine große Entscheidung. Aber was wäre, wenn man beide Wege gehen könnte?

Lesen Sie mehr unter: **www.blanvalet.de**